王昕朋小说精选集

王昕朋 著

过大江

红旗飘飘

作家出版社

图书在版编目（CIP）数据

王昕朋小说精选集 / 王昕朋著 . -- 北京：作家出
版社，2022. 3
ISBN 978-7-5212-1522-9

Ⅰ . ①王… Ⅱ . ①王… Ⅲ . ①小说集 – 中国 – 当代
Ⅳ . ① I247

中国版本图书馆 CIP 数据核字 (2021) 第 185010 号

王昕朋小说精选集·红旗飘飘过大江

作　　者：王昕朋
书名题字：王　蒙
责任编辑：赵　莹
装帧设计：鸿儒文轩
出版发行：作家出版社有限公司
社　　址：北京农展馆南里 10 号　　邮　　编：100125
电话传真：86 – 10 – 65067186（发行中心及邮购部）
　　　　　86 – 10 – 65004079（总编室）
E – mail: zuojia@zuojia. net. cn
http: // www. ZUOJIACHUBANSHE. com
印　　刷：唐山嘉德印刷有限公司
成品尺寸：170 × 240
字　　数：315 千字
印　　张：22
版　　次：2022 年 3 月第 1 版
印　　次：2022 年 3 月第 1 次印刷
ISBN 978-7-5212-1522-9
总 定 价：968 元（全十一册）

目　录

红旗飘飘过大江

一

哼哧，哼哧……桃花哭得很伤心。

刘政委伸出手，原本想抚摸桃花的头，最后却拍了拍她的肩膀。眼前这位鲁南山区的姑娘从孟良崮到淮海战场，再到此时的江北，跟着他所在的部队一晃快三年了。她在炮火纷飞的战场上负过重伤，在冰天雪地的陈官庄前线忍饥挨饿，可从来没听她叫过一声苦，没见她掉过一滴泪。

桃花别哭，你听我给你说嘛！刘政委说。桃花哭得伤心，刘政委觉得烦心，可一时又找不到安慰她的话，只好实话实说，部队上也是为你考虑嘛。你看，一来你跟着队伍南征北战，快走两个二万五千里长征路了；二来你在孟良崮战役前就定了婚期，为了支援前线推迟了婚期，一拖就是三年；三来你家乡解放了，要建立新政权，迫切需要你这样经过战争锻炼和考验的干部；四来……

桃花止住了哭声，目光咄咄逼人地看着刘政委。你是政委，会做思想工作，说话一套套的，我都领教几年了。不过，这次我不想听你讲大道理，我就问你一句：部队马上要打过长江去，如果让你这时候转业，你干不干？

刘政委一下子答不上来了。他没想过这个问题，从来没想过。

你回答呀，我的政委同志！桃花追问了一句。

刘政委脱口而出：不会的。你说的问题不存在。他停了一下，又接着说，我怎么会在这个时候转业呢？

桃花说，你都不想转业，为什么让我转业？

刘政委笑了，桃花同志，你本身就不是部队的，谈不上转业，只是回家乡去。你回到家乡搞土改，搞建设，也是革命工作嘛，对不对？再说，你们支前队的那些姐妹十分辛苦，不，应当说万分辛苦，也该休息休息了。你们中还有孩子的母亲，盼着回去和孩子团聚呢。

桃花问：你是说枣花吧刘政委？

刘政委笑笑，不止枣花一个做了娘吧？

淮海战役结束后，枣花的确闹过要回老家。那阵子，她白天黑夜赶着给儿子做衣服做鞋子。她跟着桃花出来时儿子只有十个月，还不会叫娘。她梦里都想着儿子见了她，扑到她怀里叫娘的情景。儿啊，娘想死你了！有好几个夜晚，枣花都是哭着从梦中醒来。而桃花的支前队里，想回老家的不光枣花一个人。有的已经把行李整理好了，有的甚至写信告诉家里回去的时间。这些当然都没瞒着刘政委等部队的领导。刘政委这样一说，桃花也不得不承认。不过，桃花的支前队里的大多数姐妹还想跟着解放军打过长江去。桃花的妹妹杏花就坚定不移地对桃花说过，已经到江边了，总得让我看看长江，喝一口长江水，不然的话，这辈子不知哪天能认识长江呢！梨花也表示，等解放了上海，咱们开个洋荤，从上海坐火车回去。回到家咱也可以说坐过火车开过洋荤了。桃花不像杏花和梨花想得那么单纯，她觉得现在回老家，等于自己参加革命半途而废。所以，有些支前队伍已经打道回府，陆续回去了，她始终没说一句回老家的话。

咣咣，咣咣……远处传来一阵剧烈的炮声，刘政委和桃花所处的草房被震得抖动了一下，几片泥土从房顶上落到桃花的头发上、肩膀上，桃花眼皮也没眨一下，仍然炯炯有神地看着刘政委。刘政委在心里感叹：真是位勇敢的姑娘。

桃花说，政委，当初动员我们跟着部队支前的是你。我还记得你当时的原话。你说咱们这地方解放了，人民当家做主了，分得土地了，可是还有成千上万的兄弟姐妹仍然在国民党反动派的统治下过着水深火热的生活，国民党反动派还没有被彻底打倒彻底消灭，他们时刻梦想有一天夺去你们的胜利果实……

刘政委笑着打断桃花的话，正是让你们回去保卫胜利果实呀！

桃花说，可长江以南大片地区还没解放啊！我现在要是回去，家乡的父老乡亲问我：桃花呀，江南的人民还没解放，你怎么就回来了？回来当新媳妇生儿育女过小日子呀？你过得踏实吗安生吗？让我怎么回答？

刘政委又无话可说了。他看了看表，皱起眉头。桃花，这是部队首长专门给你们随军南下的鲁南的同志准备的专列，再过两小时就要开了。我看你还是回去动员一下，准备准备吧。

桃花一屁股坐在凳子上，摆出一副八头牛拉也岿然不动的架势。

刘政委无可奈何地笑着说，桃花同志，你们回到家乡依然是继续革命……

报告！警卫班长张喜子满头大汗地出现在门口。

刘政委招招手让张喜子进来。张喜子一进屋，就递给刘政委一封信，然后一边擦汗一边看着桃花。

刘政委看了几眼，就到屋里打电话去了。

张喜子问桃花：我们的支前女英雄流眼泪了？告诉我谁惹你生气了，我报告首长批评他！

桃花和张喜子也很熟悉，说话直截了当。她指了指屋里，不满地说，政委过河拆桥，要赶我们回老家。

张喜子嘿嘿笑了。听说接你的花轿都改成独轮车支前了，你回去做新媳妇，出嫁恐怕要骑毛驴了吧？

桃花拉下脸，生气地说，你也不帮帮我，还开玩笑！

张喜子挠着头皮，又搓搓手，不知所措地说，我，我哪帮得上你呀桃花姐。你在军首长面前说话，一句顶我说八句。

刘政委打完电话从屋里出来，眉头紧皱着，额头上可见密密麻麻的汗珠。桃花和张喜子见了，都明白刘政委打的这个电话十分重要，也都不说话了。

屋子里沉静了一会儿。远处的炮声依稀可闻，桃花觉得脚下的土地不停地颤抖。

刘政委看着张喜子，认真地问：喜子，你不是写了几次报告要到前线去吗？现在有个十分重要的任务交给你。

张喜子高兴地立正敬礼，政委，保证完成任务！

刘政委又对桃花说，桃花同志，你们要是真不愿回家乡去，那工作就不能挑挑拣拣！

桃花仰着脸，微笑地看着刘政委。

刘政委：那你就配合喜子那个班去看管俘虏营。

张喜子一下子睁大眼睛，脸上的笑容瞬间即逝，政委，我要上前线，不是看管俘虏！

桃花却高兴地跳起来，紧紧握住刘政委的手，连说了几遍，谢谢政委的信任，谢谢部队首长的信任！我们一定配合喜子完成任务。

张喜子说，桃花同志，你别扯上我。我可没有……他见刘政委目光严峻，没再说下去。

刘政委严肃地对张喜子说，张喜子同志，我命令你现在到警卫连去领任务，听从连长和指导员的安排。

张喜子很不情愿地向刘政委敬了个军礼，转身离去。

刘政委盯着桃花红扑扑的脸庞，一字一句、严肃认真地说，桃花同志，你和你的那些姐妹要有充分的思想准备。你知道我们对俘虏的政策……

桃花理直气壮地回答：知道！三大纪律八项注意里说得很清楚，"不许打骂不许搜腰包"。

刘政委轻轻地叹息一声。我不是光指这个，我是说我们对俘虏一般是"即俘即补即战"，所以我们的队伍才不断发展壮大。喜子本人就是在孟良崮俘虏的原国民党74师士兵。这个俘虏营为什么没有补充到我们部队里去呢？是因为这里的反动军官比士兵多，而且还有一些死不悔改的，像，像……

像茅坑里的石头又臭又硬！桃花接上说。

刘政委说，是这样。他喝了一口水，又接上说，对这些人，既不能杀，也不能放，还不能急，要慢慢感化，慢慢改造，让他们改变立场，站到人民这边来。

桃花问：要是他们中有的就是不改变呢？

刘政委指着桃花，看看，刚刚说过不能急，你这急了吧！我真担心你哪天被他们惹火了，端起机关枪嘟噜过去，一下子扫倒一大片。

咯咯咯……桃花笑了。笑罢又严肃地说，刘政委，你也太小瞧我们鲁南山区的革命群众了。放心吧，保证不会给你丢脸！

二

桃花没想到，到了俘虏营的第一天，杏花果真像刘政委说的那样，端着冲锋枪就要向一位俘虏军官扫射。桃花挺身而出挡在枪口前，气得脸煞白，严厉地批评杏花说，杏花，你忘了纪律了吗？忘了任务了吗？

杏花哭着回答，就是他，额头上有驴踢的疤，咱村的都叫他"驴踢的"，烧成灰我都认得出来。他把咱爹吊在树上两天两夜，呜呜……杏花哭得快喘不上气了。他这个"驴踢的"把咱爹活活给饿死了！我今儿要替咱爹报仇！

桃花的爹参加革命的时候，桃花还没出世。在她童年的记忆里，爹经常晚上在村小学校校长那儿一待就是大半夜。有一天晚上，奶奶摔倒了，伤了骨头，额头也被石头硌出鸡蛋大的洞，直冒血。娘赶着她去找爹。她在小学校园里转了好几圈，最后在学校后边的山坡上的一片梧桐树林里找到正在练拳的爹。当时练拳的有十几个人，都是周边村子里的。后来，她把见闻给娘说了，娘惊奇地说，唏，校长戴着副眼镜，文绉绉的，身板儿像根秫秸，没想到还是个"教头"！桃花十岁那年，日本鬼子打到鲁南，小学校长和桃花爹拉起了一支抗日游击队，这时候村里人家里人才知道小学校长和桃花爹共产党员的身份。那个年代，十岁的桃花在爹的引导下力所能及地参加了抗日救亡，送信送饭，站岗放哨、查路条，她几乎都干过。十三岁那年，她当上了儿童团长，十七岁时，当上了区妇女会长。也就在那一年，日本鬼子投降了。爹娘高高兴兴地准备给她办嫁妆，送她出嫁时，国民党军队打过来了。已经当上人民政府副县长的桃花她爹，在大撤退前，为了掩护县机关和县城的老乡，带着县大队守城两天两夜，最后被国民党军队俘虏。当时，桃花带着女子支前大队跟着部队转移，孟良崮战役结束后回到家，才知道爹牺牲了。杏花手里提着一把菜刀，一边哭一边骂，在漫山遍野的尸体堆里找了一天也没找到"驴踢的"。直到桃花告诉她，"驴踢的"不是在孟良崮被歼的国民党74师的人，她才失望地下了山。她曾向桃花详细地描述了"驴踢的"的外貌，誓言只要见到"驴踢的"，非扒了他的皮不可。

　　桃花仔细看了那个俘虏军官一眼，见他的额头上果然有一道深深的半圆形的疤痕。她胸中的怒火也一下子被点燃了，手不由自主地触摸到盒子枪的枪柄。可是，她马上就清醒过来：面对自己的"驴踢的"是一位俘虏，解放军对待俘虏有明确的政策，自己绝不能为了给父亲报仇违反纪律。她用劲推开杏花，命令梨花把杏花拉到一边去。杏花不答应，哭喊着今天非要给爹和被"驴踢的"杀害的父老兄弟报仇。梨花也不执行她的命令，也跟着杏花端起了枪。杏花一闹腾，支前队十几个人围了过来。有的端着上了刺刀的步枪，明晃晃的刺刀对准"驴踢的"；有的一只手攥着手榴弹，一只手拉着引线，好像"驴踢的"有一点反抗的动作，就会让他粉身碎骨。

　　"驴踢的"吓得面色苍白，说话也结巴了。你、你们这，这样对、对、对待俘虏的吗？我找你们当、当官的，告、告……

　　梨花指着桃花说，你告个屁，她就是我们这儿当官的。她说让你龟儿子今天死，你就别想活到明天！

　　杏花上前一步，用枪抵着"驴踢的"的后脑勺，对着支前队的兄弟姐妹大声说，这个就是双手沾满咱父老乡亲鲜血的反动派，就是他带着一群反动派一手制造了咱五花山血案。今天在这里抓住了他，就在这里审判他，枪毙他，你们同意不同意？

　　支前队的人异口同声地回答：同意！枪毙他。

"驴踢的"浑身发抖，两腿弯曲着像要下跪。

站直了！不远处响起一声洪亮的吆喝。

接着"砰，砰"两声清脆的枪声，划破山沟的沉静。

桃花浑身一颤。杏花和梨花等人也愣了。杏花和梨花都没有开枪，是看押俘虏的一位解放军战士对天鸣枪。桃花朝那边看了一眼，脸上瞬间掠过一丝不安。她看见那些原先蹲在地上、坐在地上的俘虏都纷纷站了起来，睁大眼睛往这边看，有的目光惊恐、不解，有的目光阴冷、反感，有的目光敌视、仇恨……他们中有的弯腰、弓腿拉出了逃跑的架势，甚至有的攥起了拳头，有的捡起石头拿在手里……解放军战士也都子弹上膛，枪口瞄准了俘虏群。一时间剑拔弩张，局面很可能失控。桃花心情紧张起来。这个俘虏营有一百多个俘虏，其中军官占了一半，而看押这群俘虏的解放军只有张喜子带的一个班，加上她所带领的女子支前队的二十多人，总共不到四十人。刘政委给她布置任务时再三强调，解放大军正在紧张地准备渡江战役，除了那些即俘即补即战的国民党官兵，这批顽固不化的官兵看押任务非常艰巨，她和她的支前队必须尽快从过去送粮送饭抬担架、在战地医院拆拆洗洗看护伤员等转变过来，配合看押的部队把这批人改造过来，尽快补充到部队里去。今天刚接触这些俘虏，就发生了不愉快的事情，假如俘虏发生了哗变，后果将不堪设想。她顾不上"驴踢的"了，急忙走到张喜子旁边。

张喜子也是鲁南人，国民党军队"抓壮丁"拉到了队伍上。在孟良崮战役中被俘后，经过教育，马上掉转枪口，而且在战斗中立了功。他常常在桃花这些乡亲面前夸耀自己的战功。也许是他也没有经历过这样的场面，神情紧张，额头上都冒出了汗。

桃花问，这些俘虏想干什么？

张喜子说，你看不出他们想哗变？说完，他把枪口指着俘虏群，大声高喊：谁要敢动一步，别怪老子的子弹不长眼！

一个高个子、四方脸、浓眉大眼、身板挺直的国民党军官从地上站起来，一边拍着屁股上的泥土，一边向张喜子和桃花走来。接着，十几个俘虏跟在他的身后也走了过来。

张喜子把枪指着高个子军官，厉声喝道：蹲下，我命令你蹲下！

高个子军官不慌不忙，在离张喜子两步远的地方站住了。

桃花向前跨了一步，站到了张喜子前边。她的距离近得可以闻到高个子军官身上散发出来的一股子霉气味，不由得皱了皱眉头。高个子军官指着张喜子，我要和他说话。又指了指桃花，你不是军人，没有资格。

你……桃花怒不可遏地说，我是不穿军装的军人。我曾经俘虏过你们一个排。

张喜子扯了一下桃花的胳膊，把她拉到自己身后。

高个子军官向张喜子自我介绍说，我叫张超，上校团长，请你通报一下，我们要和你们的长官对话。

张喜子说，你现在就是我们解放军的一俘虏，老老实实在俘虏营接受改造。我们领导没时间见你，有什么话就对我说。

桃花指着张喜子说，他就是我们的领导。说完，又补充一句，我也是。

张超摘下大檐帽，吹了吹上边的灰土，用轻蔑的目光看了张喜子和桃花一眼，好像对长着娃娃脸的张喜子和扎着小辫的桃花有些不信任或者说瞧不起。他的态度让桃花十分不满，冲他吼道：有话就说，没话就回去老老实实待着。

张超身后一个身材很敦实、黑不溜秋的士兵不满地指了指桃花，你算哪门子军人，就是会做军鞋、会摊煎饼的村姑。军人和军人说话，你听得懂吗？大炮一响还不是吓得屁滚尿流！

桃花气得脸色煞白，浑身颤抖，但心里却保持着平静，冲那个黑不溜秋的士兵轻微一笑，你现在不也是靠我们摊的煎饼填肚子吗？

张超瞪了那个黑不溜秋的士兵一眼，然后点了一支烟，抽了两口，毫无保留地对张喜子说，你看看眼前这个局面，心里不慌张吗？不用我振臂一挥，只要我点一下头，这些你们所称的俘虏、我的士兵就会和你们打起来。

张喜子"哗"的一声将子弹上膛，义正词严地说，你们谁敢轻举妄动，我保证一梭罗子下去让他身上变成马蜂窝。你是用过枪的，知道我手里这家伙的厉害。

桃花也掏出驳壳枪端在手上。

黑不溜秋的俘虏兵挺身站到张超身前，怒气冲冲地说，你们手里有枪，对付我们赤手空拳的算什么本事？要是换三天前，老子手里还握着枪杆子，就你们几个，哼……

张超轻轻地推开了他，冷笑一声，你们长官派你们到这里是来消灭我们这些人的吗？

张喜子小声嘟哝着没有回答。

桃花说，你们要想哗变就消灭你们！

张超指着杏花那边说，是你们先侮辱俘虏，甚至要杀俘虏，我的这些士兵为了保命才想着反抗的。责任不在我的士兵，在你们对待俘虏的恶劣态度！

张喜子瞪了桃花一眼。

桃花的脸红了，她冲着梨花喊道：梨花梨花，我命令你把杏花的枪下了，带她去蹲禁闭。

梨花不知这边发生了什么事情，只好照着桃花说的，伸手向杏花要枪。杏花开始不同意，对梨花大喊大叫。梨花在一个姐妹帮助下，从杏花手里夺下枪。杏花气得指着"驴踢的"的额头，咬牙切齿地说，你等着，这笔账我一定会和你算。

梨花连劝带拉把杏花拉走了。

桃花对张超说，这回你还有没有理由？

张超赞许地冲桃花点了点头。他接着刚才的话题说，再说了，你们了解你们面前这些军人吗？告诉你吧，就是我这位黑脸警卫排长都是军校毕业的，不仅枪法准，还有一身好武艺，真的动起手来，恐怕你们三五个也不是对手。

桃花恼了，痛斥张超道，你说这话什么意思？吹牛、夸耀、恐吓？你们本事大怎么当了俘虏？你们本事大怎么全军覆没？

张喜子也接上说，我要是没记错，你就是我们排抓住的俘虏。你被抓住后的第一句话就是，解放军长官，给我半口馒头吃……

张超的脸一下子涨得通红，好大一会儿没说出话来。不过，看得出他并没有服气，胸脯一起一伏，好像窝了很多气，目光盯着远方的天际，仿佛在深刻思索。那个黑不溜秋的警卫排长却直言不讳地接上说，我们被你们围困了那么多天，弹尽粮绝，缺医少药，弟兄们又冷又饿，腰直不起来，腿抬不起来……

桃花嘲讽地说，怎么没人给你们国民党士兵做军鞋、摊煎饼啊？

黑不溜秋的警卫排长不服地说，要不是那些党国的败类临战叛变，你们想啃我们王牌军这块骨头没那么容易。

张喜子义正词严地说，那些起义的投诚的不是败类，而是脱离国民党反动派站到人民一边。

桃花说，你们不想想那些起义的投诚的为什么不愿意再为蒋介石卖命？

黑不溜秋的警卫排长咽了口唾沫。

张超沉默了一会儿，身子开始慢慢地往下蹲。黑不溜秋的警卫排长赶忙脱下上衣铺在石板上，又用手搀扶了他一把。看见张超坐下了，那些俘虏官兵也陆续安静下来，有的坐，有的蹲，有的干脆躺在地上。不过，桃花看得出他们中有些人心并没有静下来，有的吹口哨，有的哼小曲，还有的故意装咳嗽。那个黑不溜秋的警卫排长站在张超身后，虎视眈眈地看着张喜子，两道目光就像两条仇恨的火焰。张喜子瞪他，他也瞪张喜子，直到张超拍了拍他的肩膀，他才扭过头去，点了一支烟，还故意吐了个大大的烟圈。可他弯腰的时候，桃花看见他双手扶着腿，嘴张得很大，眉头也皱起来。桃花忍不住想，张喜子对他也太客气了，换成是我，找个理由把他给废了！

也许是为了报复桃花，张超过了片刻冷静地说，你们是想打过长江去吧？

桃花看了张喜子一眼。张喜子直截了当地回答：是，打过长江去，解放南京，解放大上海，解放全中国！

张超说，现在国共两党不是在谈判吗？谈判成功了，你们也就不需要冒险了，对吧？

桃花没等张喜子回答就抢着说，谈判不成功，我们打过江；谈判成功，我们也要过江。

张超哼哧笑了一声。

张喜子严厉地问：你笑什么？

张超没回答。

那个黑不溜秋的俘虏转过头来，盯着张喜子和桃花，指了指远处的天际，嚣张地说，我们长官不好说，我替他说了吧。我们长官是好心提醒你们，长江防线坚如磐石，有百万大军守卫，加上长江里有国军的军舰外国的军舰，天上还有飞机，一只小鸟都甭想飞过去，就凭你们，哼……要不然你们共产党也不会和国军谈判。

桃花听了，心里的确有些紧张。

张喜子却哈哈大笑，你错了，是你们的代总统要求谈判的。你们的代总统是想划江而治，而你们的蒋委员长是想拖延时间。但是，不论你们怎么想，都是一场黄粱美梦。

黑不溜秋的俘虏刚要辩解，张超冲他挥了挥手，平静地说，那我们就等着看你们把红旗插到总统府大门上吧！

张超在一群俘虏的簇拥下往帐篷走，那个黑不溜秋的警卫排长走路时一瘸一拐，慢慢腾腾，张超回头看他时，他又好像没事一样朝张超笑。桃花看了张超一眼。张超表面上很平静，好像刚才没发生过什么事情。桃花不由得心里骂了一句：阴险！

这儿没事了，你先回你们那边吧，张喜子对桃花说，等排长回来，我向他汇报后，看他向上级汇报后怎么处理。

三

桃花正琢磨怎么处理杏花，是给她个处分，是让她回老家，还是……她一时犯了愁，拿不定主意。拿不定主意就开会商量，这也是多年来的习惯。爹就曾经告诉过她，有人说国民党的税多，共产党的会多。咱为什么开会多，就是要发扬民主，要集中大家的智慧。三个臭皮匠顶上一个诸葛亮嘛！你当上干部，千万不要犯家长制的错误。

可是，又让桃花没想到的是，支前队的姐妹们多数提出要回老家。

梨花说，让杏花一个人回去，大家以为她跟着队伍犯了什么错误，被赶回去的，以后还让她怎么工作？要回咱们都回去。

小梨花说，杏花姐就是一口气上来了，没搂住火。她这也是阶级阵线分明、立场坚定的表现。再说了，她还是很听话，没有开枪。

银杏花说，这是让咱们伺候国民党反动派，给他们做饭、换药，还给他们看家护院。要是有一天回老家了，怎么开口给父老乡亲说？父老乡亲知道了咱伺候国民党反动派，唾沫星子还不得把咱淹死。

小梨花说，别说杏花见了杀父仇人上火，就是我看见那些俘虏兵气都不打一处来。

银杏花急不可耐地说，桃花姐，你还是带我们回去吧。

桃花环视了一圈，问道：你们是不是都想回老家去？

众人纷纷点头，只有两个既没点头也没摇头，态度有些暧昧。梨花是支前队的武装民兵班长，平时最听桃花的。她见大伙都向着杏花，不想跟大伙过不去，就找了个借口出去了。大伙你一言我一语还在不停地说，桃花心里有点烦躁，盼望着枣花快点过来。她想，如果枣花在场，肯定会支持她，劝姐妹们留下来。

就在这时枣花来了。她腰里系着白围裙，头上裹着白毛巾，手里提着根烧火用的白蜡棍，身上背着行李，走路脚步咚咚咚地响。桃花心里高兴，忙站了起来迎接。可是她看到枣花的行李，心又凉了。

五花村位于鲁南山区的一条深沟里。之所以叫五花村，是村前村后、山上山下长满了桃树、杏树、梨树、枣树、樱桃树，每到开花的季节，整条山沟仿佛花的海洋。有一位家在南方的解放军战士第一次到五花村，触景生情，感叹地说，这山上的石头上都能闻到香味！五花村的女孩子里叫花的也多。一方面是她们的父母不识字，想不到好的名字；一方面是她们的父母对花情有独钟，太喜欢花。因此就出现了上一代人中有叫桃花的，被称为桃花姑姑，下一代又有几个叫桃花的，被称为大桃花、小桃花，同名不同姓的还好区分，比如张桃花、李桃花，同姓的实在不好分了，就称东头的张桃花，西头的张桃花。枣花是结了婚生过孩子的，又长出桃花一辈，还是桃花前任的区妇女主任。桃花本来打算淮海战役胜利后让她回老家的，可她死活不同意，说是一起出来的，要回一起回，要留一起留，你们都想打过长江去，为啥不让我过长江？她留下了，分配在炊事班做饭。杏花被桃花关禁闭，第一个就去找枣花哭诉。枣花听了，气得把当勺子用的铁铲往锅里一扔，简单向帮厨的小姑娘嘱咐了一声，就气势汹汹地来找桃花了。

桃花满面微笑，亲切地给枣花让座。枣花也不客气，一屁股坐在桃花坐的高脚凳子上。桃花刚要在矮凳子上坐下，枣花又伸出双腿，把脚架在了矮凳子上。桃花只好站着和她说话。桃花说，枣花婶子，您咋这时候有空到我这儿来？枣花说，咋的，你是不想见我还是不敢见我？别忘了，你这凳子原来是我坐的。桃花说，那怎么敢忘呢？要不是有枣花婶子你热心培养，我怎么会有今天！枣花心里乐滋滋的，那是当然。说完这句话，两个人沉默了一会儿。枣花到底是个火暴脾气，指着桃花先嚷嚷开了。枣花说，桃花呀桃花，你怎么就变得六亲不认了呢！是被英雄那面小旗子冲昏了头呢，还是被人家主任、队长叫掉了魂呢？

桃花只笑不说话。她心里十分清楚枣花找上门来是什么原因。枣花从小没上过一天学，连自己名字三个字都不认得。她当区妇女主任时工作上没得说，做军鞋，筹军粮，上前线抬伤员，只要交给她的任务，她都会出色地完成，一旦让她去开会、学习，她不是头疼脑热，就是找各种理由走不开。区领导对这点很无奈也很担心。她生了孩子后，主动把职位让给了桃花。区委书记给桃花说过，全中国快要解放了，新中国成立后需要大批有知识的人。你们妇女会要千方百计抽时间教枣花这样政治觉悟高、经过革命战争年代锻炼的妇女们识识字……在老家解放区，几乎村村都在办妇女识字班，可她怎么动员枣花，枣花就是不肯参加。枣花挂在口头上的一句话是，叫俺干啥俺干啥，干啥俺都干得不比识字的人差。她要是给枣花讲政策、讲大道理只能适得其反，让枣花火上加火。她熟悉枣花的脾气，心里有话搁不住，说完了吵完了拍拍屁股就走，回头见了就像没发生过什么事。所以，枣花发火说了一通，越说越难听，她心里不舒服，表面上还笑脸相迎。可是让她没想到的是，枣花这回换了脾气，越说越激动，越说屁股坐得越稳当。枣花说，杏花那孩子哪点做错了？她要是见了杀父的仇人无动于衷，那还是人吗？这自古都说，杀父之仇、夺妻之恨，那是比天大的仇比海深的恨。

银杏花说，就是，杏花还手下留情了。换我，不声不响，一枪先崩了那个狗日的。

枣花说，这小国民党的几个俘虏一闹腾，你把杏花关了禁闭，还要把她打发回老家。怎么，你怕那些俘虏蛋子？今天你要是不给我说清楚，不把杏花留下，我，我把官司打到陈司令粟司令那里去，再不行我、我告到毛主席那里去。

桃花见不说道理不行了，坦诚地说，枣花婶子，您以为我见了那个"驴踢的"不上火呀？

枣花讽刺地说，是吗？你上火我咋就没看出来，咱那么多老乡也没看出来。你上火你还关杏花的禁闭？

桃花感到委屈，枣花婶子，您不在现场。您不知道当时的场面有多紧张。

枣花双手拍得叭叭响，嗓门也很大，唏，有啥子可紧张的。你们手里的枪都成烧火棍了？他国民党俘虏蛋子要敢动，你一枪下去打倒两个，看谁还敢！等我见到刘政委，非得告张喜子那小子一状。你看看他，还对天放枪警告，换我早就一枪崩了那个反动军官！

桃花没吭声。

枣花以为桃花心虚了，或者被她驳得哑口无言了，于是越说越来劲。还说那个姓张的反动派军官的胃痒痒，让我专门给他开小灶。哼，他还不是当反动派的时候欺压咱老百姓，到哪个地方猪呀羊呀牛呀狗呀连老鼠都不放过，把胃撑破了……

小梨花笑得前仰后合，枣花婶子，他那是胃溃疡，是胃病，弄不好胃就烂了！

枣花说，烂了才好呢！打今儿起他甭做那个白日梦，我给他吃猪食……

桃花急了，枣花婶子，您千万别、别那样。给他开小灶是刘政委关照的。

枣花不信，眼睛瞪得像要蹦出眼眶。刘政委？她摇了摇头，不会、不会的。刘政委和他非亲非故，再说打陈官庄最后那阵子他为国民党最卖力，为啥要关照他？

桃花耐心地说，这是咱共产党、解放军对待俘虏的政策。

枣花拧着脖子，一脸的不服气，反正我就要回老家了，这政策谁爱执行谁执行去。她环顾一圈，问道：你们谁愿意回老家的，咱一起走。咱一个区的运粮队正好还有辆马车要回去，我已经说好了。

小梨花马上站到枣花身旁，第一个表示要跟枣花回老家。接着，还有七八个姐妹也嚷嚷着跟枣花走。有的说着就要去收拾行李。桃花一下子急了，狠狠地推了枣花一把，枣花跟跟跄跄几步，被小梨花扶住才站稳。枣花眼圈红了，桃花，你，你打我？桃花说，你要是敢再煽动逃跑，我，我关你禁闭！

枣花说，我怎么煽动了？再说，我是回老家，怎么叫逃跑？

桃花说，马上到长江边了。我们要跟着大部队过长江，解放南京，解放上海。你偏要带着姐妹们回老家，这不是临战脱逃吗？

枣花翻了翻白眼，正寻思着反驳桃花的话，梨花风风火火地闯了进来。她端起桃花给枣花倒的白开水，仰起脖子，咕噜咕噜一口气喝了个底朝天，然后用袖口擦了擦嘴巴，拉着桃花就要走。枣花不干了，伸开胳膊拦住梨花，干吗干吗？我这话还没说完呢！

梨花说，婶子，有急事！

枣花说，有人掉江里喂鱼了？

梨花摇头，咱这儿离长江还远呢。

枣花说，房子失火了？

梨花又摇头，咱住的帐篷，帐篷里又不生火，怎么会失火？

枣花说，那你有什么急事？是不是那些国民党俘虏蛋子里的伤兵生病了要死了？

梨花给了枣花一拳头，说枣花婶子你咋这么聪明呢？她又转头对桃花说，报告队长，那个跟在姓张的军官屁股后边长得黑不溜秋的家伙大腿根的伤口发炎了，流脓又流血，下不了床了。

枣花兴奋不已，说不会是他裤裆里那个家伙坏掉了吧？说完，她才意识到在一群没出嫁的闺女面前说这话有些过分，脸一下子红了。

桃花和梨花好像没听见枣花的话。梨花继续向桃花汇报：咱的随队医生看了，说必须赶快把他送到野战医院去动手术，否则那腿就保不住了。张喜子班长让咱赶快派人……

梨花话没说完就被枣花粗暴地打断了。枣花说这事你也跟着急。他那腿伤是咱解放军留下的，谁让他跟着反动派顽抗呢？治不好就治不好，找把锯子给他锯了！你们要是怕，我来动手。

桃花瞪了枣花一眼，拉着梨花边往外走边下命令：银杏花小梨花你们配合张班长看管好那些俘虏，跑了一个我找你们算账；枣花你快去把杏花给我叫来……

枣花大声喊道：不关杏花的禁闭了？

枣花哈哈哈地大声笑了。

四

那个黑不溜秋的警卫排长叫张小五，是江北邻江小镇一个大户人家的孩子。抗战胜利后，张超的部队在小镇上驻扎，张超的团部就在张小五家。张超指使部下在镇上大肆宣传其部队在抗战中的"辉煌"业绩，同时在镇中学征兵。从小崇尚英雄的张小五动心了，想投军。但是他父亲不同意，觉得当兵没出息，要他上完中学后送他到上海继续读书。张超见张小五有文化，心眼机灵，人也老实，办事可靠，就动员张小五的父亲。张超说要是共产党打过来，就会搞"土地改革、共产共妻"，张家和一些大户的地会被没收，财产会被瓜分。张超拿出平时搜集的一些解放区的报纸，上边登有土改、镇压反动恶霸地主的内容。他还向张小五的父亲承诺，保证把张小五培养成为一名将军。张小五当兵后，张超让他在自己身边当了卫兵，又送他到军校学习，十分用心地培养他。在一次战斗中，张超负了伤，眼看蜂拥而来的解放军就要围上来，面临着要当俘虏，拔枪想自杀。张小五一脚踢飞了他手中的枪，把他捆在自己的后背上，在泥泞的山路上爬行了一夜，硬是逃出了包围圈。张超看着张小五鲜血直流的膝盖，疼得泪如雨下，紧紧抱着张小五，连叫了几声兄弟。张超还专门让风水先生选了一个日子，特意把张小五的父亲请到，郑重其事地与张小五举行了结拜仪式。此后不久，张超就把他提拔为警卫排长。在张小五心里，张超就是自己最亲的兄长，而在张超心中，张小五就是自己心爱的弟弟。所以，张小五腿上的伤疼，张超的心疼。

此刻，张小五正躺在帐篷里的地铺上。剧烈的伤痛，让他的身子不停地抽搐，脸上的汗珠汇成一条条小溪，头发也像刚被雨水淋过。他不想让张超为自己担心，咬着牙一声不吭，嘴唇都让牙齿咬出了血。

张超眼里含着泪水，抱怨说，受了这么重的伤，你怎么不早说？

张小五说，我，我怕你不让我跟你了。

张超眼睛一热，泪水流了下来。

站在一旁的张喜子和几名战士感到惊讶，这国民党的官兵也重情感啊？！

张超完全抛弃了被俘后仍然保持的威严、清高和傲慢，一手拉着张喜子，一手拉着医生，哀求地说，医生，求求你救救他。解放军长官，不，不，解放军兄弟。他一时找不到合适的称呼，急得脸都红了，双腿一弯似乎要下跪。

张喜子扶了他一把：有话好好说。

张超说，看在同是军人的分上，求求你们赶快把他送到医院去……说完，他摘下自己手腕上的进口劳力士手表，不管张喜子同不同意，硬是塞到张喜子口袋里。

张小五挣扎着想爬起来，两手胡乱地挥舞着，长官你别求他们，别求他们！

桃花和梨花气喘吁吁地跑了进来。

帐篷里的几十个俘虏不约而同地把目光转移到桃花身上，看得桃花有些不自在。

张喜子把手表递给张超，严肃地说，你不要把我们的军队想象得和你们的军队一样。我们对待俘虏有优待政策，只要能做到的，我们都会去做。

张超犹豫着不愿接。

桃花从张喜子手里夺下手表。张超一见，先是吃惊，接着满意地笑了。他指着手表对桃花说，这位姑娘，你要是把我的兄弟送去医院，这表就送给你了。

桃花冷冷地一笑。

张超说，要是能把他的腿保住，我，我把南京的一套宅子送给你。

桃花突然厉声喝道：伸出手来！

张超踌躇片刻。他猜不出桃花想干什么，所以没有伸手。周边的几个俘虏以为桃花要对张超不利，不约而同地围了过来，虎视眈眈地看着桃花。

桃花又严厉地说了一句，伸出你的手。

张超这才向桃花伸出手。桃花把手表轻轻地丢在他的手心里。

张超的神情瞬间变得不安起来，目光显得有些无助和失望，蹲下身子抚摸张小五的腿。

张喜子把桃花拉到帐篷外，简要地说了一下张小五的伤情。张喜子说，车被排长带去接新来的俘虏了，只有用担架把他送到野战医院去。我这边拉不开栓了，请你派人送他，我安排一个战士随行保护。

桃花看了看天色，太阳的余晖已渐渐散去，淡淡的夜雾正从山顶向山下由浅变深，从容不迫地缓慢行走，这是临江山区夜幕降临的迹象。她约估着走不出山沟，天就会完全黑下来。从这里到野战医院有四十多里地，而且都是山路，两个担架队员显然不够。

张喜子见桃花犹豫，着急地说，桃花主任，我知道让你为难了。可是……

桃花说，没有什么可是，这是我们应该做的。你放心吧喜子，我们保证完成任务。

梨花不满地嘟哝，我们现在的任务又不是抬担架，再说，还是送一个顽固不化的俘虏兵蛋子。要是杏花知道了……

桃花一下站住了。她本来没想安排杏花，可是梨花这话提醒了她，如果把杏花留在俘虏营，说不定她还会惹出什么意想不到的麻烦。她想了想对梨花说，梨花，你快去通知枣花和杏花抬一副担架过来，先不要告诉她俩什么任务。

梨花点点头，高兴地说，嗯，我这就去找杏花枣花。

杏花刚听说桃花给她派了去野战医院送伤员的任务十分高兴，这说明她可以留下来，不用回老家了。跟着大部队打过长江去，是她目前最大的愿望。她和枣花抬着担架一路小跑到了张超住的帐篷前。一看是张超和几个俘虏住的帐篷，她用疑问的目光盯着梨花看。梨花悄悄地告诉她是送国民党俘虏兵，还是那个黑不溜秋的警卫排长时，她的情绪一落千丈，整个人就像泄了气的皮球，没有了力气，没有了精神。她把担架往地上一扔，坐在一块石头上�’着嘴生气。枣花也十分不乐意，埋怨梨花：你怎么不去送那个俘虏蛋子？杏花抱怨桃花：让我送他去医院，我宁愿回老家。梨花感到委屈，但是没时间解释，拉拉扯扯把枣花和杏花拉到帐篷里。

桃花让杏花和枣花把张小五从地铺上抬到担架上，杏花很不情愿地拉着张小五的手，张小五刚要借着劲坐起身，她突然松开手，把张小五摔了个仰面朝天。张超和"驴踢的"站在旁边看到这一幕，气得朝杏花瞪眼。枣花刚要弯腰扶张小五，见状忽地站起来，指着"驴踢的"嚷嚷开了，怎么着，他又不是死人，非得让我们这帮姑奶奶搂着抱着才肯起来？来，你们两个把他抬到担架上，不然，别怪姑奶奶不送他！

"驴踢的"嘟囔道：一点诚意没有，半路上还不知会不会把人扔山沟里呢。

枣花上前扯住"驴踢的"的衣领，你说什么？再大声说一句让大伙听听。

"驴踢的"没理会枣花，向张超敬了个军礼，大声说，报告长官，请命令我和她们一起去送张排长。

张超二话没说，左腿一弯，跪在张小五身旁，双手托起他的腰，然后命令"驴踢的"抱起张小五的双腿。身材五大三粗的张小五不好意思让张超帮忙，挣扎着想自己爬起来。不料他一用劲，张超一屁股坐在了地上。旁边的人们发出一阵哄笑。杏花和枣花笑出了声。桃花和张喜子心里十分明白，这些俘虏不是来自一个部队，也不是一样的出身，更不是一种思想。他们中有的人对张超和张小五平时心高气傲的样子不满，所以既不出手相帮，关键时还看笑话。可是当务之急不是让张超难堪，而是要赶快把张小五送到野战医院去。桃花拉开张超，推开"驴踢的"，双手一用劲把张小五抱起放到担架上，对杏花和枣花说，快走！

桃花干净麻利的动作让张超和俘虏们感到惊讶的同时，又对她增加了几分敬重。枣花是个要面子、不轻易服输的人，她见桃花出了风头，心里有点着急上火，弯腰把担架放在肩上，头也没回冲着杏花说，走喽杏花，咱娘儿俩今儿无论多晚也得把人送到医院，我还不能耽误做明天的早饭！

张喜子说，枣花大嫂，你心里就别搁那么多事了。明早我到伙房去帮忙。

枣花一只脚已经迈出了帐篷，不高兴地扭头看了张喜子一眼，唏，别门缝里看人。我说到做到，从来不耽误事。

当担架出了帐篷时，张超他们一直送出很远，目送着担架消失在山头的后边。

那个姑娘会不会……"驴踢的"忧心忡忡。

张超对着他的屁股上狠狠地踢了一脚。

五

桃花，今晚上得加哨。张喜子认真地说，我感觉俘虏中有人想折腾事。

桃花一愣，你是说那个姓张的当官的？

张喜子沉吟片刻，我看那个结巴子，也就是你们叫的"驴踢的"不太对劲。

此刻天已经完全黑下来，山沟里本来就显得恐怖，老天爷突然又变了脸，看不到一丝星光，仿佛一口大黑锅倒扣下来，让山沟更加黑暗。一阵阵狂风在山上山下来来回回地翻腾，树林中发出噼噼啪啪的响声。桃花和张喜子都是鲁南人，在这个地方就是北方人，不熟悉南方的节气和气候变化，两人同时认为要下雨了，心情也都紧张起来。

桃花问：喜子，你怎么会对“驴踢的”有这样的感觉？

张喜子：这不明摆着，他觉得自己让杏花认出来了，要找他报仇雪恨。他随时有生命危险，所以沉不住气了。再说，这小子从被俘虏那天起就不服，老是在俘虏们中间散布一些不利于改造的言论。

桃花眼前闪过“驴踢的”疑虑、焦躁、凶狠的目光和浮在嘴角边的阴冷的笑，心里“咯噔”一下，对张喜子说，那咱重点把他看管起来。我让梨花带两个人专门看着他。他要是敢乱说乱动，煽动俘虏哗变就把他就地枪毙。

桃花的话音刚落，不远处的江边又传来“哐哐哐”的炮声。张喜子侧耳听了一下，这是对面的敌人在搞侦察。他们一打炮，那些不安分的俘虏像“驴踢的”的心就蠢蠢欲动。他们的主子在做“划江而治”的梦，他们以为已经到江边，寻找个机会逃过江去……

桃花：哼，他以为他们的军舰、大炮能挡得住咱们解放大军，傻蛋！

张喜子叫来两位班长，桃花叫来梨花，几个人开了个临时党支部会，研究晚上的分工和应对措施。快要散会时，梨花想起一件事，对一班长说，一班长，你晚上还要给我们妇女识字班上课，别忘了啊！梨花的话启发了桃花，桃花郑重地向张喜子建议，晚上可不可以让张超替代一班长给妇女上识字课。梨花首先表示不满。一个国民党反动派军官，我们解放军的俘虏，他有啥资格给我们上课？真要他上课，姐妹们都不会去听。反正我宁愿多站一班岗也不会去。

张喜子为难了。梨花虽然是支前队副大队长，但却是妇女识字班的班长。班长都不去听课，那些妇女学员们能不受影响？

桃花大概不想在张喜子和两个班长面前与梨花争得不愉快，于是沉默不语。

散会以后，梨花气呼呼地先走了。张喜子这才对桃花说，你一说出口，我就明白了你的意思。桃花你这个主意不错。张超虽说和“驴踢的”不属于一个部队，不是他的直接长官，对他的影响力不大，但在咱这个俘虏营里张超的部下最多，如果张超不动，他的那些部下也会老老实实。"驴踢的"几个人兴不起风浪，即使想闹点事或者逃跑，咱们也对付得了。不过，梨花和你们那些姐妹的思想工作你得做好。

桃花问：你是不是想说张超要面子，怕我的姐妹给他下不了台？

张喜子点点头。

一班长说，还不知张超愿意不愿意给你们妇女上课呢！

桃花想了想，很自信地说，我去找他，我给他说。

张喜子表示赞成，你去找张超，我去找梨花谈谈。

桃花话是说了，真的去找张超时，心里却又忐忑起来。她在帐篷里磨蹭了好大会儿，一连喝了两碗白开水，嗓子眼还觉得烧得慌。梨花的妹妹小梨花在一旁也跟着她着急。小梨花说，桃花姐，你别听我姐的。我姐和杏花姐一个性子，认死理。我支持你！你要是担心那个反动派军官不来讲课，我去用枪把他押来，用枪顶着他的脑袋瓜子也得给咱上这一课！

小梨花说完，背着枪，拉上一个姐妹就要出门。

桃花说，别动不动就枪呀弹呀的！他们是俘虏。

小梨花眯着眼盯着桃花，嘿嘿，从来都是对敌人咬牙切齿心狠手辣的桃花姐姐，怎么突然心慈手软了？

桃花说，刘政委是让我们配合张排长，把这些反动派改造成革命派。你用枪顶着人家的脑袋瓜子，人家会心情愉快地给咱们上课？

见小梨花不说话，桃花一手拿起洗脸盆，一手提起水桶，用目光示意小梨花去提另一只水桶。

小梨花心领神会，不好意思地冲桃花笑了笑。

俘虏营里有十几顶帐篷，张超住的帐篷里俘虏相对其他帐篷里的俘虏少。张超心里一直挂牵着张小五的伤情，皱着眉头，焦急地坐在帐篷门前。他一会儿伸出头看着天空，天空布满了深沉的乌云，而且一直往下坠，仿佛伸手就可触及；一会儿又低头看看腕上的手表，手表上的时针虽然在转，在他看来好像停止了走动。"驴踢的"和两个年轻点的俘虏在一旁嘀嘀咕咕，不时说几句添油加醋的话刺激张超。

"驴踢的"说，小五这一去很难再回来了。你们没看见那个大眼睛的女队长一个劲给要枪毙我的妮子挤巴眼皮。那意思还不明白？他说到这里故意停顿下来。

一个年轻俘虏说：那个大眼睛队长叫桃花，要枪毙你的是她妹妹杏花。你说她挤巴眼皮啥意思？又有几个俘虏问"驴踢的"同样的问题。"驴踢的"看着张超，摇摇头，笑了笑，用嘲弄的口吻反问那个年轻俘虏：这才两天一夜，你咋和那些小娘儿们混得那么熟，谁叫什么名字都清楚。你是不是想，想，想……

闭上你的臭嘴！张超火冒三丈，一转身给了"驴踢的"一个响亮的耳光。妈的，你没有姐妹啊？

"驴踢的"捂着脸，不服气地辩解：我、我敢保证，你那个兄弟走不到半路，不是让她们扔到山沟里去喂狼，就是给活埋了！

那个年轻俘虏惊恐地睁大眼睛，也结巴地说，那、那她们怎么向张长官交代？

"驴踢的"说，交代个屁！说是没救过来，死了，埋了……

本来就心烦意乱的张超起身就要往外走，桃花和小梨花带着两个姐妹就在这时到了张超住的帐篷里。

小梨花一进门就扯着嗓门问：有要洗的衣服，拿出来，放桶里。

十几双眼睛惊讶地、不解地看着桃花和她的几个姐妹。

小梨花又喊了一声：听到了没，把换洗的衣服放桶里！

俘虏们你看看我，我看看你，迟疑着没动。

"驴踢的"嘿嘿嘿笑着，一边解裤腰带一边叨唠，我这裤子穿俩月了，还尿湿了几回，本打算回家让媳妇给洗洗，这下好了……

小梨花气得骂了一句：流氓！转身出了帐篷。

"驴踢的"自己也觉得不好意思，转过了身。他的裤子脱了一半，露出半个屁股，几个俘虏看了哈哈大笑。张超怒视着"驴踢的"，突然伸手想抢桃花腰上插着的驳壳枪。

桃花朝后退了一步，吼了一声：你想干什么？

　　张超恶狠狠地说，这位大姐，把你的枪借我，我，我毙了这个不通人性的王八蛋！

　　"驴踢的"狂笑几声，毫不客气地指着张超骂道：你孙子跑共产党的俘房营里充什么好人啊？我、我们这些当兵的当小排长小连长的还不是你们指挥着，说打哪打哪，让杀谁杀谁，在场的兄弟谁有你手上沾的共产党解放军的鲜血多？他说着快速地环顾了一眼四周，弟兄们，对不对啊？

　　"驴踢的"一伙俘房面面相觑，有几个跟着嚷嚷：对！我们打仗都是他们当官的逼的。他们带着督战队拿着冲锋枪顶着屁股，谁不冲就枪毙……

　　"驴踢的"看有人助威，劲头更大了。他点了一支烟，故意冲张超脸上吐了个大大的烟圈。姓张的，你不光和解放军打仗杀共产党很勇敢，逼着你的弟兄和解放军打仗也不留情！陈官庄最后一个晚上，我和弟兄们还亲眼看见你手下的一个排长不愿打仗，想向解放军投诚，被你当众开枪打死……

　　张超愤怒地吼道：你胡说八道！我是因为他持枪强奸和抢劫从徐州跟着国军跑出来的女大学生，才枪毙的他。

　　"驴踢的"对张超目中无人的态度和无中生有的攻击，引起了张超部下的不满。一个大个子俘房兵突然一跃而起，把"驴踢的"摁倒在地。桃花听到"哧哧"两声响，接着看到几片破碎的布片被扔到帐篷顶上，然后又跌落下来，有一片还落到小梨花的头上。等到大个子站起来时，躺在地上的"驴踢的"身上只剩下件短裤衩了。他咬牙切齿地骂道：好你个狗日的大个了，等老子回去带着弟兄们把你的皮扒下来做军装。

　　小梨花把落在头上的布片扔到"驴踢的"身旁，讥讽他痴心妄想，就你，想回哪儿去？你一天不认罪不悔过，就一天也别想出俘房营！我警告你，你敢乱动，我们的子弹不认人。

　　桃花意识到时间已经不早了。她想了想，借着几拨俘房互相瞪眼对峙的机会，让小梨花和两个姐妹收了几件衣服，然后严厉地对张超说，你出来，我要跟你谈谈。

　　张超犹豫了片刻，低着头出了帐篷。

　　大个子等人不解，指着"驴踢的"问桃花：你们想关我们的长官禁闭吗？为啥不管他？他才是这个俘虏营里最不安定的坏蛋！

桃花对大个子也是对帐篷里所有的俘虏说，你们都坐下，老老实实地反思、悔过，谁也不许出帐篷一步。

"驴踢的"已经坐在地上，虽然挨了大个子几个拳头，光着膀子，气焰依然有些嚣张，说话也很难听。怎么，拉屎拉尿也不让出门吗？你、你、你们这是虐待俘虏，我、我、我要向你们的长官告你们！

桃花没有理睬"驴踢的"。她知道像"驴踢的"这种人，你越是理他，他越是来劲，用她们老家的话说是"搬梯子够脸"。她走出帐篷，看见张超正在仰望着天空沉思。

走吧！小梨花催促张超，数星星呢？看不见现在是满天乌云要下雨？

走了十几步远，张超停下脚步，问：你们要把我带哪儿去？

小梨花抢着回答：不会把你送到地狱去。

桃花开门见山，把请张超给妇女识字班讲课的事告诉了他。张超听了，惊讶地看着桃花，长长地出了口气，我可不会你们那样忆苦思甜。你们不怕我给你们灌输有毒的东西吗？

桃花笑笑，我们从小就经常喝芨芨草，有毒的传染不了。

六

你们谁知道古代名人写鲁南的诗有哪些？张超问。

他借着马灯昏黄的灯光，环视了一眼面前的十多个女人。她们中年龄最大的40岁，最小的小梨花只有16岁，有的穿着一身黑，有的穿着一身蓝，有的穿着一身红，有的穿着一身花，但几乎个个肩膀头、胳膊肘和腿上都打着补丁，一看就是拉车子、挑担子、抬架子支前的民工。他开始对这群女人有些轻视甚至蔑视，心想，你们这些乡村、山沟里长大的女人，应当在家里本本分分地做女儿、做媳妇、做母亲，却受了共产党、解放军的煽动，跟随大军南征北战，受苦受罪，何苦来着？万一挨了枪弹，命也要搭进去。可是，当他的目光和那些女人的目光相遇时，心里不禁打了个寒战，倒吸了一口冷气，浑身的血液仿佛都变成了凉水。他从她们的目光中看到了坚定的信仰、不变的信念、无畏的勇气、钢铁般的力量。太可怕了，共产党能把这些山沟沟里的女人组织起来、团结起来，自愿地而不是像国民党军队那样强迫地奋不顾身，这不光在中国历史上，就是世界历史上也堪称空前。

桃花和姐妹们面面相觑，对张超的提问回答不上来。

小梨花噘着嘴，生气地说，你净问些稀奇古怪的，故意考我们。那我问你，你知道俺们鲁南俺们那沟有多少个山头吗？

另一个中年妇女接上说，就是，俺们要是会识字能读诗，还上这识字班啊？

张超心里不悦，故意问道：那你们谁能告诉我为什么要识字吗？

那个中年妇女抢着回答：我们如今翻身做主人了，连自家的地契、政府的布告都看不懂能行？

小梨花故意甩了下小辫子，挑衅地说，我们马上要打过长江，打倒你们的蒋委员长，解放全中国。刘政委说了，建设新中国需要大批人才，要是没文化怎么搞建设。

张超冲着小梨花竖起大拇指，这小妹妹说得对！他又挖苦中年妇女，看看你的年龄比人家大不少，可胸怀却比人家小不少。

中年妇女哼哧一声，从怀里掏出针线、鞋底，低头纳了起来。她一带头，还有几个成了家的女人也学着做。年轻的姑娘有的织毛衣，有的缝衣服，桃花腿上放着书本，手上也拿着件衣服在缝补丁。张超开始心里很窝火，这群女人哪里是在识字，分明是在做针线活。再说一个个不懂得尊重老师，起码的礼节都做不到……可是，很快他的注意力就被面前那些来自鲁南山区的女人们灵动的双手吸引住了。他慢慢地挪动脚步仔细观看，那几个纳鞋底的妇女几乎整齐划一的一个动作让他惊奇地张大了嘴巴。她们一手托着鞋底，另一只手的拇指、中指和食指夹着比一般针粗一些的铁针，纳上几下就把铁针举起，在自己额头上轻轻划一下。

他忍不住脱口而出问道：你们，这是做什么？

中年妇女嗔怪地瞪了他一眼，哼，我那个穿着开裆裤子的小儿子都知道这是干什么。你连穿开裆裤的孩子都不如，还跑来笑话孩子的娘?!哈哈……

桃花用脚轻轻踢了一下她的脚后跟，示意她不要让张超太难堪。

张超没生气，或者说根本就没听清，没往心里去。他从一位妇女手中接过铁针，朝灯下看了看，这，这划在肉上不疼吗?

那你试试。小梨花一旁馋了他一句。

张超笑笑。没等他再往下问，桃花说话了。她说，大婶大嫂大姐小妹们，咱一边干活，但也不能耽误了识字。咱还是请张、张……她一时不知怎样称呼张超，突然结巴了。

人家是想当咱先生!中年妇女嘲讽地说，看看人家一班长，教咱认识的全是用得上的字。他比一班长差远了。她的话激怒了张超。他虽然没有和一班长交流过，但一班长在带着他们忆苦思甜时讲过小时候吃过的苦受过的罪，明明是个没进过学堂的穷孩子苦孩子，有点文化也是到部队后补习的。那个中年妇女把他和一班长比，而且称他比一班长差远了，他的自尊受到了挑战，二话没说，拿起粉笔在黑板上抄写了一首诗:

> 兰陵美酒郁金香，
> 玉碗盛来琥珀光。
> 但使主人能醉客，
> 不知何处是他乡。

小梨花在他刚写第一句的时候就叫开了，兰陵美酒，就是俺们那地方的!

张超环视了一圈，你们谁知道这是谁的诗吗?

帐篷里一片沉寂。

中年妇女不满地嘟哝，什么湿了干了的，不就几行字吗?它不认识俺，俺还懒得认识它呢!还讲不讲?不讲俺回去。还有一堆狗皮等着洗呢。

另一个中年妇女接上说，洗什么洗，一把火烧了，让那些俘虏蛋子打光腔去。

帐篷里爆发出一阵哄堂大笑。

桃花拍了两下大腿，安静，安静。谁也不许吵吵，听先生讲课。

张超等她们静下来，得意扬扬地说，这首诗是一位著名诗人咏兰陵的。

小梨花又抢着说，我认识那个老先生，经常在打麦场上用树枝写呀画呀，嘴里还不住地哼哼些诗。

张超强忍着没笑。桃花看出小梨花出了洋相，用胳膊肘儿捣了她一下。她不服，白了桃花一眼。

张超说，这位诗人名叫李白，生在唐朝，如果活到现在，在你家打麦场上饮酒写诗，那可真的是神仙了！

帐篷里又是一片沉寂。小梨花听出张超在嘲讽她，气得转身就往外走。桃花拉住她的胳膊，让她坐在自己身边。张超是个明事理的人，同时也意识到自己在这些女人面前态度有些过分，于是严肃起来，语气也变得认真了。他说，每一个真正热爱自己家乡的人，首先要了解自己的家乡。你不能简单地认为自己是喝家乡井里的水、吃家乡地上种的粮长大的，知道家乡人的口味，熟悉家乡父老兄弟的穿戴打扮就是了解了家乡，那是最原始、最浅薄的认识。只有了解家乡的历史，了解家乡的文化，了解得越深，对家乡才会爱得越深切……说到这里，他有些激动，情不自禁地讲起他所知道的鲁南的历史、鲁南的文化。

我第一次踏上鲁南那片土地，认识的第一座城市是临沂，张超说。

是替蒋介石卖命，去侵略我们解放区吧？梨花不知什么时候悄悄进来了，接上张超的话，戗了他一句。

张超也不回避，点了点头，不过话头仍然按照被梨花打断的地方往下说。我喜欢文物古迹，每到一个地方，都要去名胜古迹看看。鲁南的文物古迹用遍地开花来形容一点也不过分。早在五千多年前，鲁南就有人类生存生活劳动劳作……

张超发现，那些女人的注意力越来越集中，一双双眼睛盯着他嚅动的嘴唇，有的连手里的针线活都停下来了。桃花比起其他女人来，听得尤其认真，全神贯注地看着他的眼睛，好大会儿眼皮也不眨一下。张超借机渲染道：我当时就想，做一个鲁南人多么值得骄傲和自豪啊！不瞒你们说，我当时还产生了一个奇怪的想法，你们知道是什么样的想法吗？

帐篷里的女人们有的摇头，有的低头，有的皱着眉头，没有人回答。

张超说，我想哪天回到家里，见到我的父亲母亲，我得问问他们为什么不把我生在鲁南？

换我是你娘，朝脸给你几个耳光子！中年妇女说。不过，她的话音里已经没有了刚才那种浓浓的火药味。

梨花哼一声，俺鲁南没有死心塌地给蒋介石当走狗的！谁家要出了这么个人，乡里乡亲会指着爹娘的脊梁骨骂，爹娘抬不起头。

梨花的这句话让张超有些懊恼。他强忍不发，看了看表，对桃花说，今天已经很晚了，是不是就这样吧？

没等桃花回答，中年妇女等人已经纷纷起身往外走。

桃花想等张超起身出去自己再出去，张超却坚持让她先出去。

张超说，女士优先！这是礼节。

梨花白了张超一眼，拉着桃花往外走，嘴上说了一句，真够酸，比俺们家的老陈醋还酸！

桃花在门前停住了脚步，等张超掀开帘子出来，她不好意思地说，对不起，我们鲁南人讲话直来直去，你别往心里去。

张超赶忙回答，不敢不敢。再说，我也知道她们不是对我一个人，而是对着你们所称的反动派。停顿一下，又说，谁让我披了个反动派的外衣呢。

俘房营里十几座帐篷挨得很近，中年妇女等已经回到帐篷拿了脸盆、水桶、衣服出来，边说边往河边走。小梨花嘴里哼着沂蒙小调，看见桃花和梨花在与张超说话，突然停了下来，冲梨花说，姐，你们在听小课呀？还没听够吗？

梨花不吱声。

张超无可奈何地对桃花说，看来我的口才不行，让你们烦了。

桃花说，没人烦呀！你没听她说的是没听够吗？我觉得你知道的我们鲁南的历史比我们这些人加起来知道的都多。明天晚上，我们请你继续给我们讲，好不好？

张超一愣，明天晚上？

梨花不耐烦了，怎么，你还打算逃跑？告诉你，这周边都是我们的解放军的天罗地网。别说大活人，就是只蚊子也别想飞走。

张超有些不悦，扭头钻进了帐篷。

桃花本来想批评梨花说话伤人，话到嘴边又改了口，问道："驴踢的"有什么反常吗？你怎么没和一班长在一起？

梨花说，张排长让我告诉你，上半夜好好休息，万一下半夜有动静……

桃花点了点头。她明白张喜子这样安排的用意。

七

枣花和两名战士是第二天凌晨回来的。毕竟邻近江边，从下半夜就开始出现雾气。不过江边春天的雾是那种乳白色、纯净的，山头、树林仿佛都像水洗的一样清新，站在雾中的人也显得很有精神。枣花和两个战士送去野战医院一个负伤的俘虏，却带回来了四个伤愈的俘虏。这四个俘虏被俘前是"驴踢的"的部下，但是"驴踢的"以帐篷里太挤为由，不愿让他们和他住一个帐篷。一班长十分恼火，严厉地训斥"驴踢的"，枣花也又讽刺又挖苦，"驴踢的"坐在帐篷门前抽着烟，一言不发，一动不动。一个操着西北口音的年轻俘虏有点急了，故意摇晃着，整个身子突然朝帐篷扑过去。由于他用力过猛过重，加上手脚并用一齐发力，帐篷发出一声凄惨的撕裂声，竟然分成两半，有一半把"驴踢的"盖个严严实实。"驴踢的"恼羞成怒地叫骂：小西北，你要造反啊？老子，老子饶不了你！

"小西北"嘿嘿地笑了几声，说，你以为我们还会像过去那样怕你？去你的吧，我已经申请加入解放军了。过两天伤好透了，能扣动扳机了，我就跟着解放大军打过长江去。你还做着隔江而治的白日梦，想着逃回国民党反动军队当你的官作威作福，我呸……

"小西北"的话引得桃花她们和在场的解放军战士一阵热烈的掌声。跟"驴踢的"一个帐篷里的俘虏，有的平常看不惯他的，也跟着鼓掌。张超和几个俘虏正在帐篷外洗漱，这边的事虽然看得清清楚楚，听得清清楚楚，却没像昨天那样帮"驴踢的"。张超连这边看也没看一眼，洗漱完就回了帐篷。桃花隐约感觉到张超的态度在发生变化。但是，她心情并没有放松。一个反动派要站到人民立场上来，并非一件简单的事。她想。

一班长和两个战士带着"小西北"等俘虏收拾倒塌的帐篷。桃花把枣花拉到一边，向她点点头。枣花明知她的意思，故意装作不懂，拍着肚皮说，啥？你问我肚子饿不饿是吧？能不饿吗？桃花笑着给了她一拳头，转身对小梨花说，开几瓶运输大队长送的美国罐头，让枣花放开肚皮吃！枣花急了，别，别呀！我不饿。咱可说好的回老家时把那些罐头带给村里的老人孩子吃。你们谁要敢动，我、我跟谁拼命！

桃花和枣花席地而坐，小梨花拿来一个花卷，枣花边吃边说起送张小五一路上的艰辛。她们没有注意到，张喜子把张超叫出帐篷谈话，与她们之间只隔了一座土堆。张喜子和张超谈话的声音不高，她们没有听见，而枣花的声音高，风向又朝着张喜子和张超所在的土堆后边，她的话几乎一句不落地传到张超的耳朵里。

昨晚这儿下雨了吗？枣花问。

桃花摇摇头。

枣花，唏，刚翻过西边那个山头就下起了雨。虽然雨不算大，可被雨淋的路却太难走了。常言说上山容易下山难，被雨淋过的下山路就更难走了。黑咕隆咚的，我听见"扑通"一声响，担架整个往下滑，我肩膀上的杠子都滑掉了，幸亏我有那么点经验，用胳膊肘儿接住了，不然，那担架就滚山下去了……

小梨花抢着问：杏花姐滑倒了，摔伤了吗？

枣花说，唏，这还用问，你要是跪在像刀尖一样锋利的石头尖上能不受伤？除非你的腿是铁打的！

桃花也着急地问，那个张小五呢，摔着没有？

枣花说，唏，你这个当姐的不关心自己的亲妹妹，倒先关心起俘虏蛋子来了。

桃花说，你能平安回来，就说明杏花没啥大伤。要不，你舍得扔下她自己回来？！快说说，张小五怎么样？

枣花说，和我们同行的解放军战士用手电筒一照，杏花左边的膝盖破了，出了血，右边的膝盖更严重，皮破了，骨头都露出来了。

小梨花"啊"了一声，说杏花姐这回受大罪了。她从咱老家出来这么长时间皮毛都还没伤过呢。

枣花说，可不是。我当时都吓得要哭。杏花那妮子刺啦从褂子左角撕下一块布，缠在左膝盖上，刺啦又从褂子右角撕下一块布缠在右膝盖上，接着把担架扛在肩膀头上。那两个解放军战士上前要夺她肩上的担架，我也劝她拉她，她死活不让。这妮子……枣花心疼地掉了泪，声音也哽咽了。

小梨花问：那个俘虏蛋子呢？他就不对杏花姐说声"谢谢"？

枣花说，唏，谁稀罕他谢谢！杏花对他说得好，你用不着谢我。你要谢就谢俺共产党、解放军的政策好。

小梨花问：杏花姐是不是也住院了？

枣花说，她只是包扎了一下。

桃花刚要张口，枣花马上给她堵了回去。唏，我知道你又问那个张小五怎么样了对不对？

桃花说，你不说过了杏花的伤口包扎了吗，我再问不是累你舌头？

枣花说，到了野战医院才看到医院要搬到邻江去，临时搭起的帐篷都拆了装车运走了，医院的大多数医生护士走了两小时了。院长走得最晚，也已上了车。他从车上下来，听了我们说的张小五的情况，马上决定亲自给张小五做手术。可是……

可是什么？小梨花追着问。

枣花说，一个护士都没留下。院长做手术得有帮手，怎么办呢？杏花说，我来。我在战场上抢救过伤员。她，她……

桃花给了枣花一拳头，她怎么了？

枣花说，嗨，她怎么也没想到做的是很难为情的事。那个张小五伤的是大腿根，手术时得把裤子脱下来……

小梨花说，啊！

枣花说，这还不算。他裤裆里那家伙碍事，院长怕手术刀伤着了，就让杏花用手给托着……

小梨花又叫起来：伤就伤着呗！那杏花姐也不能……哎呀，多不好意思。换了我，我拔腿就跑。

枣花说，唏，杏花不是你。她毫不犹豫就照着院长说的做了。其实，我那会儿离她不远，她叫我一声，我可以过去替她。她毕竟是个小姑娘……

小梨花骂道：那个院长也不是什么好人。他看不见杏花姐是个小姑娘？

桃花沉默不语，心里却在为杏花感到骄傲。

枣花说，手术做完，院长上车要走，临走，他让我们把"小西北"几个俘虏兵带回来，车上腾出的地方让张小五上去，还让杏花跟着陪送。我说我去，院长说你的脾气太大，不适合照顾伤员。你们看看，我这坏脾气是不是臭名在外了。

桃花和小梨花还没说话，一直在土堆另一边聆听枣花讲述的张超开口了。他说，我替小五谢谢各位姐妹了！

张超擦着眼泪走到枣花面前，弯腰向她深深地鞠了一个躬。

枣花有些恼火，你，你还是个男人吗，怎么偷听女人说话？！

张喜子解释说，我找他谈点事，是误碰上的。

枣花哼了一声，借口要去做饭，匆忙走了。

张超对桃花说，妹子，谢谢你妹妹，谢谢你。等到了邻江镇，我让小五的父亲好好感谢你们。

桃花吃惊地看了张喜子一眼，问道：邻江？

张喜子向张超摆摆手。张超转身回帐篷去了。小梨花看出张喜子有话要和桃花单独说，也转身走了。张喜子把俘虏营要转移到邻江镇的消息告诉了桃花。他说，部队很快就要进行渡江战役，刘政委派人送来命令，要求我们今天晚上到达邻江镇。

桃花有些不高兴，你先告诉俘虏，现在才告诉我。

张喜子笑着解释，刘政委转来张超的一位老长官给张超的信。他的老长官劝他认清形势，不要执迷不悟。刘政委让我找张超好好谈一谈，进一步做做他的思想工作，争取他在渡江前站到人民阵营来。

桃花不服气地说，少了他们这群俘虏兵咱就不过江了？

张喜子挠了挠头皮，四下看了看，压低声音说，刘政委说，邻江镇对面国民党守军的炮团团长是张超的亲舅舅……

桃花没等张喜子说完就打断了他的话，我明白了张班长。

八

邻江镇是江北紧挨着长江的一个大镇子，有不少人家的房子就建在江边。

俘虏营到达邻江镇后，被安排在一所小学校里。因为怕打仗，加上国民党撤退之前做了大量的反共宣传，什么共产党来了要分光你们的财产，共产党渡江要拉你们当炮灰男男女女老老少少都不放过，等等，有的人家藏到山里去了，有的人家躲到城里去了，还有的人家跑到江对面去了。那些没有走的人家，赖以生存的渔船或者被国民党军队强行拖走，或者被国民党军队给沉到江底甚至一把火给烧成灰烬……小学中学都已无限期放假，小学校里只留下一个敲钟的哑巴老头。不过，学校的房子多，俘虏营的人不用再住帐篷，也没有过去那么拥挤。张喜子和桃花也用不着像前几天在露天宿营那样紧张，因为大门一关，放几个岗哨和流动哨，俘虏们的一举一动就可以尽收眼底。

让桃花没想到的是刚住下刘政委就来了，把张喜子和她叫到原来的小学校校长办公室。

怎么样桃花，和这群俘虏熟悉了吧？刘政委笑着问。

枣花正巧进来送开水，抢着回答：何止是熟，是太熟了。

刘政委听出枣花是在讽刺桃花，却故意问：那么多俘虏，上百号子，都太熟了？

桃花说，刘政委您甭听她的。我怎么能和他们太熟？

枣花白了桃花一眼，嘴上嘟哝着：请人家当先生，还说不熟？

枣花出去后，刘政委看了看手表，开门见山地说，枣花说你请当先生的那个人应该是张超吧？

桃花点点头说，就那么一回。原来还想请他今天晚上继续教我们识字的，现在……

刘政委说，现在也没人说不行啊！怎么样，他讲课还行吧？

桃花又点点头，听说他是大学毕业，教我们识字那还绰绰有余。

刘政委说，他讲你们鲁南的历史文化是不是讲得也很深入，把你们吸引了？

桃花不好意思地低下头。

刘政委说，桃花，我这次来一是看看你们住的地方安全不安全，毕竟这里离江边太近；二是想交给你一个新的任务。

桃花一听说有任务，马上来了兴致，两只眼睛像被点燃的小灯笼，脸上也红光闪烁。

刘政委问：给你和喜子的信上都说过了，我就不再重复。想给你的新任务是动员张超到江对面去一趟……

桃花没听完就着急了，什么什么，让我陪他过江？

刘政委说，这要看具体情况。如果你动员张超，他同意戴罪立功，到江对面去说服他舅舅放下武器起义，而且要你陪他过江，那你得跟他去一趟。

桃花未置可否。

刘政委说，离渡江的日子不多了。现在已经是 4 月中旬，进入了雨季，过不了几天江水一上涨，渡江作战的难度就会增大。毛主席、朱总司令、党中央时刻在关心着渡江战役的准备工作，也在等待国民党在和平协定上签字的最后期限。

桃花感到惊讶，毛主席和党中央知道咱们的队伍到江边了？

刘政委抚摸了一下桃花的头，小鬼，我们执行的就是毛主席、党中央的指令呀。江，我们是一定要过的。革命的红旗不能在江这边就停止前进。

张喜子突然激动地说，政委，让我上前线吧！我怕过了江就没仗打了。

刘政委严厉的目光盯着张喜子一会儿，用手指了指他的额头，你呀喜子，我们不但要高兴红旗渡过长江去，还要把革命的红旗插遍全中国。再说了，你眼前这一仗也很重要，打赢了没那么容易。你说说，这个俘虏营有没有不安定的因素？

张喜子想了想，如实地回答：有！那个杏花叫他"驴踢的"就不是好东西。一班长向我报告，刚进邻江镇，他就要去买酒。说是很多天没喝酒了，快憋出病了。我看这小子是在想坏主意！

那你怎么考虑？刘政委问，目光一直没离开张喜子的眼睛。

张喜子立正站好，报告政委，我已经安排对他重点监视。

刘政委拍了拍张喜子的肩膀，夸奖说，这就对了，说明你有敌情观念，警惕性没放松，时刻处于战斗状态。还有一点，同时说明了俘虏营是另一种战斗、另一种较量。

张喜子点点头。

桃花在一旁偷偷地笑了。

刘政委说，我也接到了报告，说俘虏营有人在暗地里策划俘虏袭击你们，然后逃过江对面去，所以才来找你们谈谈下一步的任务。

张喜子和桃花听了刘政委的话都暗吃一惊，你看看我，我看看你。

刘政委说，知道野战医院也到邻江镇了吗？

张喜子和桃花都点了点头。

刘政委说，这样吧，叫上张超，我们陪他一起去医院看看他的那个亲如手足的张小五。

张喜子去叫张超了，刘政委在车旁对桃花说，张超好像有点心动。你这个时候要趁热打铁，再做做他的思想工作，促使他尽快同国民党反动派决裂，站到革命的人民阵线上来。

响鼓不用重槌。桃花感受到了刘政委话中的期待，郑重地点了点头。

张喜子带着张超来到后，刘政委放弃了坐车。他当着张超的面，毫不隐瞒地说，车灯一开，对面国民党江防部队的侦察人员，就能根据车灯判断出我们在邻江镇住的是什么部队。你说对吗，张上校？

张超双脚一并立正站好，给刘政委行了个军礼，长官，您说得非常对！佩服，佩服。

刘政委让警卫也留下，和张喜子、桃花、张超三人步行朝野战医院走去。一路上，刘政委不住地和张超聊天，从父母到家庭，从上学读书到当兵打仗，从个人爱好到为人处世，就是只字没提让张超回心转意的话。张超开始还有所保留，刘政委问一句，他沉默一会儿才回答一句，有的话还明显可以听出是在编谎话糊弄刘政委。可是慢慢地，他被刘政委的真诚感动了，不仅对答如流，有时还主动将过去的经历说给刘政委他们一行听。桃花在一旁暗暗着急。她心想，刘政委的职务高，有水平，善于做思想政治工作，同样的话刘政委说出来，比自己说对张超要影响大得多。她几次想提醒刘政委都找不到插话的机会。张喜子可能猜到了她的想法，故意走在她前边挡着她。

我过去在这个镇子上驻扎了半年。张超说，刚开始是来受降的。受尽了日本小鬼子欺负的老百姓倾城而出，万人空巷，锣鼓喧天、鞭炮齐鸣……我至今都忘不了那激动人心的场面。

可是现在呢？张喜子说，你看看这镇子上几乎看不见灯火，看不见人影。你们那个国民党政府就没让人民过一天安稳生活！

张超沉默不语。不过，桃花听得出他的脚步比刚才沉重了许多。她不失时机地接上说，我们俘虏营驻地的小学校的敲钟老人虽然是个哑巴，可是识字，他见了我们第一面就用干树枝在地上写了一行字：请求解放军快点打过长江去，把国民党反动派强行带到江对面的我们的老师学生接回来！

刘政委没说话。张超没说话。各人想着各人的心思。

野战医院设在过去的一家私人医院里。他们四人一进门就遇见了杏花。杏花端着盛满衣服的脸盆，好像刚刚洗衣服回来。她给刘政委、张喜子热情地打了招呼，却连看也没看桃花一眼，给了桃花一个下不了台。这一细节在场的人都看到了。张超忍不住对桃花说，对不起桃花姑娘，让你受委屈了！

桃花笑了笑，心里却感觉像吃了黄连一样苦。

杏花膝盖上的伤还没好利索，走路一瘸一拐，还不住皱眉头。桃花上前一步想抢过她手里的脸盆，她一扭身子躲过。

杏花把刘政委一行带到张小五的病房。张小五一看张超来了，还来了位解放军的首长、俘虏营的张喜子排长和桃花，马上明白是来看望他的，"哐当"一声从病床上滚到地上就要磕头，口里不住地说，谢谢解放军救了我，谢谢你们来看我！

张超还没来得及弯下腰，刘政委已经俯下身子双手搀起了张小五。刘政委说，小伙子快快请起，你这样做可使不得。救死扶伤是我们一直遵循的革命的人道主义精神。虽然战场上咱们刀枪相见，可你现在是一个伤员、被救治对象，将来还可能成为我们的同志、战友！

张超走上前伸出手，和刘政委一起把张小五架到床上。桃花清楚地看到，张超的眼睛里泪光闪烁。她心里十分高兴，情不自禁地拉了拉站在自己身旁的杏花的手。杏花好像心里也舒服了，反过来狠狠地掐了一下桃花的手心，桃花疼得咧了咧嘴。

刘政委关切地询问了张小五的伤情。

杏花在一旁做了回答。他知道咱们到了邻江镇，急着要回家看望奶奶和父母亲。这不，我刚才把他的报告送给院长了。

张超疑虑地看着刘政委。张小五也期待刘政委答复。

刘政委果断地说，可以啊！小五怎么说也是游子归来。如果到了家乡不去看望老奶奶和父母，那岂配身为人子，还谈什么尽孝心？更不用说不符合中华民族传统孝道了。我看，小五不光可以尽快回家看望父母，而且可以在父母身边养伤。伤好了，要是你想留在父母身边尽孝，我们也支持你！

张小五感动得热泪滚滚，泣不成声地说，谢谢，谢谢解放军！

刘政委朝陪同的医院领导挥挥手，通知你们院长，我批准把小五送回家，我还要亲自送他！

病房里的人都惊讶地睁大了眼睛。

出了医院门，张超对走在身旁的桃花说，桃花，晚上我再教你们识字吧！

九

天刚蒙蒙亮，桃花就被窗外一阵嘈杂声惊醒。她一个骨碌翻身下床，提上枪边往外走边喊：快起床，抄家伙，有情况！

嘈杂声是在院子里。桃花她们赶到时，院子里已经站了很多人。她上前一看，脸"唰"地红了。枣花穿着老家妇女晚上睡觉时穿的红底白花的布制背心裤头，头发披散着，仿佛松了绳子的麦秸捆，脑门上一片油光发亮。旁边围观的俘虏有的指着她窃窃私语，有的斜着眼偷笑。她的手里举着一把菜刀，在"驴踢的"面前耀武扬威地站着，嘴上不停地叫骂，你个狼心狗肺的"驴踢的"，解放军管你好吃好喝，白面猪肉自己不吃给你们吃，不想让你们再去给国民党反动派当炮灰送死。你倒好，一天到晚跟饿狗觅食似的东瞅西望。现在又想逃跑，要不是姑奶奶眼尖，说不定你这会儿跑到江边了。

杏花也到了。她"哗啦"一声将子弹上膛，枪口对准"驴踢的"，眼睛却盯着桃花和张喜子，这回不怪我开枪了吧？

小梨花也端起枪对着"驴踢的"。

"驴踢的"指着枣花，拧着脖子狡辩：你这个老娘儿们血口喷人！我和我的两个兄弟不过是想到镇上买瓶酒回来喝。

枣花说，你放臭屁！你去买酒咋不走大门，从男厕所翻女厕所，撅着屁股在女厕所掏洞。

"驴踢的"说，我，我不识字，不认男女……

围观的俘虏里一片哄笑。

杏花气愤地说，你睁着大眼说瞎话。那厕所门前不是字，是男孩女孩！

"驴踢的"说，我、我、我昨晚一夜没睡、睡好，眼、眼睛看不清。他说着，故意擦了擦眼睛。

枣花简单地描述了一下经过。原来，她每天都早起做饭，今天也同以往一样。她正在淘米，隔着窗户看见有几个人进了男厕所。开始她没在意，过了一会儿看见有个人探头探脑地朝外观望才起了疑心，于是提着菜刀过去了。

她没多想，直接进了男厕所，厕所里没人，却听见女厕所里有动静。她又转身进了女厕所，发现"驴踢的"和两名俘虏正在掏洞……

看着身旁和不远处俘虏多起来，"驴踢的"好像胆子壮了些，突然反守为攻：你们管得严，不让出去。我翻墙也是被你们逼的！

俘虏里有人替"驴踢的"打抱不平。一个说，明着说你们不准许，偷着吧你们又说是逃跑，这也太不讲理了吧！一个说，就是，酒也不让喝，还说什么优待俘虏。"驴踢的"一看有人替自己帮腔，马上又来了劲，红着脸，瞪着眼，拉出一副死猪不怕开水烫的架势，啪啪地拍着胸脯喊道：我想出去买瓶酒喝，你们就兴师动众，一个个拿着枪抵着我的脑袋？你们是不是到了江边，看着对面国军阵容强大，不敢过江，想拿我们出气？

杏花瞪着"驴踢的"。"驴踢的"被她严厉的目光和威严的气势吓得紧张不安，两手突然捂住了肚子。杏花好像早已看出了名堂，突然上前一步抓住"驴踢的"裤腰带。"驴踢的"还没来得及躲闪和后退，裤腰带被杏花一用劲给扯断了，哗啦啦掉下一堆东西，有手表，有香烟火柴，有现钞，还有一根金条……"驴踢的"的脸色变得苍白，大声号叫起来，给你们明说了吧，我就是想逃跑。这里的国军弟兄都想跑到江对面，回到国军队伍中，真枪真刀地再和你们干一仗！让你们休想过江。

"小西北"说，只有你想跑，你代表不了我们。

"驴踢的"指着"小西北"，弟兄们，这小子是个孬种，党国叛徒，他被俘第二天就叛变党国了。这次回到俘虏营，是共产党、解放军派他打入咱们内部搞策反的。

"小西北"针锋相对地说，我就是要策反，让弟兄们不再为即将覆灭的蒋家王朝卖命，奔一个光明的好前程，这错了吗？

俘虏群中一片响应：我们愿意被策反！

桃花看见张超过来了，轻轻推了一下小梨花，给张超留了个位置。

"驴踢的"看见张超，眼睛转了几下，挑拨道：长官，你最亲、最亲的兄弟已经被他们给活埋了！

张超平静地问：你看见了？

"驴踢的"张口结舌，我、我……

张超说，我倒是看见小五了，还和解放军的一位首长把他从医院送回了家！

俘虏群里一片哗然，纷纷斥责"驴踢的"。有的说这小子没安好心，刚才那话不是明明咒小五死吗？有的说他自己才该去死，要是在那边，早就让长官一枪把脑壳穿个洞……

"驴踢的"勃然大怒，指指张超，又指着桃花说，他被这个漂亮脸蛋的女共产党把心俘虏了。两个人早好上了！你说你、你兄弟还活着，你、你带我们去看看。眼见为实，他要真的让解放军给治好伤，还活着，我、我他妈就听你的！

杏花说，做你的梦去吧！你是想以看张小五为名，到了街上好逃跑。

这时，一班长过来向张喜子报告：张小五的父亲带着张小五来了。

在场的所有目光都转向门口。门口出现了一辆马车，赶车的是一位头发、胡须都白了的老者。老者旁边坐着的果然是张小五。老者自我介绍说，我是张小五的父亲。你们要是乐意，就叫我老张头吧。

张超上前亲切地握住老张头的手，您老人家怎么过来了？

老张头说，我和小五是来感谢解放军，感谢鲁南这群姑娘的。小五这条命，多亏了他们才保住了。老张头说着说着，眼泪汪汪的。他抹了下眼睛，对杏花说，杏花姑娘，昨晚你们把小五送回家，说是让他在家养伤。你们一走，他就跟我和他娘嚷嚷开了，死活要参加解放军，和你们在一起打过长江去。

张超问张小五，小五，你想好了？

张小五说，想好了！我父亲给我讲了国民党军队的恶劣行径，更坚定了我的决心。

张超皱了皱眉头。

老张头气愤地说起了国民党军队撤退前在邻江镇的暴行，两眼里冒出火光，两只手一直发抖。他们，他们真的坏透了。整天在镇上宣传共产党、解放军怎么怎么坏，不管富人穷人全都要"共产共妻"，家里有男人要抓去做炮灰，家中有女人要拉去做媳妇……反正是怎么能给共产党和解放军抹黑就怎么说。撤退前，他们就强行把一群年轻后生送过江，临撤退又挨家挨户地搜查，见年轻点的不管男女都用枪顶着往船上拉，不愿走的就说你是想留下帮共产党和解放军过江，就捆着绑着走，稍有点反抗就往死里打。镇上年轻媳妇、姑娘被他们糟蹋的不是三个五个。人是这样子，物资也逃脱不了，粮食、猪羊鸡鸭狗全都给抢个精光。咱这镇子邻江，光景稍微好点的人家的家里大大小小有条船，说船是命根子一点也不为过。那些国民党官兵用枪押着镇上的百姓把船撑到江对面去。船走人怎么活？所以镇子上几乎空了。我也是被他们宣传给蒙骗了，上了他们的当，把家里的几条船都撑过去了。前天晚上，我想着我的老母亲、小五的奶奶快不行了，抓了几服药想送回来。他们死活不让我用船，当着我的面把我家最大的那条船给烧了。我跪在地上求他们。我说我儿子和你们一样也是国军，像你们说的解放军来了能有我的好？我老母亲快不行了，我总得在她老人家面前尽尽孝吧！一个国军当官的一话没说就朝我脸上打了几拳头，看看，这眼圈还青着呢！

老张头边说边揉着胸口，好像胸中蕴藏着沉重的东西。桃花急忙到厨房端来一碗白开水，让老张头喝了下去。老张头稍微平静了一会儿，又接着他的控诉。他打了我不算，还把我给我老母亲抓的药给扔到了江里。我当时真的疯了，上去就要和他拼命，被镇上的几个老乡给死死抱住。要不然，我就见不到小五了。

张小五说，等打过长江，抓住那个混账王八蛋，我让他给您老人家磕八个响头，再把他给剁了！

老张头告诉在场的人，他是半夜里偷偷游过长江回来的。他突然抽泣开了，我这辈子第一次挨老母亲的耳光就是从那边逃回来……

在场的人都惊奇地睁大了眼睛。

老张头说，我愁肠百结地回到家，心想药被那群国民党兵扔江里了，拿什么给老母亲治病？没想到，解放军的医生已经帮我老母亲看了病、服了药。听说解放军一进镇子就问寒问暖，送医上门。我老母亲打了我一个响亮的耳光，骂我白活了五十多年。她说，你看看人家共产党、解放军，哪是反动派说的那样。我七十多年见过那么多军队，没有像解放军这样待老百姓像亲人，真亲……

在场的俘虏们有不少人在抹眼泪。

"驴踢的"和两个打算与他一起逃跑的俘虏都蹲在地上不敢抬头。

老张头擦了擦眼睛，招呼枣花杏花：来，小姐姐，帮我把车上的粮食卸下来，这是我藏在地窖里的大米。

枣花说，老爷子，我们解放军是有纪律的，不能随便收老百姓的东西，一针一线也不行。

老张头急了，你们救了我儿子的命，也就是救了我的命，我们爷儿俩没什么回报，给你们送这点粮食算什么呀！再说了，你们吃饱了好打过长江，抓住那些反动派为我老母亲和我报仇！

枣花转身钻进厨房，没过多大会儿，提了个篮子出来，里边是十几瓶美国罐头。枣花一边往车上放一边说，您要硬是把粮食留下，就算我收下了。但是您得把这些罐头带回去给您儿子补补身子！

老张头连说几个好字，哽咽着说，你们看看，这就是共产党、解放军。他们来了，睡在路上，吃着干粮，老百姓的东西一动不动……我给被强迫到对面的老乡捎了话。我说，什么人是共产党、解放军，不抢老百姓粮食，不占老百姓房子，不烧老百姓的船，不欺负老人女人孩子的就是共产党、解放军，反之就是国民党反动派。解放军要渡江了，咱有人出人，有力出力……

在枣花和老张头争执的时候，张超走到桃花身边，低声对她说，我想见刘政委，请他批准我过江去一趟。

桃花抬头看着张超，见他神情严肃，一丝不苟，也郑重地点了点头。

十

刘政委批准了张超的请求，让他好好准备，等候通知。

他一个人过江会有危险的！桃花等张超走后，着急地对刘政委说。

刘政委听出桃花的话中有两层意思，问道：你有什么好主意，说出来听听。

桃花摇头。

张喜子自告奋勇：我陪他一起过江。

刘政委没表态，点了一支烟不紧不慢地抽着，陷入了深思。

桃花也在深思：我为啥替他担心？到了这个节骨眼上，他还不应当以实际行动表现表现，争取戴罪立功？他如果能说服他舅舅起义，他就为人民立了一功，解放军会对他宽大处理。如果他借口去劝说他舅舅而借机逃回国民党反动派阵营，那他就是和人民决裂，和解放军对抗到底，最终会被解放军歼灭。这几天张超的表现情况像一个个镜头在她脑海里快速闪过。昨晚送张小五回家，他跪在张小五父亲面前痛哭流涕地表示，是自己把张小五带进了黑暗的胡同。他要把张小五从黑暗的胡同里带出来重见光明。从张小五家回到俘虏营，他给妇女识字班上课时，在黑板上用力地写下了"打过长江去"一行字……她想到这里，对刘政委说，我看他是真的回心转意，想过江劝他舅舅。

刘政委点点头，昨晚你们识字班下课后，我又找他深谈了一次。他的态度已经明显转变了。当时，他让我给他时间考虑考虑。我同意你的分析，看来他已经考虑好了。

没等桃花和张喜子说话，刘政委又接着说，现在的关键是他过了江，见到他舅舅之前这段时间的人身安全保证。

张喜子再次主动请战，政委，我要求和他一起过江。我保证，他安全地去安全地回。要不，我把"小西北"带上。

刘政委轻轻地摇头：不能来硬的。你们三两个人，万一到了与对面的国民党部队动刀动枪硬拼，那安全可真就没保证了。我想找一个女同志，和张超假扮成夫妻，而且是大户人家出身，是从江北逃过去的，这样……

张喜子哈哈笑了，政委，咱的女同志谁愿跟他一个国民党反动军官假扮夫妻啊？桃花，你说是不是？

桃花一本正经地回答：只要组织派我去，我服从组织安排。

刘政策用手中的铅笔敲了下张喜子的脑袋，看看人家桃花的觉悟！

张喜子问桃花：你真愿意？

桃花认真地点了点头。

事情就这样定了下来。

毕竟要和姐妹们分别过江去，桃花召集枣花、杏花、梨花几个人简单做了说明，又把留下的工作给她们做了分工。

杏花听了，又生气上火了。你当他媳妇？唏，亏你想得出来。

桃花说，不是想得出来，是刘政委的命令，组织的命令！

杏花说，那行，我去找刘政委。这是什么歪点子呀？

枣花拉了杏花一把，我觉得这法子挺好，人家老刘、刘政委就是有勇有谋。再说了，假扮他的媳妇，又不是真当他的媳妇。我断定他不敢怎么着桃花，桃花压根也看不上他。是吧桃花？

桃花冲枣花笑笑没有说话。

张超换了一身西服，系了条红领带，鼻梁上架了副墨镜，看上去像是在国外喝了一肚子洋墨水刚回来的。刘政委说，济南一位朋友请你去当教师，于是你从国外回来了，可是没干多久，济南解放了。你想回江北老家歇一阵子，然后再想办法找份工作。可是人还没进邻江镇就听说镇子驻了解放军，所以就两脚抹油——逃往江南。

野战医院一位从上海来的女护士帮助桃花化妆。桃花原来没想到自己还要像脱胎换骨那样梳妆打扮。她嘬着嘴让理发师给她烫了发，换了身蓝色旗袍，可是让她往脸上抹胭脂、嘴上涂口红时她不干了，把那些东西全扔在地上。护士没法，只好请来刘政委。

桃花仿佛受了莫大的委屈，眼泪汪汪地对刘政委说，政委，这种事我干不了，你还是换个人吧。

刘政委笑笑，怎么，你上战场随时冒着生命危险都不怕，这事怕了？

桃花说，还不如让我上战场呢。开始我以为就假扮夫妻，没想到……

刘政委打断她的话，你刚才说让你和张超假扮什么？

桃花说，夫妻。

　　刘政委说，夫妻关系是假的，可扮的是夫妻呀！就像你们老家演《武松》的戏，武松是演员扮的，可他毕竟得扮武松，要是扮成潘金莲，那、那不是闹出大笑话。你想想，你要是穿着你那身衣服，扮他的妻子，像吗？那不要出大问题？

　　桃花说，那我就扮他的使唤下人，就不用化妆了。

　　刘政委耐心地说，人到了背时或者难时，带着谁在一起？十有八九是和自己的亲人嘛，对不对？他带个下人，这不合情理啊。

　　桃花想了一会儿，又找到了理由。她对刘政委说，我一张口就鲁南老家土话，和他在一起，也不合情理呀！那些贼心眼的国民党反动派不怀疑？

　　刘政委说，他是留学回来的洋先生，可他也得找媳妇生儿育女。在兵荒马乱的济南，他一个穷困潦倒的书生，能找个像你这么俊俏的姑娘已经不容易了。

　　桃花听刘政委夸赞自己俊俏，心里乐滋滋的，加上她在组织面前　直都是服从，眼下已经没时间再挑选和张超假扮夫妻的更合适人选，所以就没有再坚持。

　　桃花化完妆，枣花、杏花见了都赞不绝口。

　　枣花说，桃花你是我妹子。我得给你提个醒。我听"小西北"说这个张超到现在没娶，你可别一时糊涂……

　　杏花说，我听说让小梨花扮你们的下人，和你们一起过江，我这心里才踏实了点。

　　杏花说着说着，突然抱着桃花哭出了声：姐，我不准你丢下我。

　　桃花心里也酸酸的。

<h2 style="text-align:center">十一</h2>

　　张超和桃花、小梨花过了江，虽然遇到了国军几次盘查，由于事前准备充分，加上张超应对机灵，桃花和小梨花配合默契，都一一化险为夷，如愿

地找到了张超的舅舅。张超的舅舅早已身在曹营心在汉，有起义的打算，所以张超没费多少周折就做通了舅舅的工作。舅舅提出个要求，让张超留下帮他筹备起义，还委任了他个上校作战参谋。桃花和小梨花则要赶回江北向刘政委汇报。张超的舅舅听说桃花和小梨花是在鲁南山区长大的，水性不好，也不会划船，就派了两个士兵用船送她俩回江北。张超的舅舅对桃花说，把你们送到江北，人也不用回来，船也不用回来，等到渡江时再回来吧！接着又补充一句，说不定，我这个俊俏的外甥媳妇划的这船是渡江第一船呢！

桃花红着脸低下头。她偷偷看了张超一眼，见张超的神情却很兴奋。张超发现她在看他，故意把脸转向一边。

小梨花在一旁偷偷地笑。

张超把桃花和小梨花送到江边送上了船，在和桃花握手时用了用劲，深情地说了一句：我们一定还会见面。

两天后，桃花和她的姐妹们随着大军渡过了长江。

两年后，已经在江南某市工作的桃花接到警备司令部刘政委的电话。

刘政委说，桃花呀，咱们邻省一个市公安局有位科长出差经过这里，点名要见你。

桃花一愣：点名见我？

刘政委说，是呀！他听说你在这儿工作，专程在这儿下车。

桃花惊讶，老领导，您弄错了吧？

刘政委哈哈笑了，没错，他还再三打听你结婚了没有。还说……

桃花急了，还说什么呀老领导？

刘政委，他还说要见他俊俏的媳妇……

桃花的脸红了，像春天里盛开的桃花一样鲜艳、靓丽，朝气蓬勃。

微山湖女儿

一

我写的刘秀梅的人物传记发表以后，短短一个月的时间收到了各地发来的信件几百封。大多数读者对我尊重历史、敢讲真话的胆识和文风表示赞赏与支持，说只有真实的历史才能准确反映当时的社会现状和人物个性，给人以启迪，给人以思考。无论是写历史或者是写历史人物，都应当尊重事实，秉笔直书，都应当光明磊落，问心无愧……作为后人，我们有责任将历史真实地记录下来。不能因为某段历史在某个人眼中或心中不光彩，就把那段历史抹去。中华民族的历史中，受耻辱、不光彩的阶段难道都要抹去？那还是历史吗？

第一次听到刘秀梅这个名字，是同事老张头给我提起的。

那天，老张头的一个学生来看他，拉他到酒馆喝了一场大酒。在我们这地方，大酒就是喝得多喝得猛喝得酩酊大醉。人醉了，话也稠了。回到办公室，他拉着我要给我讲一段故事，说是与我们编地方史志有关系。你喜欢写，我喜欢讲，咱爷儿俩这叫各取所长！他说。

抗战初期微山湖东苏鲁两省交界有几十支抗日队伍，老百姓形容"多如牛毛"。那个时候老百姓还没发动起来，在一些人眼里，保家卫国只是学生娃儿们在大街上喊喊口号撒撒传单。共产党员也太少，大多在地下活动。在那些队伍中，影响最大的是李黑子，实力最强的是耿大麻子。李黑子的队伍真打日本人，对老百姓也仁义，口碑好。耿大麻子兵多将广武器好，那家伙原先是西北军的一个营长。台儿庄打得热火朝天时，他带着两个弟兄，担着几十支枪回家了。有枪就好拉队伍。他宣扬在台儿庄战役时受了伤，肠子都流出来了还坚持守在阵地上，以抗日英雄自居，招兵买马，不少人投到他的旗帜下。他的野心大，想在湖东称王称霸做一方"土皇帝"。和日本鬼子真刀真枪干的事，他躲得很远，一天到晚琢磨着怎么样吃掉那些小股队伍。这家伙自知不到吃李司令李黑子的时候，就从小虾开始吃。有枪就是草头王，谁的枪多谁又是王中王。他吞掉了刘二愣的十几个人七八条枪后，盯上了王青山。不过，他想吃掉王青山得找个合理的借口。他是有点身份的人，既想当婊子，又想立牌坊，心里想的和脸上表现的不一样。不能一点脸面也不顾，毕竟是大敌当前。再说，激怒了那些小队伍，联合起来跟他干，他不照样完蛋。说来也巧，王青山的队伍中有个副官姓张，他和哥哥是一对双胞胎，后来长大了同在城里上中学。日本人打过来以后，他哥哥当了汉奸。他与哥哥分道扬镳，回了家乡，因为与王青山有亲戚关系，就跟王青山当了副官。耿大麻子抓住这一点，造谣说那个姓张的副官是和他哥哥串通好，潜伏在湖东为日本人搜集情报的。王青山的队伍里有汉奸，王青山本人也通日本人。造谣千遍成真理，有一时期，王青山在湖东的口碑的确不那么好。

王青山通敌是耿大麻子造谣，但他对手下弟兄胡作非为的事儿睁一只眼闭一只眼，放任弟兄做坏事却是事实。有人编了个顺口溜说：一天一只鸡，两天一头羊，三天做一回新郎，这样的队伍都是狼。骂的就是王青山的队伍。有人劝过王青山，王青山不以为然。妈的，你要是没有一点好处，人家凭什么扛枪打日本鬼子？你要是要求得太严，人家凭什么跟着你当兵？他认为这是一条带兵之计。耿大麻子也看准了王青山在老百姓中威信不高这一点，加上造谣王青山通敌，让老百姓觉得他打王青山是为了抗日。王青山也不是软皮蛋。他对耿大麻子仗势欺人早已不满，听说耿大麻子算计他，火冒三丈，做了一番准备，要和耿大麻子拼个鱼死网破。耿大麻子听说王青山要和他拼命，正中下怀，着实计划了一番。他想打王青山是杀鸡儆猴，说不定那些小股的队伍会自动投向他。王青山既然敢跟耿大麻子叫板，一是不甘受他的欺，二是也向其他队伍表示一下他王青山的能耐。你们怕耿大麻子，爷爷不怕他！

耿大麻子和王青山拉着队伍，在湖东的蛤蟆山下摆开了战场。从鸡叫头遍天还未亮时接火，乒乒乓乓打到太阳出来。王青山的队伍占着有利地势只守不攻。耿大麻子光着脊梁，赌咒发誓要把王青山杀个片甲不留。人一拼命，鬼神都怕。王青山一看耿大麻子的流氓劲上来了，拿出的是决一死战的架势，自知打下去于自己不利，赶忙请人调解。他请的就是李司令李黑子。

在湖东一带，李司令的队伍虽然不如耿大麻子人多势众，可是，李司令为人正直、豪爽，他带的队伍纪律严明，战斗力强。他起初的骨干大都是和他一起当过长工、穷苦人家出身的"铁哥儿们"。他的队伍又是真正打日本鬼子的，深受老百姓拥护，十几支队伍的首领都很钦佩他，就连耿大麻子也敬他几分。李司令的队伍曾去津浦线上搞过日本人的运输车，得了不少枪支弹药和布匹医药粮食。但是他并没有独吞，而是分给了一些与他关系不错而且他认为是真正抗日的队伍，还送了不少东西给八路军的先遣队。那一次搞日本人的火车，让李司令的名声大振，不少人都争着参加他的队伍。王青山算计来算计去，只有请李司令才能使他脱离困境。

李司令一接到信，丝毫没有犹豫就答应了。当时，有几个弟兄劝他不要过问，说是狗咬狗的事，都咬死才好哩。李司令火了，日祖宗操奶奶地骂了几句。他们是人不是狗。就算是狗，俗话还说好狗护三村呢。他们眼下都拉起队伍，要干只能跟日本人干。不管是王青山、耿大麻子还是什么人，只要他一天不投日，一天不当汉奸，咱们就跟他称兄道弟，就跟他合作。怎么能看着兄弟之间互相残杀不管不问呢？

李司令要单枪匹马去说服耿大麻子和王青山。他的副官不放心，在他走后，也带着队伍悄悄地跟着去了。李司令知道王青山不想再打下去，祸又是耿大麻子惹起的，就直接去找耿大麻子。后来有人把李司令独闯耿大麻子司令部编成了大鼓书，在民间演唱。媒婆的腿，说书的嘴，芝麻大的事到唱大鼓的嘴里都能变得比山大。那真是十分动人的一幕，扣人心弦的情景。耿大麻子从大门外到他的屋里几进院子，岗哨林立，刀光剑影。他没想到李司令一个人前去而且连枪也没带。就这一点，他耿大麻子就折服了。不过，耿大麻子还是先来下马威，说你李黑子算个什么鸟东西，想来充好人？李黑子说我比不上你耿大麻子威风，你人多势众，敢作敢为。不过，我觉得你做事不光明正大，拿你这般队伍去打人家王青山，就如同一个大男人欺负一个孩子，你不觉脸红我都替你脸红。耿大麻子说你小子再说，我连你也一起端了。李司令说这种事情你耿大麻子能做出来。可是你得想想后果，那样不但不会壮大你的队伍，还会葬送你的队伍。谁愿意同一个伤害自己同胞兄弟的人在一起呢？听当时跟耿大麻子的人说，李司令果真是条汉子，艺高胆大。他的副官做事周到，把队伍拉过去了。耿大麻子明白，如果对李黑子轻举妄动会落个两败俱伤。他犹豫了半天，才让手下人上酒。两人连喝了三大碗白酒，相对大笑一阵。这就等于耿大麻子给了李司令面子。不过，李司令的队伍人少，还不足以威慑耿大麻子，多亏有刘三小姐的助威。

您问刘三小姐？她叫刘秀梅。史料上当然不会有她的名字，因为她是个说不清好坏的女人。当然，湖东一带流传的关于她的故事很多很多……

我问，刘秀梅？是刘家三小姐吗？因为我早听说湖东抗日初期有一个叱咤风云的女人，但各种史料中没有留下她一笔，觉得奇怪，想弄清楚。

老张头犹豫了好大会儿，才接着往下说。

听说李司令最恨刘秀梅。

为什么？

老张头长长地叹了口气。刘秀梅开始打算嫁给李司令的。真的，老年人都知道这事。

这，这太离奇了吧？我不解。

老张头说，不管怎么说，咱们这社会等级观念还是很重的。刘家是湖东一带的大户，刘三小姐是刘家老爷宠爱的女儿，而且又是女师学生，和在刘家做长工大字不识一个的李黑子结婚，谁信？一天晚上，有几个孩子下湖洗澡，亲眼见到了。

那天晚上的月亮又大又圆，照在微山湖上，湖面像撒了一层碎银子。那几个孩子是湖边长大的，从小在湖里扑腾，水性好，见了水就感到亲。刚下湖时，他们还在湖边游。不知谁先看到芦苇荡里有光亮。于是，他们相约游了过去。一看，有一条小船。光亮是船头上点着的一支红蜡烛。船上的人过于忘情了，没注意有几个孩子游过来。几个孩子探头一看，船上一男一女都光着身子，正搂在一起。有个孩子胆大，悄悄偷走了一件学生装……第二天，刘家三小姐和李黑子在船上干那事的消息就像长了腿走进周边十里八村、千家万户。

后来呢？我问。

后来的事情就复杂了。要是让一些普普通通的老百姓说，刘秀梅这个女人不争气，不嫁李黑子却嫁给了王青山，再后来，又做了汉奸赵魁举的小老婆。老张头不无痛惜地说，她要是跟了李司令，她个人的历史……唉，不说了。

那要是让你说呢？换句话说你怎么看？我问。

老张头沉默了好长一段时间，壮了壮胆说，要让我说不那么简单。人做事情不同于做算术题，一加一等于二就算对了。人的一生真是很难捉摸。像她这种人，年轻时风光过红火过，在湖东一度与李黑子齐名。可是，李黑子后来成了英雄，当了大官，她却无声无息地消失了，就像没来过这个世界。

过了会儿，老张头又感慨地说，男人是山，女人是水。水流过哪里会有痕迹，就是大江大海里的水，你能说清从哪里流来又流向何处？

从那时起，我对刘秀梅产生了浓厚的兴趣。

二

刘秀梅是刘家港人。

刘家港靠近运河，也靠近微山湖。抗战前，刘家港有几个大户，其中就有她父亲刘风云。刘风云主要做运河港运的生意，有二十多条船，还有上百亩土地，一座砖窑和几个铺子。刘风云有三个女儿，大女儿八岁那年因病夭折。刘秀梅是刘家的三女儿，和她二姐都是市立女子师范的学生。她和二姐是一对孪生姐妹，二姐比她早出世一袋烟的工夫，所以就成了姐。她们姐妹俩从小就很好。刘秀梅之所以后来投笔从戎，与她二姐的死有直接关系……

日本人是那年5五月初占县城的。进城时正是凌晨时分，许许多多的人家还在睡梦中。当时女子师范的学生有一些跟着撤退的国民党部队走了，有一些被家长带回乡下去了，还剩下一些人。日本人冲进女师，睡梦中的女学生多数人连衣服也没来得及穿，就是穿上衣服的，也让日本人用刺刀给扒光了。那些女学生表现得各不相同，有的和日本兵撕打，有的跪地求饶，有的跳窗逃跑，但结局都一样，日本兵先是强行轮奸了她们，然后又把她们枪杀。几十个活生生水灵灵的姐妹，就这样成了日本兵的刀下鬼。刘家二小姐也就是刘秀梅的姐姐也在其中。刘秀梅当时不在校，她回刘家港的家中去了。在这之前的头两天，李黑子让人带信给她，说他和几个兄弟想拉队伍，让刘秀梅的爹刘风云捐几条枪，刘风云不同意。他让刘秀梅回去做一做她爹的工作。所以刘秀梅躲过了一劫。她听说她二姐和同学遭日本兵凌辱杀害的消息，关在屋里两天两夜不吃也不睡。第三天她到了刘风云面前，扑通一声双膝下跪，爹，女儿要枪。

就这样，她也拉起了一支队伍，有她的同学，有刘风云家的长工，有附近村子里的贫苦农民，有当过兵扛过枪的回乡军人。男女老少二十几口子……

刘家三小姐会双手使枪，百发百中……

刘家三小姐打鬼子有种，鬼子听了她的名字吓得腿哆嗦……

刘家三小姐糊涂，后来咋就跟了汉奸赵魁举呢……

各种各样的传说，从上了年纪的老人们的记忆中飞到我的笔记本上。然而，翻遍湖东抗日的相关史料，对她没有只言片语的历史记载，也就是说形成不了完整的史料。我曾三顾茅庐找过刘秀梅。刘秀梅最终被我的真诚感动，讲了一点她的事。然而，没等到我整理出来，她突然患病去世了。就在她去世第三天凌晨，一个中年男人敲开我家的门。他说他是刘秀梅的儿子。他从衣袋里摸出个小包包，外层是用的我小时候见过的那种土机织的布，再打开一层……里边是一沓发黄的纸，上边密密麻麻地写满了字。刘秀梅的儿子手颤抖着递给我，说这是我娘临死前交给我的。她要我亲自送给你。

他要走，我去送他。到了楼下，他站住了，用发抖的声音说，彭同志，我娘说对不起我，这些信中都有。其实，我不看也能猜得到我娘说的话的意思。她以为我这么多年跟着她吃了不少苦，受了不少罪，对不起我。我不这样想也从来没有这样想过。我娘给了我生命，让我到这个世界上走了一趟。至于说儿女的命运，那不是当父母的能够掌握的。世界上能改变的东西很多很多，不能改变的是父母，不能选择的也是父母。谁也不能因为自己的父母不如别人的父母有地位、有能力，再去选择一个父母。我对我母亲没有什么怨言。至于我母亲的一生中到底发生过什么样的故事，我不想知道，永远也不想知道……他走了，黎明前的黑暗中，我清晰地听到了一个男人悲伤时的啜泣声。

回到屋里，我急急地展开了信。这实际上是一份"交代材料"，写在什么年代尚不清楚，上边也没留下日期。

……接连三天了，王家门前还在摆宴席，贺喜的人络绎不绝。可是，我的心里十分十分地痛苦。我生的这个儿子，是谁下的种，只有我心里最清楚。

我和王青山、李黑子认识得都比较早。王青山是女师教员。他后来给我说过，他对我们刘家姐妹早已垂涎三尺。他说，如若能得到我，今生今世不枉做了个男人。从我考入女师，他就变着法儿接近我，拉拢我，讨好我。可是，我对他没有太多的好感，见了他就像老鼠见猫一样躲开。我二姐对他更讨厌。有一回，我要去图书馆，我二姐说，那个长着不像人的脸的男人正在图书馆守株待兔，你还是别去了。我父亲对王青山也没有好感，认为他不安心教书，天天捣鼓一些与教书不相干的事，叫不务正业。我父亲的观点是不务正业的人，对感情对家庭也不会专一。我父亲的一些观点，对我们姐妹的人生观在某种程度上有影响。我父亲对李黑子有好感，就影响了我对他的看法。

李黑子膀大腰圆，力气大。叫李黑子，人长得却白白净净的，双眼皮、大眼睛，很有精神。他在我父亲的码头上做事，开始只是一般的扛大包。我记得他引起我父亲注意是在一次沉船事故中。那天，一条运货物的船突然沉了，船上有一个工人下落不明。我父亲十分着急，找了很多人沿运河打捞，连续几天也没打捞上来。我父亲身边的一个工头给他出主意，让我父亲栽赃说那个工人故意沉船，把船上的货物偷走，所以下落不明。在我父亲还没答应的情况下，那个工头就这样宣布了。码头上的工人一下子被激怒了。他们把仇恨都倾泻到我父亲身上，要找我父亲讨还血债。李黑子作为他们的代表，到家中同我父亲交涉。谈了些什么我不知道，后来我父亲说这个李黑子是个人物，有头脑，有见识，做事有理、有利、有节。我从这时知道的李黑子。再后来，我父亲让李黑子管一个码头，他到我家来的时间多了。他保准挺喜欢我，每回见了我，我朝他笑，他也笑。有一次，我父亲让他送我和二姐回学校。路上谈到小日本侵占了华北，正向南推进。他说小日本最终灭不了中国，可是要把小日本赶出中国也不是三年五载的事。我和二姐都觉得他说得有道理。那天下雨，路上泥泞，车轮子陷进泥坑里，车身一歪，把我和二姐都甩出很远，摔昏了过去。我二姐的头还碰到一块石头上，出了血。李黑子怀抱一个背驮一个，一口气跑了几里地，把我和二姐送到镇上的诊所，让我姐俩感动得不得了。也不知为什么，从此我对他念念不忘，他很快让我夜里想、白天念。日本人到湖东前几个月，我和他好上了……可是好景不长，日本人打过来了。他在一天夜里，偷了我父亲一支枪走了。不久，听说他拉起了队伍。当时，湖东的队伍多如牛毛，三五个人的也称什么"司令"。他的队伍中不少是运河码头上的苦工，相对一些农民游击队来说纪律强、体力壮、人心齐。十几支队伍，大都到我家中来过，有要粮的，有要钱买枪的。我父亲虽然拥护抗日，但对那些杂七杂八的队伍并不恭维。他对李黑子也心存不满，认为李黑子不该背着他拉队伍，队伍中大多是他码头上的工人。我父亲这人爱面子。他私下说过，如果李黑子事前告诉他一声，他会支持李黑子。我家中有十几支枪，是用来护圩子的。李黑子后来也来了，我父亲不但不给他粮钱，还叫人把他捆了，说他偷了枪是贼。我家那个厨房烧火的小虎子敬重李黑子，夜里偷偷跑到城里，到学校给我报信，我一听急了，就赶了回来。我叫我父亲放人，我父亲不同意。一不做二不休，我趁夜里放走了李黑子，还送了他两支枪。他走的时候对我说他喜欢我。我父亲知道后，气了个半死。他硬是逼着我定了亲，美其名曰战乱时期需要人保护我。我父亲怕我不服从，把我在家关了几天。就是这被关的几天让我躲过了一场劫难，惨无人道的劫难。那是日本人占领城市的第一个早晨，血色的太阳刚刚升起，万恶不赦的日本兵在光天化日之下，奸淫了我的同学，然后又把她们杀害，我姐姐就是其中之一。我看到我姐姐的尸体时已面目全非。我决心为我姐和我的同学们报仇雪恨，也拉了支队伍。

自打我喜欢上李黑子，心就被他占领了。我相信李黑子不会嫌弃我。我要为他保持干净。人不是猪狗，只要有了感情，对肉体上的满足就不在乎了。李黑子终于没让我失望。那次他受王青山的委托，到耿大麻子处调解事。耿大麻子准备干掉他。我得了信后赶到那里，直截了当地对耿大麻子说，黑子和我早相好了，你对不起他，就是对不起我，姑奶奶不饶你！耿大麻子不是怕我那十几个人七八条枪，而是对我有那个意思。从此，我就和黑子在一起了。那一段岁月，是我生命最光彩的岁月。别看这家伙没上过几年学，没读过几本书，却知道很多很多东西。从古到今不管是声名显赫的人物还是有影响历史的事件，他知道的都不少。据他自己说他是从唱大鼓书的那儿听来的。他说得形象生动。你们有钱人家是从书本上学，也可以说叫读。我是在大鼓书场子里学，可以叫作听。他边说边比画，唱大鼓书的说到武松打虎，又跳又蹦，那才叫形象生动，让人容易记。他说小时候就喜欢听大鼓书。那些唱大鼓书的，把一些人物和事件都通过语言艺术描绘出来，比干巴巴地看书通俗易通。这些大鼓书知识成了他丰富的营养，他养成了路见不平拔刀相助的英雄豪杰气概，尤其是养成了作战才能。他从拉游击队起，到新中国建立、抗美援朝，打过大大小小百余次仗，失败的记录不多。他又是神枪手，能双手持枪，百发百中。我跟着他几个月，懂得了不少东西。过了一段时间，他说决定跟共产党走。他说共产党代表大多数劳苦民众，这样的党才有希望。我觉得他认准的理儿肯定就有理。

有一天，我突然觉得肚子里有点异样。虽然我从来没有过这种经历，但我毕竟是个女人。我知道他撒下的种子在肚子里萌芽了。我心里真是红红火火、热热乎乎的。一个女人怀上她爱的男人的孩子，对爱的理解会更深刻，对爱也就会更忠诚。那些天，他总是说我越长越俊，越来越年轻。我没有告诉他。我想等我的肚子像个西瓜似的涨大时，让他惊喜一下。还有一个原因，是怕他把我送回家休养。他会疼人，知道我怀了孩子，还能让我在船上晃荡？当然，我也曾经惶恐过、困惑过。毕竟我是被父母之命订过了婚的女人。如果还没出嫁就生了孩子，那对我的父母我的家族无疑是一种伤害，恐怕父母今生今世也不会再让我进家门了。但是，我的惶恐和困惑在对黑子的一片真情面前是当然要甘拜下风的。我决心给黑子生下这个孩子。就在这个时候，日本人向湖东发了兵，他每天在湖上训练队伍，想出湖打鬼子。他对我说咱们分一下工，你在湖上好好把咱们的根据地打造好，我出湖打一阵子仗就回来休整。他还约好，等我把婚退了，就明媒正娶迎我进门。听他这些话，我心里非常非常痛苦又非常非常幸福。

一个雨夜，他带着队伍出湖去了。我送他到岸边。他抱着我亲了又亲，舍不得放开。我记得那天雨下得很猛，天也很黑。我看不清他的脸他的神情。他的脸上都是水，也不知是雨水还是泪水。我已哭成了个泪人儿。我想给他说我怀了他的孩子，可话到唇边，几次都让我咽了回去。我怕他惦记我和肚子里的小生命而影响打仗。

蛤蟆山那一仗打得真叫漂亮。这一仗是打的日本人伏击。事前黑子已经得到了情报，他又做了精心策划，所以打胜了。后来有人写文章说那一仗是共产党领导下的抗日游击队在湖东打响的抗日第一枪。他带着几十个弟兄，打死了八个鬼子，烧了两辆汽车。可是，他也死了八个弟兄。他把伤亡的弟兄都运到湖里，吩咐我好好安葬。今天湖中岛上那片八烈士陵园，是我按他的吩咐建的。安葬八个弟兄那天，我还按他的吩咐为那八烈士披麻戴孝。当时弟兄和岛上的老百姓都为之落泪，说黑子这人仗义。他的名声在湖东一下子响亮起来，我也高兴、激动得两夜没睡着觉。你想想，你爱的男人是个举世大英雄，能不高兴、自豪吗？我在湖上给他举行了一次庆功宴会。要知道那个时候虽然抗日队伍很多，但真正同日本人面对面真枪实弹干的不多。李黑子在蛤蟆山打的那一仗，是湖东抗战以来游击队打死日本人最多的。打那以后，一提起李黑子和他的游击队，老百姓都竖大拇指。

不久，日本人开始报复，到湖东一带"拉网"。他虽然借着熟悉微山湖地理的优势又打了几次小仗，但经不住日本人重兵的夹攻，就接上级指示撤走了。他走时，连个信儿也没有。我对他的确产生过怨恨。毕竟我是他的女人而且为他怀了孩子，他那样一走了之，不管怎么说也是对我的一种不负责任。有一段日子里，我一想到他就难过地流泪。我派人出去打听过他的消息，但没一个准信儿。当时，王青山、耿大麻子的队伍全窜到湖里来了。王青山一见我就像狼见了羊羔，耿大麻子也打我的主意，我对他们早有戒备，从不和他们交往。那时候我心里只有我的黑子。我天天想，夜夜盼，期待黑子早日归来。

日本人撤兵了，我们几支队伍都出了湖。我出湖后的第　件事还是打听黑子的下落。我要找到他，因为我是他的女人而且是快要为他生孩子的女人。万一找不到他，不能和他成亲，我怎么生下肚子里的孩子？一个没结婚的女人生了孩子，那岂不是让人笑掉大牙，以后还有什么脸面在社会上做人做事？当然这都是从表面上说的，实际上我还是从内心里想他。他毕竟是我深爱的男人，是我爱的第一个男人。我把我的生命和他融于一体了。可是，他仍然没有一丁点信息。有一天，王青山突然来找我，说是有信给我，是关于黑子的。我很高兴，设宴招待了他。他有点醉意了，让我把其他兄弟轰走，说这封信只能给我一个人。丈夫给妻子的信，应当说是秘密。我让其他兄弟退下了。这个坏蛋突然蹿上来抱住了我。我恼羞成怒，拔出驳壳枪对准了他的裤裆。我说你他妈的是不是不想要你下边的家伙了？你要是嫌那家伙长得多余，我今天就一枪给你除了根。告诉你，姑奶奶不是你想象中的那种风花雪月、水性杨花的女人！他害怕极了，扑通一声跪在我脚下，苦苦哀求说他喜欢我，比黑子的心还真。他还说黑子的队伍散了，黑子自己也不知下落，有人见日本鬼子在城门上挂了黑子的人头。他说得活灵活现，十分逼真。他说日本人加上汉奸的队伍几千人，拉网式地扫荡，黑子能钻出去吗？那一次拉网式扫荡打散了多少支队伍呀。日本人恨黑子恨到咬牙切齿，能让他成漏网之鱼吗？他已死了。你身上怀着孩子，我怕你肚子里的孩子没有个光明正大的爹，你也不能正大光明地做娘，才来求你嫁给我。我图什么，还不是为你和孩子好，还不是想给黑子留个后。我当时急火攻心，眼前发黑就昏倒了。王青山趁那会儿占了我的身子。那天夜里，我哭了整整一夜。那时候人活得太憨厚。我就凭王青山几句话，相信黑子已经死了；又凭他那一番慷慨激昂的话，就相信他真的是为了我和肚子里的孩子好。再说，我的肚子真的一天一天大起来，而又找不到黑子，需要有个男人做孩子的爹。王青山既然不计较，又是自己主动的，我也就顺水推舟吧。

我和王青山办了婚事才半年，没想到黑子带着队伍回来了。他找到了王青山要讨回我。

那天，太阳好毒，人在太阳下站一会儿，皮肉都晒得疼痛。我当时正在训兵。我和王青山有言在先，夫妻是夫妻，队伍是队伍，谁也不准动谁的心眼。小虎子气喘吁吁地跑来告诉我，黑子来了，和王青山正在动家伙。我开始不信。黑子死了，怎么还活着回来？我赶忙跑了去。路上，小虎子告诉我，黑子当初进山当八路去了，现在他是八路军的一个什么队长，带队伍到湖西一带来开辟根据地。他还说王青山前几天就知道黑子要带队伍过来了。他怕黑子找他算账，也早做了准备，只是没有告诉我。我能说什么呢？一路上，我的头昏沉沉的，脚步也十分沉重。黑子呀黑子，你怎么这个时候才回来。

黑子和王青山相距只有几步远，面对面地站着。两个人手中都提着枪，眼睛都瞪得铜铃大，喷着仇恨的火焰。离很远，我放慢了脚步。那一阵子，我真的是胡思乱想。我一会儿想黑子开枪把王青山打死，这样我就可以回到黑子怀抱；一会儿又想黑子对我无情，我不能跟他走。看到我来了，他俩不约而同地转过脸来。黑子的目光像利剑刺一样，扎得我浑身上下不舒服。我羞愧地低下了头。黑子，你一枪打死我吧。打呀，我在心里喊。

说心里话，我当时真想不到怎样收场。黑子是不是决心把我要回去？万一他们为了我一个女人动起枪来，后果会怎样？那不是帮了日本鬼子的忙？我必须制止他们。我朝他们中间一站，说，你们听着，谁欠谁的账咱们都不算了。有种的和日本人干去。

黑子先收起了枪。他盯着我看了好大会儿。我今生今世永远忘不了他的目光，在阳光下的目光，充满了期待，又有些失望，抑或还有些悔恨。临走，他忿忿然地扔下一句话，如果打日本鬼子孬种或者投日本人当汉奸，可就别怪我不客气。

黑子走了。就在他转身的刹那间，我清清楚楚地看见两串闪光的泪珠从他眼中滚落下来。为这两串闪光的泪珠，我感动了好多年。我深信黑子内心里还是爱我想要我的，只是他面前隔着的障碍太多太多了。一个女人当然想让她爱的人做自己的丈夫，但有时候这种愿望达不到。那么你也不能去恨他。

我的心碎了。我带着孩子离开了王青山。从此，我用枪膛发泄我心中的不快：打日本鬼子，打汉奸，打流氓，打土匪，不要命地打呀杀呀。湖西一带当时最有名的汉奸、日本人任命的伪市长就是我杀的。当时，李黑子的队伍在那一带还没有完全站稳脚跟。日本人剿他，国民党的队伍排挤他，汉奸的队伍暗算他。我想帮他，只要他的队伍出现在哪个战场上，我也拉着队伍跟过去。我想黑子知道我在帮他。王青山也帮他。他们在抗日上还是配合得不错。那时候有多少男人女人把恩恩怨怨埋藏在心灵深处，为了民族求解放苦苦奋斗舍生忘死呀？我觉得战争让我们把人生的故事演绎得分外绚烂夺目。作为一个女人，那是我最风光的一段历史。尽管我的后半生，我的晚年不尽如人意，但是我从没为我的青春时期后悔，因为在那个历史阶段，我活得人模人样。在湖东一带，我一度和李黑子齐名。我父亲临终前还不无遗憾地说，你和黑子是一对英雄，如果你们成了夫妻，这英雄的故事更精彩呀。

可是，可是历史能重写吗？

我的眼睛模糊了。

刘秀梅弥留之际，让她儿子在她死后把信交给我，目的是什么呢？我苦苦思索，得不出一个自认为完整的答案。老人家，你真的无怨无悔吗？你真的毫无遗憾吗？是的，你从年轻时叱咤风云，到后半生默默无闻，我作为一个踏着你血迹成长起来的后代，有责任还你一个公道。

三

刘秀梅的人生与王青山分不开。刘秀梅的历史也与王青山分不开。所以，在采访王青山老人时，我故意告诉他，刘秀梅老人去世了。

王青山点点头表示已知道这个消息。片刻，两行泪水顺着脸颊滚落下来。接着，他断断续续向我讲了他认识的刘秀梅。

她生孩子那会儿，正是收过秋，春庄稼还没种下去，田野一望无际。日本鬼子和汉奸瞅准这个机会，对湖东又搞了一次"拉网"扫荡。当时，李黑子出面召开了一次湖东抗日联席会。会上，有一个外地来的中年人，他给我们讲了许多道理。比如团结抗日要真心诚意，一荣俱荣，一毁俱毁，越是一盘散沙越容易失败。后来才知道他是李黑子队伍的政委。那时黑子已当了八路军的武工队长，还入了共产党。我从内心里拥护共产党。我曾给黑子提过想加入共产党。黑子说就你那熊样还想入共产党，给共产党丢脸呀。他让我挺直腰杆跟日本人汉奸干，到条件成熟了他介绍我入党。所以，我后来说过是黑子引导我走上正大光明的革命道路。

那天的联席会上，没有一个孬种的，胸脯都拍得砰砰响，看阵势上刀山下火海也不皱眉。谁知战斗一打响，耿大麻子先当了孬种，带着队伍一口气跑到鲁南去了。后来，耿大麻子在鲁南投了日本人。李黑子的队伍确实是铁打的，打得可勇猛了。二十里堡那一仗，还打死了一个鬼子的中队长。我的那几十个人，加上刘秀梅的人力量也不算弱了。她给我说过，一定得好好打一仗，不然湖东的父老乡亲会骂娘。她刚生孩子不久，按说不能同房，可她却把我留下来了，说让我死了也不再想女人。我一辈子也忘不了，她其实相当痛苦，脸上的神情让我感到恐怖。那一次也是我最后一次与她干那种事。此后有很长一段时间里，我见了女人都打怵。不过，她即使不那样做，我也会如约上战场的。我毕竟是抗日游击队，而且我好坏也是个中国人，怎么能充孬种呢？打了两仗下来，我的人伤亡不少。我有点害怕了。你不知道当时湖东那个局面，没有势力别想立住脚。二十里堡那一仗，原来我和李黑子约好，他打主攻，我的部队打伏击。可是我的队伍什么人都有，心不齐，打着打着，就有人开小差了，这头一开就麻烦了，到后来我身边只剩下十几个人。我一看顶不住了，就把队伍撤了下来。

我回到家，她正搂着孩子喂奶，见了我瞪大了眼睛，恶狠狠地望着我：

你、你当逃兵，充孬种了？

她忽地从床上跳下来，从枕头底下抽出匣子枪。她那天抽枪的姿势也让我一生都忘不了，到现在还历历在目。那真是既潇洒又威武。这些年咱们的电影电视里没少了有表现女游击队长、交通员、地下工作者的，没有一个能像她当时那个样儿。演戏就是演戏，演员的本事再大，也演不出生活中真人那样。她看也没看我一眼，气冲冲地向外走。孩子哭了，她又回过来，把孩子用包袱皮裹了，背在身上，还是没看我一眼。不一会儿，就听见她在院子里集合队伍。我还能坐下去吗？我赶忙走了出来。她着急上火，扣子没来得及扣紧，敞着怀，露着雪白的前胸，两只乳房像两只小白兔跳着，乳头卜还向下滴着乳汁。她身后背着哭叫不停的孩子。一个年轻的母亲尚能带着孩子上战场赴汤蹈火，何况堂堂五尺男子汉呢？有几个刚跟我从火线上撤下来的伤腿伤胳膊的，也重又斗志昂扬，叫着要跟她去打日本人报仇。那时的她，真是一位顶天立地、叱咤风云的女中豪杰。

我们赶到二十里堡，李黑子的队伍正和日本人拼得你死我活，昏天黑地。她带着队伍迎头和日本鬼子交上火。她是急于为李黑子解围。

那一仗打下来，我们这边伤亡了不少好弟兄。我自己也在那一仗中伤了一条腿。撤下来以后，才知道她被赵魁举俘虏了。

第二天，有两个弟兄回来了，说她叫汉奸司令赵魁举放了他们，她自己和小虎子留在赵魁举那儿了。我担心她和小虎子活不了，心里为她痛苦。谁知没出一个月，她竟然给赵魁举当小老婆了。我听到这消息，恨不得宰了她。那时，我躲在一个亲戚的渔船上养了一段伤，伤好以后，我就带着剩下的几十个弟兄投奔了李黑子……

王青山表现得很悲伤，很不安，苍老的眼里装满了悔恨。

80 年代初期，一个日本的友好团体到省城访问。省中日友好协会的同志告诉我，有一个日本朋友要到家中拜见我，我感到很惊奇，因为我从来不认识日本朋友。友协的同志反反复复核实几遍，那个日本朋友的确是要找我。我就同意了。这个日本朋友来后一说，我才知道他是赵魁举的儿子。他说赵魁举在70年代初期就患病去世了。赵魁举去世之前，曾给儿子有过交代，将来中日恢复邦交，能到中国去的话，一定要去拜见一个叫刘秀梅的女人。赵魁举的儿子找我，就是想让我帮助联系一下刘秀梅。我当时一听，从心底里感到恐惧。妈的，赵魁举这个大汉奸还想找当过汉奸婆的刘秀梅，我不能从中为他们牵线搭桥，一旦将来再搞运动，我王青山不就是里通外国的死罪了吗？所以，我告诉他们刘秀梅比赵魁举死得还早。赵魁举的儿子听了，十分失望。他沉默了很长时间，给我留下一个小箱子，让我想办法转交给刘秀梅的后代。这种事我就不便推辞了。我收下后，就赶快与家乡联系，让人把小箱子带给刘秀梅。我也不知那个小箱子里放了什么东西，反正沉甸甸的。过了半年时间，箱子辗转又回到了我的手里。我知道这是刘秀梅退回来的。箱子没有拆封。我一直保存着……

王青山讲到这儿，起身到屋里取出一只精致的小木箱。他说刘秀梅已经去世了。现在当着你们的面，可以把这个箱子也可以说是这个秘密打开了。

箱子打开了，里边是一个女人头像雕塑。一时间，我们所有的人都惊奇不已。赵魁举到晚年还能凭记忆雕塑出当年刘秀梅的风采，而我们呢……我看见王青山的泪水在眼眶里滚动。

刘秀梅后来的事情，王青山也实事求是地告诉了我。

李黑子的队伍在二十里堡受到重创后，就到山里休整去了。一年后，他又被派回湖东。王青山听说后，赶去投奔李黑子。李黑子不计前嫌，原谅了他的过去。共产党为了抗日救国，提出可以团结一切可以团结的人。李黑子把一个交通站的工作交给了他。他在交通站工作时期，曾见过刘秀梅一面。

那是深冬时节。一连落了几天雪，世界换了个模样，好像一下子苍老了，长出了白发白胡子。湖西区的抗日战争如火如荼，根据地不断扩大，日本人急红了眼，调动大批力量去湖西围剿，对湖东也加强了控制。李黑子的队伍为了配合湖西根据地的反围剿，牵制日伪的力量，和日伪军打了几仗。那时候，他们那支队伍的装备太差，有相当一部分战士使用的还是大刀、长矛。李黑子几次让王青山通过关系，从城里日伪军那儿搞枪支弹药。八路军的大部分武器弹药还是靠从日伪军那儿缴获，正像他们的一首歌中唱的"没有枪没有炮敌人给我们造"。可是有战争就有流血牺牲，李黑子那边负伤的战士不断增多，需要的医药量增加。而日伪控制很严。所以，李黑子有一天把王青山叫去，请他喝酒。喝到七八分醉时，李黑子把枪放在王青山面前。青山，这次再搞不出药来，那些重伤员可能要送命。到时别说你的命，连我的命可能都会搭进去。王青山当时浑身哆嗦。

王青山在雪停那天进了城，按照联络方法找到了内线。这个内线是赵魁举部下的一个军医，在城里颇有点名气。因为他的医术高，连日本人治病都找他。可是日本人对他又不放心，安排了几个汉奸在他身边，对他使用的药品严加控制，搞出来不容易。王青山当着那个内线的面把枪掏出来对着自己的太阳穴，说如果搞不到药，只有死在这儿了。那个内线也不敢让王青山他们空手而归，就答应和王青山他们一起想办法。他们一连三次都没成功，还连累了几个地下工作的同志被捕。王青山后来说他那几天就像过了几十年一样艰难，曾真的动摇过，想不干了。不过那只是一闪念。那个军医内线也束手无策了，想了很长时间，对王青山说，我看找赵魁举的三太太想点办法吧。

他说的赵魁举的三太太就是刘秀梅。赵魁举是湖东人，早年曾留学日本，并且娶了个日本老婆。他回国后在北平当大学教师时，又娶了个他的学生。因为湖东地区的日本占领军司令是他在日本的同窗好友，动员他回乡主持中日亲善，他就卖身投了日本人，当了伪警备司令。人就是怪，他身边不缺女人，但他却硬是看上了刘秀梅。据他自己后来在回忆录中说，女人的气质女人的风韵女人的骨气，是他选择的标准。他软硬兼施让刘秀梅做了他的三太太。所以，王青山一听就来火了，这个坏女人当了汉奸司令的太太，能帮着打日本鬼子和汉奸的李黑子吗？那个军医劝王青山不要发火。他说三太太一定有办法。跟王青山进城的同志都不愿空手回去，也劝王青山听那个军医的话。王青山无可奈何只得答应了。

见面的地点选在南关一个杂货铺里。杂货铺是赵魁举的老爷子开的。他老爷子死后，赵魁举没有精力管这些，就交给刘秀梅经营。到了晚上，店里只有一个守门的，就是那个跟了刘秀梅多年的小虎子。王青山在那个军医的引导下，白天已见过了小虎子，傍黑时小虎子递过话，约了见面的地点。不知是刘秀梅早有嘱咐，还是怕出什么意外，铺子里没点灯，人一进去仿佛被盖在黑锅底下。王青山努力睁大眼睛想看到她，可是根本不可能。他不想在自己过去的老婆面前小了自己，就推托说，不是我求你，是黑子要我找你。

黑子！刘秀梅那轻轻一声呼唤十分亲切。仿佛站在她面前的是李黑子而不是王青山，惹得王青山心里嫉炉发恨。

他还好吧……刘秀梅一口气问了十几个"黑子"。王青山不想再待下去了，直截了当地向她说明来意。她听了以后，沉吟一会儿，满口答应，多了没有，我尽力而为。给你们搞几箱医药和子弹……

王青山临走的时候，假装点烟，故意擦亮了火柴。刘秀梅听到划火柴的声音就赶忙背过了脸去，并用命令的口气让王青山把火灭了。王青山只看到了她抖动的背影。这是王青山最后一次见到刘秀梅，而且只见到她的背影。从那以后，她再也没见过刘秀梅。虽然他后来通过刘秀梅又搞过一些物资，但接头的都是小虎子。

王青山不无遗憾但又高高兴兴地返回去找李黑子。李黑子的通信员说李司令李黑子喝了很多酒，酩酊大醉，正在房子里号啕大哭。果然，离李黑子的住房老远，王青山就听见了李黑子的哭声。啊啊啊啊啊……那是一个男子汉心灵发疯时的哭声。男儿有泪不轻弹。他断言李黑子一定遇到了伤心的事。不然那哭声不会让人心灵震撼。王青山虽然感到莫名其妙，但同时也很气愤。有什么事值得你李司令李黑子这样顶天立地的男子汉大惊小怪的，也不注意一下影响。进屋后，他见李黑子躺在地上，两眼直瞪瞪的，脸像块血染的红布。有几个战士围在屋外，看样子一定有人进来劝过他，被他骂跑了。王青山叫了李黑子几声，又推了他几下。李黑子没有反应，还是躺在地上号啕大哭。王青山壮壮胆，狠狠地踢了他屁股几脚，他也没有反应。王青山气急败坏地对屋外几个战士喊道：拎桶冷水来。

泼了李黑子两瓢冰冷的水，他才清醒了。可是，看他那痛苦的样子，清醒了倒不如不清醒。多年以后，王青山还感叹地说，别看李黑子人五人六的，可他也有像个女人样的时候。那天晚上他喝醉酒，又哭又叫，活像个受了委屈的老娘儿们。老子踢他几脚，泼了他两瓢冷水。恐怕除了小时候他爹娘踢过他，就是老子我那天晚上踢他了。

第二天，李黑子把王青山叫到无人处，踌躇了半天，问：你见到刘秀梅了吗？

王青山点了点头，心想，真是明知故问。东西都送来了，她不还给你捎了一件羊皮短大衣吗？

看见她的脸了吗？黑子又问，神情一直十分严峻。

王青山摇了摇头。

她的脸真的烂了吗？他的眼睛上罩了一层悲哀。

王青山惊讶地瞪大了眼睛，望着他反问：她的脸烂了，为啥？

李黑子没有马上回答，低着头向湖边走去。王青山默默地跟在他身后。沿着湖堤走了一阵，王青山迫切希望知道刘秀梅的脸是怎么烂的。可是，李黑子好像不愿说这个痛苦的事情。王青山反复追问，李黑子才告诉他，刘秀梅为了使赵魁举讨厌她，不再和赵魁举同居，故意用一块烧红的铁把自己的脸破坏了。

啊！王青山的心像是被红红的烙铁烫着了，疼得叫出了声。

他们谁都没有流泪。但是，他们又都相互知道对方的心在流泪。

那以后不久，王青山就跟着部队转移了，李黑子留在微山湖坚持抗日。渐渐地，刘秀梅在王青山心中也化作了一片记忆。

四

老张头神秘地告诉我，刘秀梅出殡那天，有人看到一个似曾相识的面孔。

你猜都猜不到是谁！

谁？

当年那个小虎子！老张头说，小虎子南下后，一直在大西南的一个山区工作，后来做了当地的县政协主席。他回家乡来过……

我是回去过！小虎子后来在接受我采访时直言不讳。他说，我去看过她，不过没见上。她家的门前插着一面小白旗。那时候，门前插小白旗的都是"黑五类"。门上上着锁，想必她是下地干活去了。我在她门前站了一会儿就离开了。说实话，我那时也怕见到她，再给她带来麻烦……

小虎子对家乡的编史修志工作十分热情，曾和我谈了三次。每次都激动得落泪。

刘家三个小姐里，我最敬重刘秀梅。她也最喜欢我疼我。后来有人说我是她的干儿子，胡扯！她才比我大几岁。是她娘，也就是刘家大娘认我做干儿子。我被刘家老爷安排给刘秀梅做事，就是服侍她。刘家老爷和别的大户人家想法不一样。他觉得女孩子服侍女孩子，不如男孩子用心用力。其实，我们哪敢惜力藏力？我家穷，小时候常常吃不饱，个子老是长不高。可说来也怪，我的皮肉长得却很白，用刘家大娘的话说是细皮嫩肉，像个女孩子。刘家老爷则说我的名字和长相不般配。小虎子，小虎子，爷怎么看也看不出你哪点像小老虎！

李黑子和刘秀梅的事儿，我知道得最早。有人说是几个下湖洗澡的孩子先在芦苇荡的船上发现的，那已经是往后了。到今天了，我只能给你说一句话，李黑子人胆子特大。他喜欢上刘秀梅就敢不顾一切地猛烈进攻。刘秀梅后来给我说过，女师也有男老师追她。追了大半年就是写信，写信，满纸爱呀爱呀……开始她还有点动心，觉得挺浪漫，挺风流，但渐渐地就烦了。纸上的爱能结出果实吗？李黑子呢？在一次接她回家的路上，一个劲儿给她讲笑话，逗她笑得前仰后合。走到山沟沟里，他突然就把她摁在车上做了那事。她是第一次做那种事。做了以后就难以忘怀，刻骨铭心……

刘秀梅对李黑子发自真心地爱。李黑子喜欢用酒壶喝酒，嘴对着壶嘴，咕嘟咕嘟往肚子里灌，那样才过瘾。他那个酒壶别在裤腰带上好几年。他和刘秀梅分开后，刘秀梅一直小心地敬着那个酒壶。每天吃饭，她都要摆在桌子上。她儿子不小心，把那个酒壶碰到地上摔碎了。我当时十分紧张，赶忙把她儿子抱起来。如果刘秀梅打他，我就护着。我说是我不小心打碎的。她儿子说是他不小心打碎的。我和她儿子争着认错，让本来火气很大的刘秀梅无从发火了。她淡淡地一笑，碎就碎了，它不可能陪我一辈子。我猜想，她就是从那只酒壶被打碎起，感情上对李黑子绝望了。

要说刘秀梅和王青山，那是"过路夫妻"。王青山想靠她家的钱养队伍，靠她的队伍壮大实力。所以，王青山有一天不需要这些了，自然和她分开了。至于她和赵魁举，我觉得还是有感情的。不能因为赵魁举是汉奸，就说他一点人性也没有。对一个人的评价，不能简单用一个好字或者一个坏字概括。赵魁举当汉奸这一点国人都骂他恨他，这没得说。可是他喜欢刘秀梅，对刘秀梅用真情也不假。就说一件事吧。

那是一个闷热的夏夜。我睡了一觉醒来，浑身上下水淋淋的，好像从水缸里才爬出来。到了下半夜，我实在不愿待在闷热的屋子里，就拉了张席子想到院子里去睡。刚出门，就被一声轻轻的吆喝挡住了。我听出是刘秀梅的声音，是让我不要出屋。我不情愿地回到屋里，可是，又想看看她在做什么，就趴在窗口向外窥视。院子里有月光。我看见她和两个人正在朝屋里架什么东西。那东西很长也很重……几天后，日本鬼子到处搜查，说是丢了一门什么炮，我想想那天刘秀梅几个人往屋里架的东西，才知道他们那天晚上是从日本人仓库里搞来的一门迫击炮。我当时吓得魂儿都出了窍。这，这种事她也敢做？

日本鬼子在城里挖地三尺地搜查，搜刘秀梅的住处时，赵魁举自告奋勇，说我太太的房子我来搜，搜到东西我砍她的头。结果，他到刘秀梅屋子里待了一会儿，出来后对日本大队长信誓旦旦地说，我太太良心大大地好！

过了几天，下大雨的夜里，刘秀梅将那门炮送了出去。这门炮几经周折到了李黑子的手里。这事赵魁举是真不知道还是装不知道，明眼人一看心里就明白。

那些天，我终日提心吊胆，惶恐不安，甚至不敢接近刘秀梅，怕沾上她洗脱不干净。她看出我的心思，偏偏拉着我陪她吃陪她睡觉。我是她最信任的人，就连她生孩子的时候，也让我在旁边伺候。女人的一切，我在那个时刻都知道得一清二楚。孩子出生后，她就让我陪她睡。她的左边是她孩子，右边是我。她把我当作大孩子一样对待。

有一天晚上，我同以往一样去伺候她。她刚刚洗完澡，穿着一件单薄的衣服，衣服还透明，两个乳房看得很清楚。今天说出来，也不怕你后生笑话。我那时十七岁了，有了男人的冲动，当时下身就挺起来了。其实，我早对她有那个欲望。我也是男人，怎么会没有欲望呢？只是，只是我不敢对她有非分之想。她说，虎子，你把孩子抱外边床上去。我照着她说的做了。她躺到床上，让我过去。我当时喘气都像牛喘息一样粗重。她先抓住我的手，抚摸我，夸我长大了，长成个男子汉大丈夫了。突然，她……她抓住我下身那个硬邦邦的东西。虎子，你长成男子汉大丈夫了。可是你说话做事都不像男子汉大丈夫。有人说男人只有和女人同房发生了那种事才能长成真正的男子汉。我今天要让你知道怎么做男子汉大丈夫。我当时吓得扑通跪在地上，我、我不是有意的。我、我不争气。她从床上跳下来，用力把我掀倒在床上，骑到了我身上……

完事后，她说，虎子，你别生我的气，也不要以为我是坏女人。我实在是看你缺乏虎威虎气，不像个男子汉大丈夫，我是想让你尽快找到自己……

我当时哭得一塌糊涂。

我和刘秀梅就那一次。真的。她此后再也不让我陪她睡了。

我知道刘秀梅活着的沉痛和艰难。有几回，我向刘秀梅提出，拼了自己一条命把他们母子俩救出去。刘秀梅拒绝了。她不愿因为她和儿子让我搭上条命。她说，虎子呀，你的命得拼在正经地方！什么正经地方？我还没明白。有一天，她突然让我到厨房里找一把铁铲。我开始不知道她的意图。到了夜里，她让我生火烧那把铁铲。她问我：虎子，你说姓赵的喜欢我哪一点？我说，那还不是你长得好看？她说，那我要是不好看了呢？我这才隐隐约约感觉到她想做什么事。我说，你不能这样。她说，我必须这样。说完，她举起烧红的铁铲就朝自己脸上放。我听见嗞嗞几声响，是烧红的铁铲与她的皮肤接触时的痛苦呻吟。接着，她惨叫着倒在地上，在地上痛苦地打着滚儿。我赶忙把她朝医院送……

　　她选择破坏自己的美来回避赵魁举的理由很简单，就是不想让赵魁举接近她。她了解男人，尤其了解赵魁举那种男人。她后来对我说，姓赵的压在我身上的时候，我觉得恶心，实在没办法，我就把他幻想成黑子。可那毕竟是自欺欺人，每回心里都难过得不行。我琢磨他赵魁举和天下男人一样，搞哪个女人吹了灯还不一样，就是因为我脸蛋漂亮点，叫男人赏心悦目，增加激情。我偏不让你赏心悦目，你还会有什么脾气？你自然就不会多来找我了。日子长了，这夫妻不也就名存实亡了吗？

　　她的脸伤以后，赵魁举果然不常来了，而且很快有了新欢。赵魁举虽然喜新，但不忘旧，在生活上尽量满足刘秀梅，甚至让她的生活比新欢还好，还常常派副官或文书来刘秀梅那儿，假惺惺地表示安慰。刘秀梅对这一切都不需要。她需要的是从副官和文书的口中得到些对湖东乡和李黑子有用的"情报"。她叫我壮起胆子，多与赵魁举的副官、文书和队伍中的年轻军官拜"把兄弟"，拉近乎。他们每次来，她不是以烟酒相待，就是送几个零钱或讨他们喜欢的东西。日子长了，来她这儿的人多了。她在赵魁举的几个老婆中，是最受人尊敬和喜欢的人。赵魁举的大老婆二老婆妒忌刘秀梅，私下造了她不少谣。说她今天跟这个副官，明天跟那个团长。赵魁举听了，假装没听见，他不相信刘秀梅是那种人。其实，那全是胡说八道。刘秀梅是什么人，用的什么心，我最清楚。

　　我那时隐约地感到，我们中国人一定能把日本鬼子打出去。咱们再苦再难也得活下去，等到赶跑日本鬼子那一天……刘秀梅曾经不止一次这样对我说。

　　赵魁举的一个主力团长李鹏久，是赵魁举收编的，对赵魁举赤胆忠心。他人长得虎背熊腰，十足的大将风度，为人重一个"义"字。每回打仗前，赵魁举都要请他喝几盅酒。这家伙两杯酒下肚，恶胆顿生，但头脑清醒，虽然不要命地猛打猛冲，却也会使几个点子用兵。抓县委书记就是他出的点子。过去，刘秀梅非常非常地讨厌他，仇视他，觉得他是日本人和汉奸的忠实走狗。可是，一来二往地几次交流，刘秀梅发现他内心也有痛苦和矛盾。他流露过对杀人这一罪恶的恐惧，也为自己帮日本鬼子做事，杀害自己的同胞感到内疚。刘秀梅掌握了他的心理后，在他身上花费很多心血。她让我认李鹏久做干爹，多和他接触。李鹏久渐渐地认识自己是在做着给老祖宗丢脸的事。但他毕竟是军人出身，又重义气，不愿违背赵魁举，在一次对湖东游击区的大清剿前，他自杀了。

李鹏久的死，在日伪中引起了极大的反响。日本人恐慌了，下令赵魁举对部下进行一次大调换，中级以上的军官都被重新审查。一些进步的军官，深深感到前途黑暗。有的收敛了过去欺压百姓、残杀同胞的行为；有的竟偷偷地溜了差；也有几个军官去湖西根据地投了八路军。那一阵子，日伪内部大有惶惶不可终日之感。当然，我党在日伪中的工作是主要的，但刘秀梅也的的确确做了不少工作。

我就是和我的一个"拜把子"兄弟、赵魁举手下的一个连长一起投奔的湖西。临走前的那天晚上，刘秀梅把我拉到她面前，像母亲对待即将远去的儿子一样，流着泪，默默地为我钉着扣子。她用牙咬线头时，脸紧紧贴着我的胸。我激动地抱着她痛哭失声，姐呀，我一定带咱自己队伍来救你出去！她捧起我的脸，亲了又亲……

小虎子讲到这里时已泣不成声。

五

刘秀梅是在临死前的一个星期接受我采访的。

她住在村东南一间小屋里。这是一间年久失修的低矮的草房，看上去像一位饱经风霜、年事已高且衰老的老人。人进门都要弯腰、低头，进屋以后，连个放板凳的地方也没有。缸缸罐罐、农活用具占一头，另一头放了张旧式大床，占去了小屋三分之一的地方。

这是个历经残酷岁月折磨却不屈的女人。她高高的个儿，腰板挺得很直，椭圆脸左脸颊上烙铁烫伤的痕迹十分明显，可是从白净的皮肤仍然能看出当年这张青春洋溢的面孔十分漂亮……我忽然间感觉到眼前这位老人，这个女人已经活到了一种非常的境界。她没有什么奢求，也没有什么抱怨，虽然生活在最底层，日子过得很清贫，但心静如水。人生在世，还有比这种冷静、沉稳、淡泊更难求的吗？如若不是因为抢救历史的需要，如若不是一个修志工作者的责任心驱使，我真的不忍心去破坏她的那份宁静。

经我再三动员，她才讲了她被俘到嫁给赵魁举的经过。

二十里堡的战斗打得激烈而悲壮。她带着队伍赶到时，李黑子的队伍已经退到了庄子西北角，只占着十几间房子了。她在一所倒塌一半的房子里见到了李黑子。李黑子胳膊受了伤，扎着绷带。屋子里横七竖八地躺着十几个伤兵。事实上，不止一个参加过二十里堡战斗的老同志向我讲过，如果没有刘秀梅带队伍前去营救，李黑子恐怕在那场战斗中就"光荣"了。刘秀梅带去的不只是一些战士，更重要的是一种精神上的支持，是一股士气。

李黑子感动地望了她一眼。当看到她身后背的孩子时，他的目光变得复杂了。

那一次见面，他们俩什么话也没有说。一方面时间很紧迫，一方面李黑子对她的误解太深。那个场景下，她无论给李黑子说什么，李黑子也不会相信。她只说了一句话，也是一生中对她心爱的男人说的最后一句话：你往湖边撤，我放了两条船在芦苇荡里！

李黑子撤后不久，赵魁举的队伍就围了上来。

小时候，刘秀梅常跟着大人去赵魁举的村子里串亲戚，那时两个人就认识，不过由于年龄、辈分的悬殊，没有接触。长大后，赵魁举到日本留学前，刘秀梅已上了中学，两个人也见过几次面。赵魁举对刘家这位越来越水灵、越来越鲜艳的姑娘垂涎三尺，曾暗地给她写过信。但刘秀梅没有给他回信，是没有收到他的信还是不愿给他回信不得而知。赵魁举后来在日本找了个日本女人做媳妇，心里却没忘记刘秀梅。再后来他听说刘秀梅做了王青山的媳妇，气得差点吐血，直骂刘秀梅糟践了自己，刘秀梅的爹娘"混账"。他多次想接近刘秀梅而没有办法。他回国后又找了一个中国姑娘做二太太，但心里仍然忘不了刘秀梅。人就是这样，越是得不到的，越是千方百计想去得到。二十里堡那仗打到后来，他见李司令李黑子来了援兵，就怀疑是刘秀梅带队伍来给李黑子解围了。听到孩子的哭声，他更加确信无疑了。他喝令队伍停下，包围刚才传出孩子哭声的房子，并下了个命令：只准活捉，不能伤了那孩子和他的母亲。

十几个汉奸荷枪实弹冲到屋里的时候，刘秀梅正在给孩子喂奶。十几个人团团围着他们母子，个个睁大眼睛打量着眼前这个湖东一带传奇式的女人，这个普通的中国母亲。后来有人说，那十几人中有的泪流满面，不知是感动还是惊吓。

刘秀梅从容地给孩子喂饱了奶，看着孩子满足地入睡。她曾想过纵身投进微山湖中，可是看着怀中的孩子，她又下不了狠心。一个母亲，如果不愿为自己的儿女承担痛苦和牺牲，而只为自己解脱和安宁，她就不是一个好母亲。离开二十里堡的时候，她在村头站了很久很久，含情脉脉地望着那片微山湖。她希望在燃烧的火光中，看见心中人的形象，告诉他，她把孩子也带去了。可是，她什么也没看见。

做了少妇、孩子母亲的刘秀梅，比少女时期的刘秀梅多了几分妩媚、几分成熟、几分风韵。战争的烽火硝烟并没有给她的美丽罩上丑陋。在赵魁举心目中，她仍然光彩夺目。但他知道她对日本人仇深似海，所以避免同她谈投降的事，只是从做女人做母亲的角度劝她，不要再去打打杀杀流血牺牲。赵魁举保证，只要她安分守己地过日子，绝不会为难她。赵魁举是个读书人，加上从心里喜欢刘秀梅，所以真的没有为难她，更没有强迫她做她不愿做的事情。

刘秀梅开始几天不吃也不喝，更不搭理赵魁举的殷勤和媚笑。她下决心要保持自己的清白。她知道赵魁举对自己还"贼心不死"，她不愿让赵魁举得到，更不愿因此而让李黑子仇恨自己、蔑视自己。可是，几天下来，人瘦了，奶渐渐少了，孩子吃不饱，不停地哭，哭得她心都要碎了。她是个母亲，第一次做母亲，对儿子的爱胜过自己的生命。面对儿子的饥饿，她的心动了。她开始吃饭，并开始同赵魁举谈判。她要求赵魁举放了她，原因是她有个刚满月的儿子。

赵魁举对刘秀梅的美貌早已垂涎三尺。现在她落到自己的手上，他怎能轻易放了她呢。

我自然是为了保护你们母子，赵魁举表白说，你想想，带着几十个人，十几条破枪，有什么好日子过？能对付得了日本人吗？再说，王青山那东西是什么玩意儿。我要收留你们，让你们母子在这儿过荣华富贵、平静安逸的生活。他故意不提李黑子。他知道刘秀梅喜欢的是李黑子而不是王青山。

我要回家。她理直气壮地说。然而，她心里明白，这个要求根本不会实现。那几天里，她想了很多很多。她想做一个坚强的女人，宁愿和儿子一起死去也不向赵魁举低头。做汉奸司令的老婆，祖宗八代都跟着丢脸。我不能丢李黑子的人，不能丢父老乡亲的脸。她也想过逃出去，可赵魁举戒备森严，她就是变成一只蚊虫也休想飞走。她一看见怀中的儿子，心就起了波涛……

让刘秀梅变化的是赵魁举耍了个阴谋。一天，虎子给刘秀梅找了张当地的报纸。刘秀梅一看，气得差点昏死过去。这张报纸上登了一条消息，说刘秀梅对日本人悔过了。刘秀梅拿着那张报纸去找赵魁举。赵魁举不在。虎子一句话提醒了她。你即使出去，李司令王司令他们也不会相信你了。你是跳到黄河也洗不清了。刘秀梅失望了。同时，她也开始萌生了另一种复仇的方式，只是付出的代价太大了。行动之前，她对着李黑子用过的酒杯默默诉说，我刘秀梅不可能再同你们一样拿着刀枪，驰骋在烽火硝烟的战场上，同日本鬼子拼死拼活了。可是，我不会忘记深仇大恨，也不会与汉奸为伍，我要走另一条抗日之路。这条路可能更艰难、更布满荆棘，但是我别无选择，别无选择呀！你骂我吧，骂我是坏女人。我不怪你，真的不怪你。等着瞧，我刘秀梅绝不是为自己活着的。我不会做伤害你和湖东父老乡亲的事。从现在起，赵魁举有的，我让你也有。你替我多杀几个日本鬼子和汉奸，为我和你的儿子报仇雪恨。你要是心里还有我和你的儿子，就好好干吧，把队伍拉大，势力扩大，早一日打下小城，救我们母子出去……湖东的父老乡亲会骂我、恨我。死在日本人刺刀下的我的姐姐的在天之灵也不会原谅我，历史也可能不会理解我、同情我。但是，我的良心不会在黑夜里受熬煎了。也许有一天我离开人世，苍茫的大地也不会给我一抔干净温暖的黄土……

刘秀梅的未来，的确没出她的预料。是历史无情，还是苍天无情，抑或是人无情？

在和刘秀梅接触的日子里，我发现她心中埋藏着很深很深的痛苦。假若开掘出来她心中痛苦的泉，那苦水一定会喷涌而出，并且一定是血红血红的。

她嫁给赵魁举后，心每天都在哭泣。有好几回夜里醒来，她望着身旁躺着的那堆肥肉，愤怒地拔出了枪。枪口对准了他的太阳穴，最后都忍住了。她懂得，在她床上杀死一个赵魁举轻而易举。可是杀死一个赵魁举有什么用处呢？在日本人眼里最多不过死了一条忠实的狗。他们还会找到另外一条甚至比他还要忠实的狗。她的生命、儿子的生命也会陪着这条狗丧失。她的宏图也就无法实现。她是有宏图的，自从决定嫁给赵魁举开始，她就在心中绘制这张宏图了。在她的宏图里，赵魁举将成为灰烬。

那年秋后，日伪军又要对湖东游击区"拉网"了。湖东游击区当时还处于困难的时期。日本人为了把共产党八路军从湖东地区彻底赶出去，用了很多办法。但是，共产党八路军在老百姓中已打下坚实的基础，在湖东地区深深扎下了根，日本人多次清剿，相反越剿抗日的队伍越壮大。日伪军要对湖东游击区"拉网"这个消息是赵魁举主动告诉她的。那时赵魁举对她已经不感兴趣了。但这个赵魁举还有些人性和人情，与她相敬如宾。赵魁举曾经在一次醉酒后对别人提起过刘秀梅，他说你即使把女人当作一件衣裳，不想穿的时候就丢掉，但你丢不掉的是这件衣裳曾带给你的温暖和风光。

梅子，我要下乡了，大概得十几天才能回来。

你去哪儿？把我也带着。她说，十几天，让我在家怎么过。

赵魁举不无疼爱地说，是去湖东乡打仗，带着你一个女人家怎么办？好好在家待着，说不定用不上十几天。

刘秀梅的心头一沉，马上想到湖东乡的父老乡亲和李司令李黑子。第二天一早，她找了个理由，让孙二哥出城给李黑子送情报去了，由于李司令李黑子早有防备，日伪军这次"拉网"扑了空。

可是没有人知道这是刘秀梅送的信。

孙二哥是个看起来老实巴交，胆小谨慎的人，其实心肠黑着呢。他跟刘秀梅在汉奸窝里做事，对赵魁举唯唯诺诺。可是，他一家老小都在湖东游击区。他怕李黑子治他汉奸罪，所以也千方百计讨好李黑子。刘秀梅让他送信。他到了李黑子面前，一个劲儿标榜自己，提起刘秀梅却骂不绝口，一口一个"坏女人"。刘秀梅后来又叫他送的几次"情报"，他也把功劳集于己身，把刘秀梅写给李司令李黑子的信在路上烧掉了。

刘秀梅给李司令李黑子捎了几次信，送了几次弹药医药，还送了一门小炮，却没得到李黑子只言片语回信。孙二哥在刘秀梅面前又说李黑子的坏话，说李黑子在根据地里乱搞女人，现在妻妾成群。为了挑拨李黑子与刘秀梅的关系，让刘秀梅失望，他还添油加醋，说李黑子见了他的面，第一句话就是骂刘秀梅，最后一句话还是骂刘秀梅。还说刘秀梅给李黑子的信，李黑子从来都不看就撕掉。孙二哥怕进出城传信，万一让日本人或赵魁举知道了会杀了他，所以也想尽快断了刘秀梅和湖东区，特别是和李黑子的关系。

刘秀梅觉得李黑子彻底瞧不起她了，心里比刀割还疼痛。她毕竟是个读过书的女人，知道不少古今中外男人女人的故事。在她看来，李黑子既然已妻妾成群，说明对她已经不再牵挂了。到了这个份上，她也只能把那份情感埋在心底。不过，该做的事她依然去做。

孙二哥由于心灵的负担过重，抗战胜利的前一年就患病死了。

六

李黑子临终前点名要见我。

他已从省军区副司令的岗位上退下来，而且身患重病。他见到我，嘴唇哆嗦着，问：她过得到底怎么样？你给我说说，我经受得起……

面对一位生命垂危的老者，我决定实事求是地告诉他真相。

赵魁举那小子抗日战争后期生了病，跑到日本去治病，再也没有回来。日本鬼子投降后，她带着孩子回乡下住。耿大麻子做国民党的县长，硬是吹着浮土找裂缝，给了她不少苦头吃。明摆着的事，耿大麻子恨李黑子，也恨王青山，能不恨她吗？那时李黑子的队伍早已走了。耿大麻子说她跟过李黑子王青山两个共产党员，先抓她去蹲了几个月的班房。后来又说她是汉奸，没收了她的全部家产，连双筷子都没留。她带着孩子讨了一年饭，左亲右邻看不下去，给她盖了间草屋，拼了点家产。这还不算，耿大麻子不是个玩意儿，硬是要糟蹋她。他不是喜欢她还有什么姿色，是为了报复。

有一天，耿大麻子带着一群狗兵来了，把她叫到村公所，先是大骂了一通，然后命令她当着他的狗兵把衣服脱下来。她是个精明人，当时没有恼，反说了耿大麻子不少好话，让耿大麻子心里热乎乎的。你现在是县长，又是上校团长大官儿，当着这么多兵办那种事我不怕，你不怕传出去丢了你的脸？耿大麻子觉得她说得有理，就放她先回家，还派了一个士兵在门口看着。那天下午，她一直坐在家里剥玉米。她剥玉米用的是小锥子，拃把长的钉儿先在玉米上窜一条条沟儿，剥起来就省力，还省得磨坏手。当时左邻右舍劝她快带着孩子出去躲一躲。她就是不听。她心里有数呗。

到了晚上，耿大麻子来了。他在村公所吃了酒饭，让士兵们留在村公所里，自己大摇大摆进了她家。她已经躺在床上了。耿大麻子没防备，脱了衣服就上床。这个禽兽不如的东西一边摆弄她的乳头还一边嘲骂李黑子、王青山、赵魁举不知道疼自己的女人。他那时就是一种心态作践她。换了哪一个女人在那种情况下心中不流血？她很能沉得住气，等耿大麻子发泄完了，像头死猪似的躺在床上时，冷不防抽出剥玉米用的锥子，对着他的眼睛狠狠戳去。耿大麻子就跟被刀架脖子的猪一样号叫。她跳下床就跑。她早把孩子安排去湖边了。她一口气跑到湖边，才听到耿大麻子声嘶力竭的叫喊和枪声。她把小船划进湖里。当时正值荷花盛开，到处红一片绿一片，那荷叶大的如撑开的伞，躲在下边，就是船从跟前过也别想看见。耿大麻子派人搜了三天，连她的影子也没见。不过他们倒是在湖里找到了她的小船。大伙听了，都以为她抱着孩子跳了湖，不然那船怎么会在湖里呢。耿大麻子的右眼瞎了。他下令一把火把她家的草屋烧了，那儿变成了一片焦土。不过也有人不相信她已经死了。凭她的水性和在湖上多年使船的经验，在湖里风里来雨里去早就练了一身本领。其实，她和孩子根本没有死，而是逃到湖西一个亲戚家躲起来了。

解放那年，她带着孩子回了乡。划成分的时候，村乡区都拿不准，报到县里。当时的县长是李黑子部下，他一锤定音，说刘秀梅该划地主，还是历史反革命。有人劝刘秀梅去找李黑子，她宁死不肯。她说她应该受罚。

这个狗日的！李黑子骂了一句，让我接着往下说。

刘秀梅这个人是个天生的犟脾气，就是有天塌下来的灾难落在她肩上，她都不肯低头。要是换别的女人受了她受的罪，早已死几次了。说真格的，村里人对她倒不错，说她是个命苦的女人。赵家门的老人说，她跟赵魁举住在城里的时候，赵姓的百姓有人因这事那事去找赵魁举，赵魁举很少出来见。他怕他老家是抗日游击区，抗日游击区去的人难保跟共产党的游击队有联系，万一牵扯上去没有什么好处。所以他能不见就不见，能搪塞就搪塞。刘秀梅不是这样，只要这边有人去，她都会盛情接待，有什么难事找到她，她能帮的就帮，不能帮的也宽慰你。所以她在赵家口碑不错。赵家的人也都尽力去帮她。有一回她那个独苗苗患了病，半夜里肚子疼得厉害，她也没告诉乡邻，一个人背着儿子爬山越岭摸黑走了十几里地，把儿子送到镇医院。医生一诊断是阑尾炎，开刀动手术。她陪儿子去医院住了几天。那几天中有村里人去看病见了他们娘儿俩，说她正为儿子的住院费、手术费愁得落泪，两只眼睛都哭红肿了。这个女人平时像铁打的，在那个时候却流了泪。乡亲们那时穷，谁也没有多少钱。可是也没有谁带头，大伙就自动为她儿子捐款捐物。一个老人在村里说，她这个独苗说什么也得保住。这是她的全部希望。她儿子出院那天，半路上下了大雨，村子里十几户人家几十口子人，不约而同地跑到村外十几里去接他们娘儿俩。她正用身子给儿子遮雨，一看见乡亲们，她跪倒就磕头。人们常说男儿膝下有黄金。她一辈子唯独那次给父老乡亲下跪了。她后来对别人说，我觉得活得值了。

村里人说她的儿子生得真不是个人家。他一直跟着她姓刘。有人说，刘秀梅跟的汉子多，连儿子是谁撒的种都不知道了。其实，她不是那种水性杨花的女人。她一生中真的倾心相爱的就是一个人。她嫁给王青山是迫不得已，嫁给赵魁举是万般无奈。

李黑子突然坐了起来，以一个老军人老父亲的口气，命令站在一旁的儿子，去，给老子拍个加急电报，让我的儿子来……

李黑子的儿子一愣。李黑子拍了拍床，是我儿子也是你亲哥哥。让他马上来见我。告诉他，他老子想见他一面，无论如何都要来。

我打量着这位多年来骑着历史的骏马在我心中奔驰的英雄。他的脸又瘦又黄，像家乡土地上生长的玉米收获后晒干的叶子。在他身上几乎找不出英雄气概了，可是，我却觉得他更真实，更令我起敬。

他断断续续地给我讲了一些我不知道的事，护士再三来赶我走。唉，你知道吗？他的肚子里有你知道后会流泪的故事，有一段真实的历史。三天，他生命的最后三天，断断续续地给我讲了加起来只有半个小时的话。

给你当后生的讲一件事，你也许会以为是个笑话。刘秀梅那时不仅家庭地位与我悬殊，人长得又美。她第一次在我面前裸体时，我几乎不敢看。刘秀梅骂我你是个什么男人，是不是投错了胎？我，我……是她让我第一次知道男人应该知道的事情。和她在一起，那真是地地道道、纯粹地男人和女人之间的享受。当然还远不止这些。我开始学写字，也是她教的。与她在一起的日子里，我认识了百来个字，能简单地写信、写作战命令。

他说后来只是不敢想与刘秀梅的故事。他看了我写湖西游击区抗战初期的故事，心里像刀割似的痛。他的老婆、儿子女儿看了文章后都大发雷霆，骂我朝一个老革命身上泼污水，咬牙切齿地要让组织处分我。他儿子还真的起草一封信，让他签名，他气得打了儿子两巴掌。

他说，我现在是快要入土的人了，对自己、对子孙、对历史都应该有个交代。伤害历史的人，有什么资格进入历史？人的历史不可能每一页都十分縈然，要把全部历史放在一起看。平心而论，我李黑子一生就没有做过不对的事情？就没有做过违背良心的事？那我李黑子不是人而是神了。那就不会有我和刘秀梅生过一个儿子的事情了。那也就不会有我这个当父亲的至今也没见过儿子，没有给他一丝父爱的错误了。我愧对一个一生一世爱我的女人。

他说，我恨过她，咬牙切齿地恨过。后来想想，恨和仇其实是不同的。人啊，恨也好，爱也好，实际上爱与恨是一个整体。有爱有恨才有血有肉、有光彩。

我说，老人家，刘秀梅临死前说过，她这一辈子最恨的是李司令李黑子，最爱的也是李司令李黑子。

李黑子听我说到这儿，泪水夺眶而出。

我死后，骨灰撒一把在她坟墓前。说完，他永远地闭上了眼睛。我清楚地看见，他的眼角流出了泪水。

半天后，李黑子和刘秀梅的儿子赶来了。他一滴眼泪也没掉。据说在埋葬母亲的时候，他哭得死去活来。有人曾问他恨不恨刘秀梅，他说没有母亲就不会有他。至于命运如何安排他，那不是母亲的过错。他说他从来没有想过母亲有什么过错。也有人问他恨不恨李黑子？他的回答是沉默。也许他十分痛恨李黑子，也许他根本就没想过恨李黑子。我想这样的男子汉才具备儿子的资格，才是真正的儿子。当然，只有刘秀梅那样的母亲才能养出这样的儿子。

七

刘秀梅的坟墓在日出斗金的微山湖畔，三面葱绿，一面碧蓝。她是微山湖的女儿，长眠在这儿，她会安宁的。还是在她和李黑子在湖里同居时，就找风水先生选了这块墓地。他们当时曾立下过什么海誓山盟我不知道，然而，李黑子是不会葬到这儿来了，甚至连撒一把骨灰在她坟墓前的期望，也因儿女的反对成了泡影。她会遗憾吗？不，一个人躺在这儿尽管有些寂寞，但寂寞不就是一种安宁吗？小虎子离开她以后，她的生活十分寂寞，夜晚更是荒凉。赵魁举曾托手下的人婉转地劝她改嫁。赵魁举许愿，只要她愿意改嫁，一定在乡下给她找个有钱的人家，还要把她作为亲妹妹，热热火火地送她出嫁。她拒绝了。实际上，从那个时候开始，她一直在过着寂寞荒凉的日子，我曾问她心中是否有一种期待或希望，她摇摇头否定了，可事实上，她是有一种期待的。人的一生没有期待是不行的。她儿子告诉过我，她每天都要点炷香，默默地站一会儿。那时他还小，不懂得问这些事情。

抗战胜利以后，她曾私下里打听过李黑子的下落，得到的是说他带队伍走了，去了哪里谁也说不清。可以想象她那时的心情该是多么痛苦和沉重。一直到死，她没有见到他一面，也没听他说过，或者向他说过一句明白话。

李黑子走后一直没有回过乡。后来，在朝鲜战场嫁给他的那个妻子，带着一子一女回了一次家。他们坐的是小吉普，由县里的人陪同。偏远的乡村来了辆吉普车，被老少爷们儿围了个风吹不透雨打不透。后来有人告诉刘秀梅是李黑子的妻子回来了。刘秀梅突然莫名其妙地产生了一种想法。没有打扮，理直气壮地从她那门前挂着白旗的低矮草房里走出，大摇大摆地从李黑子的妻子面前走过且挺了挺胸脯。

李黑子死后不久，我在采访本地一位退休的老县长时，老县长向我说了一件令我意想不到、大吃一惊的事。

"大跃进"的风吹过后，咱们这一带也同全国一样受到自然灾害的侵袭。刘秀梅所在的村子里，老百姓也是怨声载道。不知出于什么考虑，刘秀梅给李黑子写过一封信。这封信不久就批转到了县里。李黑子信上写得十分严厉，说刘秀梅是攻击社会主义，是向无产阶级反攻倒算，让县里对刘秀梅严加管教。尽管"严加管教"这几个字在那个年代很普遍很流行，因为被"严加管教"的对象遍地皆是，从工厂到农村，从机关到学校，从车间到田头，几乎都有被管教对象。但是，县政府对李黑子的信十分重视，反复进行了研究。有人主张把刘秀梅抓起来，有人建议让乡里开刘秀梅的批斗会，老县长一直没表态。后来，老县长跟我说，人家李黑子这句话说得很有水平。什么叫严加管教，咱们平时对孩子常说的不也是严加管教嘛。这事交给我处理吧。

第二天老县长去了刘秀梅所在的公社，和公社管委会主任关起门来谈了半天。老县长走后第二天，刘秀梅就被两个民兵押到了公社。从此，刘秀梅每天戴着白袖章，在公社管打扫机关的几个公共厕所。打扫厕所是又脏又累的活，当然不能让贫下中农干。不过，刘秀梅打那以后每天在公社食堂吃饭，不再饿肚子了。其实这是老县长用"严加管教"的名义帮刘秀梅度过了那段艰难时期，从一个侧面说是李黑子帮了刘秀梅。

　　到了冬季的一天，公社突然收到李黑子所在的部队送来的几百件军大衣，说是部队拥军爱民发给当地的贫困人家的。同时，刘秀梅所在公社反映有人给刘秀梅邮过一个包裹，里边也是一件军棉衣。我私下问老县长，会不会是李黑子邮寄的？老县长笑而不答。

　　我听了这个故事后感到不可理解。刘秀梅从来没有提起过，李黑子也没有提起，难道是他们二人把这件事都忘记了？按说是不应该的，这是抗战后他们唯一一次联系呀。他们二人都已不在了，此事当然也无人作证，但我觉得应该写进我的书，这样心灵才得以安慰。

　　我也去找过退休的老县长，问他能不能找到刘秀梅当年写给李黑子的那封信。他想了很长时间，告诉我说那封信不知收到哪儿去了。我让他尽量回忆一下信的内容。他说信不长，大概有两张纸，里边没有一句叙旧情的话，而是直言不讳地反映当时老百姓的生活和老百姓的怨言怨气。老县长看过那封信后曾拍案而起，夸刘秀梅是女中豪杰。

　　我在思考着李黑子读这封信时的情景。但是我理解他，也原谅他。我们对我们的前辈的一些错误，如果不采取理解和原谅的态度，就不可能正确地对待历史，还可能会给我们的后代带来思考历史的障碍。

　　刘秀梅对自己的历史和后来的命运是一种十分从容的态度。直到死去，她也很从容。大伙都看到她脸上是带着笑容死去的。

　　微山湖水春夏秋冬都悄悄地改变一次颜色，如同换一次装。那么大的湖，有时一半是葱绿，一半是天蓝；有时一半是纯洁，一半是混浊；有时一半是热烈，一半是冷漠。然而，水还是水……年年岁岁、岁岁年年地流着，就像自信地活着，活着。

　　刘秀梅是微山湖的女儿，微山湖不会嫌弃她。

　　我去祭她的日子，正逢下雨。

变　节

一

　　那天找她谈话的是敌工部长老张。地点是在闹市区的一家饭馆里。

　　老张五十出头，个子又瘦又高，给人的印象是一身全是骨头，但是那种像石头的骨头。他那张四方脸上神色凝重。在她印象中，组织的同志几乎都是同一个面孔：严肃、冷峻、庄严，让人望而生畏。老张像以往一样，见了面，没有一句问候和寒暄，开门见山地说："宋同志，组织决定派你到一个新的岗位去工作。"老张说话从来都是干净利索，不带水分，口气也是不容置疑。在她的意识里，老张的话就是组织的决定，没有商量的余地。组织是有铁的纪律的，组织让你做什么，你只有一个选择，那就是无条件服从和无条件执行，没有商量的余地，更不能讨价还价。之前，她公开的身份是幼师毕业的学生，小学教员。她以这个身份做掩护，从事地下交通员的工作。每次执行组织交派的任务，她都非常认真，没有出现过差错。

　　老张没容她表态，接着刚才的话题往下说："有一项更重要的工作需要你。组织上经过慎重考虑，认为你有文化修养，性情温和善良，做事仔细认真，所以，派你到警备司令刘黑子家，做他的家庭教师。"老张即使在夸奖人时，表情依然严肃认真。最后，老张明确了时间要求："希望你把学校教员的工作辞了，在中秋节前到新的岗位。"老张说完，起身走了。

她想追老张，喊老张，站起来又坐下了。她知道她不能那样做，那样做容易暴露老张和她自己。可是，她心里一百个不乐意。她知道家庭教师的工作性质，说白了就是一半教人家的孩子读书，一半当人家孩子的保姆。她的同学中有做私人家庭教师的，抱怨多了。孩子摔了个跟头，家长也会对家庭教师瞪眼发脾气，好像他们家孩子是家庭教师故意给绊倒的。所以，她对做家庭教师不满意，尤其是做刘黑子的家庭教师，她就更不满意了。刘黑子是日本人的警备司令，全城头号大汉奸。在这座城市的百姓嘴里，刘黑子就是个数典忘祖、认贼作父、十恶不赦的坏蛋。她爷爷不止一次在饭桌上骂过，姓刘的家怎么生下这么个不孝之子！让她做刘黑子的家庭教师，怎么面对自己的父母，怎么面对全城的父老乡亲？但是，不满意也没有办法。她不能不执行组织的指示。

于是，她与他联系。他是这个城市地下组织的负责人之一，也是最让她惦记和关心的人。她想告诉他自己不愿去当刘黑子的家庭教师，比自己合适的人选一定有。尽管地下组织的同志都是单线联系，但她经常从在这个城市发生的轰轰烈烈的事情中得知，她的同志们在创造着业绩，其中不乏一些很出色很优秀的女同志。在日本鬼子刚进城不久的一次舞会上，一个在占领这座城市的日本鬼子中排第二三位的头头，和一个美女跳舞，一支舞跳罢，那个日本鬼子的头头被美女扶到座位上，再也没有起来。舞会散时，日本鬼子才发现他们的那个头头胸前扎了一把匕首，早已魂归九泉，而那个美女也已没了踪影……一个日本鬼子的军曹去菜市场买菜，在一位胖胖的乡下女人那里买了一筐番茄，回到军营的厨房，番茄突然爆炸，几个日本鬼子兵被炸得血肉横飞……她很羡慕她们，但她没有她们真刀实枪的胆量。她也一直在努力工作，想做出业绩。当一个汉奸的家庭教师能对组织做出什么贡献？能取得什么样的业绩？这会不会是老张的意见，而他压根儿不知道。他要是知道了，会同意把自己心爱的人朝虎口狼窝里送吗？何况那样与他见面更不方便了。

她请老张约他。她说我想见他一面，交代一下过去的工作。这个理由很充分。

他们虽然是一对恋人，但不能直接联系，更不能随便见面。他跟她说过，地下工作最最重要的是保密，是隐蔽，是单线联系。他想约她时可以。她不能直接约他。因为他不是她的直接领导。她的直接领导是老张，不经过老张，她约不上他。其实，她压根儿也不知道他的联系方法。老张知道她的用心，过了几天，老张告诉她说他在开会，没有时间；又过了几天，老张告诉她，他正在组织一个大的行动，不能分身；十几天后，也就是中秋节后的第二天，她才得到老张的通知，到指定地点见他。而那时，她已经在刘黑子家做了两天家庭教师。

他们是在一个被他称为同事的家中相见的。他每次和她见面都要换一个地方，有的是他同事家，有的是他朋友家，也在旅社开过房间。每次他和她见面时间都很仓促，在她看来就像学生上了一节课。这一次又和以往一样，他一见面就迫不及待地把她抱到床上，疯狂地吻她，抚摸她……每次都是这样，好像固定的程序，铁定的规律。开始时，她激动、震颤、兴奋，但每次完事后又觉得不满足，不尽兴，有时候甚至后悔。但是，她没有向他说过。她不敢向他表达对性爱的感受。同时，她对他给予她的爱有着另一种理解。他只要见了她就冲动，而平时他总是以彬彬有礼的样子出现在人们面前的。这就说明他曾对她说过的话：男人见了一个女人就冲动，一是说明喜欢她；二是说明忠诚她，没有别的女人。这一次完了事后，他依然重复着过去的动作，掏出一支烟，含在嘴边，等她帮着点燃。她非常渴望他能抚摸她。这种渴望甚至超过了与他做爱。也许这也是女人对性的一种特殊需要吧？然而他没有一次满足她的渴望。她把头卧在他厚重的胸脯上，她觉得那样也是享受。

"我，我不想去刘黑子家……"她犹豫了一会儿，说出了心里话。从组织的角度说，他是负责人，组织的成员有思想应当向他汇报；从个人的角度说，他是她的爱人，也是她目前在城里的唯一亲人。她的爷爷奶奶和母亲都到乡下老家去了，她有想法也理所当然告诉他。她是这样认为的。

"你在和谁说话？"他有些愠怒，"宋同志，假如你是以我女朋友的身份同我说话，就不要说工作上的事情。假如你要以我的同志身份与我说话，请注意我们的上下级关系。我代表的是组织。一个组织成员怎么能随随便便向组织提出个人要求呢？个人对组织不允许有任何要求。这一点最起码的常识你都忘记了？"

看到他生气，她感到诚惶诚恐。她觉得自己在组织面前犯了一个错误。同时，她也感到有些委屈和难过。

他先是看着她茫然的脸，然后目光移到她的唇上，移到她的脖颈，移到她的乳房。他的目光很复杂："你得服从组织啊！你应该清楚，很长一段时间以来，日伪军对我们的封锁很严密，我们的日子越来越不好过。刘黑子是警备司令，他的手中握有兵权，地位举足轻重。他又是一个十恶不赦的卖国贼。我们曾几次想派人接近他，做他的工作，但都失败了。这一次，组织上经过再三考虑，认为派你去他身边，做他的工作比较合适。他老婆刚刚因病去世，给他留下一个 5 岁的女孩。这个时候，能够打动他的是一个女人的温柔、体贴，一个家庭的温馨、热情。组织上相信你能做得到。你漂亮、稳重、善解人意，又有知识，在刘黑子那里，你一定会做得很好。"

"这……"她有点不情愿，但又不敢说出口。在他面前，她从来没有大声说过话或者大声笑过。他总是那么一脸严肃，一本正经。他即使在和她做那种事时，也是完全占着主动，有时带有命令式的，给她的感觉是，这也是组织上交给她的一项非常重要的工作。

沉默了一会儿，她感觉身上有些凉意，原来被子掀开了一角。她拉过被子给他盖上。

"你是不是想说组织让你出卖色相？"他的神情更加严峻，"不能这么想，更不能这么说！你我同刘黑子是敌人。我们与他之间信仰不同，阶级不同，立场不同，可以说不共戴天。我们只是利用他，你虽然对他笑容可掬，可心里却对他恨之入骨。你的同学、你的亲人就是他派人暗杀的嘛！"

说到父亲，她的眼圈红了。她仿佛又看到了父亲胸口流出的汩汩鲜血，听到了父亲临死前的嘱咐。

"刘黑子这小子是个'三色人物'，心是黑色也就是狠毒；手是红色也就是沾满了鲜血；胆是黄色也就是喜欢女色。你在那儿工作要小心。"

"你如果不放心，可以派其他人。"她撒娇地说，也带着点怨气。

他的脸色变青了，就像熟透的青萝卜皮："组织上的决定不是儿戏。你这是在执行组织的决定。不服从组织决定的后果你应当清楚。"

她缄默了。她突然觉得面前这个中年男人很陌生。是组织的负责人？是尊敬的长者？是心爱的恋人？而他的表情，他的口气，他的行为又都不像。

"好了，不说这些了。"他扔掉手中的烟蒂，掀开了被子，"咱们两个多礼拜没见了吧。说好一个礼拜一次，我还得补上欠的一课。"他说着，已经爬到了她身上。

不知为什么，那一次让她很不愉快。她甚至产生过把他从身上推下去的念头。男女之间的性爱，并不是不需要基础。这个基础是一种默契，从更深层次上说是相互理解。

还有一个原因，是她在想着如何面对刘黑子。

刘黑子在她的心中是一个彻头彻尾的坏人。这不仅是刘黑子杀害了她的父亲，而且因为刘黑子是汉奸头子。她对刘黑子是集家仇、国仇于一身。所以，她心中对刘黑子充满了仇恨。面对一个仇人，怎样才能做到从容不迫，并且取得他的信任？她对此没有任何把握。如果让一个人去做他不喜欢做的事，他能做好吗？

她第一天到刘黑子的公寓时，刘黑子带着队伍进山扫荡去了。家中接待她的是刘黑子的姨妈和一个脸上有几个麻子的女用人。已是中秋过后，天气有些凉。她坐着黄包车走了几里地，脸颊被风吹得微微发红，像桃花初放时的色彩，下车后，她自己拎包走到刘黑子家，又出了汗，汗水把脸颊上粉红的色彩浸润得更加靓丽。组织上让她精心挑选的一套淡蓝色的旗袍，穿在身上格外醒目，不仅将她高挑的身材衬托得线条分明，而且把她洁白的皮肤衬托得更加明媚。麻婶上上下下打量了她一番，对她赞不绝口："咱这山城还有这么水灵的妹子，想不到想不到。你是本地人吗？怎么看也不像。看看你这脸盘，你这身材，长得多合适呀！多长一两肉不行，少长一两肉不妥。"

　　她被麻婶夸得不好意思。再看姨妈的表情，她的心凉了半截。姨妈神色坦然，看她时的目光也深藏不露，看不出任何特别的表情。她不由得在心里多加了一道堤防。因为来刘黑子家之前，组织上帮她对刘黑子及其周围的人进行了研究。这个姨妈过去是刘黑子家的保姆、后来的养母。刘黑子生下不久其母就因病去世了。刘黑子的父亲远在南洋并且又娶了妻子。姨妈把他接到家里，用羊奶把他养活。后来，送他读书，送他当兵。为了他，姨妈一生没嫁。不过，姨妈没嫁还有另外一个原因，就是姨妈年轻时有个情人，那个情人无情地抛弃了她，她从此对男人心灰意冷。她把自己的希望都寄托在刘黑子身上，她是对刘黑子最有影响力的一个人。姨妈又是一个知识型的女性，和她一样做过教师。因为那个无情的男人抛弃了她，她才隐名埋姓做了刘黑子家的保姆。刘黑子当初投日前，曾一度摇摆不定。共产党的游击队找过他，要收编他。国民党的战区长官找过他，要委他重任。最后，是姨妈的一句话起了作用。姨妈说好死不如赖活着，跟了日本人你总算能把你的队伍保存下来吧！几千个弟兄，你要是让他们当了日本鬼子的刀下鬼，那几千个家庭的孤儿寡母怎么过？因此，她深知在姨妈面前必须处处谨慎。

　　刘黑子5岁的女儿叫想想。据说这是刘黑子在妻子死后，给女儿改的名字，意思是让女儿常常想着生她的母亲。想想对她情有独钟，一见面就喜欢上她，张口闭口叫着姨妈，亲热得让她心发烫。人与人之间的确是需要缘分的。有的人在一起相处多年，相互之间了解不深刻，思想不融洽，话语不投机，而有的人却一见如故，亲密无间。她觉得眼前这个5岁的女孩子没有什么罪过，所以对那个女孩子也给予了热情。每个人从童年时代起就有自己的爱好，谁能欣赏她的爱好，鼓励她的爱好，就会让她对其增加信任。想想爱好让大人为她梳头，一天要梳几遍，早上醒来要梳一遍，中午起床要梳一遍，外出跑一圈回来要梳一遍，晚上睡觉前还要梳一遍。想想把那把木梳用红绳拴着，挂在脖子上。大人给她梳头时，她拿着镜子，对着镜子里那个调皮的女孩子看。梳完头，再扎上一束蝴蝶结。她从这一细节中，看出想想的母亲是个很有爱心的女人。

　　在刘黑子家的客厅墙上，挂着一幅刘黑子的全家福。想想被刘黑子用双手紧紧地抱在怀里，其实用贴在胸前更恰当。刘黑子的腮帮还贴着想想的额角。从这一点，她感觉到刘黑子对女儿的一片深情厚爱。让她感到吃惊的是，想想说爸爸给她梳头的次数最多，她也喜欢让爸爸梳头。当时站在一旁的姨妈长长地叹了口气："黑子这孩子不易呀！他给想想梳头的时候，是他排遣心中郁闷和苦恼的最好时候！所以，他从不轻易把这个活儿让给别人。"姨妈的话中仿佛有话。

麻婶插话说："刘司令是又当爹又当妈。换个像他这样有地位有权势的男人，早就再娶妻室了，说不定还娶三五个呢。"

她白了麻婶一眼，心里骂了一句真俗。她看出姨妈也流露出对麻婶那句话不满意的神情。

她同时在想，坏人也是人。但是为什么同样是父母所生、吃着饭菜长大的人，有的是好人，有的会成为坏人，她却想不明白。她读书时，读过"人之初，性本善"，都是从人之初而来，怎么又有不同的性格、不同的人格、不同的风格呢？

当天晚上，想想就要从麻婶那里搬出来，和她住到一起。麻婶明显有点不高兴，拿眼去看姨妈。姨妈说了一句听想想的。麻婶才很不情愿地把想想的行李搬到她的房间。

身边突然多了一个天真烂漫的孩子，她的心里非常高兴。她当了一年多教师，对孩子的感情十分深厚。她常常在孩子们天真无邪的笑声中，忘记痛苦和烦恼。那时，她毕竟只能在课堂上和少许的课间时间同孩子们交流，与想想这样同吃同住、形影不离则是第一次。在给想想梳头时，她有一种长大了成熟了的感觉；在给想想上课时，她有一种压力和责任感；当想想钻进她的怀抱里，用稚嫩、细腻的小手抚摸着她时，她甚至有一种做母亲的快慰。想想睡熟后，均匀而又轻柔的呼噜声，让她觉得特别兴奋，情不自禁地亲吻了想想的小嘴。然后，她按照姨妈吃饭时的要求，到了楼下的书房里。

姨妈正在书房里等她。可能是身体有病的原因，姨妈身上披着一件藏青色棉大衣，在微弱的灯光下显得人很苍老。如果不是在家中、在书房，她一定会误认为姨妈是一个修道的修女。姨妈的脸仍然板着，见她进来，只是点了点头表示招呼。她不知姨妈为什么会让她到书房里来，所以心里有些紧张。

"宋先生，我们家人口不多，很清静。"姨妈开始说话了，声音低沉，又有些嘶哑，让她觉得有点沉重。姨妈接着说，"看得出你比较讲卫生。这很好。不过，毕竟是在家中不是在学校，你不必穿戴得那么花哨。"

她感到惊奇：我这还叫花哨吗？

姨妈没有顾及她的感受，也不看她的表情，继续往下说道："黑子住在楼下，还有他的卫兵。所以，晚上尽量不要下楼。"

她点了点头。

姨妈沉吟了片刻，又说："你是读书人，有文化。该做什么不该做什么也不用我交代。我只送给你两个字：规矩。"姨妈说完，起身向外走。她也跟着向外走。姨妈突然转过身来，指着桌上说："那些乱七八糟的东西，你帮着收拾一下。这是麻婶该做的。可是她已经睡了，你就帮个忙吧。别让黑子回来看了心烦。"

她一下子愣住了。姨妈是什么意思？要试探我，考验我？这也太简单，太着急了吧？姨妈已经上楼了。她无可奈何，只好走回到桌子前。她看了一眼桌子，上边并没有什么乱七八糟的东西，有些东西像笔墨纸砚，一看就摆上去不久。她心里什么都明白了。看来，要取得刘黑子的信任，第一关必须取得姨妈的信任。回楼上的时候，她走在昏暗的楼道上，觉得有两双眼睛在看着她。一双是姨妈的，对她充满了疑问，想找到一个答案。一双是麻婶的，对她充满了嫉妒，想找到一些破绽。她在心里一遍遍告诫自己要小心。

二

刘黑子是在她到刘家后的第三天晚上回家的。她和想想已经上床，准备睡觉。她一边给想想讲着故事，一边轻轻地拍着想想。她听见楼下有响动，以为是麻婶在收拾房间。想想却一下子跳起来，喊叫着"爸爸回来了！爸爸回来了！"衣服也没穿就向外跑。

　　她见想想跑下楼，心里一急，连外衣也没来得及穿就追了出去。因为灯没有开，楼上楼下一片漆黑。想想如果出了问题，那她的麻烦就大了。没想到，麻婶已经打开了灯，而且抢先她一步随着想想下了楼。看见她，麻婶故意得意地向她笑了笑。

　　刘黑子当时正在脱外衣，听见想想的叫声和脚步声，故意背转过身，待想想到了身边时，突然转过身，张开双臂，一下把想想紧紧地抱住，然后高高地举过头顶，一连转了几个圈子。接着，在想想头上脸上亲了一会儿，好像久别重逢一样。刘黑子这一连串激情四射的动作，让想想高兴得放声大笑，刚才还一片沉静的大厅顿时充满活力。

　　刘黑子让想想闭上眼睛，说是有一件东西要送给她。想想顺从地闭上了眼睛。刘黑子从他肥大的裤袋里掏出一只活蹦乱跳的小白兔。那只小白兔太可爱了。它通身像雪一样白，没有一根杂毛，两只眼睛精神饱满，绿色的目光在灯光下格外惹人注目。看上去，小白兔生下来的时间不长，稚气十足，而且不知道人间的凶险，一到想想的怀抱里就很老实。想想高兴得手舞足蹈，抱起小白兔一阵亲热。站在楼梯口的她也不禁怦然心动。

　　麻婶不失时机地抢着说："这只小兔子太可爱了。想想，来，让奶奶看看。"

　　想想没有搭理麻婶，相反喊她："宋姨妈，你快看看我的小白兔。"

　　刘黑子抬头看了看她。她的脸上一阵火烫。原来她只顾着追想想，穿着睡衣就跑下来了。她赶忙转身回到屋里。站在穿衣镜前，看镜子里的自己，两颊绯红，长发散乱，袒露前胸的睡衣把两只高耸的乳房露了一半。糟糕，怎么让刘黑子第一眼看到自己这样的形象？她一边怨恨自己，一边换上衣服，整理了发型。但是她没有马上下楼，她想等刘黑子或者想想叫她的时候再去。

　　楼下传来刘黑子父女一阵阵笑声。刘黑子的笑声慈祥、厚重。想想的笑声清脆、可爱。父女俩的笑声中荡漾着亲情，荡漾着欢乐。她听了，心头的怒火一下子点燃了。刘黑子，你也是个人，你也算个人呀！你和你的女儿在一起尽情享受父女之爱的时候，知不知道失去父亲失去父爱的女儿的痛苦呢！此刻，刘黑子如果站在她的面前，她可能会不顾一切地冲上去打他一个耳光。她这时才真正理解了怒发冲冠、怒火中烧这些词的意义。可是，她很快镇静下来：你是组织上派来的。你的任务是接近刘黑子，取得刘黑子的信任，从而瓦解刘黑子。你不能因为家仇而忘了民族之仇国家之仇！你现在需要给予刘黑子的是妩媚的笑容，而不是复仇的目光。她努力使自己镇静下来，步履蹒跚地向楼下走去。每下一层台阶，她的心头都增加一份重量。

她走到楼下，发现只有想想和麻婶站在空荡荡的大厅里，不见了刘黑子的身影。她问："想想，爸爸呢？"

想想朝一张大桌子下一指。她顺着想想指的方向，发现桌子下边撅起的半圆形状的大屁股。原来，小白兔从想想手中溜走了，刘黑子钻到桌子下去抓小白兔。这就是那个跟随日本人做尽坏事，在百姓心目中罪恶深重的大汉奸刘黑子吗？这就是平日一脸凶光，人见人怕的警备司令刘黑子吗？她感到困惑，感到不理解。

刘黑子双手抱着小白兔从桌子下钻出来，头发凌乱，衣服上蹭了点灰，像刚化了装的小丑。本来，他满脸亲切的笑容，可是一看到她，笑容瞬间逝去，脸色严肃起来："你就是从女师附中来的那个宋先生？"

她点了点头。

麻婶很会表现。她打来一盆水，拿了一条毛巾，递给刘黑子。刘黑子擦了擦脸，在沙发上坐下。他刚要伸手去抱想想，想想却跑到她的怀里。想想抚摸着小白兔，认真地说："宋姨妈，我想给小白兔起个名字，好不好？"

"好啊，好啊！"她鼓励想想说，"你说给小白兔起个什么名字呢？"

"小白兔那么白，不如叫白雪公主吧？"麻婶抢话说。

想想没理麻婶，歪着头想了一会儿说："我想叫它妹妹。宋姨妈，你说好听吗？"

她抚摸着想想的脸颊，一边点头一边称赞说："想想起的名字好听，有点人性化和人情味。"说这话时，她看刘黑子也显得很高兴。

想想玩着小白兔，不再调皮了。刘黑子拿过梳子给想想梳头，仿佛没有看见她。过了一会儿，才冲她抱歉地笑了笑："宋先生，请坐吧。"他说着，指了一下对面的沙发。

她的心一阵紧张。看来，刘黑子要对我搞审查了。

麻婶又从厨房里端出一碗面，一碟萝卜榨菜，放到餐桌上。刘黑子向麻婶挥了挥："麻婶，你去休息吧。"

麻婶看了她一眼，转身上了楼。为了照顾姨妈方便，麻婶的房间与姨妈相连。

"宋先生，在我这里习惯吗？"刘黑子问。

她点了点头，从容地回答说："我想应当有个过程吧。"说完，她又马上接着说，"我挺喜欢和想想在一起。"

刘黑子还没接上话，想想就抢先说："宋姨妈对我可好了。爸爸，我背几首宋姨妈教我的古诗给您听，好吗？"没等刘黑子回答，想想跑到客厅中间一站，一边手舞足蹈地表演着，一边高声背诵起唐诗来。

> 白日依山尽，
> 黄河入海流。
> 欲穷千里目，
> 更上一层楼。

……

想想一连背了五首唐诗。她在旁边不住地鼓掌鼓励想想。她用眼睛的余光，看了一眼刘黑子。刘黑子脸上泛着红光，目光充满温存。那一刻，她突然想起了自己的父亲。父亲每次在检查她的作业时，目光也是那样。她在心里想：刘黑子，你也配有这样的目光吗？

刘黑子突然转身看了她一眼，目光与她的目光相撞。她赶忙避开了。

这时，姨妈咳嗽了一声，出现在楼梯口。麻婶跟在姨妈的左侧，从身后搀扶着姨妈，刘黑子刚刚拿起筷子准备吃饭，赶忙放下筷子，毕恭毕敬地站起来，紧走几步上了楼梯，扶着姨妈下楼后在沙发坐下："妈，您怎么又下来了。我正想一会儿去给您老人家请安呢。"

如果他对其他老人孩子也像对他姨妈和想想这样多好啊！她想。

姨妈的目光从刘黑子的脸上跳到她的脸上。她假装没有看见。

姨妈说："宋先生来三天了。麻婶说宋先生人长得好，心眼也好，脾气性格和想想妈一模一样。"

这个姨妈，什么意思？她心中有点忐忑不安。

刘黑子没说话。

姨妈接着说："我看宋先生是个有思想的人。往后大家在一起时间长了，就会了解了。"说完，她站起身，"今天太晚了，睡吧。"

刘黑子把蝴蝶结给女儿扎上。他一手搀着姨妈，一手抱着想想向楼上走。她和麻婶跟在后边。麻婶不知是有意还是无意，用胳膊肘儿捣了她肋骨一下。尽管她的肋骨有点疼痛，但假装没感觉。

刘黑子把想想抱到房间，放在床上，又和女儿亲热了一阵才出去。姨妈一直在门外等着，见她有些不自然，认真地说："想想和爸爸这样习惯了。"刘黑子搀扶着姨妈进了姨妈的房间，又关上了门。

躺在床上，她反复回忆着刘黑子看她的目光，那目光仿佛像麦芒一样。他对我怀有敌意和疑虑。她想。不过，让她自己疑惑不解的是，为什么对刘黑子的第一印象并不是原来想象的那么差。

升到中天的月亮非常清朗。明净的月光透过窗户上的玻璃，射进屋子的墙壁上，墙壁上仿佛刷了一层新，风吹而动的树影不停地演绎着一个个瞬间的童话。洒落在地上的月光，则像一层碎银子。这个时候，人最容易触景生情。她想起了组织，想起了他。她想他想得心疼。在她心中，他不仅是自己心爱的爱人，也是她的导师。

她按照组织上的要求，及时送出了来刘黑子家的第一份情报。这份情报主要报告她在刘黑子家已经立住脚，尤其是得到了想想的感情信任。姨妈对她有戒心。她也谈到了对刘黑子的观察，说刘黑子在家里很有人情味。敌工部长老张对她的工作给予了充分肯定，尤其说她对刘黑子观察得十分细腻，有利于抓住刘黑子的心理开展下一步工作。

作为地下组织负责人的他，没有给予过多评价，而是冷冷淡淡地说了一句："你对刘黑子的印象并不怎么坏嘛！"

"我说的都是实情。"她很认真地回答说。

这是分别一周后，他们又在一起了。她明显感觉到他在和她做那种事情时，对她有一种不信任。她脱光衣服后，他用充满疑虑的目光审视她。她觉得心里很委屈，很生气：你这明摆着不信任我！你在怀疑什么？怀疑我被刘黑子强暴了，抑或是我和刘黑子上了床？这不仅是对我对你的忠诚，也是对我对组织的忠诚的怀疑。我已经拥有了你，而且从内心深处爱着你，我怎么会轻易再去委身于另一个男人？何况他是我宋家的仇人、民族的仇人、国家的仇人呢！但是，她没有说出口。她了解他，他是不容许别人侵犯的，对他的尊严、对他的权威、对他的道理。何况，万一他没有怀疑我呢？他不会怀疑我。因为他比任何人都了解我！

她和他认识是在两年前的一次集会上。当时，她还是女师应届毕业的学生。她在女师做教师的父亲，经常向她讲一些抗日救国的道理。在父亲的影响下，她参加了一些进步学生的活动。她还在家中见过他。他是去找她父亲的。父亲让她称他叔叔。他来她家的第二天，女师举行了一次抗日集会。那次集会，她和父亲走在一起。当游行队伍快到伪市政府门前时，警备司令部派出的部队挡住了他们前进的道路，于是发生了冲突，警备队开了枪。她看见父亲的胸口流出汩汩鲜血。就在她站在拥挤、混乱的人群中痛哭流涕、茫然无措时，他出现了。他背着她的父亲，她跟在他的后边。他的眼镜摔了，她帮着收起来。他们穿过几条小巷，一口气跑了四五里路，到了郊外运河里的一条船上。父亲那时已经濒临死亡，拉着他和她的手：孩子，你以后就跟着先生奋斗吧。这时她才知道父亲和他早已经熟悉了。

在朦胧的月光下，他和她一起埋葬了父亲。她自幼失去母亲，和父亲相依为命。当父亲的尸体被厚重的黄土掩埋以后，她清楚那种既有慈祥的母爱又有严厉的父爱的父亲永远不会再回来。她哭成了泪人，腰也直不起来。他搀扶她，把她轻轻地揽在怀里。事后，他又把她带回藏在芦苇深处的那条船上。他像父亲一样把她紧紧抱在怀里，让她感到了有了新的依靠。他说，你父亲是我们组织的人，你现在已经知道了我们组织的地点。所以，我们希望你能加入我们的组织，继承你父亲的遗志，为了民族、为了国家一起奋斗。尽管弥漫的烟雾笼罩着他，让她看不清他的目光，但是，她敏锐地感觉到他对她有一种别样的意思。

她郑重地点了点头。

此后，他们在船上度过了三天三夜。后来，他才告诉她城里风声紧。那三天三夜一直在下雨，他给她讲革命道理，给她讲光辉的未来。他也给她讲了他的身世，他的追求。他说他自幼生长在一个大地主家庭，他是父亲的第四个老婆生的，因此母子在家中没有地位，经常受上边几个老婆和子女的欺辱。后来，他到城里上学，接触了进步组织，加入了组织。他领导过几次她曾经听说过的学潮、工人运动。她没想到遇到了一位自己早已敬仰的人物。她仿佛在茫茫黑夜里看到了灯塔。相对来说，女人比男人更需要依靠，尤其是在茫然、无助的时候。在第三个风雨交加的夜晚，在一阵剧烈的疼痛之中，她把自己交给了他。她觉得自己从此有了依靠，有了光明的前途。

"你在想什么？"他已经完了事，从她身上下来，"好像整个过程中你都在想什么，没有进入角色。你这是对我的不恭，对我的亵渎。你知道吗？我今天的感觉特别不好！"

她慌了："你不要生气，生气容易伤身子。对不起，我刚才是有点走神。我在想怎么对付刘黑子，尽快完成你和组织交给我的神圣的任务，不辜负你和组织对我的信任。"

"你是不是把我想象成了刘黑子？"

她愣了。她想象不到这种语言是出自他的口中。在她的心目中，他一直是神圣的、崇高的。她同时也感到难过。被自己心爱的人误解、侮辱，是一个女人最大的悲哀。她哭了，哭得很伤心。但是，她没敢放出声。在他的面前，她始终压抑着自己，既不敢大声地笑，怕他批评自己浅薄；也不敢大声地哭，怕他批评自己不勇敢。

他没有安慰她。他抽完一支烟，穿上衣服走了。走到门外，才回过头："你不要忘了，组织无处不在。组织敏锐的眼睛时刻在看着你！"他说完这句话就走了。她觉得那句话十分沉重，也十分尖锐。

我错在哪里？她问自己。是不是对刘黑子与姨妈、女儿的亲情渲染得过分了，让他和组织对自己的立场产生了怀疑？是不是今天对他的热情不如过去那样，让他产生了不满。这些天在刘黑子家里一直都精神紧张，情绪波动。毕竟是第一次，又是一个人执行任务，而且怕万一有点闪失，让刘黑子看出破绽。也许因为此，不像过去那样轻松。她在心里认了错。她把仇恨都记在了刘黑子身上。

三

刘黑子是个聪明人，一定感觉到了她目光的阴冷和敌意。尽管她有时强装笑容，但有心能够看出是假象。

"宋先生，你来我们家两个礼拜了，我一直没时间同你聊一聊。现在姨妈和麻婶带想想上街了，咱们可以谈一谈了。"刘黑子那天很主动。她也清楚是刘黑子找了个借口，让姨妈和麻婶带想想上街的。因为想想不愿离开她，哪怕是晚上睡觉的时候。

昨天晚上，刘黑子回来得很晚。那时，她给想想梳完头，想想已经睡了。开始她听见了上楼的脚步声。然后，她听见有人敲门。她把剪刀拿在了手里。那一刻，她的心跳得很剧烈。

"宋先生！"刘黑子在低声喊她，"我想看一眼想想，行吗？"

她没有回答。

过了一会儿，刘黑子又说："如果你睡了，不方便，那就算了。"

她觉得没有理由拒绝一个父亲看自己的女儿。于是，她穿上衣服开了门。不过那把剪刀她紧紧地攥在手上，放在背后。

刘黑子赤着双脚，那双平时出门时必穿的高筒皮鞋拎在手上，踮着脚走进屋里。当他快要走到床前时，甚至故意屏住呼吸。他端详着女儿的神态，使她想起父亲当时端详她的亲情，心里一阵酸楚。她想举起剪刀直扎刘黑子的胸膛。刘黑子，还我父亲！可那只是瞬间即逝的一个念头。

刘黑子起身时，看见了她眼中的愤怒，也看到了她倒背在身后的胳膊。刘黑子冲她笑了笑："谢谢您宋先生，打扰了！我明天一早就要出去，一两天见不到想想，心里憋不住。请您原谅。"

"你真是太忙了。"她说。其实，她想探出刘黑子的去向。但是，她不知往下还怎么问，也不知刘黑子会不会给她答复。

刘黑子从她和想想的屋里出去后，又进了姨妈的房间。她听见刘黑子与姨妈低声说话。

"黑子，你少和姓宋的接触。"姨妈说。

刘黑子说："妈，您发现她什么问题了吗？"

姨妈沉吟片刻，说："还没有。不过，我心里不踏实。"

刘黑子说："妈，她是想想的老师，是咱们请来的。您不是说她很尽职尽责吗？在没有任何事实之前，咱要尊重人家，相信人家。否则，会影响她同想想的感情。"

姨妈没说话。

刘黑子下楼后，她马上想到了自己的职责。刘黑子可能又要外出扫荡。她必须把这个信息尽快传达给组织。可是，有什么办法呢？打电话。她的房间里有电话，但老张告诉过她，她房间的电话可能被刘黑子监听，容易暴露。出去，深更半夜找什么理由呢？那样更会引起刘黑子的怀疑。她急得汗水都流了下来。这个时候她才明白自己的职责的艰难和风险。她翻来覆去睡不着。月亮从窗户的玻璃上向西缓缓移动，眼看身影就要消失。她急得浑身出汗，才想到一个办法，就是装着自己突然生病去医院取药，在去医院的路途上想办法把情报送出去。于是，她去敲姨妈的门，告诉姨妈自己肚子疼得厉害，想去一趟医院买点药。姨妈借着灯光，审视了她好大一会儿。她心里着急，脸上流汗。姨妈看到她在流汗，以为她真的病了，点点头表示同意。刘黑子听说她病了，什么也没问，命令他的护兵小马把司机叫醒，陪她一起去医院。

小马十八九岁，浓眉大眼，身材健壮，一看就很精明、机灵。小马把她送进医院急诊室就离开了，说是在车上等她。她抓紧时间，用医院的电话给组织指定的电话联系上了。这时，她才长长地松了口气。但是，电话那边对她却是一阵严厉地批评:"现在日伪军搞白色恐怖,对组织监视很紧。没有组织的批准,你不要轻举妄动。"

她觉得委屈,但又没处诉说。

后来,老张批评她遇事不冷静。像这样的情报,组织上已经在你通知之前知道了。你没必要冒风险。组织上给你的任务是接近刘黑子,千方百计获得刘黑子的好感和信任,从他那里得到更重要的情报,最后能争取动员刘黑子起义。"组织没让你做的工作,你不要轻举妄动。你的工作任务就是千方百计接近刘黑子,取得他的信任,在他家站稳脚跟。至于到了那一步,你该做什么,组织都会给你指令的。"老张说。

但是,她真的不知道怎样才能接近刘黑子。她不会主动,不可能主动,也无法主动。因为,她的心里对刘黑子充满了仇恨。所以,刘黑子要找她聊聊,她心里虽然不情愿,表面上却没有拒绝。

"宋先生,我刘黑子是个身负骂名,被百姓认为认贼作父、为虎作伥的汉奸、卖国贼,你到我这儿来做事,不怕被别人戳脊梁骨吗?"刘黑子开门见山地问。

她略微思考了片刻,按照组织上事先帮她打好的腹稿,沉着地回答说:"刘司令,我不能因为怕被别人戳脊梁骨就不生存了吧?现在市场萧条,百姓水深火热,当小学教员工资低微而且已经有半年之久未领到一分钱薪水。我家上有八十岁的老奶奶,下有没成年的小弟弟,我得让他们能活下去。"

"听话音,你父亲大人已经不在世上了?"刘黑子一惊。

"他得了一场大病去了!"她没有说父亲是被刘黑子的警备队枪杀的。但是,说这句话时她的眼睛红了,抬眼用充满仇恨的目光看了刘黑子一眼。

刘黑子的身子一颤,她察觉到了。因为她觉得自己的心也颤动了一下。

刘黑子叹了一口气:"人活着都不容易呀!实话给您说,像我这样的人,心里装满了苦水啊。我堂堂一个中国军人,真甘心跟着日本人当走狗吗?没办法,现在是日本强大,是日本人统治的天下,我要保存队伍,保护我这几千人的生命,保护这几千人的几千个家庭能活下去,只能走这条路。"

你这是混账逻辑!汉奸理论!她在心里骂了一句。她不清楚刘黑子现在是不是故意试探她，所以，她没有去驳斥刘黑子，劝说刘黑子。她知道现在还不到时候，刘黑子对她没有掉以轻心。这一点从刘黑子不时看她的目光就可以猜得出来。

"宋先生，城里乡下的老百姓怎么评价我刘黑子？"刘黑子突然甩给她一个难题。

"你刚才自己不是已经讲出来了吗？"她说。

刘黑子两眼发呆，神情沮丧："难道就没有说我一句好话吗？我刘黑子也不是没良心没血性的人。只要避开日本人的眼睛，我是力所能及地做一些保护老百姓的事。比如下乡时，我反复跟部下交代，不准把老百姓家的粮食拿光，要给他们留一些养家糊口；再比如我再三跟部下强调，不准欺负百姓家的女人，因为咱都有母亲和姐妹，一经发现格杀勿论；再比如……日本人一直对我刘黑子不信任，老百姓对我刘黑子也不谅解。我这是老鼠夹到风箱里两头受气。"

她实在忍无可忍了，话脱口而出："你刘司令也读过书，是个明白人，自古至今认贼作父、被百姓骂为汉奸的人，有几个有好下场！"她从来没有这样慷慨激昂地对一个人说话。说完话时，她有些后悔。因为她看见刘黑子从沙发上站起来，两眼露出凶光。

刘黑子又坐下了："宋先生，你说得对。可是，每个人做人都有不同的原则。我刚才已经讲过，我之所以投日，一是出于保护手下这几千个弟兄；一是希望用自己微薄的力量，在有条件的情况下为父老乡亲做点事情。我过去跟蒋介石干过。我们是杂牌军，处处受挤对，受制约。再说，他也没把中国治理好。和日本人打仗时，他突然撤走了国军，把我的阵地暴露给了日本人。当时，我面临三种选择，一是和日本人拼命，把几千人拼光；一是被日本人缴械，送进俘虏营或者送去当劳工，最后不是被折磨死就是累死；三是先投降日本人，等待东山再起。还有一点是我对日本人曾经抱有幻想，幻想真的能建起一个大东亚共荣圈。"

她没再说话。她看见了那只已经被圈进笼子里的小白兔。小白兔太淘气，一天到晚到处乱窜乱跳。想想也就一天到晚追着它。她无可奈何，也得跟着追想想。孩子不能有个闪失，孩子有了闪失就是她的失职，她的失职就会导致组织交给的任务落空，她在组织那里会受到处分，在他那里也会失去信任继而失去她珍惜的爱。那天凌晨她装病去医院，想想醒来后看不见她，一直哭闹不停，姨妈劝不住，刘黑子也劝不住。麻婶告诉她这些时，还嘲弄地说了一句："你都成想想妈了！"麻婶有时故意出难题，趁着她和想想不防时，把小白兔放出笼子。这样，一找就要花费半天的时间。她明白麻婶对她有意见，是怕她比麻婶在刘黑子和姨妈那里得宠。所以，她明知麻婶从中作梗，也不去挑破。

刘黑子目不转睛地看着她，目光明显可以看得出疑问和猜测："宋先生，你不要有什么顾虑。我现在和你是推心置腹地谈话，希望你能相信我。这几年来，我心里憋的话太多，总想找一个人倾诉。但是找不到啊！在外边，在日本人面前总不能说吧？在一些死心塌地跟着日本人的人面前总不能说吧？在家里，我的内人与我是从小订的亲，她没有文化，也看不懂世事，也不能跟她说。想想太小，说了也听不懂。我其实生活得很痛苦很委屈。有时候，我只能跟自己说，写在日记上。"她有点心动。但是她告诫自己，在这样一个披着人皮的恶狼面前，绝不能做东郭先生，否则不仅给自己带来危险，也会给组织带来危害。

刘黑子见她不说话，有些失望："宋先生，我今天可能和你谈得多了。你既然不理解，又不想和我交流，那就改日再谈吧。你不信任我，我不能勉强你。"

"刘司令既然知道这些，为什么还要……"她想抓住这个机会劝说刘黑子几句，但话说了一半就停住了。她不相信刘黑子跟她讲的是真心话。同时，她也看见姨妈阴沉着脸走了进来，麻婶和想想一起跟了进来。想想见到她和刘黑子，没有先去抱刘黑子，而是径直扑进她的怀里："宋姨妈，你刚才到哪儿去了？姨奶和麻奶说你不带我出去。"

姨妈的脸微微一红，麻婶却有些得意扬扬。

刘黑子搀扶姨妈回房间去了。

她抱着想想回到房间里，反反复复咀嚼着刘黑子的话，怎么也弄不明白，这样一个臭名远扬的汉奸，为什么会对她说那样一番话。

后来，她把这些告诉了老张。老张听后沉思了一会儿："宋同志，这也许是刘黑子在故意试探你。看一个人不能听他说得多美好、多动听，还要看他的行动。不过，刘黑子也的确不同于其他一些死心塌地的汉奸。他说的一些事情也确实发生过。"

老张向她讲了一件事。两年前，刘黑子的队伍随日本人进山抢粮。队伍在进村前，刘黑子亲自讲了话，说谁要糟蹋百姓家中的女人，就把谁的"家伙"割下来喂狗。等到抢粮回来，各团报告说没有发现糟蹋老百姓家女人的事。刘黑子不信。他让抬来几桶刚从井里打上来的水。那时是秋收后，井水已经很凉了。刘黑了说要是干过那种事的人，喝了冷水后会伤身子。你丧尽天良，活该伤身子。他下令每个士兵喝一大碗，他自己带头。结果，有一个排长和一个士兵不敢喝，跪地求饶。刘黑子勃然大怒，下令把那个排长和那个士兵的下身给当场割了。那个排长是他最亲近的人……

从那以后，真没听说刘黑子手下糟蹋老百姓女人的事。老张感慨地说："组织上之所以让你去做刘黑子的工作，是因为对刘黑子进行过综合分析和评价，觉得他还是有起义的希望。如果他真的已经从头坏到脚，心都烂了，就不会再去做他的工作了。"

"为什么以前没派过人呢？"她不解。

老张说刘黑子曾上过日本人的当，有戒备，组织派过两次人，甚至派过他的亲戚、好友、同学都没成功。日本人一直不信任刘黑子。有一次，日本人安排一个特务接近他，这个特务是他学校时的同学，关系还不错。他在刘黑子那儿住了一段，天天给刘黑子灌输抗日报国的道理，劝刘黑子脱离日本人。刘黑子有些动心了。就在刘黑子准备行动时，麻婶发现了那个同学和一个日本女人约会，就告诉了刘黑子。刘黑子知道上了当，一怒之下，找了个借口，把那个同学给杀了，然后报告日本人说那个同学是重庆派来的间谍。可那个日本女人不干，找刘黑子要人。刘黑子这才彻底明白是日本人派人试探他。再后来，我们组织也派人去争取他。一个是他小学时的老师。他以礼遇把老师送走了。再一个也是位女性，同样也是到他家当教师。那位女同志急于立功，又粗心大意，让姨妈发现了破绽，所以也失败了。组织上这次派你去，你一定要把握好这次机遇。如果再失败了，我们就很难再接近他了。

老张的话，让她感到肩头很沉重。她如实地告诉老张，因为自己对刘黑子恨之入骨，所以心中对他总有很远的距离，对刘黑子主动不起来。

老张严肃地说："这一点，组织上也考虑到了。你到刘黑子家有些日子了，没有什么进展，可能就是这个原因。组织让我告诉你，你必须把个人感情搁置起来，用心去完成组织交给的任务。"老张见她神情茫然，又说，"当然也不能急于求成，要看时机。不能让刘黑子看出你有功利性。特别要注意刘黑子的姨妈和那个麻婶。"

分手时她告诉老张，不要把刘黑子给她说的话告诉那个负责人。她怕他又引起误会。老张点了点头。

"他现在好吗？"她的确很挂念着他。

老张神情有些不满："你不要担心他。他是个既懂工作又懂生活的人。"

她当时没有理解老张话中的含义。

然而，时机并不是随时就会出现。刘黑子平时在家的时间少，有时一出门就是几天。即使刘黑子回到家，姨妈也是不动声色地用种种办法阻止她和刘黑子接触。所以，又过了一些日子，她也没有发现时机。好在组织上并没有催促她，她只是自己着急。

姨妈每周都去教堂做礼拜，每次都是麻婶陪同。这天，姨妈又要去教堂。她和想想像以往一样，把姨妈送到大门口，看着姨妈上了黄包车。姨妈看她的目光比刚来时温柔了一些，但还有戒意。姨妈走后，她带着想想在院子里玩了一会儿。想想喜欢在院子里逗小白兔，小白兔跑，想想追。她在旁边看了一会儿，觉得身上有点冷，就上楼去取外套。她从楼上下来时，突然听见想想在哭，心里一惊，赶忙向院子里跑，到了院子里却发现姨妈和麻婶不知什么时候回来了。麻婶已经把想想从地上抱起来，正在给想想擦眼泪。姨妈则拿责备的目光看着她。她有点不好意思，过去想把想想接过来。麻婶故意把身子转向一边。想想看见她，挣脱了麻婶，扑到她怀里。这一细节被姨妈看在了眼里。

想想指着地上一块石头告诉她，是那块石头把想想绊倒的。她觉得很奇怪，院子里草丛很深，但平时没见过石头。这块石头是从哪儿飞来的呢？

"想想，别哭了。看看宋姨妈多疼你啊！"麻婶说。这个麻婶，在姨妈面前从来没说过一句她的不是。但是，她总感觉麻婶夸她的那些话中带有另类的意思。

姨妈是回来取东西的。但是，她觉得姨妈有蓄谋，是想给她一个突然袭击，看看她究竟背着她在干什么。所以，姨妈回来后，四下都看了看，见没有破绽，脸色才好看了一些，接着和麻婶又走了。临出门时，姨妈对她说了一句："宋先生，你是年轻人，做事不要只有几天热度。"

她红着脸，心里觉得很愧疚。

想想额头起了个包。晚上，她给想想梳头时，想想对着镜子看到自己的模样，吓得又哭了。她心里很难受，也跟着掉了泪。

坐在一旁一直没说话的姨妈叹了口气，对她说："宋先生，你也不要太自责。"

正在这时，刘黑子回来了。想想见到刘黑子，扑到他怀里，指着自己额头上红肿的包，又哭了。她不想让刘黑子看见自己流泪，赶忙擦了一下眼角的泪水。这一点被刘黑子看在眼里。他刚才还恼火、不满的目光又变得自然了。她从刘黑子目光的变化，看出刘黑子善解人意的一面。越是这样，她越觉得心里不安。夜里，想想睡熟以后，她悄悄地到了院子里。她想看看院子里的那块石头是怎样来的，还有没有没清理的石块、坷垃。就在她转了一遍，准备回房间时，却看见了站在榕树下的刘黑子。她的心怦然一动。刘黑子在监视我吗？

"宋先生，你很细心嘛！"刘黑子说。

"不知道怎么会发生那种事。我真的好抱歉。"她喃喃地说。

刘黑子向她走过来，边走，边脱下披在身上的大衣。她明白刘黑子想做什么，后退了两步想躲闪。刘黑子发现了她的意图，并没有走近她，而是把大衣扔了过来。她接过大衣，突然感到心头涌过一丝暖流。尽管她在心里告诫自己，站在面前的是自己的仇人，不能对他掉以轻心，但是，她也感觉到了这是一次与刘黑子接近的时机。于是，她把大衣披在身上，笑着说了一句："谢谢你。"

刘黑子说："应当是我和姨妈谢谢你。姨妈说，你教给想想的知识，比过去那几个先生加起来都多。尤其是你和想想的感情那么好，让我和姨妈都感到嫉妒。"说完，刘黑子沉默了片刻，叹息一声，接着说，"我真担心你哪一天离开了，想想会多痛苦。"

她一时不明白刘黑子话中的含义，心里有些不安。

"宋先生对自己的今后有什么打算？"刘黑子突然问了她这样一句话。

"刘司令说的今后，是指哪一段呢？"她机敏地反问了一句。

刘黑子嘿嘿地笑了："比如打算在我这儿待多久，然后再去哪里高就？"

她假装沉思了一会儿。事实上，她真的不知道自己下一步做什么，那都要听组织的安排。她在加入组织时宣过誓：一切听从组织安排，把一切献给组织。

刘黑子显然在等着她的回答。

一阵阵北风吹过，地上的落叶有的被风卷到空中，飘向黑沉沉的远方。有一片叶子打在她脸上，又掉落在地上。她突然来了灵感，故意用凄婉的口气说："现在世道不太平，我一个文弱女子，能挣点钱吃上饭活下去就不错了，怎么敢有更多企求。不像你刘司令，有权有势，前途远大。"

刘黑子愣怔了片刻，不解地问："宋先生，你说的是真心话？你真的这样看我刘黑子？"

她没有说话，心跳加快了。

刘黑子长长地叹息一声，说："权势，我刘黑子的权势有多大，我自己一清二楚。你也不是看不见，在我家大门外，是日本兵在站岗，那是监视我的。我出入都受限制。每天做什么，怎么做，都是日本人安排好的。前途，我刘黑子的前途在哪里，我却一点也看不到……"他说到这里，一下子停住了。也许，他把我当作日本人派来的吧？她这样想。同时，她也产生了一点同情心：原来刘黑子活得也是身不由己。

刘黑子说时间晚了。于是，他们一起回到房子里。她要上楼时，刘黑子叫住她，一边观察着她的神情，一边语重心长地说："宋先生，我们今天谈的，就当风吹走了。"

她郑重地点了点头。

她回到自己的房间后，听见麻婶的房门轻轻地响动了一下。

这一夜，她翻来覆去，想了很多。下一步是怎样取得刘黑子的信任。既然组织上不可能事事给予指示，只有自己把握机遇，努力去做。

第二天早晨吃饭时，她看见刘黑子的眼睛也布满了血丝，好像也是一夜没有睡好。

姨妈的眼睛很敏锐，把她和刘黑子的这些细节变化都看在了眼里。早饭后，刘黑子说今天没有事，休息一天，带着想想去院子里玩，并让她休息休息。"宋先生如果想上街或者回家看看也可以。"刘黑子说。

她在房间看了会儿书，正想下楼到院子里和刘黑子父女俩玩一会儿，突然发现姨妈的门闪开一条缝，里边传出来姨妈和麻婶的窃窃私语。

麻婶说："刘司令难得休息一天。"

姨妈说："他每次有大的行动之前，都放假让兄弟们休息一天。想回家看看的回家看看，想上街转转的上街转转……"

麻婶说："是啊，刘司令对兄弟们真是不薄。小马说日本人都很欣赏刘司令的带兵。"

沉默了一会儿，麻婶问："刘司令是明天凌晨出发吧？"

姨妈没有回答。接着，不知是姨妈还是麻婶把门关紧了。

她听到这些，心里一阵紧张。是不是要把这个消息送给组织上呢？不行，老张说这种消息组织上比她要早知道。再说，姨妈和麻婶也只是猜测和嘀咕，并没有什么根据。如果她们是故意让我听见，试探我呢？想到这里，她的心又踏实了，满面春风地走到院子里。

想想见到她也来了，情绪更加兴奋，提出要与她和刘黑子玩捉迷藏。刘黑子找了块红布把眼睛蒙上，张开双臂，挥动着两手，东一头西一头地去抓想想。想想拉着她的手，藏在榕树的后边。想想毕竟是个孩子，看着刘黑子东走西撞的样子，一会儿忍不住笑出了声。刘黑子假装没有听见，还是到处乱摸，突然一下子跳到榕树前，他双臂合拢想去抱想想。想想个子小，身子一蹲，溜之大吉。她没来得及跑开，被刘黑子紧紧抱在怀里。刘黑子臂膀粗壮，很有力气，一下子把她抱了起来。不过，刘黑子马上就意识到了，松开了手，并且解开了眼睛上的红布。那一阵，她的脸比红布还红。

"对不起，宋先生。"刘黑子不好意思地说，"我还以为抱住我宝贝闺女呢。"

她笑了笑，说："你的眼睛看不见，所以也不怪。"

想想高兴地要过刘黑子蒙眼睛的红布，把自己的眼睛蒙上去捉小白兔。她和刘黑子站在一旁看着。过了一会儿，刘黑子看了看她，她也看了看刘黑子，两人相视一笑，又都有点不好意思。想想在院子里打着转，最后竟然抱着了刘黑子的腿，刘黑子和想想都放声大笑。她的情绪被感染，也放声大笑起来。这是她自父亲死后第一次开心、放声地笑。事后，她自己也觉得奇怪。

第二天早晨吃饭时，她看见刘黑子也在，不禁暗自得意。幸亏没有听信姨妈和麻婶的话轻举妄动，否则就会露出马脚。姨妈看了她一眼，轻轻地舒了口气。

四

转眼到了秋末冬初。刚一进入初冬，天气就变得非常阴冷。院子里的榕树像被剪刀剪过了似的，几天时间叶子就落光了，剩下光秃秃的枝条。不过，那些枝条更显示出强壮的本色。

这天，她因接到组织通知，请假外出和老张见了个面，回到刘黑子家里的时候，已是掌灯时分。她首先看见大门口和院子里增加了日本人岗哨，心里一阵紧张。快到大厅时，她又听见有日本人在高声说话，明白家里来了日本人，而且是个当官的，门口和院子里的岗哨就能说明问题。她想躲开，但已经来不及了。想想看见了她，喊着姨妈跑过来。无奈之下，她抱起想想，进了客厅。

"姨妈，我今天给小白兔喂了青草。它吃得可香了。"想想怀里抱着小白兔，得意地说。

她一边应付着想想，一边想着怎样应对复杂局面。因为，客厅是她回房间的必经之路。

客厅里有七八个人，其中有两个日本军官。一个秃顶日本军官看见她，目光都直了，用纯正的中国话说："哟西！刘司令的艳福不浅，刚刚送走一个美人，又来一个更年轻漂亮的美人。怪不得这些天刘司令一直春风得意。"

另一个戴着眼镜、文质彬彬的日本军官上上下下打量着她，目光阴冷。

刘黑子看了她一眼，笑了笑。

她抱着想想正要上楼，"秃顶"拦住了她。他说一口纯熟的中国话，可是开口时，她闻到了一股酒气："小姐是什么地方人，芳龄多大？"

她没有搭理他。

"秃顶"不甘心，依然不让路："小姐，能坐下来一起喝杯茶聊一聊吗？"

想想见"秃顶"拦着她，很是生气，勇敢地用小手去推"秃顶"。小白兔一下子挣脱想想的怀抱，跑到地下，昂着头看着"秃顶"。"秃顶"不知是有意还是无意，冷不防一脚把小白兔踹出很远。想想赶忙去追小白兔，嘴里直骂"秃顶"是个坏蛋。她赶忙去抱想想，然后想上楼去，但"秃顶"又拦住了她。

这时，刘黑子起身向她走过来。她看见刘黑子的眼睛里冒着火，脸上也放着光。她的心突然紧张起来。刘黑子会不会和日本人一起刁难我呢？如果出现那种情况，我该怎么办？是应付他们还是离开刘家？还没有等她找到答案，刘黑子把想想从她怀抱里接过去："宋先生，你累了，我把想想送上去吧！"刘黑子说这句话时，用胳膊肘捣了那个"秃顶"一下。他用力过猛，"秃顶"向后连退了几步。刘黑子转过身看了"秃顶"一眼："太君，对不起，小孩子不老实。"刘黑子说着，向她使了个眼色。她会意地向楼上走去。刘黑子抱着想想跟在她后边上了楼。刘黑子放下想想，临走的时候，低声骂了一句："这个狗日的日本杂种！"

她对刘黑子心存一丝感激。要不是刘黑子及时解了围，还不知会发生什么让她难堪的事。这些日本杂种什么事都做得出来。

楼下的日本人和刘黑子他们又谈了很长时间，才听见日本人告辞。

今天为什么来了日本人？她想。

想想见她在沉思，没有打扰她，但却懂事地说："宋姨妈，我爸今天过生日，你甭生气好不好。"

她这下明白了：那两个日本军官是来给刘黑子祝贺生日的。这些日本人，倒是很会笼络人心。她忽然又想，既然刘黑子今天过生日，我应不应该向他表示祝贺或者送一点小礼物呢？在中国人的传统中，生日是个喜庆的日子。在这样的日子，送上一份祝愿或者一份礼物，很容易把人们之间的感情拉近，也很容易让人们沟通。但是，刘黑子是我的敌人，向自己的敌人祝贺生日，是不是丧失了原则，会不会受到组织的惩罚？她又拿不准了。她想起今天见老张时，老张对她的交代。老张说组织的同志如果是单独执行任务，就要凭自己的智谋和胆识应对，因为事事向组织请示根本不可能也来不及。"一切以完成组织的任务为前提。"老张这样对她说。如果再等下去，刘黑子休息了，明天醒来再见时，已经是另外一个日子。组织上派我到刘家来，就是要接近刘黑子，就是要我和刘黑子沟通，做他的工作，让他回心转意，让他脱离日本人。这样一个容易接近、容易沟通的机会，丧失了是不是太可惜?！她终于做出决定：向刘黑子祝贺生日！可是她手上没有什么礼物。她打开随身带来的箱子。这个箱子是她上女师的时候父亲送给她的。箱子里有一件父亲的遗物——怀表。睹物思人，她又想起了父亲，对刘黑子的仇恨也油然而生。不，我不能不给这个杀父魔王祝贺生日。对了，就把父亲的怀表送给他，再把父亲惨死的实情告诉他，看看他有什么样的反应。不能总是把与刘黑子的关系放在仇视里，那样永远也完不成组织交给的任务。她为自己这个大胆的决定感到很有信心。

刘黑子看见她，很礼貌地站了起来，带着歉意说："宋先生，对不起，刚才你受惊了吧？"

"没事。谢谢刘司令刚才的保护。听说今天是你的生日，我表示祝贺。我没有什么礼物送给你，这儿有父亲生前留下的一块怀表，送给你算作生日礼物吧！"她说着，把怀表递给了刘黑子。

刘黑子双手接过怀表，神情显得激动不已："宋先生，这么贵重的礼物我怎么敢当呀！"

"先父这块表戴了好多年，一直放在胸前的口袋里。他中弹时，这块表也浸透了他的血。我说这些是让刘司令不要嫌弃它的血腥味。"她说。

刘黑子一愣，继而睁大了惊异的眼睛："请问宋先生，你父亲是不是女师的宋老师？"

她含泪点了点头。

麻婶从厨房里出来，在刘黑子面前放了杯水，然后离开了。

刘黑子沉重地坐在沙发上："罪过罪过！那天游行时，我正在医院里住院。我再三要求部下不准对手无寸铁的学生们开枪。可是，我的队伍里混进了日本人，日本人开了枪。他们是想把罪名嫁祸到我的头上，并以此要挟我不能让百姓理解。我知道百姓们都骂是我刘黑子干的。我、我有口难辩，有口难辩。事后听说一位德高望重的宋先生中枪死亡，我很痛心。我曾亲书一个'痛'字，悬于床前。宋先生如不介意，请到我卧室看看。"

她随着刘黑子到了他的卧室。一进门，果然看见床头上悬挂着一幅很大的宣纸，上边只有一个"痛"字。那个"痛"字一笔呵成，气势磅礴，仿佛一个在哭泣的人。她注意了一下落款的日期，正是她父亲的忌日。她的心头涌过一阵辛酸，继而又激动不已："刘司令，我理解你这个痛字的含义。你是为我父亲等一些同胞惨死而痛哭。但是我不知道你会不会为自己枪杀了自己的同胞而痛心，会不会为祖国的大好河山遭受侵略者的蹂躏而痛苦。自日本侵略者踏上我们的国土，倒在枪口下血泊中的同胞千千万万，其中有多少优秀的栋梁之材啊！"她说得声泪俱下，最后跑了出去。想想还在房间，她怕想想有个闪失，同时，她也认为今天说的恰到好处，再向下说，可能会引起刘黑子的怀疑。

回到房间，她久久不能平静。今天这番话，对刘黑子会产生什么样的效果她不清楚。这些大道理，刘黑子肯定不止一次听说过，而且他不比别人知道的少。但她今天是作为一个失去心爱的父亲的女儿向他倾诉，不管他怎样想，不至于不理解。

姨妈抱着想想进来了。原来，她刚下楼，姨妈就过来把想想抱走了。想想扑到她怀里，一边哭，一边为她擦眼泪："宋姨妈，我爸惹你生气了吗？我爸要是气你，我替你报仇！我爸可怕我了。"

她把想想抱得更紧了。忽然之间，她有一种做母亲的感觉。想想要是我的女儿多好啊！

姨妈从进屋那时起，一直阴沉着脸，她感觉到姨妈有话对自己说。果然姨妈等想想平静后，坐在她的身边："宋先生，你刚才对黑子说的那些话我听得清清楚楚。你说的道理没有错，可是做起来太难太难了。日本人为什么会打进中国，占了我们大半个国土？是日本比我们人多、比我们的枪炮多？不是！绝对不是！是国人不团结，国人太麻木了！实话跟你说，黑子也不是死心塌地跟随日本人。他是在保存实力，等待时机。"

姨妈说这些话时，目光一直不离开她的脸，随时准备捕捉她的反应。她看到了这一点，所以表情显得很麻木。

姨妈又说："我们家黑子是哑巴吃水饺，心里有数。他的良心没黑。如果他现在和日本人刀对刀枪对枪地干，只能落个全军覆没的下场。黑子覆没了，还有人会跟在日本人的屁股后边干。如果是死心塌地当走狗当汉奸的人干，老百姓遭的祸殃岂不更大？再说了，黑子如果不在了，想想怎么办？所以呀，我对那些整日里喊口号的人看不上眼。大道理我也会说，可是说大道理有用吗？当年东北军撤出东三省，多少国人为之流泪，为之痛心，我的一个老朋友甚至喝毒药自尽，以表爱国之心。可是，东三省丢了，接下来华北丢了，大半个中国丢了。蒋委员长的军队呢？你为他们流泪，为他们痛心值吗？宋先生，我劝你还是回学校老老实实做你的先生吧！"

姨妈说话的时候，她几次想反驳，但都忍住了。她知道现在还不是和姨妈闹翻的时候。她现在心里唯一关心的是刘黑子的反应。

姨妈的目光十分苛刻，语气也带着敌意："宋先生，你要是有特殊使命，我劝你还是离开我们家吧。"

　　她没有回答。姨妈走后，她先把想想哄睡了，然后，反复想着姨妈的话。是自己太冲动了吗？太莽撞了吗？姨妈这样想，刘黑子会不会也这样想。自己再在刘家待下去，会是什么样的结果？但是，组织上没有通知自己离开，离开是违背了组织纪律，要受到处罚的。她想到组织，自然而然地想到了他。他现在在做什么呢？在开会？在这样夜深人静的时候，他会不会想我。要是和他在一起就好了……不知不觉中，她也睡着了。

　　第二天吃早饭的时候，刘黑子一副若无其事的样子，让她感到有点失望。口口声声不是死心塌地做汉奸，那是骗人的！她这样想。但是，她同时又想，刘黑子没有像姨妈说的那样让她离开，说明刘黑子目前还没有怀疑她。姨妈的目光十分复杂，一会儿带着敌意，一会儿见她和想想亲热的样子，又变得温柔。麻婶则是一副幸灾乐祸的样子。

　　组织上对麻婶的情况进行了了解：麻婶家庭负担过重，生活困难。现在工作难找，在刘黑子家工作相对稳定，收入也比一般人家高，所以，麻婶不希望有人抢了饭碗。最后的结论是麻婶属于同一个阶级的姐妹，可以争取到同一条战线上来。她听了这个结论，什么话也没说。不过，她心里对有这样的阶级姐妹感到不快：口是心非，自私自利，贪小便宜。她已经断定那天在院子里绊倒想想的石块是麻婶故意放的。

　　"宋先生，你有一双鞋子晾在院子里。"麻婶那天突然对她说，"你走时千万别忘记带上。"

　　她看了麻婶一眼。麻婶笑容可掬，丝毫不像对她有怨恨的样子。她也大度地笑了笑，说："我不会忘那双鞋子。不过，那块石头也让我扔了。"

　　麻婶的脸一下子涨得通红，赶忙解释说："那块石头真可恶。不过，我从来没有在姨妈和刘司令面前说过你一个不是啊！"

　　她点点头，换了种亲切友好的口气说："麻婶，你要是忙不过来，我又闲着的时候，可以让我帮忙。咱们都是给人家干活挣钱的，应当互相帮助。"

　　麻婶显得很激动："要的，要的。宋先生是个好人。"接着又压低声音说，"姨妈想让你走。你小心点。"

　　一连几天过去了，刘黑子没有找她谈什么。她也没搭理刘黑子，就是碰上面或者在一张桌子上吃饭时，她也不拿眼看刘黑子。刘黑子越是这样，她越发感到紧张。她甚至觉得自己的工作已经失败，应该要求组织上让自己回去。

他一听就火了："你这是什么态度？组织上派你去做刘黑子的工作，像战士去攻一座堡垒，就是付出生命的代价也要完成任务，这才是一个组织上的同志的起码觉悟。你刚刚遇到一点挫折就打退堂鼓，就想息鼓收兵，这等于是投降，是叛变，是当逃兵！"他气得把茶杯也摔了。

她害怕了，不是怕他会代表组织处理她，而是怕他生气伤了身体。她扑过去，抱着他："你不要生气好不好。我刚才只是发发牢骚，并没有真的打算退出来。就是退与不退，也得听你的听组织的安排。是我不好，又惹你生气了。你知道我在刘黑子那儿，心却在你这儿。我想你，想组织呀！"她泣不成声。

她听见他笑了，但不是对她笑。接着，他吻她的唇，吮吸她的泪。后来又把她抱到床上。不过，她明显感觉到他今天干那事的时候有些力不从心。他可能气还未消吧！她这样原谅他。

"下一步我应该怎么办呢？"她问。

他沉吟了一会儿，点燃了烟："你的直接上级是老张。工作上的事情你还是多向老张请教吧！我管这么大一摊子事管那么多人，哪有精力考虑对付一个刘黑子。"

她感觉到他在应付她。

在他起身去洗手间时，她开始穿衣服。突然，她发现从他上衣口袋里掉下来的一张照片，拿过一看，是他和一个年轻的女学生的合影，而且是她认识的女师的一位同学。

"这是组织上刚发展的一位同志，我正在考查她！"他很平淡地说。

她却想哭。

他板起了面孔："组织上有组织上的纪律，你不要多打听。有时，组织上为了方便工作，甚至会指定男女同志装扮成夫妻。"

她曾听他说过这种事，但此刻，她的心里还是感到紧张不安。

"你这样感情用事，会误了组织的大事。"他说，声音有些缓和。

她相信了他。在她心目中，组织是至高无上的，是非常神圣的，而他就是组织的化身。

五

转眼之间，又是一个月过去了。她明显地感觉到，想想与她的感情与日俱增。姨妈对她的态度有所转变，但仍有戒心。刘黑子对她不冷不热，揣摸不透。

"你不要太着急，着急很容易出问题。"老张安慰她道，"你能够在刘黑子家站稳脚，就是了不起的成绩。现在千万不能暴露身份。姨妈上次说那话明显是赶你走。可为什么你没有离开，无疑是刘黑子不同意。从这点看，刘黑子对你的态度是在徘徊、犹豫不决。你做好了，会取得他的信任，甚至成为他的依靠。"

他却表现得很不耐烦，而且是明显不满："你这样下去，什么时候才能取得刘黑子的信任？才能争取刘黑子和我们站到一起，最终投诚起义。不要忘记，你多拖一天，组织就危险一天，可能受到的损失更大。"

"我、我怎么办？"她有些茫然。

他的目光严厉，语气更严厉："同志，你主动些，多想点办法，要接近他，打动他，感化他。"

她急得眼泪都要掉下来了。

在回刘家的路上下起了雨。这场雨来得既突然又凶猛，一条条雨丝就像一根根鞭子从空而落，抽打在路边的树上，树干一阵颤抖，落下树叶；抽打在行人的身上，行人一阵惊悸，浑身涌上一股寒气。她没有带雨伞，身上穿的衣服也不够，直淋得上下湿透。到了刘家，换了干净的衣服，喷嚏一个接着一个。麻婶主动给她烧了姜汤，喝下后身子开始起暖。但是到了晚上，她还是发起了高烧。她好说歹说，劝了半天，想想才跟姨妈去睡了。接着，她也昏昏然进入了梦乡。

蒙蒙眬眬中，她听到门外有人说话。

"你进去看看是对她关心，她会理解的。"这是姨妈在说。

"我，我有点怕！万一，万一……"这是刘黑子的声音。

姨妈有点生气，声音也提高了："你堂堂一个男子汉，怎么这么没出息，她又不是老虎，你怕她什么？我看出来了，你心里喜欢她！"

刘黑子没说话。过了一会儿，姨妈又说："这个宋先生心里对你有疙瘩。不过，从她来咱们家几个月的表现看，没做伤害咱的事，心还比较善良。咱没弄清她的身份和目的。你对她主动些，她可能就会露馅。"

刘黑子叹息一声，说："妈，我怎么能那样做呢？那样做就是伤害她。她要为了报仇，还会等到今天吗？"

这回轮到姨妈不说话了。

她听了姨妈和刘黑子的对话，心里也在想着怎么应付。越想，越没有目标；越想，头越疼痛。

姨妈又开始说话了："你觉得怎么做对就怎么做吧。"

刘黑子近乎哀求："妈，宋先生已经睡了，我去打扰她不太好。她这个人很有个性，别再对我产生什么误会。我看如果她坚持不住，带她去医院看一看吧！"

她觉得心跳突然加速了。

门被轻轻推开了，但是没有听见脚步声。她猜想刘黑子一定又脱了靴子光着脚进来的。她微微睁开了眼，果然看见床边站着一个人。从那个人高大的身影就可以看出是刘黑子。刘黑子没有开灯，而且屏住呼吸，但她听到了他心脏跳动的声音。

"宋先生，你好点了吗？"刘黑子仿佛猜到她已经醒了。

"这黑夜真让人恐怖啊！"她说。

刘黑子沉默了片刻："宋先生，如果不舒服，还是到医院看看吧。"

姨妈进来了，而且随手开了灯，径直走到她的床头前，用手抚摸了一下她的额头："哎哟，发高烧呢！这样下去会烧出其他病来的。黑子，你快去安排一下，送宋先生去医院。"

刘黑子喊护兵小马。

小马一听说去医院，脸上露出了难色："司令，今夜全城戒严啊！"

刘黑子双目一瞪："备车，我去医院！"说完，他走到床前去抱她。也许他太急迫，也许由于他没经验，或者是他心存故意。他的右手触摸到了她的乳房。那一瞬间，她像触了电一样，浑身震颤。

刘黑子一直把她抱到车上，在车上也没有放开她。她没有挣脱。那时，她头脑发沉，浑身发轻，处在一种蒙蒙眬眬的状态之中，已经没有力量挣脱他。如果是躺在他的怀抱里多好啊！可是，他不知道我发烧到了这个样子。

一路上，他们碰到了三次检查，由于警备司令在车上，所以没有被阻挡。到了医院，医生给她做了检查。"再晚来一会儿，你就烧成肺炎了！"医生感叹地说，"多亏你有这样一位好丈夫呀！"

她当时没说话。她想起有一次她生病，坚持着和他见面，并和他做了那种事。他还说她身上滚烫，贴着他不舒服。临走时也没说一句送她去医院。后来，可能怕她埋怨，才对她说为了安全，怕暴露身份，才没有陪她去医院。她当时心里不舒服：参加了组织难道就不要人性，不考虑人的生命了吗？

这一夜她住在医院里，刘黑子在医院陪着她。她不希望刘黑子陪她，想让刘黑子赶快离开。刘黑子给她倒茶时，她喝了一口，故意呕吐到刘黑子身上。刘黑子不是去擦衣服上的污秽，而是又倒了一杯水让她漱口。她装作入睡，刘黑子一直坐在门外的椅子上。刘黑子坐立不安，一会儿站起来向病房里看一眼，见她侧着身子睡着了，悄然走过来，给她掖一下被角。尽管她无动于衷，心里却真正地感受到一丝温暖。人在困难和孤独的时候，感情最容易脆弱，同时，最需要关怀。这个时候，如果他在该多好啊！可是，他在又能怎么样呢？她敢在他面前撒娇吗？甚至于不敢呻吟一声。

刘黑子什么时候离开的医院，她睡着了，所以不知道。但小马在门外，她知道是刘黑子安排的。

第二天傍黑的时候，老张化装成医生到病房看她，让她好一阵激动。"听说你病了，组织上很着急，让我来看看你，你没什么大问题组织上也就放心了。"

"他还好吗？请你转告他不要为我担心。"

老张的眼中掠过一丝不易察觉的冷淡："我想我会为你转达的。组织上还让我给你带来一项任务，这家医院是日本人开的，专门为日军官兵和伪政府伪军队的头头们治病，药品比较齐全。前些日子，老家捎信说伤病员急需一种麻醉针剂，我们通过关系搞到了一箱。但日本人对这里出去的人检查很严，带不出去。组织上想让你把它带出去。当然要以不暴露自己为前提！"

她点了点头。

老张走后，她就开始思索用什么办法把麻醉针剂带出去。想了半天也没想出个办法来。她感到十分为难，也十分沮丧。我怎么这样无能呢？组织上交的任务，总是办不好完不成。他的目光现在一定在盯着我。那是充满期待充满希望的目光，我不能让那目光变成失望。她睡不下去了，起身走到窗前。

这是一座二层的小楼，从窗口可以看见大街上来往的车辆行人。天气又寒凉了许多，大街上的人们有的穿上了厚衣服。借着黄昏的余光，她发现了一对熟悉的身影。男的是他，女的是她在女师的同学，也就是在他那儿看到的照片上的那个人。他的一只手从那个女的身后揽着那个女人的腰。两个人的脸上都跳动着得意的笑容，而且在亲密地窃窃私语。然后，二人上了他的那辆汽车。从玻璃看去，他在车上还拥抱着那个女人，吻了那个女人。一股怒气从她心头油然而生，她想大声喊，大声哭，但是一阵头晕目眩，又躺回床上。

早就隐约听见组织上的同志说他好色，对他不满。但是她从来都不相信。他是组织的负责人，怎么会做那种事情呢？他也不承认有这种事。"为了地下工作，不得不违心接触一些女人。"他曾经这样对她说。也许，他和那个女人也是因为工作需要吧！万一是日本特务盯上了他，他不得不违心这样做呢？这样一想，她又理解了他、谅解了他。

小马进来给她送饭时告诉她："想想从早上醒来就哭着闹着找你。只有两个女人让想想这样情深，一个是她死去的妈妈，一个是你。只有两个女人让刘司令这样关心，一个是他死去的妻子，一个是你。"

"这是不是你们司令让你说的？"她有点愠怒。

小马连忙摆手："不是，不是，是我看出来的。你还不了解我们司令那个人。他平时很少说话，有时一天也不和我们说一句话，我知道他的许多话都憋在心里。只有见到想想和你的时候，他的话才多一些。其实，司令心里很烦很苦。"

"你以为他跟日本人干得不顺心吗？"

"岂止是不顺心！在日本人眼里他算什么？充其量算一条狗。"小马愤愤不平地说。

她装出一副十分不解的样子："那他为什么还带着你们跟日本人干呢？"

小马叹气："这我也说不清楚他心里究竟是怎么想的。不过我们司令百分之百不是死心塌地跟着日本人。"

她缄默了。她不想在小马面前暴露太多自己的思想。

小马见她不说话，就准备退出去。她喊住了他："小马，我出院的时候刘司令来不来？"

小马说可能会来。

"刘司令的车日本人查不查？"她小心翼翼地问。因为她已经想到，只有刘黑子的车能帮她完成组织交给的光荣任务。

小马很坚定地说："查！在我们眼里刘司令是司令，在日本人眼里刘司令算什么东西。刘司令每回去日本人的司令部还得搜身呢！这帮子日本杂种！"

她又感到茫然了。

"宋先生，你是不是有什么事？"

她摇了摇头："我不想看到日本人那些丑恶的嘴脸，更不想让他们罪恶的手碰我！"

小马点点头："我明白了。有一个办法可以避免日本人检查。"

她的眼睛一亮。

"那就得坐日本人的车子！"小马一本正经地说，"今天我看见日本秃驴的车子停在院子里，他可能也病了住院了。如果把他的车子搞到手，坐上去就可以一路畅通。"

她明白小马说的日本秃驴就是她在刘黑子家见过的那个秃顶日本军官。她在心里记下了小马的话，表面上却装作没有任何事情。同时，她也在考虑怎样"借船出海"，用"秃顶"的车把药品带出医院。

就在她苦苦思索着计策的时候，刘黑子来了。她看见刘黑子的眼圈明显留有阴影，神情也显得有些憔悴。让她惊诧的是，刘黑子不仅带来了一束水灵灵的鲜花，还给她带来了两本书。一本是外国名著《茶花女》，一本是前几年国内流行作家张恨水的小说。她突然对刘黑子产生了几分好感。这个刘黑子，头脑清楚，又很心细。

刘黑子问了几句场面上的话，诸如感觉怎么样，烧退了没有等，就坐在椅子上不说话了。

她不知应该向刘黑子说些什么。于是，病房里的空气一片沉寂，能够听到对方的心跳。她问自己在做什么？难道你真的对刘黑子有了好感？难道你真的改变了对刘黑子的认识？不，你不能！他是一个汉奸，是一个手上沾满同胞鲜血的罪人，如果你对他有了好感，对他改变了认识，就是变节，就是对组织的背叛。可是，你的确对他已经恨不起来了。他不是那种十恶不赦、死心塌地的汉奸。他不是那种六亲不认、没有人性的野兽。他的良心并没有彻底泯灭，他的人性并没有彻底失去。他也是一个有血有肉、有情有欲的人。你应该进一步走近他，了解他，然后教育他，感化他，让他站到中华民族的立场上来。她在心里一遍遍地劝慰自己，说服自己。

刘黑子坐了一会儿，起身告辞。她坚持去送刘黑子，这是她对刘黑子发出的主动、热情的信号。人毕竟是感情动物。刘黑子可能怀疑你，但没有为难你，还在你生病住院时关心你，应当对人有所感谢。她同刘黑子并肩走着，主动向刘黑子说了些套近乎的话，比如一个晚上不见想想和姨妈心里空空荡荡。其实，她说的也是心里话。渐渐地，她已不自觉地把自己融入了这个家庭。

刘黑子脸上露出了满意的笑容。

"麻婶这人怎么样？"刘黑子突然问了她一句。

她沉吟片刻，回答说："麻婶对刘家比较忠心、诚实。"

刘黑子转脸看了她一眼，点点头说："宋先生，你真是个善良的人啊。"

刚出了病房不远，迎面碰上了秃顶日本军官。"秃顶"一看见她，先是惊愕，继而惊异，然后是惊喜："哟西，又见到美丽的花姑娘了！刘司令，你是带这位美人来看我的吧？见了这位美人，我的病好了一半。"

刘黑子告诉他是她生了病。

她顺水推舟说刘司令是带她看"秃顶"的："太君，你也会得病？我看你们日本人如狼似虎，还以为不会得病呢！"

"秃顶"哈哈大笑。刘黑子显得有点不高兴。

在"秃顶"的病房里坐了一会儿。"秃顶"表现得非常亲热非常谦恭非常殷勤，他一会儿给她削苹果，一会儿给她剥糖果。平时不可一世的日本军官中，也有这种贱骨头！她在心里骂道。

刘黑子对"秃顶"是一副周旋的态度。他说话从从容容又大大方方，而且不卑不亢，还不住地示意她离开。她假装没有看见，一边和"秃顶"周旋，一边思考着如何利用"秃顶"完成自己的任务。刘黑子几次看表，显得有点不耐烦了。

她和刘黑子起身告辞，从"秃顶"房间出来。刘黑子要送她回病房，到了病房门口，她突然想起应该认一认"秃顶"的车，所以借口说送刘黑子下楼。刘黑子眼睛一亮，脸上放光，显然是喜出望外。他们一起到了楼下。她果真看见了"秃顶"的车，记下了"秃顶"的车号。刘黑子又坚持把她送回病房。这样一来一送，刘黑子的眼睛越来越亮，目光越来越尖锐，弄得她也有点心慌意乱。这个刘黑子，怕是对他隐瞒不了啦。必须小心更小心。她在心里叮嘱自己。

回到病房躺下不久，门外传来小马和"秃顶"的声音。

小马说宋先生已经休息了，太君如果要看她，明天再来吧。

"秃顶"骂了小马一句："八格牙路！我给宋小姐送水果点心，你的滚开！"

接着就是一记响亮的耳光声，再接着"秃顶"让人把小马捆起来。

她已经穿好衣服下了床，正要去开门，门就推开了，"秃顶"手里捧着果盘，笑容可掬地出现在她面前。她向外看了一眼，小马已经被捆起来。两个日本兵端着上了刺刀的长枪虎视眈眈地看着他。

她本来想怒斥"秃顶"，打他一记耳光，但是忍住了，用微笑迎接他。

"宋小姐，你的太美丽了！我的大大地喜欢。这点水果是我对你的心意，请你收下！"

"谢谢太君的关心！"她把水果接过来。"秃顶"不失时机地利用她接果盘的时候，摸了摸她的手。

"秃顶"故意坐在她的对面，而且距离很近。两只眼睛不住地在她的脸上和胸脯转来转去。如果乳房会说话，恐怕早已骂"秃顶"几遍了。

"太君，能不能给这个兄弟松了绑！"她指着门外的小马说。

"秃顶"当即答应了，命令那两个日本兵给小马松了绑。他趁这个机会，让人感到很自然地把门关上了。她顿时感到紧张起来，下意识地走到了窗前，如果"秃顶"对她图谋不轨，可以从窗口跳下去！

"秃顶"大概看出了她的心思，冲她阴险地笑了笑："宋小姐，请不要害怕！我尊重中国女人的传统道德观。对我喜爱的女人，我不会用野兽一样的办法。我要和你建立感情。"他一边说一边坐下来，"请宋小姐坐下说话。"

她虽然坐下了，但心有余悸。

"宋小姐对刘司令刘黑子有意？用你们中国人的话说，他是你的如意郎君？""秃顶"突然转了话头。

她没有任何思想准备，慌乱中只好点点头应付。她想把刘黑子抬出来，也许能阻止"秃顶"对她的进攻。

"秃顶"又是阴冷地一笑："宋小姐，你过去反对刘司令与我们大日本皇军合作，骂过他是大汉奸、卖国贼，怎么又会对他改变了态度呢？"

她说没有这回事："我没有反对过他，也没有骂过他！"

"秃顶"哈哈大笑："宋小姐，你是女师毕业的学生。我知道女师中反日的情绪最高涨最强烈。这个城市发生过的针对大日本皇军和政府的游行示威，都是从女师开始的。大日本皇军抓过几个女师的地下组织人员。我想你宋小姐当时不会是坐视不理的消遣派吧！"

"我在女师上两年学，其中生病休学一年。那些事情我没参加。"她按照原先编好的话对"秃顶"说，"再说，我对政治运动不感兴趣，也不了解什么地下组织。"

"秃顶"似信非信："宋小姐，但愿你说的都是真话。我用你们中国人的一句话告诫你，和大日本皇军作对，那是'蚍蜉撼大树'。希望你美丽的青春不要因选择的失误而毁坏！只有漂亮的女人才让人喜爱哟！"

"秃顶"又东扯西扯地讲了一会儿东亚共荣，才告辞出去。她吊在嗓子眼的一颗心也才落了地，长长地叹了口气。

夜里，有位"护士"来给她量体温，并报出了组织接头的暗号。她把准备借用"秃顶"的车把药品带出医院的想法说了，让"护士"尽快报告组织。

第二天，那个"护士"又来了，向她转达了组织的指示。组织同意她的行动方案。最后，组织上还批评她，让她不要对日本人也存在幻想，搞得火热。她听了十分震惊，也十分恼怒。但是她没有辩解。组织上对其人员有严格的纪律要求，组织上的批评哪怕是错误的，哪怕你受了很大的委屈，都必须无条件地接受。

整个一上午，她发现"秃顶"的车不在。她故意到"秃顶"门前转了一圈，门上也上着锁。她又不便打听"秃顶"的去向，心里十分着急。如果这时候他在这儿、组织上在这儿有多好啊！一想起他，她就觉得心痛。他现在还和那个女人在一起吗？他为什么多天没有带信给我呢？心里本来就着急，着急让人心烦，偏又想起了心烦的事，真正是心烦意乱了。因此，中午小马送来饭，她动也没动，甚至看也没看一眼。她在反复思考着他—组织—任务—他—组织……

快到傍黑的时候，小马告诉他"秃顶"回来了。她不明白小马为什么要告诉她这个消息，而且也没有心思去想。她先是按照约定，发出了一个准备行动的信号。然后，她对小马说想今晚出院，但要给想想带件礼物。她前几天在裁缝店给想想定做了一件衣服，得把它取回来。她这回没骗小马。她的确在裁缝店给想想定做了一套衣服。那个裁缝店是老张交代给她的联络点。

姑娘喜欢做衣服,有事在那儿不容易引起怀疑。

小马答应着要去调车。她说:"车就不用调了。我去找'秃顶'借车。"

"秃顶"一听她要借车,开始不太愿意。但是听她说是小马出去取东西,她并不离开,又马上就答应了:"宋小姐,能为你效劳,是鄙人的荣幸。不瞒宋小姐,我以前有过一个中国情人。中国情人大大的好,至今让我回味无穷、回味无穷。"

"你那个中国情人呢?"她看见小马坐着"秃顶"的车已出了医院,沉重的心一下子轻松了。但是她明白现在还不能离开"秃顶",于是和"秃顶"周旋起来。

"秃顶"的脸色由晴转阴,一下子变得狰狞恐怖了:"中日开战后,我那个中国情人背着我给中国军队送情报,被我用刀劈了!""秃顶"做了一个劈刀的手势。

她觉得恶心,一下子站了起来。

"秃顶"走到她面前,目光在她脸上停留了一会儿,然后笑了笑,抚着她的肩膀让她坐下:"宋小姐,一见到你,我就想起了我的那位中国情人。你们长得太像了。"

她这时才恍然大悟,原来"秃顶"把她当作了早年那位中国情人的化身。

"秃顶"很热情地请她共进晚餐,她想也没想就爽快地答应了。吃饭时,"秃顶"两眼始终不离她的脸,她明白"秃顶"想通过她的神情观察出她心里的秘密。她装作任何事情也没有发生,全神贯注地吃饭,不时同"秃顶"聊几句。

"宋先生感觉病好些了吗?"

她点点头。

"秃顶"问:"还打算在医院住几天?"

她摇了摇头:"听医生的。"

她预计着小马应该回来了,而小马并没有回来,她不禁有点焦虑、担心。会不会在哪个环节上出了问题?组织上明确告诉她,她只负责带出医院。至于药品在什么地方,由什么人装上"秃顶"的汽车,到了指定地点又由谁负责接走，她一概不知。组织上不让她知道，自有组织上的道理。何况地下组织搞工作向来十分神秘，十分隐蔽，一个环节有一个环节的人负责，所以不应该出问题。她告诫自己要镇静、冷静，不能在"秃顶"面前露出马脚。"秃顶"是一个中国通，是一个狡猾而又阴险的家伙。

果然，"秃顶"看出了破绽："宋小姐，你有心事？"

她忙摇头。

这时，小马回来了："宋先生，刘司令来接你，已经在你的房间等候了。"

她向"秃顶"告辞，"秃顶"没有挽留她。不过，她从"秃顶"的目光中看到了一种令人恐怖的东西。

刘黑子果然在病房等她。让她没想到的是，刘黑子带来了她的外套。刘黑子这个人的感情还很细腻，她向刘黑子投去一瞥感激的目光。做人就应当有情义。人家待你不薄，你也应当报以友好。她是这样想的。

六

一路上，刘黑子没有说话。她几次想找个话题，到了嘴边又咽了回去。人与人之间，沉默也是一种交流。

回到刘家，推开大厅的门，她一下子惊呆了。在辉煌的灯光下，一盆盆鲜花竞相争艳，芬芳沁人心脾。想想向她扑过来，一下子扑到她的怀里，紧紧地抱住她："宋姨妈，我想死你了。你要是再不回来，想想就去找你。"

姨妈说："想想做梦都喊你。让我都嫉妒了。"

她突然看见刘黑子的眼角有一种闪光的东西，她明白那是泪滴。是这种人间的真情感动了他，是这种家庭的温馨感动了他。她也觉得很受感动。

吃饭的时候，她发现刘黑子总是偷偷地看她，麻婶则是偷偷地看她和刘黑子。姨妈表面上无动于衷，但眼睛的余光却在观察她。她心里有点慌乱。但是，她同时也感觉到了，这可能是她完成组织交给的光荣任务的一个转折点，抑或是一个新起点。人一高兴，就容易激动。处在激动中的她，竟破天荒地同刘黑子、麻婶碰杯，喝了几杯葡萄酒。

"宋姨妈的脸红了，真好看！"想想拍着小手在笑。

麻婶也笑了："宋先生这才是人面桃花！"

姨妈紧绷的表情松动了一下，但没有笑。

刘黑子看了她一眼，也笑了笑。刘黑子的这一笑，让她感觉到极富人情味，也极为真诚。

小白兔好像也懂人情，这个时候跑来凑热闹。它从想想的怀中下来，四条腿骄傲地站立在桌子上，两只眼睛不停地看看这个，又看看那个。当人们为了避免尴尬沉默不语时，它的表情引起人的欢心，气氛也就活跃起来。

也许是酒精的缘故，她吃完饭就感到了困意，她说要上楼睡觉。刘黑子看她走路有些东摇西晃，就送想想和她上楼。他一手抱着想想，一手搀扶着她。那种情景，仿佛亲亲热热的一家人。

"宋姨妈，我爸可想你了！"睡下以后，想想悄悄在她身边说。

"你怎么知道呀？"她问。

想想说是听见的："我爸对我姨奶奶说，你是让他心动情也动的女人。"

她的心怦然一动。"想想，睡吧，我困了。"她扯了个谎。但是不多会儿，她果然睡着了。等到醒来的时候，已经是深夜时分。她觉得口渴，嗓子冒火。于是，她悄悄穿上衣服，悄悄下了楼。她开亮灯，倒了杯水，一仰脖子喝了个底朝天，心里顿时舒服清爽。这时她看见了刘黑子带到医院送给她、她又从医院带回来的那束鲜花。不知是谁把那束花插进了花瓶里，经水滋润，那花更鲜亮更烂漫。她用鼻子贴近花闻了一闻，那花散发的香气让她有一种陶醉的感觉。

就在她准备关灯上楼时，刘黑子走了过来。她的目光和刘黑子的目光在那一刻发生了碰撞。她感觉到了刘黑子目光散发的一种信息。她的脸上发烧，心跳加速。刘黑子走近了她，她没有躲开。刘黑子把她抱在怀里，抱得很紧很紧，她没有推开。刘黑子开始吻她的眼、吻她的唇，她没有回避。直到刘黑子抱起她，向卧室走去时，她才如梦初醒，推开刘黑子一口气跑上楼。她平常十分轻盈的脚步一下子沉重起来，把楼梯踏得发出呻吟声。

　　我刚才一定是在做梦！怎么会做这么一个可怕的梦呢？怎么能接受一个和自己理想不同、利益不同的对立面的爱抚呢！一定是在做梦。她反反复复地这样想。可是坐起来，自己是清醒的；走到窗前，打开窗，一阵秋风扑来，自己也是清醒的。这是怎么了？为什么会这样？她一遍遍地扪心自问。因为他是一个孤单的男人，因为我是一个孤单的女人？不，这不是理由，也不能成为理由！难道是看见他和另外一个女人在一起亲热，产生了报复心理？不，这也不是理由。接下来，她想到的是应不应该向组织上说明这件事。组织上有铁的纪律，纪律要求每一个地下工作人员，必须向组织襟怀坦白，必须对组织说老实话，不能隐瞒个人的观点，不能隐瞒个人的行为甚至个人的隐私。从这一点上，我必须向组织上交代清楚。刘黑子对我动了情。下一步我应该怎么办？是离开刘黑子还是继续与他周旋？但是继续留下去，我不能保证不接受他的感情，不能保证！组织上会怎样决定呢？尤其是他会怎么想怎么看这件事情？不向组织上说明，就是对组织的背叛。但是，这是我个人的隐私，组织上应该尊重我这点权利。再说，这也是工作需要。刘黑子对我有好感或者说动了情，我只要不同他发生更深刻的交往，就不是错误。

　　她整整一夜也没有睡好。第二天早晨，头昏昏沉沉。她起初不想去吃饭。她怕见到刘黑子时难以面对。姨妈派人叫她，想想也拉着她的手。她实在推不下去了，硬着头皮下了楼。让她奇怪的是刘黑子不在饭桌上。她忍不住向刘黑子的房间看了一眼。姨妈看出了她的心思，叹了口气。麻婶则直截了当地告诉她，刘黑子昨天夜里就被叫走了，听说日本人的医院那边出了什么事。"刘司令不会有什么事吧？"麻婶忧心忡忡地问她。

　　她一惊，身子也随之一阵颤抖，一片阴云掠过她的心头。"秃顶"阴险的目光也在她眼前晃了晃。

　　整整一个上午，她都心神不定，坐卧不安，心中笼罩着恐惧的阴云。在给想想上课时，她不时地走神。她想去找组织，但没到约定的联络时间，又不知到哪儿去找。因为从她第一次从刘黑子家给组织送情报，组织批评她莽撞以后，没再给她新的联络方式。平时只有组织上找她，她不能随便去找组织，那样是犯了大忌。而且，组织找她时随时可以找到，应验了他对她说的"组织无处不在"那句话。她也担心刘黑子，曾动过给刘黑子打电话的念头，想找刘黑子问一问情况。这个电话她没有打。怎么向刘黑子说呢？刘黑子现在还不知她的真实身份，也不知她受组织委派把那箱药品带出了医院。给刘黑子打电话问，不等于自我暴露了吗？刘黑子是表现出了对她的喜爱，而且已经有了行动。但这是因为在刘黑子眼中她是一个年轻漂亮的家庭教师，一个对他和他的家庭有用处的女人。如果刘黑子知道她是地下组织派来的，说不定会把她绑了送给日本人。此时此刻，她感到了身处环境的险恶，感到了从事的工作的危险。为了让自己紧张的心能得到一点安慰，她带想想在花园里玩耍。想想在花园里与小白兔追逐戏闹，玩得很高兴，很开心。过去，刘黑子家的生活十分单调，也可以说枯燥无味。她的到来和那只小白兔的到来，给这个家庭带来了欢乐。同时，她的生活也随着发生了变化。想想高兴时，她也会忘记烦恼。但这种高兴毕竟是短暂的。她不知道等待她的是什么样的结局。

麻婶要上街去买菜。临走时，不知是麻婶故意还是有人安排，破天荒地问她要不要带什么东西。她想了想，摇摇头。麻婶低声说："姨妈心情特别不好。"

麻婶走后，她突然想到应当去看看姨妈。这时候，姨妈最需要人谈心。这样想着，她抱着想想上了楼。推开姨妈的房间，看见姨妈果然侧着身子躺在床上。她向想想示意一下，想想听话地跑到姨妈床上，一连喊了几遍："奶奶，奶奶。"

姨妈从床上坐起来，把想想抱在怀里，又指了指旁边的凳子让她坐下。

她给姨妈倒了一杯开水。她感到刚刚倒进开水的玻璃杯有点烫手，就掏出自己的手绢包在外边。这一细小的动作，竟然让姨妈的眼睛露出了少许满意的微笑。

姨妈喝了口水，才缓缓地开了口，像是对她说，又像是自言自语："黑子平时很小心，生怕日本人抓住把柄。他不会出问题。再说，他就是到医院接了个病人……"

她赶忙安慰姨妈说："刘司令不会出问题。多半是那个'秃顶'在找麻烦。"

姨妈睁大眼睛："你是说，那个日本人对你有意……"

她接着姨妈的话说："他算什么东西。"

姨妈沉思了一会儿，没有说话。

正在这时，院子里传来一阵争吵声。声音里有小马和几个卫士的愤怒，也有日本人声嘶力竭的号叫。她让姨妈看着想想，自己朝楼下走去。临出门，她回头看了一眼，叮嘱想想："听奶奶的话。"她发现姨妈看她的目光既亲切又有敬重。

"秃顶"带着几个日本兵和一条日本狼狗来了。"秃顶"一看见她，问道："宋小姐，我想你一定知道我的来意吧！""秃顶"依然目光阴冷，但满脸笑容。那条狼狗在他的脚下，两眼放着恶毒的凶光。

她说："我不明白太君话里的意思。"

"秃顶"用手抚摸着狼狗身上的毛："宋小姐，记得我给你说过我的中国情人是怎么死的吗？她死得太惨了。我现在闭上眼睛还能想象出那副悲惨的样子。如果她还活着，一定是享不尽的荣华富贵。你们中国人有句话叫'识时务者为俊杰'。我想宋小姐读过书，一定不是个不识时务的人吧！"

她用沉默表达了对"秃顶"的回答。

过了一会儿，"秃顶"突然拍了拍狼狗。那条狼狗一跃而起，向她扑了过去。她惊叫一声，赶忙起身向楼上跑。刚上两个台阶，扑上来的狼狗就咬住了她的腿。她感到一阵撕心裂肺的疼痛，大叫一声，跌倒在地上。

"秃顶"打了个呼哨，狼狗又回到了他的身边。他却像狗一样咆哮起来："快说，你昨天用我的汽车拉了什么东西离开医院！"

她忍住疼痛爬起来。她看见自己的腿上已经被狼狗撕开了一个伤口，伤口流出的血把地板染红了一片。她咬紧牙关，没有再叫出声。

这时，她听见了想想的哭喊声："宋姨妈，我要宋姨妈！你们这些坏蛋，不准欺负宋姨妈，不然我叫我爸用枪打烂你们的头。"

"秃顶"让门口的士兵把想想放进来。想想扑到她的怀里，关切地问：

"宋姨妈，他们打你了吗？痛不痛？"

她把想想紧紧抱在了怀里。姨妈也走过来，站在她的旁边，义正词严地对"秃顶"说："你们凭什么欺负我家里人？"

"秃顶"一阵冷笑："宋小姐，你要是不识时务，不要怪我破坏你青春的美丽！我就是于心不忍，我的这条狼狗可心狠手辣呀！你说，刘黑子的卫士和刘黑子是不是掩护你干了什么事情？"

她看见姨妈在看着她。她坚定地摇了摇头。

"秃顶"冷笑了一声，向狼狗发出了一个指令，狼狗冲她扑了过去。她赶紧把想想抱紧，翻过身把想想压在自己身下，用身子挡住了想想。

突然，从大门外，院子里传来一阵急促的脚步声和争吵声。原来是刘黑子带着一帮弟兄回来了。刘黑子一枪打死了那条狼狗，然后把她和想想抱在怀中。

"秃顶"气得哇哇大叫，下令日本兵开枪。可是刘黑子带来的弟兄人多势众，早已把"秃顶"和那几个日本兵围了起来。小马还缴了"秃顶"的枪和指挥刀。

"刘黑子，八格牙路，你要造反？""秃顶"破口大骂。

刘黑子理直气壮地说："老子就是看不上你个熊样。你兴师动众到我家闹事抓人，我当然饶不了你。咱们去大佐那儿评评理！"

"秃顶"声嘶力竭地喊叫道："你堂堂一个军人，为了一个女人，敢冒着得罪皇军的危险，良心坏了坏了的。"

刘黑子义正词严地说："一个堂堂军人，在自己心爱的女人和孩子危难之际都不敢挺身而出，才不佩做一个军人。"

就在这时，一群如狼似虎的日本兵冲了进来，跟着进来的是那个戴眼镜的军官。显然，"眼镜"比"秃顶"级别高，"秃顶"看见他，敬了个礼，站到了一边。

"大佐阁下，他们不经我的同意，私自闯进我的家中，对我的女儿和未婚妻进行侮辱。这是破坏我们的合作。"刘黑子说着，突然抱紧了她，吻了她。她没有回避。她觉得刘黑子的那一吻充满了深情，让她心中有一股暖流涌动。

"眼镜"沉思了一会儿，突然扬手打了"秃顶"一个耳光，挥手下令日本兵撤退。

"爸爸！"想想哭了，哭声响彻大厅。刘黑子抱紧了想想，也同时抱紧了她。她不知怎么，也抱紧了刘黑子。

刘黑子安排人给她包扎了伤口，把她送回到房间。当房间只剩下她和刘黑子两个人的时候，她的心一下子紧张了："刘司令，让你跟着受苦了！"

刘黑子笑了笑："应该说抱歉的是我。你在我的家中，却受到外人的欺侮，是我没有保护好你。而且你用自己的身体保护我的女儿也让我感动。"

"你认为医院里发生的事与我有关吗？"她问。

刘黑子摇摇头："那是我的护兵小马干的。他已经向我坦白了。他承认他在两年前就加入了地下组织。"

她大吃一惊："那你准备怎样处置他？把他送给日本人？"

刘黑子恼了："你把我姓刘的看成什么人了？我虽然在给日本人做事，但我的胸腔里跳动的是中国人的心，血管里流淌的是中国人的血。再说，小马跟了我几年，曾经救过我的命。"

"那日本人会善罢甘休吗？"她问。

刘黑子叹了口气："他们没有什么证据，奈何不了我们。他们应当明白，逼急了我对他们只有百害而无一利。"

事后，她才得知，日本人把刘黑子叫去，软禁了半天，逼着刘黑子承认她是地下组织的人。刘黑子丝毫没有退让。日本人没有证据，只好让刘黑子回了家。

接下来，他们之间有一段短暂的沉默。

"宋先生，我昨天晚上和刚才对你的鲁莽，你能原谅吗？"刘黑子低着头说，"我，我真的是从心里喜欢你！凭我刘黑子想要女人很容易。但是，我始终抱着一个信念，不是自己从心眼里喜欢，愿意为之赴汤蹈火的女人，我决不会去冒犯。"

她觉得心里很乱。她想转个身，不看刘黑子，也许心里不会波澜起伏。可是由于转身太急，腿上的伤口一阵疼痛，她忍不住轻轻地叫出了声。刘黑子一下子抓住了她的手："宋先生，伤口又疼痛了吗？你要不想看见我，我马上就离开。只希望你别为难自己。"

她想挣脱刘黑子的手。不知为什么，手却像一下子失去了力气。刘黑子的手紧紧握着她的手，好大会儿没有松开。她觉得一股暖流通过手向身上和心里涌动。她的心怦怦直跳，身子也开始颤抖。

就在这个时候，姨妈喊刘黑子，刘黑子有点很不情愿地离开了。刘黑子一出去，她赶快把门从里边闩上。她反复问自己：你在做什么？难道你真的喜欢上了你的阶级敌人、杀父仇人？喜欢他身上的男子汉气质，喜欢他身上的人情味道？不，这根本不可能，也不应该。你的任务是接近他，动员他，瓦解他。一旦任务完成，你就要回到组织那里，回到他的身边，最后成为他的妻子。一想到这些，她又茫然了。他有没有妻子，她从来没有问过。他会不会与她结婚，她也没有问过。现在看来，什么也不问清就和他发生那些关系，对他，对自己是有些不负责任。可是，他负过责任了吗？显然也没有！还有，他以组织和工作需要为借口，身边经常更换女人。是不是都是工作需要呢？她想得头都疼了，也找不到答案。

第三天她见到了老张，把在刘黑子家发生的事原原本本地向老张说了。老张听完她的话，并没有表现出十分惊诧，而是平淡地说："这也不奇怪。他毕竟是一个失去老婆的男人。他可能是真正喜欢上了你，并不是冲动或者说试探你。"

"再这样下去，我怕刘黑子会对我做出不理智的事。我也不能保证不伤害他。"她坦诚地说，"希望组织上换一个同志吧。"

老张沉默了一会儿，严肃认真地说："宋同志，这是工作，不是儿戏。"

"可是，我……"她急得要哭出来了。

老张换了一种安慰的口气说："我理解你的处境，理解你的心情，更理解你的难处。但是，我们都是组织的人，必须服从组织的需要。你如果撤出来了，换一个什么样的同志呢？那个同志就保证能坚持下去吗？何况，刘黑子对你动的是真情，不是单纯的男女之间性爱。我从你的话中分析，不仅刘黑子的女儿离不开你，姨妈对你的态度也有了变化，刘黑子对你也有了依靠心理。所以，你的成绩很大。希望你再接再厉，完成组织交给你的光荣任务。我们哪个同志的任务不艰险？这些年，我熟悉的同志一个个牺牲……"

她知道再说下去没有意义，组织不会同意她的要求。她试探地提出想约他见面。老张没有表态。

临分别时，老张把一只小灰兔交给了她。这是她上次与老张见面时，向老张提出的。她想找一只兔子与那只小白兔成对，让想想更高兴。

想想见了小灰兔，果然非常高兴，搂着她的脖子亲热了半天。

小白兔与小灰兔一见如故，异常亲热，你追我赶，嬉闹起来。想想一会儿去追小白兔，一会儿去捉小灰兔，不时开怀大笑。

姨妈在一旁看了，脸上露出淡淡的笑容。

刘黑子回来后，见想想一手抱着小白兔，一手抱着小灰兔，高兴得合不拢嘴。吃晚饭时，饭桌上不时响起一阵阵欢快的笑声。

夜里，她腿上被狗咬的伤口时不时作痛，怎么也睡不好觉。她听见刘黑子屋子里一连三次响起电话铃声。她侧耳听了一会儿，听不见刘黑子在同什么人通话，说了些什么，但是，她猜测得到日本人最近要有大的行动。因为组织上对她有过交代，不让她盲目行动，所以，她也没有放在心上。

第二天傍晚，刘黑子果然出发了。但是，这次出发的时间不长，很快就回来了。她听见刘黑子在姨妈面前发牢骚说："狗日的鬼子不知搞什么花样，原来说是下乡，出城几里路就回来了。"

"日本人是不是对你还不放心，故意找个借口试探试探你。"姨妈问。

刘黑子火了："我现在真的体会到当亡国奴、当汉奸的滋味，处处事事小心也不行。"

姨妈压低声音说："日本人不一定是冲着你，可能是冲你身边的人。"

她明白姨妈指的是她。

刘黑子理直气壮地说："我身边的人又不是我。她干什么有她的权利。"

姨妈没有反应。她听了，心里十分激动。没想到刘黑子对她是这样的态度。

过了一会儿，姨妈小心地问："我看要是不行的话，就让她走吧。"

刘黑子回答："那怎么行。想想现在根本离不开她。"

姨妈："不是想想离不开她，是你离不开她吧？"

刘黑子沉吟了一会儿说："妈，我以后注意点就是了。"

第二天，老张紧急约见她，告诉她，十八里店的地下交通站被破坏了，一名姓孙的女交通员被刘黑子的人抓了去："这位女交通员可能会牺牲。组织上正在想办法营救她。"

"我能做什么吗？"她主动地问。

老张想了想，让她想办法弄清关在什么地方，如果时机成熟，最好能把她救出来："这也是组织上对刘黑子的再一次试探。"

七

一连几天，她都没有找到机会向刘黑子说。一是她觉得不便直截了当问刘黑子；二是姨妈现在对她有防备之心，不给她和刘黑子单独一起的机会。老张那边送了两次口信催促她完成任务，她有些着急。人的心里有事，无论表面上怎么装作平静，也会从神色、表情甚至言语的分量上流露出来。那天下午，想想让她带着去花园里割草喂小兔。她因为想着事，一不留神，让想想摔了个跟头，想想号啕大哭。姨妈不高兴了，直言不讳地说她不用心。晚上刘黑子回家后，姨妈与刘黑子关在屋子里谈了很长时间。谈完，刘黑子把她请了过去。

"宋先生，你心里是不是有事？"刘黑子开门见山地问她。

她既没承认，也没否认。

刘黑子说："你在我家，关起大门是一家人。如果你有什么事情不说，就太不够意思了。"

她见刘黑子的态度很诚恳，心有些松动，但依然没有开口。

刘黑子有点着急了："宋先生是不是不相信我刘某？"

姨妈这时推门进来。

她对刘黑子和姨妈说："我想给想想再梳一次头。"

刘黑子一愣："宋先生，你什么意思？"

姨妈也变了脸："宋先生，你到了我们家，我是把你做闺女来看待的。你和黑子一个样。现在，姨妈在这里，你说说到底有什么心事吧？黑子能办的一定给你办。黑子不能办的，你也理解他。"

她哭了。那是她第一次放声地哭，一声高过一声，一声比一声更凄怆。门外骤然而起的大风，恰到好处地到来了，好像专门配合她的哭声发出阵阵呼啸，拍打着那扇铁门。她把自己这些日子的委屈、忧虑，以及对他的思念甚至怨恨，全都打包放到了一起。

刘黑子很紧张，也很不安。

她说她姨妈住在十八里店，开了个小铺子，做了点小生意，人来人往。姨妈把那些来来往往的客人当作财神。在这样兵荒马乱的时候，没了点人情人气，店就没办法开下去。前几天，姨妈店里住了一位客人。客人说生病，要到城里看病。姨妈也不懂什么，就没在意。没想到警备军夜里大搜查，说那个住店的人身上有枪伤，是干游击队的，就要抓人。那人掏出枪，打死了两个警备军后跑了。警备军就把姨妈抓了。说姨妈私通游击队。说到这里，她泣不成声："姨妈从小拉扯我，对我恩重如山。我要是看着姨妈受罪而不过问，岂不是天下之大不孝？"

姨妈听了，沉默不语。

刘黑子也两眼望着天花板出神。就在这个时候，想想下楼来了。她让她给梳头。她一边给想想梳头，一边流着泪。若干年后，她想起这一幕时，还为自己的表演才能感到得意不已。

姨妈先开口了。她让刘黑子查一查这个事。如果真像她说的那种情况，就把人放了："抓不住游击队的人，抓老百姓干吗？"

刘黑子没有表态。她以为刘黑子不会答应。没想到第二天晚上，刘黑子就把她的"姨妈"带回家来了。姨妈见了"姨妈"十分亲热，好像一见如故，又好像久别的亲人。姨妈把"姨妈"拉到自己房间里谈了半天，她也不知她们谈了些什么。吃了晚饭，刘黑子又安排小马陪着她送"姨妈"回十八里店。

"姨妈"与她分手时,再三表示,见了老张和组织上的负责人,一定好好表扬表扬她。那个时代,组织上的一句表扬,都是极大的鼓励和鞭策。后来,老张见了她,果然转达了组织上对她的表扬,让她激动了很长一段时间。可是,她想听到他的表扬,但一直过了一个多月也没有见上他。

姨妈对她的态度没有太明显的变化,只是时不时地在她面前叹息。

八

不知不觉中,两个多月过去了。她在刘黑子家渐渐地习惯了。从过去一看见刘黑子就恨得两眼冒火花,到见了刘黑子感到很亲切,甚至一两天不见,心里竟然感到空落落的。她自己也感觉到了这种变化。一开始,她对自己的变化也害怕过。这样下去,可能会处出感情来。人不是动物。即使是人和动物一起时间长了,也会产生一些感情。她有些恨自己,你怎么会有这样的想法呢?

不知为什么,这个时候,她越发想见他。也不知为什么,他在她脑海中的印象也越来越淡薄。书上写道,相爱的男女之间分别越久,相隔越远,思念越强烈。为什么我会对他有一种恍惚感、距离感呢?难道他不是像他所说的那样真心爱我,抑或他压根就没有爱过我?她觉得自己的感情也犯了错误。

她和老张见面时,提出了想见他的要求。老张说他进山学习去了。

"是小燕子和他一起去的吗?"她说的小燕子,是她那个同学的绰号。话一出口,她马上意识到自己说错了。但是,老张却郑重地点点头。然后,老张意味深长地说:"你千万要小心,保护好自己。保护好自己才是保护好组织。别为了个人情感上的事情误了大事啊。有时候,情感这东西最容易伪装,最容易让人犯错误。"

老张的话让她想了好多天,她越想越痛苦。回李黑子家的路上,她竟然不知不觉地到了第一次和他相识的河边。那条船已经不见了,他的身影也看不见。只是那条河还一如既往地流淌着,不时沉默不语,又不时翻腾起浪花。

她的眼泪情不自禁地流了下来。

人有了心思，难免坐立不安，经常走神。尤其是一个女人在爱情出现盲区时，更会显得六神无主。一天晚上，想想半夜里起来小便，她竟然莫名其妙地把想想带到了厨房里。一不小心，打破了一只玻璃杯。玻璃杯破碎的声音，让整个小楼从宁静中惊醒，发出一阵战栗。她的心几乎要提到嗓子眼了。

她和想想从厨房出来时，刘黑子和姨妈都已站在门外，用惊诧和疑问的目光看着她。她不好意思地低着头，像个犯了错误的孩子。

姨妈说了句："都睡吧！"然后就回了自己的房间。

她抱着想想朝房间里走。刘黑子悄无声息地跟在她的身后，这一点，她明显感觉到了。那一刻，她的心跳得很厉害，仿佛要蹦出胸腔。

她把想想放在床上，自己竟然一时不知所措。她听得见身后那个男人急促而又沉重的呼吸声，甚至能够感受到他的呼吸带来的一种热量。她紧张地考虑着对策。如果刘黑子对我动手，我该怎么办？

但是，刘黑子并没有对她动手。当她感觉到房间里一片静寂，回头看时，刘黑子早已不在房间里了。不知为什么，她的心里突然感到有点失落。难道我对他产生了好感？事实的确如此。但是，我对他不能也不应该产生感情。她一遍又一遍地告诫自己。直到想得头都疼了，才昏昏入睡。

第二天晚上，刘黑子又是很晚才回来。当时，她抱着想想在大厅里坐着。不知为什么，想想这几天突然一反常态，每天晚上都要等刘黑子回家才肯让她带着回房间去睡觉。今天晚上又是如此。想想先是把小白兔放进笼子里，然后让她帮着梳头，最后躺在她怀里睡着了。她无可奈何，一边看书，一边等着刘黑子。

刘黑子喝了很多酒，走路都有点摇晃。可是一看见她，马上就站直了，并且把上衣敞开的扣子也扣好了。他抱歉地说："对不起，宋先生，让你久等了。"

她没说话，默默地走到厨房里，给刘黑子倒了杯水。

刘黑子接过杯子，手有点颤抖，说话的声音也变得尖细："宋先生，谢谢你！你既照顾我的女儿，又照顾我的姨妈，还照顾我。我要给你双倍的报酬。"

她灿烂地一笑，轻轻地摇摇头。

刘黑子看见了她放在桌子上的书，一下子增添了精神："宋先生，日本人，就是那个你见过的眼镜，今天给我出了道难题。他问我孔子和孟子谁最伟大？这个小鬼子是个中国通，常常问一些稀奇古怪的问题。"

她沉思了一下，认真地回答说："孔子和孟子都是中国古代伟大的思想家，他们对中华民族的古代文明都做出了贡献。所以，不能用谁比谁更伟大来评价他们。中国文化源远流长，博大精深，各家有各家之长，各家有各家特色。所谓仁者见仁，智者见智，就是如此。"

刘黑子边听边点头："宋先生说得对。下次，我就知道怎么回答那个鬼子了。"

这时，想想醒来了。刘黑子和想想亲热了一会儿，又把想想送回到房间。

此后的一段时间里，刘黑子经常向她询问起书本上和书本外的问题。她越来越明显地感觉到，刘黑子对她的信任在增加，对她的依赖也在增强。有一回，刘黑子和姨妈在楼下商量开个铺子的事。姨妈说开个当铺，刘黑子说当铺不赚钱，不如开个粮铺。两人各执己见，相持不下。最后，刘黑子说了一句："咱们都听听宋先生的意见吧。"

姨妈不高兴地说："你现在口口声声都是宋先生。你是不是想让她当这个家了？"

刘黑子没有表态。

姨妈更生气了，竟然直接上楼去找她，说是刘黑子请她去商量事。当她到了楼下，弄清事情的原委后，心里感到十分别扭和不安。因为她不想得罪姨妈，也不想让刘黑子失望。想了好大一会儿，她才对刘黑子说："这件事情上，你和姨妈的意见都有道理。姨妈说开当铺，你说开粮铺，其实都是一个目标，就是赚点钱。我觉得不需要争论，明天到街上去走一走，问一问，就知道哪个更容易赚钱。"

她的一番话，说得姨妈和刘黑子都点头。

她想了想，又说："我觉得，赚钱的事不能放长线，因为现在兵荒马乱，不知哪天时局会有什么变化。日本人现在的日子并不好过。"

姨妈一听这话，就拍手叫好："宋先生说得对。咱就那点家底，万一赔了，捞都捞不回来。"

刘黑子也直点头。

她看正是恰到好处时，转身上了楼。她再想，这个刘黑子也够可怜的了！他虽然是警备司令，掌控着几千人的队伍，但日本人对他处处掣肘。他既无权调动军队，又无权使用资金，地地道道一个傀儡。

姨妈在楼下又和刘黑子谈了一会儿。第二天早上，姨妈对她说，刘黑子对她佩服得快要五体投地了。

不知不觉中，岁月悄无声息地走到了夏季。她算了算，已经两个月没有和他见面了。这期间，她见过老张，也向老张问起过他，甚至提出过和他见一面的要求。但是，他始终没有给她答复。她不知道他现在忙着什么工作，给她的感觉是他在有意回避她。过去，他也很忙，但从来没有超过一个月不和她见面，尽管两个人在一起的时间很短。一个恋爱中的女人，对对方感情的变化十分敏感。如果他心里还有我，或者说他还爱我，绝不可能这么长时间不和我见面，何况我独自一人在这种环境中。她有了一种不祥的预感。

刘黑子家到底开起了一个粮铺。这也是她在征求老张的意见后，对刘黑子提出的建议。刘黑子不但采纳了她的建议，而且让她管粮铺的账。她开始不同意，推说带想想就够忙的，分不开身。其实，她是想听听组织的意见。老张听说后，支持她替刘黑子兼职管账。老张说得很简单，这样，她就有更多的机会走出刘黑子的家，与组织上的同志接头，同时，也可以给根据地提供粮食支持。老张还让她向刘黑子推荐一个组织上的同志去粮铺工作。刘黑子也同意了。

她知道这件事必须用心去做。她和组织上派到粮铺工作的同志一道，把粮铺生意打理得井井有条。她经常向刘黑子和姨妈汇报粮铺的生意情况。姨妈非常高兴，也非常满意。因为姨妈觉得她尊重自己。刘黑子开始还看看账，半个月过后，连账也不看了，对她再三交代说："有事你和姨妈商量就行了。"

刘黑子越是信任她，她做事越是小心。老张也教她不要辜负了刘黑子的信任。老张说："刘黑子对你越信任，你的下一步工作越好做。"

"我下一步应该做什么呢？"

老张告诉他，夏收以后，日本人一定会下乡抢粮。组织上初步考虑到那个时候让刘黑子率部投诚。

老张的话等于告诉她，刘黑子起义成功，她就完成了这一段的工作使命。"就可以和他经常见面了！"她这样想。可是，不知为什么，她虽然想到了和他见面，但心里一点也高兴不起来。事实上，时间和距离能够改变人的感情。

一个月过去，刘黑子的粮铺赚了一些钱。刘黑子和姨妈都很高兴。

然而好景不长。第二个月刚过半，一个日本粮商向"眼镜"告了刘黑子一状，说他的粮铺给抗日的游击队供过粮食。"眼镜"派"秃顶"突击检查了刘黑子的粮铺。幸亏她把账做得天衣无缝，没有让日本人抓住证据。就是这样，"秃顶"仍不甘心，把她和粮铺经理一齐带到宪兵队审讯。

"你们给游击队提供粮食。良心坏了坏了的。"

她理直气壮地回答："做生意是为了赚钱。来粮铺买粮食的人头上没有标志，一看就知道是谁，该不该把粮食卖给他。"

"秃顶"理屈词穷，要对她用刑。

她说："再说，你们皇军管着城防，警备森严，怎么能让游击队大模大样地进来搞粮食？如果你的上级知道了，能相信你吗？"

"秃顶"被她这句话说怕了。可是，他仍然不放她和粮铺的人。

在她被关进宪兵队的半天时间里，刘黑子十分着急。他找到了"眼镜"，以交出武器要挟说："你们不相信我，一次又一次折磨、非难我的家人。与其这样，不如让我交出军队和枪杆子。"

"眼镜"考虑再三，下令"秃顶"放人。

刘黑子亲自到宪兵队接她回家。当天晚上，刘黑子摆了一桌丰盛的晚宴，说是为她压惊。饭后，刘黑子又单独和她谈了一会儿。最后，刘黑子诚恳地说："我这个行当终日枪林弹雨里钻来钻去，说不定哪天就挨了枪子送了命。想想还小，姨妈又老了。到那时，请你给想想找个人家。如果你不嫌弃的话，也可以把想想带走。我留了一笔钱在姨妈那里……"她清楚地看见，两行泪水从刘黑子的眼眶里涌出。

九

　　夏日午后的阳光十分强烈，甚至于有些恶毒。人即使在房间里，也不住地出汗。

　　她带着想想在后院的花园里玩耍了一会儿，想想就开始发困，慢慢地躺在她的怀中入睡了。她打开住院时刘黑子带给她的那本外国名著，认真地看起来。后院花园里有一棵上了年岁的大树，树冠枝繁叶茂，像一把遮阳伞，挡住了天上的阳光。微风不时吹来，带来一阵阵凉爽。

　　这时，刘黑子也过来了。他没有惊动她，悄声地坐在她不远处的一张椅子上。但是，刘黑子手中拿了一把扇子，不时地扇动，尽管声音很轻很轻，像风吹过一样，她还是发觉了。她的心里有些紧张，同时又隐约有些激动。她假装全神贯注地看书，没有看刘黑子。过了一会儿，她觉得自己这样做对刘黑子不尊重。你毕竟是一个家庭教师，怎么能对主人视而不见、无动于衷呢？可她又不知道该和刘黑子说些什么。想了一会儿，她的确想不出办法，就闭上眼睛，假装睡了。没想到，一会儿真的有点迷迷糊糊，恍如进入梦境，不知不觉地，手中的书掉在了地上。刘黑子蹑手蹑脚地走过来，从地上捡起那本书，放在她旁边的篓子里。可能是怕她睡着了，想想翻身时会掉下来，刘黑子轻轻地把想想从她怀中接过去，放在树上的吊床上。

　　其实，刘黑子在做这些时，她一直都感觉到了。她的心里十分复杂。她不敢睁开眼睛看刘黑子。但这种怕已经不是几个月前怕刘黑子看出自己的破绽的那种感觉。她是怕面对刘黑子的热情、坦率，甚至那带有野性的目光。没想到，她越感到紧张，越是出了问题。就在刘黑子转身准备离开她的时候，她的身子动了一下，身下的椅子一歪，向地上倒去。刘黑子眼疾手快，一手扶住椅子，一手扶住她的肩膀。

她的脸上一阵发烧，但纹丝没动。

刘黑子的手在她的肩膀上没有离开。她穿着一件还是在学生时代穿过的、肩上带着袢的连衣长裙，两只肩膀袒露在外边。她明显感觉得到那只手在犹豫。

过了一会儿，刘黑子的手蠕动了，缓缓地、轻轻地抚摸着她玉一样洁白而且细嫩的双肩，然后又抚摸着她的耳根、脖子。一种原始般的冲动在冲击着她的理智。她浑身像着了火一样发热，心里也像一只小白兔一样突突跳个不停。她抬头去看树叶，树叶在微风吹拂下轻轻地摆动着，沙沙的声音像是幸福的呻吟。

当刘黑子的手向下移动，触摸到她的胸部时，一种从没有过的快感让她浑身颤动。她的脸开始发烧，像一只苹果在渐渐地变化，从浅红到熟透变得深红。这是她第一次有这种感觉。他从来没有这样爱抚过她，没有给过她这样一种感觉。她情不自禁地跳起来，转过身，紧紧地抱住了刘黑子。

这天晚上，突然下起了雨。刘黑子在想想睡熟后，进了她的房间。刘黑子亲热的吻，温柔的抚摸，都让她兴奋，让她激动。她这时才真正明白，男女之间的性爱并不是像他那样仅仅是身体的接触，还有一个让人兴奋、快慰和激动的过程。这个过程出现，才更舒适、更默契、更能给人带来幸福。当她浑身随之震颤不已时，她才清醒地认识到和刘黑子之间发生了什么事情。

几天后，她接到组织上的通知，约她去谈话。一路上，她的心七上八下，思绪也很纷乱。组织上和他会不会已经知道了我和刘黑子之间发生的事？会怎样处置我？他曾经说过组织上对背叛组织的人从来不心慈手软。可是我并没有背叛组织，我和刘黑子之间发生的事，纯粹是感情需要，是我们二人之间的事情。就算是背叛他，也是事出有因。你给予了我什么呢？在你需要我的时候尤其是需要我的肉体的时候，不管在什么环境下什么情况下都能找到我，而且都是以组织的名义；在你不需要我的时候，根本就没有关心过我。我在你眼里充其量是一个工具。平时你总是摆出一副领导的架子，用冷峻的目光、冷峻的面孔、冷峻的语言对待我的热情、我的热烈和我的热望。我今天才真正感觉到，你我之间已经不存在感情。只有上级与下级、同志与同志那种关系。我是一个女人，我需要真正的爱情，需要情感的呵护，需要一种人人都追求的快乐生活。再说，你的感情也不是专一的。你能说你和组织上的女同志都是清清白白的吗？你有这个勇气吗？

她没想到，他听她声泪俱下的一番表白后，反应十分冷淡："宋同志，我看你的思想、感情、阶级立场都发生了变化，你已经走到了危险的边缘，如果再继续往前走，可能会落个粉身碎骨的下场！你是什么人？你是一个在组织的人，怎么能和刘黑子那种人谈情说爱？你这是对组织的背叛！"

"我没有背叛组织。组织在我的心目中依然是至高无上的。而且我愿意为组织牺牲自己。"她据理力争，"我现在继续在刘黑子身边做工作，争取他投诚起义。你不是说过，只要刘黑子能和日本人一刀两断，率部起义，还是革命功臣吗？"

他冷冷地一笑："你太幼稚了。即使刘黑子投诚起义，他的历史也是不能重新改写的。"

她感到震惊："既然这样，你和组织为什么还要派我去争取他？"

"这是斗争艺术也是工作需要。刘黑子的伪警备军毕竟是一支军事力量，对我们的威胁太大。如果争取他投诚起义，站到我们这边来，你可以想象得出对我们的作用。"他说，"争取刘黑子投诚起义，是我精心设计精心策划的一个重大的战略行动，是我对组织的一大贡献。不过，我很遗憾的是你，很失望的也是你。没想到你没把他争取过来，倒让他把你争取过去了。这很让人痛心啊！"

"我没有被刘黑子争取过去！我和刘黑子只是两人之间的感情。在感情上我有选择的权利！"她坚定地说。

他恼羞成怒："你没有这个权利！你是组织的人。从你加入组织那天起，你的思想、你的感情、你的行动包括你的身体就都属于组织了。组织上不同意不批准的事情，你做了就是违反组织纪律。违反组织纪律就要受到组织的惩处、严厉地惩处！我现在代表组织警告你赶快悬崖勒马，否则你就会成为组织的敌人！"

她用沉默表达了她的意见。

他想了想："如果刘黑子对你是真心的，你可以公开身份劝他起义！"

她火了："我能对着刘黑子说你要是要我，就投诚起义，就跟我走？那样刘黑子会怎么想我？甚至怎么看我们的组织？"她感到失望，也感到伤心，泪水不住地往下流。

他一口接一口地大口抽烟，嘲讽地说："看来，你对刘黑子这个大汉奸是动了真情啊？！"

不知为什么，她在他面前已经不再像过去那样拘束和恐惧了。她觉得自己的腰杆子好像挺得比过去直了。

"你认为刘黑子真的爱你？"

"如果一个男人愿意为一个女人去死，那叫不叫爱？"她理直气壮地反问了他一句。

他阴冷地笑了一声，狠狠地扔掉烟头，突然抱住了她。

她把脸扭向一边，并用力推开了他。

"你敢拒绝我！你忘了组织纪律？"

她站起来，大义凛然地向外走："我拒绝的是你对我的侵犯，并不是拒绝组织。你要认为这样也有罪的话，你可以处置我，我随时等候！"

离开他以后，她没有马上回刘黑子家，她想一个人静静地思考。人世间的事情很复杂，尤其是感情这东西，不是说能招之即来挥之即去的，相反，得到需要缘分，失去需要勇气。她和他相处两年，应该说感情已经建立。不过他对女人的感情知之太少关心太少。现在回想起来，他在她心目中是一位可敬可怕的领导，是一个纪律严明的组织的化身。而刘黑子则有着吸引女人的那种男子汉的魅力，知道关心人疼爱人。在感情的选择上，她不认为自己错了。如果刘黑子能够投诚起义，成为她的同志，那样岂不更好！我一定争取刘黑子投诚起义！她暗暗下定了决心。因为她也清楚，如若争取刘黑子投诚起义的工作成功了，她是有功之臣，刘黑子也会脱离骂名，她和刘黑子的感情才能保持和发展下去。如果争取刘黑子投诚起义的工作失败了，她和刘黑子之间的感情就不可能再保持和发展，那样不仅组织上不会同意，她自己也不会和刘黑子再如此发展下去。她对自己的信仰不会动摇。感情上可以选择，信仰不可以选择！

　　她也去找了老张，推心置腹地和老张交谈了一次。老张虽然对她和刘黑子发生的感情故事感到惊讶，但表示能够理解。说："感情上的事不能用谁争取了谁、谁战胜了谁、谁征服了谁这样的公式计算。没有双方的心心相印，没有双方的感情吸引，不可能碰撞出感情的火花。不过，你和刘黑子毕竟信仰不同。你要争取让他不仅在感情上，而且在追求上能相一致，才能走到一条道上。但是我不主张利用感情。感情一旦被作为政治的工具，还有人性存在吗？我个人意见你不要离开刘家，也不要疏远刘黑子。我同意你的观点。至于组织那边，我会去说明真相和阐明我的观点。他一个人代表不了组织。"

　　告别老张，她的心才感到轻松一些。

　　回到刘黑子家，离大门很远她就看见刘黑子在大门口走来走去，神情十分焦急。一看见她，刘黑子不顾门前有哨兵，一把把她拉到怀里，紧紧抱着她："你伤还没好，怎么又四下跑呢！我回到家没看到你，可把我急坏了。我让小马带了一帮弟兄去找你，你要是再不回来，我自己也出去找你了。"

　　她很感动，表面上却装出若无其事："我是完完整整地出去，又完完整整地回来了。"

　　刘黑子伏下身子："你腿上的伤还没好，来，我背你！"不容她说话，刘黑子已经把她拉到了背上。她的泪水夺眶而出，有几滴落在了刘黑子的脸上。刘黑子感觉到了，慢慢把她放下，又轻轻把她抱起，深情地吻去了她脸上的泪珠，同时深情地说："宋，我爱你，我要娶你为妻，和你终身相伴。"

　　"黑子，我也爱你。可是，我不愿在一个黑暗的世界里过日子，太沉闷太可怕了！"她看到刘黑子家门前又加了两个日本兵岗哨。

　　刘黑子长长地叹了口气："我也不想过这种生活，但是没有办法。"

　　她没有再往下说。她想再找机会。于是，她和刘黑子回到屋里。想想半天没见她，一看见她又扑到她怀里。姨妈在一旁哭了："这个想想呀，一会儿不见到你就愁眉苦脸，都快愁成小老太婆了。万一哪天你真的离开了，这想想你也带走吧！"

　　想想说："我不让宋姨妈离开我。"

吃完饭，她给想想温习功课。刘黑子和姨妈在姨妈的屋里说话，两人的声音都很低，说了些什么她听不见。她猜想是姨妈找刘黑子谈和她的事情。

过了一会儿，姨妈屋里传来争吵声。

姨妈说我早就看出来她来这个家的目的。

刘黑子说不是，她不是，我不相信！

姨妈说她对你并不是真心相爱，她爱的不是你，是你的军队你的枪杆子。她是要把你引向死亡。

刘黑子说她只是一个普普通通的女人。她不懂政治。她要我的军队我的枪杆子干什么？你这是多心。

接下来，刘黑子好像出去了，姨妈伤心地哭了。

她不知该怎样做。去劝刘黑子，不好向他说；去劝姨妈，更不好向姨妈说。

想想也好像看出了什么："宋姨妈，我姨奶奶和我爸爸为什么吵架呀？"

她说："他们没有吵架，而是在说一个人，一个与他们都有关系的人。"

想想说："我把小白兔给姨奶奶送过去。姨奶奶一见小白兔就开心。"说着，想想真的把小白兔送到了姨妈的房间。

这天晚上，刘黑子没有到她的房间里来。

这天晚上，她翻来覆去思考着下一步如何做刘黑子的工作。

第二天早晨吃饭时，姨妈有说有笑，好像什么事情也没有发生过。刘黑子却情绪低沉，很少说话。她受刘黑子的情绪感染，也高兴不起来。

吃完早饭，刘黑子去了司令部。临出门时，犹豫了一下："宋，你这几天少外出，街上很乱！"

她点了点头。

我要让刘黑子知道，爱他是我发自内心的，劝他投诚起义，也是因为爱他。当汉奸没有好下场，这是必然。只有投诚起义才是光明之路。一对相爱的人，应当走在同一条路上也就是光明的路上。上午，她在给想想上课时，不住地想着对刘黑子应该说的话。

姨妈一反常态，坐在旁边像一个旁听生，一脸严肃认真。她几次想请姨妈出去，但都没有鼓起勇气。中午刘黑子没有回来吃饭，却让小马送了药回来，说是在一位专治狗咬伤的老中医那儿找的药，让她抓紧敷用。她利用这个机会，同小马单独谈了几句话。

"是不是又有行动？"

小马点头："日本人秋收时没有抢到足够的粮食，听说现在粮仓都空了，所以准备组织一次大规模的扫荡。"

"刘司令是什么态度？"

"刘司令能不听日本人的吗？"小马叹了口气，"不过，这次进山，我们的队伍几乎都拉上去了。刘司令要想举事，是个好机会。"

她没有表态。尽管小马对刘黑子承认他是地下组织的人员，但是在没有接到组织上的命令，她不能贸然向小马公开自己的身份。这是组织中的严格规定。小马走后，她在想着怎样做刘黑子的工作，促使刘黑子在这次扫荡中起义。她下决心和刘黑子认真谈一次。

晚上，想想睡着以后，她到了刘黑子的卧室。

"黑子，你是不是心里有什么事情不愿告诉我？"她开门见山地问。

刘黑子神情沮丧："宋，我是一片真情对你，也是真心爱你，你不会利用我的感情吧？"

她说："我没有利用你的感情，我对你的感情也是真诚的。我既然爱你，就得对你负起责任，就像你说过为了我可以赴汤蹈火一样。你想一想，你本身就因为给日本人做事，背负民族和百姓的骂名，而日本人又不信任你，处处为难你压制你。我看得出你心里苦，活得累。我也觉得你过得是一种暗无天日的生活。所以，我愿意和你一道，寻找一条光明的道路。再说实际一点，你不想你爱的女人和女儿过着提心吊胆的生活吧？不想让她们整日面对日本人的刺刀和凶恶的狼狗吧？"

刘黑子大口大口地抽着烟，脸色越来越沉重："宋，你实话告诉我，你是不是地下组织的人？"

这句话，她知道刘黑子会问她，但没有想到来得这么突然，这么匆忙。看来已不可回避了。她相反很镇定、很从容："黑子，我是不是地下组织的人，对你来说可能很重要。我必须向你说明，地下组织是希望我做你的工作，争取你投诚起义，投向光明。"

"甭说了！"刘黑子一下子站起来，额头上的青筋都在暴跳，"你利用了我的感情，你在欺骗我！"

她也站了起来："地下组织没有让我利用你的感情，没有让我爱你。爱你，是我发自内心的！"

刘黑子一下子愣住了，看了她好长时间。她也看着刘黑子。两人用目光在交流内心的感受。最后，刘黑子紧紧抱住了她："宋，我相信你的感情！"

她哭了。

"宋，我要是不听你的劝告，不投诚起义，你还会爱我吗？"刘黑子抚摸着她的头发。

"会的。我会永远爱你！"她坚定地说，"但是，那样我就不能和你生活在一起。我一定会离开你。因为我不习惯这种暗无天日的生活。黑子，你应该懂得，爱情是两个人之间的事情，是一种感觉，一种思念，一种人性的体验。但是，爱情同时也是一种责任。"

刘黑子点了点头："你们的组织会欢迎我吗？"

她也点了点头。

刘黑子没再说话。她也没再说话。刘黑子把她送到楼上。她把刘黑子拉到了自己的怀里。

第二天早晨，饭桌上不见姨妈。小马告诉她和刘黑子，姨妈今天一早带着个行李箱走了。临走给小马留下一句话，让转告刘黑子和她：路由你们自己走。

刘黑子的眼圈红了，滴下几颗泪珠。

十

刘黑子告诉她，本城的日本驻军最高长官"眼镜"要仿照中国人的习惯，举行五十大寿庆典，邀请了很多人，其中有刘黑子。"'眼镜'还点名让带你过去。"刘黑子对她说，同时也是与她商量。

从内心讲，她是不愿参加这种活动的。一个侵略者大言不惭地在被占领国过生日，还要被占领国家的人去祝寿，真是强盗逻辑。可是，她又怕不去会给刘黑子带来麻烦，于是答应了。

在宴会上，看见他和那个女同学。

他趁着倒酒的机会，对她说："是组织决定我和她以夫妻出现的。"意思让她不要介意。她笑了笑："我并没有说什么。"

十一

一个星期后，她带着想想离开了刘家。根据组织的安排，她和想想先一步进了山。她离开那座城市时，没有见到他。是老张把她和想想送上的船。老张告诉她，他已经和她的那位绰号叫小燕子的女师同学秘密结婚了。

她的心疼了一阵，很快就平静了。

她和想想进山后的第三天，刘黑子的部队随日本兵进山扫荡抢粮。在战斗最激烈的时候，刘黑子率部起义，向日军发出致命的一击。日军溃不成军。"秃顶"就在那次战斗中，死在了刘黑子的枪口之下。

刘黑子的部队经过整编，被编为抗日部队。刘黑子仍然担任这支部队的司令。

第二年春天，她和刘黑子在山里举行了婚礼。

后来，刘黑子率部转战大江南北，一直到新中国诞生。就在新中国诞生的那一天，她生了一个女孩。她和刘黑子共同为那个女孩起了个名字叫光明。

女儿巷

女儿巷，百步长，
夜夜灯火到天亮。
灯火熬得女儿血，
滴滴愁苦和凄凉。

一

兰花呆呆地站在窗前。

窗外是一片混浊的天地。是月亮被云彩遮住了呢？还是视线被泪水模糊了？今晚的月光应该是很美的。她想。记得小时候过中秋，奶奶会在门前的石板桌上摆上月饼、石榴，一边给她梳头，一边讲着从她奶奶那儿听来的月亮的故事。奶奶会讲故事，有的故事让她笑得在地上打滚，有的故事让她哭得直不起腰……奶奶。兰花流泪了。

古老的运河还是没有入睡。运河老了，劳累一天下来，呻吟声也显得精疲力竭。兰花还记得小时在家时，奶奶常在晚上月亮出来后，带她到河边去洗衣。奶奶有时望着运河水发呆。她问，奶奶就指着河里的波纹，叹息着说：

"你瞧，运河的脸上皱纹多了，老了，老了！"接着就是一阵感叹，骂天骂地骂人。有时骂着骂着就哭了。唉，奶奶现在还在河边吗？不，不会的，今天是中秋节，全家人要围在石板桌上喝团圆酒，吃大月饼……酒，害死人啦！爹外号叫"酒桶"，一仰脖子能咽下三五两。一年欠的酒钱，搭进二亩地还不说，把娘的命也搭上了。奶奶说他愁，借酒浇愁呀！可是，可是……爹呀，你今晚还有心思喝酒吗？你要知道，咽到肚里的酒是女儿的血泪酿成的。

左左右右的房间里，响着淫荡的笑声。姐妹们今晚都接客人，唯独她没有。她说有病，"官不差病人"，何况来这儿的客人都是寻欢作乐的，谁陪着你难过呢？谁……他，他要是来了，就会陪着我难过的。真的，我高兴时，他脸上就有笑容；我痛苦时，他脸上就有泪珠……

一想到他，兰花心里就热乎乎的。他是个苦命人。她也是个苦命人。苦命的男儿女儿，心心是相连的。兰花接待的第一个客人是他，心上的影子也是他。他不难为她，不强迫她，相反还疼她，体贴她。姐妹们给客人的是身子。她给他的不光身子，还有心。是心珍贵还是身子珍贵？不管男人女人，只要凭着良心，都能掂得出来。唉，人生活得再苦再难，只要有一知己足矣！他现在干什么呢？在营房还是在家里？他那也能叫家吗？老婆终日跟别人鬼混，饭也不做，跟他没句热乎话。要是我有这样一个男人，有这样一个家……我，我配吗？我这一辈子也甭想攀他的高枝了！

兰花想放声痛哭，可是她不敢。惊动了其他客人可不是闹着玩的。她的嘴唇都让牙咬出了血，终于没哭出一声。

"砰，砰，砰……"街上突然响起了枪声，寂静的地方乱了。闹哄哄的地方却寂静了。一时间，许多人都提心吊胆。左左右右的房子里的谈笑声停止了。

兰花更是提心吊胆。这样的日子，怎么又闹腾开了？他在哪儿？会不会挨了枪弹？你呀你，也不来陪人家圆月，还让人家跟着你担惊受怕……

"兰花，来客了！"二姨是在门口叫的，话音未落已经把门推开了。

兰花又惊又喜。是他来了吧？我说他不会忘了我，不会把孤独和凄冷留给我的中秋月夜。她抹去泪水，转过身来，笑容一下子消失了。站在屋里的是一个陌生的男人。借着昏黄的灯光，看得出他一副书生打扮，眉清目秀，文质彬彬。

二姨看出兰花对客人冷淡，瞪了她一眼，说："今晚花好月圆，你好好陪客人玩个痛快。大姨今晚也不打算睡了。"那后一句的意思很清楚，不好好陪客人，少不了苦头吃。

兰花虽然满腹不愉快，但还是强装笑颜，走过去挽住客人的胳膊，问道："小哥哥，您喝什么酒呀？"

客人摇了摇头。

"那，那就给您泡壶西湖龙井吧？"

客人又摇了摇头。

"……"兰花好大地不高兴。刚才听说你不喝酒，还以为你好待候呢。没想到进门就想着上床，真是条饿了八天的饿狗！这是心里话，不能说出来。

二姨不耐烦了，冲兰花说："客人大概，大概……你快伺候客人上床吧！"说完，转身走了出去，把门也关上了。

兰花能说什么呢？她知道自己应该怎么做。该来的不来，不该来的却来了。唉，人呀人！她铺床，让泪水滴落在被褥上，发不出声响，不能痛痛快快地落，眼泪也能把人憋死。

"哟，李团长，多日不见你来了？"是二姨的声音。李团长，果真是他来了吗？兰花的心怦然一动，顾不得屋里的客人，赶忙走到门前。你果真来了！你知道吗？人家的心都快要为你发疯了。隔着门缝，她看见他了。身后怎么还有一群兵？她惊奇，不解，眼睛也瞪大了，怕该死的泪水遮住视线，又用手抹了下眼睛。

"李团长，俺这里可都是客人，没有共产党，共产党也不会到这儿来……"大姨也出来了，站在他面前，好像要挡着他的脚步。兰花明白了，他是因为刚才街上的枪声而来的。她的心正在凉，忽然又热了。也许他是借这个名义来看看我的吧。你瞧，他挥了下手，身后那些兵各屋散开了，他不是正奔这儿来了吗？兰花的心跳加速了，脸上发热了。她向后退了一步，张开了期待的胸怀。

门被轻轻地推开了，像以往一样。他走了进来。兰花一下子就扑过去，搂住了他的脖子。她已经忘记了屋子里还有另一个男人存在。

"兰花，你，你好吗？"他吻她。

"想死你了！想死你了！"兰花也疯狂地吻他，"你怎么不来呢？"

"我，有空就会来！"他说，"我也想你，真的！想我的兰花……"

"报告！"门外有人喊。他忙推开了她，动作是惊慌的。接着，深情地看了她一眼，走了。兰花扑在门上，眼泪又噗噗地落了下来，一直望着他带着那群兵走出大门。她的心上像扎了把刀子，疼痛难忍，反回身扑倒在床上哭出了声。

什么东西响动了一下，兰花惊慌地抬起头，看见那位客人从门后的穿衣柜后边走出来。胆小鬼！要是让他看见了你，刚才不会……他看见也许会装看不见。他从来不干涉不反对她接客。因为他说过，我现在不能娶你做媳妇，就不能不让你有条生活的路！这家伙躲在那柜子后边，看见我和他亲热了吗？万一他要告诉大姨二姨，我非受苦不行。因为我今晚是他花钱买下的。我这样做是欺负他。有这样的男人，只要是他花钱买下的夜晚，有一点不顺心，就大吵大闹，叫整个女儿巷都知道。大姨二姨最气这种事。唉，反正你占不了我的心……

她脱去衣服，躺在床上，两眼望着天花板，泪水使劲往肚里咽。奇怪，好大阵儿没有动静。突然，棉被罩在她身上了，接着是一句甜甜的、暖人的话："小心着了凉！"

兰花莫名其妙，不由自主地抬起头看了客人一眼。她的眼睛、嘴同时张大了……

二

客人已脱去了长袍，穿着紧身的白衬衣，丰满的胸脯高耸着，好像衬衣里填着两个大苹果。更叫兰花惊讶的是，客人摘掉礼帽，露出一头乌黑的秀发。

"你……"兰花忽地坐起来，直瞪瞪地望着她今晚的客人。

客人笑了笑，热情地说："你就叫我大姐姐吧！"说着吹灭了灯，钻进被窝里，身子和兰花挨在一起。

兰花看不清她面孔了，只感觉到她的心跳得很快。好像不是在肚子里而是在肚皮上。兰花是个聪明的人，很快就把她和街上的枪声和他的到来联系在一起了，问道："你是共产党？"

她用手捂住兰花的嘴，低声说："兰妮，小声点，咱们好好谈谈。"

兰花很惊奇。她怎么知道我的乳名呢？她为什么钻到我的房间来呢？她为什么女扮男装呢？她……一个个问号从她的脑海中闪过。

她猜出了兰花的心思，平静地说："兰妮，妹妹，你还记得前年冬末春初，你表兄带着一个女同学到你家去……"

兰花经她一提醒，记忆的潮水冲破了岁月的堤坝，那个落雪的日子出现在眼前。

兰花的表哥是城里一所师范学校的学生，每逢节假日常到兰花家去。兰花家住在古运河畔一个大集镇上。集镇虽不繁华，每逢集日人却很多。兰花的一家人都敬重她表哥。他劝兰花的父亲不要饮酒，兰花的父亲果然很长一段时间滴酒不进。他劝兰花的父亲让兰花读书，兰花的父亲就把兰花送进了学校，不过还是因为家贫，兰花只读了两年书。兰花最崇敬表哥，在她心目中，表哥的形象可以和高山比个高低，和运河比个长短。

那年冬末春初，兰花已经是个十六岁的大姑娘，对人世间的五颜六色都能分辨。那些日子里，传说日本鬼子快打过来了，人心惶惶，社会动乱，真是兵也荒了，马也乱了。就在一个集日，表哥他们学校的宣传队到了兰花所在的镇上演出抗日戏。兰花也扶着奶奶去听戏了。看着那一个个水灵灵的女学生在台子上如泣如诉，兰花心里羡慕得不得了，当然也跟着她们的愤怒起火，跟着她们的痛诉落泪。演出结束后，表哥带着一个女同学到兰花家去。那个女学生叫洪梅，是表哥的未婚妻。她给兰花讲了许多抗日的道理，还答应以后带兰花出去做抗日工作……

"你，你就是梅姐姐？"兰花似信非信。因为从那次演出后，表哥再也没有进兰花的家。传说他参军去了，去了很远很远的地方。当然，梅姐姐也就没再来过。

"兰妮，我就是洪梅！"她握住了兰花的手。

"梅姐姐，我……"兰花像个受了委屈的孩子见到了亲人，一头钻进洪梅的怀抱里哭了。

洪梅用另一只手轻轻地抚摸着兰花备受凌辱的身子，两串滚烫的泪水落在兰花的身上。

"梅姐姐，我表哥呢？他在哪儿？你怎么没和他在一起？"兰花吐出了一串久久的思虑。

洪梅没有回答。兰花只觉得她落在她身上的泪珠紧密了。她马上意识到表哥发生了什么事情，不由得抱紧了洪梅的身子，哽咽问道："梅姐姐，你快说，我表哥他，他……"

"他去年就牺牲了！"洪梅也把兰花抱得更紧了。两个女人的身子都在剧烈地颤抖。

"梅姐姐……"

"兰妮妹……"

一个失去了表哥，一个失去了未婚夫，心同样在流血，泪水也都往一处流。还是洪梅先冷静下来，对兰花说："你表哥得知你不幸的遭遇后，十分难过，曾想过解救你的办法。可是，没等他……"

"表哥！"兰花哭出了声。

"兰妮，别这样。你表哥不需要眼泪！"

洪梅用手捂住兰花的嘴，侧耳听了听左右的动静，坚定地说："兰妮，不光你表哥不需要泪水，我们这些活着的人也不需要泪水。我还忘了告诉你，你父亲和你哥哥也参加抗日工作了。"

兰花停止了哭声，问道："我奶奶呢？"她知道奶奶渴望太平盛世，对那些破坏太平的豺狼恨之入骨。

洪梅沉默很久，没有回答。

兰花已经趋向平静的心又起了风浪。她紧紧抓住洪梅的手，连连催问了几句。

洪梅下了床，走到门前，从门缝向外看了一阵。夜已经深了，左右的房间里没有一点喧哗声，两扇红漆大门紧紧地关闭着。院子里有几片落叶，被风挑逗着互相追逐。从远处的大街上传来日伪巡逻队的脚步声和几声狗叫。她慢慢地走了回来，上了床，压低声音说："兰妮，你要答应我，不哭！"

"嗯。"兰花已有预感，她用牙齿咬着下唇，用鼻音回答了洪梅。

洪梅："你奶奶她老人家也死了。"

奶奶死了！兰花虽有预感，但听到这个消息还是如同当头挨了重重一棒，两眼呆直地望着天花板，憋足劲不哭出声来。无声的泪水有时比有声的泪水更能说明人痛苦的程度。

洪梅甚至有点后悔，自己不该把这些痛苦给予她。她已经够痛苦的了。可是，这些是她应该、也有权利知道的。"商女不知亡国恨"不应该是她生活的写照！想到这里，她边为兰花揩拭着泪水边说："兰妮妹妹，因为你奶奶和你表哥的死，你爹丢了'酒桶'。也因为千万个奶奶和兄弟姐妹的死，千千万万个同胞拿起了枪呀！你父亲现在痛恨自己，找人捎几封信给你，想叫你出去……"

"我，我从来没收到一封家信！"兰花很惊讶。

"她们不会这么轻易放你走的！"洪梅说，"她们花钱买了你，就是为了钱。没有填满她们胃口的钱，你就出不去！"

兰花悲伤地叹息一声："是呀，他也想把我接出去，也是没有那么多钱！看来，我要死在这儿了……"说着，泪如雨下。

"兰妮，别失望！我们会替你想办法。"洪梅劝慰她说，"等赶走日本鬼子，我们要在中华民族的土地上彻底铲除这些侮辱姐妹的刀山，填平这些火坑。"

"我，我那时怕早已死了！"

"不！只要咱们人人都为抗日救国出力，光明的日子很快就会到来！"

沉默。

　　窗外，古运河上有一艘日军的巡逻艇驶过，马达声响了好长一阵子。

　　"洪梅姐姐，你看我能为抗日做点什么呢？"兰花恳切地问，"还有人相信我吗？还有人看得起我吗？"兰花沉默了许久，说出了心里话。

　　"好妹妹，我相信你！不然，我今晚就不会到这儿来了！"洪梅热情地说，"只要真心抗日的人，抗日的事情随处都有。"

　　"可是，我，我这个地方……"

　　"这个地方人来人往，而且大都是些有脸面的人物，比如你刚才说的他……"洪梅故意停住了话头。

　　"他是个汉奸！"兰花愤愤地说。

　　"难道你不喜欢他？"

　　"我……"

　　"好妹妹，当汉奸的都是些中国人。这些人中不都是良心让狗吃了的，也有出于无奈的，也有心向抗日的……"

　　"是呀，他早就不想穿那身狗皮了！"兰花打断洪梅的话，急切地说，"洪梅姐姐，你不要以为他是没良心的人。他说过，见着日本人杀中国人，他的心都像被狗咬了似的。他说他是身在曹营心在汉。他还说，要不是日本对他看得严，要不是赵大麻子对他有恩，他早开小差回乡下种地去了。"她一气说了这么多，觉得还没替他洗去身上的肮脏。她听见洪梅轻轻地笑了，才止住话，问道："好姐姐，你相信我的话吗？"

　　洪梅答道："我相信。对于他，我们也是了解的。"

　　"什么，你认识他？"

　　"不，只是知道。我们知道他做的对不起中国人的事少；知道他不是甘心情愿做汉奸，也知道他爱你……"后一句是玩笑话，说完，她还在兰妮的脸上吻了一下。

　　兰花勾紧了洪梅的脖子。可是，她又想到了什么，叹息一声，说："洪梅姐姐，他又不是共产党，又不是抗日的，我和他……唉！"

　　"你可以劝说他抗日。"洪梅鼓励兰花，"他可以利用职权，秘密地为抗日做一些事。等到时机成熟了，他可以带着队伍起义，参加抗日队伍。你也就可以跟着他走出黑暗了！"

兰花想了一会儿，充满信心地说："洪梅姐姐，你放心吧！他会离开今天的！"

"兰妮，你得小心，千万别因为感情失去了理智！"洪梅认真地说，"来，你告诉我怎么喜欢上他的，他对你……"

三

他叫陈金忠，是警备司令赵大麻子手下主力一团团长。此刻，他正和他的表兄弟、独立连连长赵飞一起饮酒。

陈金忠和赵飞是同年生人，都在而立之年。可是，两个人在一起，陈金忠却明显比赵飞苍老。他脑袋壳前半部脱光了毛，额头上刻着深一道浅一道的皱纹，眼皮也有点下垂，一副疲惫的样子。他十四岁就跟赵大麻子当兵。从勤务兵、通信兵、班长、排长、连长，一个阶梯一个阶梯爬上来的，十分艰难。他很幸运，罪恶的子弹从来没有沾过他的身子，当然也没给他留下过战争的创伤。这并不证明他在战场上和硝烟里是懦夫，相反，他是赵大麻子队伍中颇有名气的"拼命三郎"，有时候还赤着膀子冲锋陷阵。因此，他深得赵大麻子的赏识和信任，委以主力团长的要职，并兼任城防副司令。他对赵大麻子也是感恩戴德的。一来他做赵大麻子的勤务兵时，有一次同北军（奉军）作战，大炮落在他身旁，是赵大麻子用身子护住了他，救了他一条命；二来赵大麻子收的徒弟中，最得宠的是他，他自然也最效忠于赵大麻子。前年，赵大麻子的队伍被日伪重兵包围。日本人一边火力进攻，一边派人诱降。赵大麻子手下四个团长中，有两个力主以身殉国的，其中之一便是陈金忠。其实，赵大麻子早有归降日本人、保存实力的想法，他派人把陈金忠从火线叫到司令部，对他谈了自己的主张。陈金忠只说了一句："我跟着司令走！"他是主力团长，又是部队上举足轻重的人物，有了他的支持，赵大麻子自然心里踏实了。

　　说到投日，陈金忠的心情是十分复杂又十分矛盾的。他是喝运河水长大的，胸膛里跳荡的是中国心，对于日本人惨无人道地屠杀骨肉同胞的行为非常痛恨。他的部队也曾和日本人打过几仗。但是，赵大麻子要投日，他不好反对，一来因为赵大麻子是他的恩师加上司；二来他也看到日本人武器装备先进，不是他的部队能比得上的，连国民政府都放弃首都跑到重庆去了嘛！投日当汉奸，千古落骂名。不投日，部队早晚被日本人吃掉，没了队伍，他无法混世。再说，他不愿对赵大麻子忘恩负义。他抱定一个信念，不帮日本人做坏事，混一天是一天，弄几个钱，早晚带着家眷找一个安静的地方享福去。

　　可是，事情并不遂人意。投日以后，他被委以重任。既是在其位就要谋其政，且军人以服从为天职。他的部队也曾随日本人下乡"扫荡"过，也搜捕和镇压过抗日人士和地下党人。日子久了，他竟有点"公事公办"的想法，也觉得心安理得了。他最感苦恼的是，自己的老婆不忠贞，常常和赵大麻子的侄子一起鬼混。赵大麻子的侄子曾在东洋留学，现在是日本人最宠的翻译官。陈金忠一来抓不到事实证据。比如明知自己的老婆和赵大麻子的侄子在屋里鬼混，他敲开门，人家却衣冠楚楚地出现在你面前，你又怎么着他们？再说，赵大麻子对这件事假装不知，他找到赵大麻子告状，赵大麻子笑着劝他说："为一个女人不值得闹气。你要闷得慌，可以找别的女人玩玩！"他是胸中有气没处出，说到底没有胆量。再一想，也是这个理儿。那个骚女人既然不爱我，我又何苦因为她搞得怒火中烧呢？

　　他第一次进"女儿巷"的二号门，第一次和兰花接触，就喜欢上她了。兰花纯粹是为了应付，没有给他一点多余的热情和温柔。正因为这样，他才觉得这个姑娘心是纯洁的。后来，他慢慢地爱上了她。他想过娶她做老婆，可终于没有下决心。一是因为他老婆要保持和他的夫妻关系；更重要的是，兰花毕竟是个妓女。堂堂大团长、城防副司令娶个妓女做老婆……不，不，说什么也不行！不仅明娶不行，就是每回去会兰花，也是偷偷地，生怕别人知道。因为他自己在队伍中立了规矩，不准官兵嫖妓。

　　一晃又是十几天没见兰花了，他心里老是惴惴不安，好像丢了魂儿。上半夜带队伍搜查时借故进了她的房间，只吻了她一会儿，现在，浑身的血都翻江倒海般地滚腾……奶奶的，要不是共产党闹动静，老子的这个中秋月夜该过得美美的。

"陈司令，又想兰花了吧？"赵飞看出陈金忠的心事，认真地说，"我看你倒不如找个房子，把兰花接出来，来个金屋藏娇……"

"不，不！"陈金忠和赵飞是知心朋友，即便在知心朋友面前，他也不愿被瞧不起，"一个妓女，那样做……不，不行啊！"

"老兄，这样就是你不对了！"赵飞有点不满，冷峻地说，"妓女又怎么样？她是为生活所迫，身陷囹圄。一个女人最干净的不是那块地方，而是心灵。看你的样子，也是爱上她了。如果你仅仅爱她有一身女人肉，自己岂不成了发泄性欲的兽类。如果你爱的是她的心……"

"心又怎么样？心也是长在身上肉里的！"陈金忠插了一句话，接着又是一声叹息。

"哎，老兄，话可不能这样说。身子是肉的，心可是金子的。比如说那些共产党人，抓住他们的身子，他们心不服。再说有的女人家有了丈夫，心在别的男人身上……"赵飞发现陈金忠的脸色变了。知道自己的话戳到了他的痛处，忙改口说，"兰花不就是身在妓院，心在你心上的吗？"

陈金忠一气干了两大杯酒，脸红到了脖子根，眼睛呆直地望着天边的一片云彩，喘气声也粗了。

赵飞若有所思地吁了口气。

四

兰花这几天心情沉重，坐卧不宁。一连两天没接客，气也受了，巴掌棍棒也挨了，大姨对她说："第三天再不接客，就把你卖给一个瘌老头。"大姨心狠，是"女儿巷"闻名的，说出来就能干出来。兰花更加焦虑不安了。

那天，她和洪梅姐一直谈到黎明。洪梅姐给她讲了很多抗日道理和一个个抗日故事，使她的脑海和心胸都充实了。她在黑沉沉的长夜里看到了一片曙光，真恨不得拼尽全力，把黑沉沉的天幕撕成碎片，让曙光更强烈地照耀她的身心。然而，她也清醒地知道，曙光还很遥远……我也是运河的女儿，洪梅姐能做到的，我为什么不能做呢？

可是，从哪儿做起呢？她又犯愁了。逃出去？即便能逃出"女儿巷"，又到哪儿去做人？找抗日游击队，人家能相信我，看得起我这种身份的人吗？再者，洪梅姐交给我的任务还没完成，怎么有脸去见她？洪梅临去时告诉她，和洪梅同进城的一个"亲戚"大概被日伪军抓去了，让她帮助打听一下，还让她做陈金忠的工作，动员陈带队伍起义。是的，我要想走出"女儿巷"被人当人看，就得做点好事。她焦急地等待着陈金忠的到来，可是两天又过去了，还是不见陈金忠的影踪。唉，他是不是又和他老婆和好了，不要我了？是不是得罪了赵大麻子或者日本人，被他们撤职查办了？是不是又带着队伍下乡"扫荡"去了……她的心像掉进了滚沸的油锅里，又像扎了把刀子。有几回，她真想请个假出去找他。一来不知他住在哪儿；二来找他也不方便。你是干什么的，找他有什么事？你不羞死才怪哩！

只有等待了。等待可不是件好事，折磨死人了！我要是将来做了他的媳妇，一会儿也不能让他离开我。等待的滋味真够苦的。

妓院也是各有规矩不同俗的。就说这条"女儿巷"里的四家妓院吧！不光条件不同，收费不同，经营不同，妓女们的生活规律也不同。单说条件好和条件最差的。兰花所在的妓院算"女儿巷"最好的妓院。妓女每人一个房间，收拾得干干净净。妓女们也打扮得花枝招展，每人都有个艺名。这家妓院来的客人都是本市有头面的或者较能吃得开的。愿意花大钱的客人，还可以"承包"一个理想的妓女，供其个人欢乐。因为到这儿来的客人"头面"的缘故，这个妓院每天要到华灯初上的时分才开始繁华。有的客人甚至要到酒席散后的夜深时分来。而条件最差的那家妓院就不同了，营业的高潮时间在中午前后，因为他们的客人大都是些小商贩，做完买卖到妓院玩一阵，有的还要回乡下去。兰花所在的妓院的妓女们白天都是清闲的。她们大都是上午睡足觉，下午分几个摊打牌或赌博。赌博的时候，妓院的大姨二姨分别参加，当然是大姨二姨赢的次数多，每次都有输了钱的妓女哭泣，骂大姨二姨骗了她们。

兰花从来不参与这些活动。人混到这种世界里，还高兴什么？那些钱……唉！她每到这种时候，就把自己关在屋子里，有时候流泪，有时候叹息，更多的时候是站在窗前看运河。运河是要流过她的家乡那个村庄的。她的目光落在运河里，泪水落在运河里，思念落在运河里，仇恨落在运河里。她相信她的亲人们会看见的。也许奶奶到河边去洗衣，就会在河里看见我的眼睛……现在，奶奶再也不会看见我了。她又流泪了。

好不容易等到天黑。兰花刚刚点上灯，就听见二姨叫她。这个妓院里从来不报客人的姓名，即便是再熟的。兰花也不惊也不喜了，她镇静地坐在梳妆台前，望着穿衣镜里自己的形象。

门开了又关上了。

兰花无动于衷。

客人走到她身后了，她还是镇静地坐着。突然，一双大手蒙住了她的眼睛……

五

"兰花，你这两天都没接客吗？"

"是的！"

"为什么？"

"没良心的，你还好意思问吗？"接下来是啜泣。

"好宝贝，别生气。这两天城里形势紧张，共产党又进城来了。"

"城是中国人的。共产党是中国人，怎么不能进城来？"

沉默。

"兰花，你的语气有点像共产党，是不是来过共产党客人？"

"我不够格！我要是共产党，先割下你这个没良心的脑袋。"

"嘻嘻，共产党也不会要你这种人。哎，你怎么了？生气了是不？我和你闹着玩的。来，让我吻吻。怎么，你，你……"

"你没看不起我？"

"不，不，我，我……别生气了。你知道，这两天我想你快要想疯了。"

"你骗我？"

"骗你是小狗！"

"你就是狗，日本人和赵大麻子的狗！"

"你，你真的是共产党吗？要知道共产党才这样骂我。"

"是人都这样骂你！"

"唉，我也是混饭吃呀。兰花，你，你难道不理解我吗？"

"……"

"兰花，你，你别这样。咱们几天没在一起，今晚好好玩个痛快。"

长时间的沉默。

"你又杀人了吗？"

"没有。你听谁说的？"

"这个你别管。我听说你们那个夜里抓了一个中国人，是你亲手杀的。"

"这是冤枉我！那个共产党的交通站长是特务队抓住的，现在关在南关监狱里，我连面也没见呢！"

"噢，是这样。要是让你杀，你会杀吗？"

"我，我……轮不到我杀人呀！"

"要是轮到你呢？"

"真的轮不到我。"

"你……"

"你……"

"你要是再杀中国人，就先杀了我吧。"

"中国人也有好有坏的，坏人可以杀吧？"

"你说谁是坏人呢？"

"这个，这个……兰花，我陈金忠从来是按命令做事，凭良心做事，你对我还不放心吗？"

"我叫你只凭良心做事。"

沉默。

"你怎么不回答我？"

"你管得太宽了。别忘了，你……"

"我是个妓女！对不对，你，你这个没良心的！你来找我干什么？你让我想你干什么？你，你……"

"兰花，别生气。我不是那个意思。我是说咱们几天没见面了，好好玩个痛快，不提国事大事。"

"你就存心让我老老实实当一辈子妓女？！"

"你，你想干什么？"

"我想打……打你！"

"你打吧，打个够吧！"

"……"

"兰花！我的好宝贝……"

六

一连三天晚上，陈金忠都是在兰花的屋子里度过的。兰花感到这三个夜晚是甜蜜的、幸福的，好像身心都泡在甜水中。是的，和自己心爱的人在一起，就是和热烈在一起，和温暖在一起，和光明在一起。孤独、凄凉全没有了。如果我们能永远这样不分开就好了，她想。可是，每到天亮，陈金忠匆匆起床，匆匆告别走后，她又陷入了悲哀之中。我这是什么生活？他不止一次提到爱我，为什么就不想办法把我从这个火坑中救出去呢？他今天不来，我的身子又会属于另一个花了钱的男人；明天不来，我的身子又会属于再一个花了钱的男人……

她主动提出过，让他救她出去。他不是支吾过去，就是强调这个那个原因。她也原谅他。是呀，他也有他的难处！不管他老婆怎么样，还是他老婆。

那个女人不允许他再娶女人。再说，他要接我出去得要钱，他手中没那么多钱。还有，他也算本城一个头面人物，而我呢？我……她也感到前景一片黑暗。看来，要想跳出这个火坑，只有走洪梅姐指出的那条康庄大道了。洪梅姐那边的人没有小瞧我，他们说我是穷苦人，是被罪恶的社会魔掌推进火坑里的。他们真的是知心人！

她婉转地把洪梅的话讲给了他。他没有答应，也没有拒绝，只是说考虑考虑。

"你跟着日本人和赵大麻子干，到头来能捞着什么好处？祖宗八代都让乡亲们骂绝了。再说，日本人和赵大麻子能长吗？"

"抗日的队伍大着呢！你可以投抗日的队伍……"

"我……我得好好想一想。"

是得好好想一想了。兰花也在想，将来他带着队伍投了抗日军，我也可以跟着跳出火坑了。我得要一支枪，闪光锃亮的枪，亲手打死杀害表哥和奶奶的坏蛋。洪梅姐说了，抗日队伍中还学文化，我还得好好念几年书。我能像洪梅姐那样女扮男装，大模大样进城……她又感到前景辉煌了。

洪梅姐好多天不见了。她现在在哪儿呢？她让我打听的事情我已经搞清楚了，怎么对她说呢？兰花不禁着急和焦灼不安了。洪梅姐，你快来吧！我有好多好多话要给你说；关于你问的那个人；关于他和我……不知为什么，她觉得对洪梅的需要比对陈金忠还要迫切，还要强烈。和陈金忠在一起，还有许多不能说的话，而对洪梅却想一吐为快。

想到洪梅，她又难免想起英姿飒爽的表哥。表哥和洪梅是多好的一对呀！可惜，表哥永远也不能和洪梅姐比翼双飞了。洪梅姐心里不痛苦吗？不，她一定很痛苦的。她现在所做的一切，不也有表哥的一份心意和力量吗？做人应当做洪梅姐这样的人。我这几天做了什么？有了一个男人坚实而宽阔的怀抱，就可以心满意足了吗？不，这不是避风的港湾！她下定决心，无论如何也要拉着陈金忠投向抗日队伍。陈金忠会干的。他对日本人和赵大麻子也不满，再说，他是真心爱我的。他不是说对我海枯石烂不变心吗？我们一起走向新生活，走向曙光……

七

兰花正在遐想，有人推门进来。进来的是桂花。桂花比兰花早来两年，已经是"女儿巷"几家妓院里的佼佼者，外号叫"百花王子"。这个外号是市长大人送给她的。她不仅长得相貌出众，而且周身透着诱人的魅力。有人说她的魅力之源是那双秋波荡漾的眼睛，也有人说她的魅力之源是那条曲线分明的身躯，还有人说她的魅力之源是那副脆如银铃的嗓子。她能歌善舞，诗琴绘画也颇精通，伺候男人也有高超独到之处。她很少在妓院里接客，大都是客人来接她去，连日军司令部司令也接过她。日军有时下乡"扫荡"的日子长，会在"女儿巷"里挑几个妓女带着。

她开始是在"女儿巷"中最差的那个妓院。因为她当时患病的缘故，人很瘦弱，有个客人形容她"浑身骨头都像牙齿，一贴上去咬人皮肉疼"。她不受老板的欢迎，在姐妹中也受歧视。有一段时间，她没能接客，没为妓院挣一分钱，因此吃着剩饭剩菜，干着又脏又累的杂活。有一回，她正在路灯下暗自落泪，被这个一等妓院的大姨看见了。大姨把她买了来，没用多久，她就成了耀眼的妓星了。甚至有人传说她是大姨的私生女。

兰花和桂花的交往不算甚密也不算疏远。妓院里的其他姐妹有的嫉妒桂花，有的鄙夷桂花，有的敌视她，有的发誓超过她。她是孤独的。兰花不是这样，她以为大家都是在火坑苦海里挣扎的人，没有理由互相制造障碍和灾难。这个艰难的人生给予我们的艰难还算少吗？为什么人与人之间还要再制造磨难呢？她和桂花往来，当然也不能过密，否则她也要被孤立。

"兰花，你这些天好像有什么心事？"桂花开门见山地问道，"是不是碰上了什么难题，大姐能不能帮忙？"

兰花笑了笑，说："桂花姐，咱们这号人还能有什么难题呢？我……"话未落音，就被桂花打断了。

"咱这号人怎么样？哟，你自己还看不起自己吗？咱这号人也是人。现在干这号的，不比那些跟着日本人当汉奸、当市长团长司令的低。咱不干净吗？咱们比那号人干净！我也许说得不对。你想想，日本人下乡'扫荡'，一个个像只恶虎饿狼，见了咱们的姐妹们就想侮辱。我，我发了狠，忍着疼，让他们发泄兽性。我一个人受了辱，那些姐妹，不，甚至是大娘大婶也可能就少一个两个受辱。咱在这儿混日子，难吗？难！我说那些当汉奸的，有几个好东西？没有咱这个妓院，说不定当天晚上还多几个姐妹受凌辱……"她开始还是很镇定，语气咄咄逼人，慢慢地，激动了，语气也弱了，两串泪珠滚落在泛起红潮的脸颊上。

"是的，咱过的日子连猪狗也不如，咱对不起父母亲给的身子。我也是破罐子破摔着干的。别看脸上挂着笑，心却在滴血！这种生活我一天也不想混，可是不混又有啥法子呢？死，死了就干净吗？不，那些拿咱们的身子开心取乐的家伙，活得不是痛快吗？我们为什么要死？不死，比他们还要活得痛快，咱也拿他们开心取乐。我给他们都记着账呢！到时候，叫他们一个个知道开心取乐要付出的代价……"她泣不成声了。

"桂花姐！"兰花忙把桂花拉到身边，用手绢给她揩拭去泪水。兰花自己却是泪如泉涌。她从来没有见过桂花这么激动，也从来没听她吐露出肺腑之言。她觉得和桂花的心贴得更近了。人与人之间，信任是亲近的桥梁。

"桂花姐，真不知你心中还埋着这么深的苦难。"兰花哽咽着说，"我们什么时候才能跳出火坑呢？"她想把见到洪梅，洪梅给她讲的道理都告诉桂花，话到嘴边又咽了回去。洪梅姐没让我说的，我坚决不能说。她现在更加迫切盼望洪梅姐了。

"兰花，你想出去吗？"

兰花吃惊地望着桂花，等待着她往下说。

桂花四下望了一眼，低声说："那个姓陈的家伙待你厚不厚？如果你要出去，他会不会娶你？"

兰花点了点头，又摇了摇头。

"你没有信心和十分的把握吗？"桂花叹息一声，说，"男人都是这个样子！"

"不，他可不是那种男人！"兰花忙辩解说，"我知道他有他的难处。我不强求他，只要他心中有我就够了。"

"唉，你还是陈团长心中的人，可我呢，至今也没有一个人心中有我！"桂花又悲叹开了。她顿然增加了一种凄凉和孤独感。一个人一旦懂得了苦难的滋味，就会为苦难的生活而悲伤甚至绝望。

隔壁的房间传来姐妹们赌博的吵嚷声，桂花皱紧了眉头，缓缓地走到窗前。兰花也走过去，和她挨肩站着。夕阳把运河水染得血红。河对岸是日本人的兵营，一群日本兵正在紧张地朝军用卡车上装货物，还有的在擦枪。

"看样子日本人又要闹什么动静。"兰花若有所思地说。

桂花点了点头："八成要下乡'扫荡'了。"

"他们知道吗？"兰花脱口而出。

"谁？"桂花惊异地睁大眼睛望着兰花，问道，"他们是谁？"

兰花的脸一下子涨红了。她知道自己说错了话，想改当然来得及。可是，她不想改口，认真地回答说："我是说咱们乡下的父老乡亲们知道不知道，眼下可是忙季呀！日本人趁咱们的父老乡亲不备突然扫荡，咱们的损失可就大了。"说着，她的目光紧紧盯着桂花，捕捉着她脸上每一点细微的变化。

一丝忧郁浮上桂花的脸颊，她也叹息一声说："是呀，如果日本人夜间行动，更是给咱们的亲人措手不及！"

兰花着急了，不顾一切地抓住桂花，说："桂花姐，快想个办法吧，咱们不能眼看着父老乡亲遭大难！"

桂花也同样焦虑不安。两人经过一阵密商，决定先弄清日伪军的具体行动时间和行动方向，然后再通知乡下。可是就如何能给乡下的父老乡亲们通知这点上，两人犯了愁。就在这时，门外响起了汽车喇叭声，接着听见二姨唤桂花。桂花刚要出门，又听见二姨在唤兰花。

八

来找兰花的是她日思夜盼的洪梅。

洪梅还是女扮男装，礼帽，长袍，一副书生打扮，又像个文官。兰花一见她，就扑到她怀里，激动得泪水夺眶而出。

"洪梅姐，你怎么今天才来。我想找你找不到，急死人了。"

"兰花，我也非常想你。可是来不了，你的陈团长每晚独占花魁呀！"洪梅开了句玩笑。兰花却很惊奇，她怎么知道他每晚在这儿的？她眼里的洪梅又多了一层神秘的色彩。

"兰花，刚才坐车出去的是桂花吧？"

兰花又暗暗一惊，她怎么认识桂花呢？

洪梅看出兰花的心思，笑了笑，说："兰花，你出头之日快到来了！"

兰花张大了瞳孔，惊讶地问："洪梅姐，你不是骗我吧？"

洪梅认真地说："兰花，我能骗你吗？你有信心就是一个方面。抗日的队伍是欢迎每一个爱国者的。不过，你还要再耐心忍受一段时间，我们正在为你想办法。最近，日本人非常疯狂，看样子要有大规模的行动……"

"是呀！"兰花打断洪梅的话，指着河对面日军的兵营，焦急地说，"我和桂花也是这么想的，正为没法找到你着急呢！对了，你们那个被关押的人还活着，关在……"

"不，他已经回到根据地了！"洪梅接上说，"兰花，这次日本人的行动非常诡秘，行动时间和方向保守极密，恐怕连陈金忠这些人都不知道。你能不能想办法问清楚。你知道乡下正在大忙，日本人突然扑到，我们的损失可就大了！"

兰花点了点头。可是，她也犯愁，如果陈金忠都不知道，她又找谁去了解呢？

"桂花这个人怎么样？"

"桂花……"兰花眼睛突然一亮，是呀，桂花不是一个顶合适的人吗？她一定能摸到洪梅姐需要的这些情况。她心里踏实了，问洪梅："我到哪儿找你呢？"

洪梅思忖了片刻，压低声音说："有一个推着货郎车每天到女儿巷来串巷的老奶奶……"

"白奶奶，她也是共产党吗？"兰花又吃了一惊。白奶奶是女儿巷几家妓院妓女们的熟客，每天都在上午的时候到女儿巷来，带来妓女们所需要的物品。她已经六十多岁了，满头白发，牙也脱落得所剩无几，身子骨也不算结实。可是，她对妓院的妓女们十分好，像对待自己的女儿们。没想到这样一个老态龙钟的老奶奶，竟也干着抗日的事。我过去为什么不早找白奶奶，让她给我一点抗日的事做呢？兰花觉得心中惭愧。

洪梅严峻地说："兰花，不该打听的你不要打听，不该知道的也不要知道。抗日的事，是拿着脑袋和日本人汉奸斗的，无论到什么时候，不该说的死也不能说。"

兰花庄重地点了点头。她突然觉得，在洪梅面前，自己像个刚刚懂事的孩子。

九

果然不出洪梅所料，陈金忠对日本人这次"重大行动"压根儿不知道。

"你打听这些干什么？"陈金忠盯着兰花，目光充满了狐疑。

兰花虽然聪明伶俐，但没想到陈金忠会这样反问她，一时语塞，支吾着半天没回答上来。

陈金忠更加怀疑了。上次，兰花再三劝说他带队伍起义投向抗日，他就怀疑兰花的思想为什么变化，是否与共产党人有过接触。后来，还是他自己否定了。一来他认为共产党员里边没有进妓院的，兰花又和外界没有交往；二来他认为兰花是一心想跳出妓院这个火坑，让他带她弃暗投明。可这回不同了，兰花竟打听起日本人的军事秘密来了，不能不让他心生疑窦。

兰花看出陈金忠怀疑她，她心里既难过又不安。你陈金忠看不出我是在为抗日做事，为父老乡亲做事吗？既然看得出，就该支持我！难道你对日本人和赵大麻子还是那么忠心耿耿吗？既然不是这样，你为什么对我……她想把洪梅找她的事告诉陈金忠，话到嘴边又咽了回去。洪梅姐不是说："不该说的不说吗？"可是对于他，我是该说不该说呢？不说吧，明摆着不信任他，不信任他为什么爱他？我对于他已经没有多少秘密了，这件事隐瞒着他对不对呢？说吧，也不知他会怎样？万一，万一，是的，他毕竟还在为日本人做事呀！

　　陈金忠毕竟老练得多，他从兰花长时间的浮躁不安中，已经隐约觉察到了点什么。可是，他尽力不露声色，婉转地说："兰花，我想了几天，你那天劝我的话是对的。我不能再跟着日本人和赵大麻子混下去了。可是，我要带队伍投抗日军共产党，又不知他们在哪儿？也不知他们会不会要我？"

　　兰花惊喜异常，心跳都加速了。她这些天一直渴盼着陈金忠说出这句话。她的眼前出现了一片绚丽的曙光，激动地吻着陈金忠，刚要说出洪梅姐，门外响起一声："报告团长！"陈金忠慌忙从床上爬了起来，顾不得听兰花的下文了。陈金忠逛妓院从来都是暗暗地，知道的只有赵飞一个人。尽管赵大麻子对部下私生活要求不严，陈金忠自己却历来对部下要求甚严。如果不是屋里挤满夜色，一定可以看出陈金忠的脸红得像猪肝。他一句话也不说，紧张地穿上衣服，走到门口，隔着门缝向外看了一眼，见是赵飞，才舒了口气，走到床边，对茫然不知所措的兰花说："兰花，我走了！你做事留心点。"

　　陈金忠刚开门，赵飞迎面报告："副司令，赵司令从皇军司令部派人送信，叫你立刻就到，车子我已开来了。"

　　"你他妈的混蛋，叫喊什么？"陈金忠出了屋，关上门，又训斥一句，"你怎么把车开到这个地方来。开车的那小子嘴不严，再说……"

　　"老兄，我已经替你给过他这个了！"赵飞说着，用手比画了一下。

　　兰花一直是清醒的，尽管心情也紧张过一阵。陈金忠一走，她立即意识到，日本人叫他去，一定和"重大军事行动"有关。她立即穿衣下床，走到床前又怔住了：我到哪儿去？追陈金忠去，不行！别说进不了日本人的司令部，就是进得去，你算什么人物，还能得到情报？找桂花去，桂花现在在哪儿？她是不是搞到了日本人的情报？

　　她又快快地走到窗前，隔河向对岸望去。奇怪，日本人的兵营一片漆黑，什么动静也没有。她心里不禁一阵恓惶，难道日本人没有什么行动吗？也许是这样。他们八成是让根据地的抗日队伍打怕了，不敢再下乡"扫荡"了。也可能是……她胡乱地想着，却一阵比一阵焦虑。现在，她如同在油锅里受着煎熬。

十

日本人这次行动确是极其诡秘的。

前不久，日军特务队破获了共产党一个地下联络站，逮捕了联络站站长。这个联络站站长受不住日本人的严刑，叛变投敌，又被秘密放回了联络站。前些日子，洪梅和一个同志进城，被联络站站长出卖致使工作计划失败；另一个同志被捕，后被地下党安排在日伪内部的同志营救出狱。但是，党组织并不知道联络站已被日本人掌握。前天，日军通过联络站得到情报，一批从华北战场下来的八路军伤病员五十余人，现在被送到城南一个山区里养伤。日本人得到这一情报后，大为惊喜，决定突然袭击，俘获这笔"战果"。行动是在秘密中进行的……

此刻，在日军司令部警卫森严的会议室里，战前紧急会议正在秘密进行。参加这次会议的，除日军司令部一些官佐外，还有赵大麻子、伪市长、陈金忠和翻译官。

陈金忠从妓院的被窝里被叫到这儿开紧急会议，见连自己在内才有三个中国人，知道日本人十分信任自己，心里不禁有点受宠若惊，同时，他又十分清醒地知道，这次他的部队又要充当炮灰，弄不好……

"明晨零点出发，现在请各位回去集合部队，宣布三条纪律：一、这次行动的时间方向不准向会外任何人透露；二、各行动部队零点一定要出城；三、行动部队要迅速准确到达目的地，如有违者杀！"翻译官口授了日军司令的命令。

现场气氛冷峻而严肃。

十一

陈金忠一走不会回来了。桂花到现在也没回来。兰花倚窗站着，焦急的心像刀扎箭穿般疼痛。洪梅姐交给我办的第一件事就没办好，怎么向洪梅姐交代呢？她恨死了日本人！可恶的东洋鬼子，你们丢下自己的父母兄弟姐妹子女，丢下你们的地不种，粮不收，跑到俺这儿来无恶不作，弄得多少人家破人亡……当然，她也恨那些"刮民党"，欺压百姓，胡作非为，见了日本人却像老鼠见了猫……光恨有什么用，着急又有什么用？想办法搞清洪梅姐急需的情报才是眼下的正经事。怎么搞到手呢？

突然，她心中一亮，找桂花去！她从来接桂花的汽车笛声中早已猜测出，是市长大人来接她的。这种岁月，有小汽车的本来就寥寥无几，何况到妓院接妓女的小汽车就更少了。她断定桂花现在还在市长的家里。可是用什么理由出妓院，出了妓院又如何进市长的家呢？我可不是桂花呀。唉，桂花呀桂花，你心里怎么没有底呢？这时候该回来了呀……也不能怪桂花，她也许是真的回不来！她回不来，我进不去，怎么办？要是我能变成一只小鸟，不，变成一只蜜蜂就好了，从门缝里飞进去，落到桂花的耳根上，悄悄地问清她知道的情况。要是那个万恶的市长大人干涉，我就狠狠地蜇他一下，让他永远也爬不起来……对了，我怎么不装成病人，叫桂花帮我找家好一点的医院？她可以说服市长大人帮这个忙！

兰花想到这里，心里暗自高兴。她倒在床上，"哎哟"一声，接着就没爹没娘地高声叫唤起来。果然，兰花的呼喊声惊动了整个妓院，大姨二姨跑来了，还没脱衣上床的姐妹都跑来了。

"快，快送医院。"大姨叫喊。

"全城戒严，出不去！"二姨回答。

"哎哟，娘啊，快让我死吧，疼死我了！"兰花呼叫声更加凄惨了。

"快想个办法吧！"大姨着急了，"要是桂花在家，可以给市长求个情……"

"我这儿有市长家的电话。"一个客人说。

市长的电话通了，是市长本人接的电话。听说找桂花，市长发了一通脾气。但听说要出人命，市长果真把电话给了桂花。

"桂花姐，我是兰花……"兰花对着话筒，有很多话要说，可是周围围着很多人说不出口。

"我求求市长……"桂花说。接着，听筒里可以听得见桂花和市长的对话。

"市长，我的一个朋友病得很重，求求您派个车接她去医院。"

"不行！今夜戒严，任何人不能违章！"

"市长，求求您想个办法吧！"

"你不要管了，她死与你有什么关系！"

"她要死了，我也跟着她死。我不能没有她，市长，求求您，求求您……"

"好吧，我得给赵司令打个招呼。"

又过了一会儿，桂花来了电话，说她马上就跟市长的车子到。兰花这才舒了口气，她脸上早已是汗珠密布了。

不一会儿，车果然到了。桂花说她亲自送兰花去医院，不要再让妓院跟人了。大姨当然乐意。

兰花上了车，才看见司机旁边坐着一个军官，明摆着是监视桂花和她的。一路上，桂花不住地问她的病情，只字不提日军的行动一事。兰花也不好问。

"你上茅房吗？"下了车，桂花问兰花。

兰花点了点头，她明白桂花的心思。她暗暗高兴，看来桂花一定搞到日本人重大行动的秘密了。谢天谢地，我这场没有塌台。

"他要去城南，夜里十二点行动！"桂花趴在兰花耳边说。

"现在几点了？"

"我出市长家时是十点四十分！"

"啊！"兰花脸上的笑容凝固了。情报搞到了手，可时间已经太迟，再说这个时候到哪儿去找白奶奶？她又深深地犯愁了，蹲在茅凳上发呆。

桂花看透了兰花的心思，也皱起了眉头。

"他们去城南干什么？"

"说有五十个共产党的人头……"

厕所门口响起了脚步声，是那个军官转过来了。

"怎么办？"

"咱们分头想办法，反正不能憋死在茅坑里！"

十二

兰花突然觉得时光流逝得是那么快，像长了翅膀似的。她躺在医院的病床上，柔软的被褥像长满了刺，扎得她浑身疼痛。现在是几点了，离日本人出发还有多少时间？怎么把情报送出去？她焦急地瞪着天花板出神。突然，天花板变成了一片血的海，在浪尖上滚动着一个个圆圆的人头，有奶奶、表哥、洪梅……还有陈金忠、桂花、她自己。她惊叫一声，拉过被子蒙住了头，黑暗吞没了她。不，不能让日本人得逞！对，找陈金忠去，让他和日本人决裂，最好是出城就掉转枪口。我和他一起走！想到这里，兰花从床上跳下来，匆匆走出了医院。值班的医护都已睡着了，没人阻拦她。

古城还在沉睡中。然而，兰花出了医院大门，就感觉到了一种躁动，大地像被沉重的脚步震得颤抖，远处还可以听见枪械受碰撞的呻吟。再也不能耽误了，否则城门一打开……她跑了起来。

"站住，干什么的？"一声喝问，接着是拉枪栓的声音。

兰花刚停下脚步，两个端着长枪的警备兵一前一后拦住了她。

"干什么的？"站在前边的那个恶狠狠地问道，"今晚戒严你知道不知道？一个女人家半夜三更出来干什么？"

兰花不假思索地回答道："我要找陈团长陈金忠，有要紧的事！"

"找陈团长……你找他干什么？你是干什么的？"站在她后边的那个走到了她前边，把脸几乎贴到她的脸上，打量她一阵，"嘿嘿"地笑了几声，说，"这不是女儿巷的人吗？陈团长今晚没空陪你呀！"

兰花真想朝他脸上痛痛快快地打几巴掌，可是她忍住了，装出一副焦急不安的样子，恳求说："两位大哥，快带我找陈团长，我真的有急事。"说完，她啜泣开了。

一直站在她前边的那个动了心，想了想，对另外一个说："兄弟，你在这儿留点神，我带她去找陈团长！

"好吧，你小子可别半路上……嘿嘿！"

十三

陈金忠正在擦枪，见巡逻兵带兰花到来，大吃一惊，两只眼睛几乎要蹦出眼眶。

巡逻兵知趣地走了出去。

"你，你来干什么？"陈金忠带着几分愠怒问兰花，"你为什么要跑这儿来找我？"

"你，你……"兰花见陈金忠冷若冰霜，而且他是在做出城打仗的准备，心中说不出酸甜苦辣味，泪水夺眶而出，喉咙也哽咽了。

陈金忠丝毫没有动心。他在想着兰花来的动机，自然联想到兰花动员他抗日，打听日本人行动机密，心中的疑云越来越重。他虎视眈眈地望着兰花，厉声问道："快说，你到这儿来做什么，谁让你到这儿来的？"

兰花吃了一惊。她不敢相信面前这个既有几分威严又有几分凶恶的军人，就是她心爱的人。他是不是因为我闯进军营，给他脸上抹了黑而生气的？可是你也该想想这是什么时候了，我不闯到这儿找你有啥法子呢？我都给你说了吧！"我想和你一起走，出了城你就下命令打日本人，活捉赵大麻子，不去抓那些共产党！……"

"混账！"陈金忠一声咆哮，打断了兰花的话。他走到兰花面前，狠狠地瞪着她，逼问道："你是不是共产党派来的？你怎么知道日本人的行动计划的？你什么时候加入共产党？你……"他扬了扬手中的枪，黑洞洞的枪口在兰花的前额上逗留了几下。

兰花从陈金忠的目光、神情和语气中，已经看出了些什么。可是，她不愿相信陈金忠是死心塌地的汉奸。她向陈金忠扑了过去，说道："你，你快下命令吧，不然……"

"滚开，臭婊子！"陈金忠打了兰花一个巴掌。

兰花愣怔住了。陈金忠这一巴掌和一句骂，使她彻底清醒了。你这个披着人皮的色狼，原来是欺骗我的！今天，我终于认清你了。我恨，恨我自己把心和身子都给了你，不然我早就掐死你，让你成为鬼了！我恨你没有人味，认贼作父，至今还执迷不悟，忘了你的祖宗！

兰花恼羞成怒，对着陈金忠的胸膛猛地撞了过去。陈金忠没防兰花这一手，仰面八叉倒在地上，枪也落在兰花的脚下。兰花弯腰拾起枪。对这支枪，她太熟悉了，就像熟悉陈金忠一样。每回陈金忠到她那儿，把枪都交给她，放在枕头下边。有一回，她玩着枪对他开玩笑说："如果你以后变了心，我就用这枪打死你！"陈金忠也玩笑着说："我还要亲自给你装好子弹！"她把枪握在手里，枪口对着陈金忠，两眼进射着悔恨和仇恨的火花，厉声说道："姓陈的，快下命令，不然我就打死你！"

陈金忠面无惧色，从地上爬了起来，做出一副要夺枪的架势。

"砰！"兰花手中的枪响了，子弹呼啸着从陈金忠的身旁飞过，正击中了他身后桌子上的马灯。马灯一声惨叫，闭上了它的眼睛，屋子里顿时一片漆黑。

兰花向后退了几步，握着枪的手在颤抖。

陈金忠不是恐惧死亡，而是恐惧枪声一响，必定引起全城大乱，日本人的行动计划遭到破坏，后果不堪设想。果然，门外有几个人跑了进来。其中一个打亮手电筒，照在陈金忠身上。

"陈团长，出了什么事？"

"赵连长，快，先毙了这个臭婊子，再向司令报告，我们马上出发！"陈金忠恶狠狠地对赵飞下了命令。

墙上的挂钟敲了十二下。

"是！"赵飞应了一声，刚要把手电的光束移到兰花身上，突然又想起了什么，对身后几个同进来的人说："快集合队伍！"待那几个人走后，他突然对着陈金忠连开了几枪。兰花只听见陈金忠惨叫几声，接着是沉重摔倒在地上的声音。她莫名其妙地瞪大了眼睛。

"丁丁丁……"桌上的电话铃响了。赵飞走过去摸起话筒。

"我是独立连连长赵飞！报告赵翻译官，队伍里混进了共产党，发动了兵变，陈团长已被打死了。对，对，请皇军快来救助……"放下话筒，赵飞对兰花说："兰花，快，我送你出去！"

"你……"

"不用问什么，快走！"

兰花在赵飞的指点下，从混乱不堪的军营里走了出来。她一口气跑回到女儿巷里，倒在床上昏了过去。

黎明时，兰花醒来了，听见城里还响着枪声。

十四

第二天，兰花听桂花说，日本人和陈金忠的队伍打了好长时间，双方死伤不少人，至于出城，不过是白天的梦话了。兰花不知是为谁落了泪。

十五

第三天，日本人在兰花的枕头下搜到了陈金忠的枪。当晚，就把兰花剥光衣服，吊在女儿巷的一棵槐树上杀害了。曙光出来的时候，映得兰花洁白的身躯更加光彩夺目……

我的家乡沂蒙山

一

打起来了，打起来了！张小军一进门，就气喘吁吁地叫唤着。

任丽娟和荷花正在弹棉花，两个人的头上身上落了一层棉絮，仿佛刚从漫天大雪中走来。荷花头也没抬，问道：谁和谁打起来了？任丽娟很敏感，虽然手没停下来，眼睛却盯着张小军。张小军撸起袖子，从水缸里盛了半木瓢水，端起来咕噜咕噜喝了个底朝天，抹了抹嘴唇才又往下说，"四指"叔和郝半仙打起来了。他边说边用手比画着，"四指"叔劲够大的，胳膊肘子压着郝半仙的脖子，膝盖顶着他的屁股。郝半仙像被捅了几刀的猪边蹬歪边大声号……

任丽娟皱着眉头，惊奇地问：他俩咋会打起来？

张小军说："四指"叔骂他是墙头草……

任丽娟向张小军挤巴下眼皮，示意他别用话刺激荷花。因为郝半仙是荷花的父亲。荷花红扑扑的脸蛋已变得煞白，嘴里却在说：小军兄弟说得没错，我爹那些年就是墙头草。我表叔没少了骂他。

任丽娟轻轻叹息一声说，人会变的，从打咱沂蒙山解放，分了地，你爹他不就变成积极分子了。

张小军说：我刚把粪便送到柳儿家地里，就听他俩吵起来，我就过去劝。"四指"叔原先是去找我娘说安排的村里啥事。

任丽娟接上说：他和你"四指"叔选上县劳模了，是通知他去县里参加劳模会。

张小军说：可能就因这。他说他不去，还劝"四指"叔别再出头露面别再卖力，万一变了天掉脑袋……他听见"哐当"一声响，赶忙住了嘴。原来是任丽娟手里的弹花棒掉在地上。

任丽娟感到震惊：沂蒙山和全国一样解放了，人民翻身当家做主人了，郝半仙怎么突然说出这种话？分田的时候，他跪在泥土里，抱着界碑号啕大哭，口口声声感谢共产党、感谢毛主席，从今以后和万恶的旧社会一刀两断。那以后他的的确确像脱胎换骨了一样，每天天不亮就下地，早饭和午饭让媳妇送到地头，不到月亮升到树梢不回家。第一年，他就夺了个赵家庄村农业生产状元，交公粮也是第一名，是任丽娟当区长的大儿子张大军当着全村人的面给他披红戴花，把他扶上毛驴，还亲自牵着毛驴在村子里转了几圈。大年初二，任丽娟和郝半仙两口子在一起商量张大军和荷花的婚期时，郝半仙掐着指头边数边说，亲家，我看就定八月十六吧！说完，眯着眼盯着任丽娟。任丽娟心里明白他说的这个日子的意义，去年旧历八月十六，他和全村人一样分得了土地，他家分了整整三十亩。他把婚期定在这一天，既说明这一天在他心目中的分量，也表明他对新中国的一片忠心。她百思不得其解，郝半仙今天是怎么了？

荷花也脸色铁青，双手微微颤抖。

咚咚咚……门外沉重的脚步声由远及近。张小军说了句："四指"叔来找您告状了。您趁这会儿歇歇，喘口气吧！

张小军的话刚落地，一个中等身材、十分结实的男人走了进来。他提着一根又粗又长的牛鞭，四根手指一眼就能看清。张小军赶忙把屁股下的枣木板凳递了过去，笑容可掬地说，叔，您何苦跟郝半仙那种人生气呢？过去，他闺女都把他当一坨臭狗屎……他意识到自己的话不中听，冲荷花扮了个鬼脸，装作收拾东西钻进屋里。任丽娟放下手中的活也进了屋。

荷花端了碗水递给"四指"，劝他说：表叔，您别理我爹！

"四指"举起鞭子朝地上猛地抽了一下，地上立马出现一道深深的印辙。你爹的觉悟和你比，那就一个天上一个地下。

任丽娟从屋里拿了一片晒干的烟叶，递给"四指"，看着"四指"把烟叶揉碎装进烟袋锅里点着了火，吧嗒吧嗒抽了几口，问道：心里舒服了？

"四指"哼哧一声，郝半仙这种人一有风吹草动就会蹦跶！

任丽娟说：风吹了吗？草动了吗？

"四指"从怀里掏出一张纸递给任丽娟。任丽娟伸手接过来，见上边密密麻麻印着字，可惜一个不认识。她冲屋里大声叫了一句：小军，你出来。张小军接过那张纸，看了几眼就神色大变：叔，您、您从哪儿弄到这反动派的传单？

任丽娟一听就急了，伸手夺了下来，从上到下看了一眼，无奈地又递给张小军，着急地问：上边都写了些啥？

张小军轻声读道：赵家村的父老乡亲们听好了，美国人把军舰开进台湾海峡了，联合国军开到朝鲜了，第三次世界大战马上就要轰轰隆隆开打了，第一个打的就是共产党。别以为你分的地、分的牛马骡子就是你家的了，蒋总统带着大军打过来，你吃到肚子里的肉，让你吐出血来。这不是吓唬你们。劝你们一句，别太铁了心跟着共产党，那年路东整个村被灭……

别念了！任丽娟突然大吼一声，吓得张小军浑身一哆嗦。荷花的肩膀也抖了一下。任丽娟脸色苍白，看不见血丝，额头上的几根青筋却更清晰，本来很结实的身板仿佛被什么沉重东西打击了一下瑟瑟发抖。"四指"可能担心任丽娟气出病来，赶忙劝道：大军娘，您也别生气，就当听见疯狗叫几声。

任丽娟没吭气。

"四指"冲张小军发了脾气：你看不见你娘忙了大半天累了，快扶你娘到床上躺着歇歇。

荷花刚才在收拾棉花。她接过张小军手里的纸看了一眼，问道：表叔，您从哪捡的这张破纸？

"四指"说：哼，哪去捡？是我从你爹兜里搜出来的。这老小子一开始还生怕我看见，用手捂得严严的。他越这样我越怀疑，就伸手到他兜里掏，他就和我打起来了。

你没问他从哪儿弄来这张破纸？任丽娟问。

"四指"嗞嗞嗞地抽了几口烟，接着说，我不认识上边写的啥。我这几天有好几次看他和马猴子嘀咕。我琢磨是不是马猴子给他的？

任丽娟听"四指"说完，自言自语地说了几遍：马猴子、马猴子、马猴子……

荷花摘下腰间的围裙，一边往外走一边嘱咐张小军：兄弟，你给咱娘当会儿下手，我出去一会儿就回来。

"四指"咬牙切齿地说，保准是马猴子。那年咱解放军在孟良崮打败张灵甫，这狗日的半夜三更像死了亲爹一样哭。别看他表面上老实了，骨子里还是向着国民党蒋光头。

任丽娟不解地说，共产党对他一点也不差。穷人分了地，也给他分了，还把赵大财主在镇上的药铺给他开。他从城里带来的那个柳儿不会种地，咱没少帮她……

"四指"打断任丽娟的话，气愤地说，老嫂子您别忘了他当保长那几年多威风，整天骑着两个轮子的洋车子东村抢西村夺，老百姓谁敢惹他？他要不是挣了一大把昧心钱，怎么能把柳儿那美人坯子从"窑子"里赎出来？

张小军"啊"了一声，问："窑子"是干啥的？

任丽娟瞪了他一眼，呵斥道：小孩子懂什么？出门别瞎打听。她弯腰捡起丢下的那张纸塞到兜里，拍打拍打身上的花絮，捋了捋蓬乱的头发，边朝外走边嘱咐张小军：你在家等着你荷花姐，她回来你就给她做个帮手。

张小军嘟哝一句：娘，我哥还让我到妇女识字班教书呢！

任丽娟已经一脚门里一脚门外，头也不回地说了一句：想糊弄你老娘，识字班晚饭后才上课。说着，她忽然双手扶着门框，额头抵在门上。"四指"和张小军吓得赶忙跑过去，正要伸手扶她，她胳膊朝后摆了摆手，然后蹒跚地走了。"四指"跺了下脚：唉，怪我，你娘身体不好，事又多，不该再给她添堵。

张小军拉着"四指"的手回到院里，神秘地关上门，悄悄地问道："四指"叔，"窑子"是烧砖瓦的吗？

"四指"瞪了他一眼，扭头朝外走，走了几步又回过头，嘿嘿地笑了，讥讽道：你小子才脱开裆裤几天呀？这种事甭打听，更不要向你娘打听，小心她用扫帚疙瘩抽你屁股！

"四指"走后，张小军上了门闩，进屋后先在窗口向外张望了一会儿，然后从床上铺的麦秸草下边摸出一个折叠了几层的蓝花布包，取出一张发黄且被剪掉一半的照片。上边是一个小姑娘的人头。他用右手拇指和食指小心地捏着，聚精会神地看。那个小姑娘长得很水灵，一双大眼睛像湖水一样清澈，红润的嘴唇像两片桃花，高挺的鼻尖上有一颗针尖大的痣，仿佛上天故意加上的点缀。他像闯下大祸一样，心怦怦地跳，又走到窗前向外看了看，确定没有人发现，才小心翼翼地把照片重新用蓝布包好塞到麦秸草里边。

二

运来，我再问你一遍，那张纸到底是谁给你的？任丽娟声音有点嘶哑。郝运来扶着犁，阴沉着脸，眼睛盯着大黄牛屁股，任丽娟问了他几遍，他都一声不吭。

刚刚翻过的土软，一脚踩下去一个坑，再拔起脚有些吃力。任丽娟紧赶慢赶地跟在郝运来身后走了两个来回，累得气喘吁吁，满头大汗。到了地头，她一个箭步跨到前边，两手抓住大黄牛的牛角，吁了一声，大黄牛很听话地停住了脚步，口里吐着白沫，前腿微微弯曲，后腿绷得笔直，在等待着主人的号令。郝运来急了，冲任丽娟抱怨道：不就一、一张破、破纸片吗？您车轱辘似的问，问过来问过去，烦、烦不烦？

任丽娟说：你知道那纸片上写的啥吗？

郝运来有点口吃，一着急更结巴，脸憋得通红，断断续续地说，我、我又不识、识字，我咋知道写的啥？

任丽娟问：那是谁给你的？

郝运来说：我捡、捡的，留着擦、擦屁股用、用的。就、就这张、张、张破、破纸，能杀头吗？

任丽娟严厉地说，那要看这张破纸的字是谁写的？还要看写这些字的人想干啥？要真是反动派捣乱……

郝运来长长地叹了口气，大军他娘，你、你也别、别不听，不信，这纸上写的要、要是真的，说、说不定谁、谁的头先落地呢！

任丽娟火冒三丈，夺下郝运来手中的鞭子，指着他的额头骂道：好你个半仙，你刚才还说不知上边写的啥，可你这会儿说的都是上边写着的！

郝运来狡辩道：大军娘你、你也别、别装、装。这纸上写、写的事你、你和大军都、都知道，你瞒、瞒着全赵、赵家村的人，连我这、这亲家都、都瞒得跟铁、铁桶一样。

任丽娟一愣，额头上的皱纹更深了，就像刚犁过的地。她想了想说，我没有什么事瞒过赵家村的父老乡亲。反动派胡言乱语你也信？

郝运来冷笑了几声，你、你老婆子不、不怕反、反攻倒算，你、你为啥让、让你家小、小军和我家荷花替、替柳、柳儿种、种地？俺家荷、荷花不情愿，你还劝、劝她。我家这、这地都快撂荒了。

就凭这，你信那张破纸上的话？任丽娟突然觉得郝运来的想法太可笑。柳儿的男人马猴子别说种地，就是地上庄稼的名字都叫不上来。柳儿十三岁就被卖到济南的妓院里当使唤丫头，十六岁被老板逼着"接客"，也没干过农活。他们家土改时分到了八亩地。春天没种上庄稼，地撂了荒，到了夏天再撂荒，秋天又颗粒无收。任丽娟和张大军商量，无论怎么样也得帮着柳儿把地耕出来，撒上种子，秋天好歹有些收成。荷花是个党员，又是贫农家长大的孩子，看不惯也看不起柳儿，开始不答应接这个活，任丽娟和张大军一次次轮番做她的思想工作。任丽娟说现在是人民政府，她柳儿眼下也是劳动人民的一员，万一她家颗粒无收，那政府也不能眼看着她饿死吧？到时候不还得救济她？咱赵家村可是不要政府一粒粮、一分钱救济的。那咋办？没办法了只能让她吃百家饭。可谁家又宽绰？……荷花被说服了。张小军一听说帮柳儿，满口答应。

任丽娟又气又恨又觉得无奈，冲郝运来挥了挥手中的鞭子。

就在这个节骨眼上，荷花气喘吁吁地赶到了。她故意不看郝运来，低声对任丽娟说，婶，问他也是白费口舌。我已经有点眉目了。

任丽娟心里火烧火燎一样着急，从郝运来的地里出来，迫不及待地问：花儿，到底咋回事弄清楚了？

荷花说：我估计是马猴子捣的鬼。

任丽娟一愣，惊讶地问：马猴子，准吗？

荷花一五一十地向任丽娟说了她了解的情况。她认出"四指"拿的那张纸上的字不是写的，而是蜡纸印出来的。村里妇女识字班用的课本就是用蜡纸印的。有一天晚上课前下了大雨，几个来上课的妇女出门时没有带雨具，浑身上下淋得像落汤鸡，夹在胳肢窝下的课本被淋了。没有课本，一堂两堂课和别人合着用还凑合，再往下去那几个妇女觉得不方便也不好意思，索性请假不来了。柳儿上过几年学，乡里派来的老师有事请假时，她就当替补。她听说这事后，主动对荷花说，我家马先生会刻蜡板，字写得好呢！我回家给他说说，让他帮着给做几本课本！

荷花当时很高兴，握着柳儿的手说，柳儿，谢谢你了！

第二天开课时，柳儿没有来。和柳儿住邻居的张家媳妇对识字班的人说，昨天晚上听马猴子两口子又干架了。马猴子好像还打了柳儿。荷花听了心里过意不去，觉得柳儿这次挨打挨骂是自己考虑的不周，不应该让柳儿回家找马猴子帮忙。她虽然不懂在一张蜡板上刻字需要多大工夫，可对马猴子来说毕竟是分外的事。这一次，她认出"四指"从她父亲手里抢来的那张纸上是蜡板刻的字，马上就和马猴子会用蜡板刻字联系起来。她到柳儿家里，家里只有柳儿一个人，正坐在小板凳上，手指含在嘴里使劲儿吮吸。荷花一眼看见掉在柳儿脚下的一条旧裤子，马上明白柳儿是在做针线活时手指被针扎了。她捧着柳儿的手指看了看，被针扎破的地方血已经止住了。她拍拍她的肩膀，开着玩笑安慰她，柳儿你放心吧，离肠子还远着呢。说完，她捡起掉在地上的旧裤子，又拔出扎在裤腿上的针线，帮着缝补起来。柳儿不好意思，一边伸手夺裤子一边说，荷花姐，你当干部的怎么能干这种粗活？

荷花说，我五岁就会摊煎饼做针线活了。在咱村，除了丽娟婶子的针线活我比不上，还没有谁家媳妇和闺女敢说比我做得好！

柳儿吃惊地问：是吗?！姐这细皮嫩肉的，真看不出来。

荷花缝着补丁，忽然看见裤脚上有一小片油渍，趁着柳儿起身给她倒水的瞬间，她捧到眼前仔细看了一下，又放在鼻子前闻了闻，感觉那油渍不像是平时食用的大豆油抑或猪油，而是一种她不熟悉的什么油。会不会是用来印蜡纸的油墨？她没有把握，也不敢直截了当地问柳儿，琢磨来琢磨去，想到了一个办法。她把那块补丁缝好，把裤子递给柳儿时，故意把带油渍的裤脚露出来。柳儿看到裤脚的油渍，哼了一声，不满地说，自己不小心把滚筒拿掉了，碰到裤脚上，还怪我给他洗不干净！

荷花不动声色地问：马先生又欺负你了？

柳儿眼圈红了，这就是命！谁让我做过下贱的事呢……说着说着，两行眼泪顺着脸颊滚落下来。

荷花掏出手绢，帮她擦去眼泪，义正词严地说，柳儿你别太难过太自责了，那还不是因为万恶的旧社会把你逼得走投无路？老马明媒正娶把你娶回家当媳妇，过去的旧账就不应当再翻！哪天我先找他说说这个理！

柳儿一听大惊失色，双手紧紧攥着荷花的手央求道：荷花姐姐，你千万别管这事别招惹他！

怎么着，他是老虎，能把我当小绵羊生吃了？荷花说，再说了，是他有错嘛！

柳儿突然沉默了，两只像湖水一样的眼睛，笑时仿佛荡起涟漪，此刻却如同一潭死水，呆呆地望着门外地上两只旁若无人觅食的麻雀。不远处谁家的狗突然汪汪汪地叫起来，那两只麻雀受了惊吓，仓皇地飞走了。柳儿的心不知受了什么触动，突然紧紧地抓住荷花的胳膊，急切地问：荷花姐姐，丽娟大婶是铁杆共产党员吗？

荷花一愣。她不明白柳儿怎么会问起这样一个问题，想了想，点了点头。

柳儿的脸色由红变灰，很快又变得苍白，嘴里自言自语：噢，怪不得……她没有往下说，接着转了话题：荷花姐，你劝丽娟婶子别再操那么大的心了。咱知道她是为老百姓好，万一哪天生了变，她的仇家说不定会害了她！

荷花越听越惊讶，但是心里也越清楚：柳儿一定知道些她和任丽娟不知道的事情，出于对任丽娟感恩，善意地在提醒她。如果她往下问，柳儿一定会警觉，也不会实话实说。她决定开门见山把来意挑明，让柳儿措手不及。于是，她看着柳儿的眼睛，突然问道：柳儿，马先生现在还刻蜡纸吗？

柳儿被她这样一问，大惊失色，腾地一下从凳子上站起身，几步退到门外，低头扶着门外一棵桃树，连头也不抬。荷花这时才注意到，那棵桃树和周围的桃树不一样。别的桃树已经开花，有的绽出了粉红色的嫩苞，显得生机勃勃，而这棵桃树却仍然沉浸在冬季寒冷的时光里，树皮皲裂，树干枯黄，树枝低垂。难道是因为它太苍老了？不，肯定是根部出了问题。荷花凭经验这样认定。为了不打草惊蛇，也为了不给柳儿精神压力，她换了种口气，平静地对柳儿说，柳儿，我记得你上次说马先生会在钢板上刻蜡纸，正好咱们妇女识字班又来了几个姐妹，想再印点课本，就顺便问问。

柳儿见她满面微笑，才说了句：荷花姐，他的事不让我问，我也不敢问。

荷花讲完，坚定不移地说，我敢断定，那张油印的纸和马猴子有关系！

任丽娟边听边思考。她拍了拍荷花的肩膀，夸赞说，我儿媳妇这阶级觉悟真是芝麻开花——节节高呢！

荷花说：婶，咱下一步咋办？您一声令下，我带民兵把马猴子抓起来。

任丽娟想了想说，吃罢晚饭，咱开个党员会。

三

党员会是在任丽娟家召开的。

赵家庄村共有五个党员：任丽娟、"四指"、张半坡、荷花、赵瘸子。赵瘸子在抗战时，在一次反扫荡中被日本鬼子的机枪打断了一条腿，走路要拄拐杖，这两年身体不好，一年四季中药不断顿。病痛的折磨，加上他思想上认为解放了，没仗打了，可以安心养养病，过几天舒服日子，有时不是太重要的会就请假。因为这次会议很重要，任丽娟让张小军用小推车把赵瘸子推了来。

和以往一样，张小军又担负起在门外站岗放哨的职责。他从六岁起就受父母之命干这个活了。对他来说，这个活轻车熟路。如果需要村外放哨，他或者趴在红薯地墒沟里，用红薯秧子把自己从头到脚盖起来，只留两只眼睛，有时候一趴就是大半夜；或者爬到树上，身子倚着树干，把头放在两根粗点的树枝中间绷着，既看得远又不会摔下来……现在解放了，不需要防日本鬼子汉奸和国民党反动派突然袭击了，但国民党潜伏的特务、尚未完全肃清的土匪不能不防，两个月前，邻县一位区长在县里开完会，骑着马在月亮底下赶路时，就中了从山上林中射出的子弹身亡，几乎是十二年前牺牲的时任中共县委书记、张小军的父亲被害的场景再现。县、区各级都开了会发了文件，要求党员干部提高警惕性。现任县委书记董凡当年是张小军父亲的通信员，他亲自到赵家庄村开的党员会，握着任丽娟的手动情地说，咱们的党员骨干尤其是任大姐、半坡同志这些经过抗日战争、解放战争的老党员，千万千万要提高警惕……我们还要建设新中国啊！

所以，荷花今天晚上还安排了两个民兵在外围协助张小军。

会一开始，荷花先介绍了一遍她了解到的情况。赵瘸子还没听完就急了，扯着大嗓门对荷花吼：你这个民兵排长手里的枪是烧火棍呀？依我说先把马猴子狗日的抓起来好好审一审。

你凭啥抓人家？"四指"顶了赵瘸子一句：有凭有据吗？没凭据抓他，咱共产党不就跟国民党一样了？！

你，好你个"四指"，要凭据是不？到他家一搜不就拿到手了！赵瘸子生气地拍着案板。任丽娟家那张四条腿的案板有一条腿沤烂了，他这一拍，案板上茶碗叮叮当当蹦跳起来。"四指"赶忙用手托了一下，茶碗才没有摔到地上。张半坡怕两人吵起来，劝道：你们俩别吵了，听听支书咋说。

任丽娟正要开口，门外咚咚咚地响起沉重而又飞快的脚步声。她侧耳一听，笑了笑说，是大军回来了。

荷花不等任丽娟的话落地，人已经到了门外，和风风火火闯进来的张大军撞了个满怀，她一闪身，头又撞到门框上，疼得"哎哟哎哟"叫了几声。张大军一跨进屋，任丽娟嗔怪地说，瞧你，那么大的人，还孩子一样做事火急火燎的！

"四指"笑呵呵地接上说，你娘是疼你媳妇。要是把你媳妇的头碰破了，出嫁那天头上缠着块裹布，你小子不嫌难看！

张大军借着昏暗的煤油灯看了看屋里的人，一拍大腿说，赶得早不如赶得巧，赵家庄村支部的党员都在呀！他边说边从包里掏出一个小本本，翻了几页，神情突然严肃起来，口气也变得很庄严，赵家庄村的党员同志，现在传达上级的最新通知精神。

任丽娟和屋子里的几个人都绷紧了神经，睁大了眼睛，屏住了呼吸。荷花原来挨着张大军坐在床沿上，此刻小心地挪了下屁股，和张大军保持着距离。在她心目中，区长张大军此刻是她的上级。

张大军原原本本地传达了区委的通知精神。原来，区委今天下午开了个会，刚从县委开会回来的区委书记传达了县委会议精神，而县委会议又是由县委书记传达省委会议精神。那时，村里没有报纸、没有广播，几乎是信息隔绝，所有上级的精神都是由区里派人来传达。张大军传达的省委地委县委会议的主要内容，是关于朝鲜战争、台湾问题。他最后说，美帝国主义把军舰开进了我国的台湾海峡，又挑起了朝鲜战争，反动气焰十分嚣张。

屋子里的空气仿佛凝固了，好大一会儿没有人吱声。煤油灯捻子落下一滴油，滴落在案板上的微弱的声音都很清晰。赵瘸子和"四指"都掏出旱烟袋，吧嗒吧嗒地抽起来。

这朝鲜离咱国家、离咱沂蒙山区有多远？"四指"问。

张大军回答：和咱东北挨着！

"四指"想了想，在案板腿上磕了磕烟锅，从小板凳上晃悠悠地站了起来，一手倒背身后，一手举着旱烟袋杆，在空中比画了几下，愤愤地说，这美国佬吃老鼠药了，到底想干啥？在咱中国一南一北挑事端，想给咱找麻烦是不？

张大军：叔，你到底是脑子最好使，一下子就说到了点子上。美帝国主义反动派就是想包围咱们，破坏咱们新中国建设！

赵瘸子听张大军夸"四指"，不高兴了，抢着说道：要我说，美帝国主义这是侵略，欺负咱新中国年轻！

张大军回头向他竖起了大拇指。

任丽娟想得比赵瘸子和"四指"更深刻。上级这个时候派张大军回赵家庄村传达，不是光让他们知道这个消息那么简单，一定还有任务布置下来。她同时联想到了郝运来的那张油印纸，想到了荷花在柳儿家了解到的情况，心情非常沉重。这么大的事情，他们几个共产党员还不知道，暗藏的反动派就已经知道并且散布消息了。反动派为啥散布消息？还不是盼着美帝国主义支持的蒋介石卷土重来？她把那张油印纸递给张大军。张大军看了看，放在鼻子前闻了闻，严肃地说，油墨还香着呢！

屋子里的人的心都提到了嗓子眼，气氛一时很紧张。

张大军说：上级要求把和平签名传达到各村党员同志。各村党员同志要行动起来，积极动员群众，开展和平大签名活动。

"四指"惊奇地问：那不就把这事公开了。一公开，那些明的暗的对咱共产党有仇的反动派不就都知道了？

张大军点点头，就是要让他们知道。

那还不把他们高兴坏了？"四指"忧心忡忡地说，说不定会趁机搞破坏，给咱添堵！

赵瘸子拍了下案板，气愤地说，你怕反动派？老子不怕。别看老子少了条腿，照样和他们斗争！

"四指"见赵瘸子当着张大军挤对他，不由得火冒三丈，两手攥紧拳头，关节捏得咯嘣咯嘣响，故意显示自己力大气粗，说话嗓门也提高了：我不怕反动派！我见一个打断他一条腿，见两个拧掉他两颗头。郝半仙他不愿给我那张纸，让我一拳头揍得趴地塍沟里咕嘟咕嘟喝了半肚子黄泥汤！

任丽娟瞪了"四指"一眼，你是个党员，不能动不动就撸胳膊卷袖子打人！郝半仙怎么说也不是反动派。

"四指"不吭声，又点燃了一锅烟抽起来。

张半坡问：大军，是家家户户都签名吗？老百姓签名有啥用？

荷花接过话头说，咋没用！咱赵家庄村老百姓都签名，全中国老百姓都签名，码起来比长城还长，这阵势也能让美帝反动派心惊肉跳。

张大军用赞许的目光看了未婚妻一眼，荷花说得对。现在全国都在开展和平大签名。咱们赵家庄村是老先进，这一回也得给全区带个头。他的目光看着任丽娟，他知道母亲是赵家庄村的主心骨、领头人。

任丽娟点点头说，大军你回去给区委说，赵家庄不出三天就把和平签名送过去！

张大军说：您们也得把困难想在前边。"四指"叔刚才说了，暗藏的反动派已经蠢蠢欲动。他们会煽风点火，造谣生事，动摇人心。区委领导说了，发现有阶级敌人破坏捣乱，立即向区里汇报。如果来不及汇报就采取果断措施先控制起来。

那能绑他吗？"四指"问。

张大军回答得很果断：能！

那他要逃跑，捺断他的腿，行吗？"四指"又问。

张大军皱了皱眉头，说：政策还是要注意的，要讲究点斗争策略。

张大军因为还要赶到另一个村子去传达上级精神，又待了一袋烟工夫就告辞了。荷花把他送到村口。二人边走边谈，自然而然地谈到了两个人的婚事。荷花说，大军哥，娘给俺说了，你调县里之前就给咱俩把婚事办了。

张大军说：调县里的事组织上还没给我谈呢，娘怎么就知道了？荷花嘿嘿一笑，露出一排雪白的牙齿，在淡淡的月光下仿佛一轮月牙儿，张大军忍不住抓住她的手，把她往身边拉了一下。荷花看看四下无人，才把头靠在他的肩膀上。荷花说，上个月县委董书记不是来过咱赵家庄村吗？他亲口给娘说，大军是个好青年，有文化，脑子灵活，腿脚勤快，县委打算调他去当秘书科长。

张大军得意地笑了笑：这事我也听区领导说了，县委早就想调我，区领导说区里忙暂时走不开，过两个月再放我走。

荷花开玩笑说，哟，大军哥你成了香饽饽了！

张大军看看快到村头了，路两边的人家都已关门闭灯，四下不见人影，突然抱住荷花的腰把她举了起来，一边转着圈儿一边说，我就是香饽饽。

四

马猴子是赵家庄村除了几个共产党员之外，第一个在百米和平横幅上签名的。

那条百米和平横幅是荷花、荷花娘、荷花的二妹山花和几个识字班的妇女用一夜工夫赶制出来的。赵家庄村没有布店，即使有布店也拿不出买布的钱。还是荷花的脑子好使，她说，分赵大财主家房子时，他家的窗帘没人要，正好这回用上了。

可那些窗帘都是花花绿绿的格子布呀！一个妇女说。

荷花说，格子里正好签名或摁手印呀！一个格子摁一个手印，正合适。大红的手印加上那花花绿绿，更能代表咱老百姓爱好和平。

几个人到了赵财主家被封的仓库，手提肩扛，把那些旧窗帘运到任丽娟家，用剪刀剪开，然后缝成长长的横幅。山花用脚步丈量了一下铺在地上的横幅，惊喜地说，哎呀，这有一百多米长呢！

天刚蒙蒙亮，荷花几个人就把横幅挂在了村头。赵瘸子用铁皮卷的大喇叭，扯着嗓子一遍一遍、一家一户地喊着：小六他奶奶他娘，来签名了。庄北头的老张头，带你媳妇孩子来签名了！……他没说签名做什么，而恰恰因为没说做什么，才更鼓动人心。那个时候，很多村民一听说签名，想到的不是分财产就是有其他好事。没让他花多少工夫，费多少嘴皮，一会儿就呼啦啦地来了很多人，有不少是全家倾巢而出，还有的端着盛着红薯饭的"窑里黑"边吃边走上前来。荷花看见马猴子来了，她爹郝运来也来了。

老少爷们儿听好了。今天叫你们来是有件大事，什么大事呢？赵瘸子开场白没说完，扭头看了任丽娟一眼，大军他娘，我怕说不明白，还是您来说吧。见任丽娟点头，他又对大伙儿说，你蹲着也好站着也罢，就算屁股沾着地皮，但是把耳朵给我支好听着。

任丽娟捋了捋被风吹乱的头发，用唾沫湿润了一下一夜熬得干裂的嘴唇，清了清嗓子，开口说道：老少爷们儿都看清这横幅上边的几个字，叫"赵家庄村和平签名"。啥叫和平？和平就是咱眼下过得平安、舒坦，吃得饱肚子、睡得踏实觉。大家说，咱赵家庄村和平不和平呀？

和平！人群中发出一阵呼应声。

荷花在一旁听着任丽娟的讲话，心里对这位未来的婆婆充满了敬意。在沂蒙山区，任丽娟是有名的"三铁"党员：铁嘴，能讲善讲会讲；铁腿，当年推着小推车支前朝淮海战场上送粮食送弹药，一夜走七八十里地，有的老爷们儿都没她步子快；铁娘子，有一年日本鬼子大扫荡到了赵家庄村，汉奸告密她藏了几个八路军伤病员，就把她抓了起来，吊在村口的树上，用鞭子抽，用棍子打，鞭子抽断了，棍子打折了，她就是不开口，也不叫一声疼。赵家庄有任丽娟当领头人，荷花和那些年轻人成长进步得快，做她的儿媳，更是前世修来的福分。荷花正在想着，听到有人高声问话了。

大军他娘，咱都和平了，签名干啥用？问话的是个白发老头。

任丽娟说：二叔，您这话问到点子上了。为啥？为的是要保住咱和平的日子。

那个被任丽娟称为二叔的老头一脸迷茫，又问了一句：咋的，又要打仗了是不？

他的话音一落，人群一片哗然。对生活在沂蒙山区的赵家庄村人来说，"打仗"是再熟悉不过的了。不说太远，就是几年前、十几年前，沂蒙山就是一个炮火硝烟没断过的大战场。八路军和日本鬼子打，解放军和国民党反动派打，小仗不间断，大仗没停过。沂蒙山的老百姓不怕打仗，因为他们知道为什么打仗，为谁打仗。打日本鬼子，那是因为日本鬼子漂洋过海，到咱中国人的土地上烧杀抢掠，不把侵略者打跑就没有和平的日子。打国民党反动派，是因为国民党不为穷人做主，欺负穷人，打跑日本鬼子，刚过上几天和平日子他们就挑起战争，向解放区发动疯狂进攻，想断了穷人的好日子。现如今日本鬼子被打得滚回老家了，国民党也败退到台湾小岛去了，新中国成立了，人民当家做主了，和谁打仗？哪来的仗要打？所以，人们听后议论纷纷，现场一片混乱。有的说，是国民党反动派要反攻呀？不是说他们败得屁胆精光吗？有的说，日本鬼子伤了元气，哪还敢踏上咱中国半步？要是打土匪，就他们那三五个人几条破枪，还不够咱赵家庄村民兵收拾的呢！

赵瘸子冲二叔瞪了瞪眼，一手拍着凳子腿，一手举着铁皮喇叭大声吼道：都别在这儿给我瞎咧咧！老老实实听大军娘，不，不是，听任主任讲话！

人群逐渐安静下来。沂蒙革命老区的百姓崇敬英雄，在赵家庄村人看来，"铁娘子"任丽娟和赵瘸子就是他们身边的英雄。赵瘸子一吼就都平静下来。任丽娟见到了火候，提高嗓门说：日本鬼子趴下了，蒋介石也厌了，咱们本该过和平日子了。可是，和蒋介石穿一条裤子的人却打坏主意了！你们知道和蒋介石穿一条裤子的是谁吗？

一个比张小军大几岁模样的壮小伙挠挠头皮，抢先回答：张灵甫！

人群中爆发出一阵嘲讽的笑声。有人说，张灵甫几年前就让解放军击毙在孟良崮了。咱赵家庄村当年支前的人都知道。黑蛋你小子跟你爹也上过孟良崮，这都忘了？

"四指"指着那个叫黑蛋的壮小伙骂道：不说话有人把你当哑巴咋的？

黑蛋拧着脖子，不服气地说，我是说和张灵甫那样的坏蛋！

赵瘸子拍了拍巴掌，好！黑蛋说得好！只要是反动派都是穿一条裤子的。黑蛋，你爹不让你说话，叔支持你！

马猴子高声喊道：和蒋介石穿一条裤子的是美国人！

荷花一直注视着马猴子。她发现马猴子心里好像很急，把头上的帽子摘了下来拿在手里，一会儿扇风，一会擦额头，还扭回头和郝运来嘀咕了几句。

任丽娟显然不想让大伙耽误时间，直截了当地说，半坡兄弟说得没错，和蒋介石穿一条裤子的就是美国佬。大伙儿还记得吧，蒋介石反动派进攻咱沂蒙山区时，他的军队用的是美国人给他们的美式装备。美国人的飞机在天上飞来飞去给他撑腰壮胆……

美国佬要跟咱打仗？有人惊讶地问。

美国离咱中国远着呢。再说，就是他跟咱中国打仗，也打不到咱沂蒙山区！有人不相信。

任丽娟说，美国人已经侵略咱的邻居朝鲜，还轰炸咱东北。

有人问：朝鲜在哪儿？咋成了咱邻居？

任丽娟：朝鲜是咱中国东北边的邻居，是咱的兄弟。

郝运来咳嗽一声，美国佬和朝、朝鲜打仗，关咱屁、屁事？咱不是咸吃萝、萝卜淡、淡操心吗？有的接着他的话说，他美国佬只要不惹咱，咱好好过咱的日子。真惹了咱，咱把他打到孟良崮和张灵甫一起做鬼！

赵瘸子又急了，冲着人群喊道：谁在瞎嚷嚷，老子治他动摇军心！

人群再一次安静下来。任丽娟刚要开口，马猴子突然大步流星地走了过来，边走边问：任主任，您讲了这些我听明白了，是动员大伙儿在这横幅上签名是不是？

任丽娟点点头。

马猴子：那我第一个签名行不行？

任丽娟点点头。

马猴子走到横幅前，踮起脚尖，唰唰唰几笔签了名。然后转过身来对在场的群众说，老少爷们儿，美国佬和咱的邻居打仗，一步就能跨到咱这边。这仗一打起来还有个好吗？和平签名，就是，就是……他的眼珠子滴溜溜地转了几圈，在想着合适的词儿，最后终于想到了，就是给朝鲜壮壮胆呗！

荷花看了一眼郝运来刚才站的位置，已经不见了他的身影。再伸长脖子朝远处看，郝运来倒背着手，已经走得快要从她的视野里消失了。她气得跺了下脚，心想：爹怎么变成这样子了？

马猴子的话乍一听没有什么毛病，他又是第一个签名。"四指"和赵瘸子包括任丽娟起初都没想到。任丽娟反应快，她一边冲着马猴子鼓掌，一边对大伙说，老少爷们儿，愿意和平、支持和平、想过和平日子的都过来签名！

她的话音一落地，黑蛋和一帮子小伙子、大姑娘纷纷上前签名。荷花娘招呼妇女识字班的一群妇女也不甘落后，一拥而上，还有不少连名字不会写的，就在横幅上摁手印。有几个妇女因为想早点签名回家忙家务，争着挤着"加塞"而发生争吵。一时间现场像煮沸了的大锅热气腾腾。荷花和几个民兵跑前跑后维持秩序，费了好大口舌才让乱哄哄的人群排成队，逐渐安静了一些。

二叔突然站起来，问任丽娟：大军娘，都要签名吗？

荷花半是认真半是玩笑地说，二大爷，爱和平就要签名。

二叔不紧不慢地问：那你爹是赵家庄村老积极，咋没签名就走了，他不喜欢和平？

荷花的脸腾地一下红了，眼泪在眼圈里打转，嘴唇快要咬出血了。她不好意思地看了任丽娟一眼，扭头就往家里跑，背上那支枪的木托一起一落有节奏地敲击着她的屁股。她刚跑了一半，迎面来了一辆自行车。马猴子弓腰骑着车，柳儿坐在后座上，怀里抱着一只大包袱。自行车后边，几个六七岁的男孩女孩边喊边追。马猴子离十几步远就冲她喊：花儿，回去回去！柳儿见是荷花，猛地从自行车上跳下来。马猴子还没刹车，她跳得又急，脚下没站稳，一个跟跄扑在地上，手中的包袱滚了几下，里边的东西散落一地，有糖果、有煮熟的红薯片、有一节节红绳子……荷花一片迷茫：这两口子要到哪儿去？

两个腿快的男孩追了上来，荷花认出其中一个是二叔的孙子皮蛋。皮蛋和另一个男孩蹲下就要捡柳儿散落在地上的糖果，被马猴子手脚并用粗暴地拦住了。马猴子说，皮蛋，你爷爷在那排队。你去让他签了名，我给你两块糖果！

噢，吃糖果了！皮蛋和那个男孩向签名的地方跑去。

荷花这下明白了，马猴子是想用这些孩子当工具胁迫他们的爷爷奶奶父亲母亲在和平条幅上签名。她虽然觉得这个办法不好，可又不好阻止马猴子。她和马猴子、柳儿分开后匆忙往家里赶。到了家门前一下子傻了眼，两扇门的门环上挂着一把铁锁。她三妹水花坐在门口的石碓窝上抹眼泪，看见她回来了，一头扑到她的怀里，哭着说，大姐，爹赶集去了。俺要他带俺去，他打俺!

荷花着急地问：爹走多久了？

三妹：咱爹跑着去的。

荷花的心一下凉了半截。她明白父亲是躲避在和平条幅上签名。可她不明白父亲为什么要这样做，就连马猴子都签名了，他有什么可顾虑的呢？他这一举动，会影响很多像二叔那样的群众。她心里着急，眼泪唰地落了下来。水花见了，拉着她的手摇晃着，大姐，你别哭。三妹不找爹了，三妹跟大姐玩。

五

赵家庄村的和平大签名活动并没有因郝运来受到影响。二叔也在小孙子皮蛋分得两块糖果的影响下签名摁了手印。当天下午，区里一位宣传干部来村里指导工作，听了任丽娟等人的汇报后，高兴地鼓励他们，赵家庄村不愧是老先进、老模范村，半天时间就完成了和平签名。我看可以向区里报告了！

任丽娟红着脸，不好意思地说，我们村还有一个没签名的……

这有什么关系？那位宣传干部说，一个人两个人无关大局！你们组织个汇报队跟我回去向区委报告。赵家庄村又拿了个全区第一！

任丽娟说：我们工作没做好。再等一两天，再做做工作。

那位宣传干部拍了下巴掌：我的老大姐呀，这个第一可不能等着让别的村抢去！我建议你们组织队伍，挑着横幅，敲锣打鼓，喊着口号，气势搞得大一点，沿途经过十几个村子，也是为宣传和平造势嘛！

任丽娟没说话。"四指"却像喝醉了酒一样满面红光，兴奋地在院子里转着圈儿，手指关节捏得咯嘣咯嘣响，连说几个好，又转过头对任丽娟说，任主任，这事我来办，一定办好！

任丽娟心里不赞成搞这种形式，而且对郝运来没签名心里不痛快，所以沉默着没有表态。"四指"以为任丽娟同意了，拔腿就走，边走边说，我去喊人，说干就干！

那位宣传干部临出门时四下看了一眼，惊讶地问了一句：咋没见荷花呢？是不是忙着布置新房准备嫁妆呢？任老主任，恭喜恭喜！定好日子别忘了通知我一声，我来喝杯喜酒！

荷花此刻正坐在张大军的办公室里抹眼泪。父亲郝运来回避签名的事对她的打击很大，甚至让她觉得在乡亲们面前抬不起头，不好意思在赵家庄村继续工作。张大军劝了她好大会儿：运来叔也许是真有急事，也许是一时没弄明白签名的意义……总之，你不要因为这一件事就对运来大叔失望、抱怨。他老人家土改、救灾、恢复生产都很积极嘛！这事过去，你好好和他聊聊。

荷花滋泣着说，他哪像个当爹的做事？不是打我的脸吗？我想不通，我不想和他一口锅里吃饭了！

张大军哈哈笑了。他朝窗外看了一眼，见附近没有人，挨着荷花坐下，抱着她的肩膀，在她耳边低声说，那你没过门也不能住我家呀，对不媳妇？

荷花在他的大腿上轻轻掐了一下，把头靠在他的肩膀上，谁说住你家了？你想得美。

张大军好像想起了什么，问荷花：你对马猴子有怀疑？

荷花认真地回答：我感觉我爹的变化和他有关。他不知给我爹画了个多大的饼。别看他带头签名，又拿自己家的糖果什么哄孩子让大人签名，可我总觉得心里别别扭扭。

张大军沉吟片刻，点点头说，你学会分析问题，这是很大的进步。上级要求我们，在这样的形势下要保持高度的警惕，防止阶级敌人搞破坏。马猴子的确有很多疑点，你和我娘要多注意他的一举一动。

荷花：嗯！

张大军说：还有，柳儿这姑娘虽然过去的历史不干净，可那是万恶的旧社会所逼。她的本性还是善良的，拥护咱们取缔妓院，也自愿做体力劳动。你可以多接近她，多帮助她，从她那里可以了解一些马猴子的动向。

荷花点点头：嗯！我会的。

　　张大军说：媳妇，别再有那么大的思想负担，好好回村工作吧。我娘年龄一天天大了，今后赵家庄村的担子就落你肩上了！

　　荷花临走时突然问了一句：大军哥，咱中国会不会和美国打起来？

　　张大军的表情一下子凝重了，脸色也变得铁青，过了一会儿才回答：我想毛主席、党中央早已做了战略部署！他轻轻地踢了一下门槛，又用拳头重重地砸了一下门框，愤怒地说，咱新中国已经不是那么好惹的了！

　　这时，一个小伙子走进来报告：张区长，派出所有情况通报。说着递给张大军一张纸。张大军看完，眉头皱了起来，对荷花说，赵家庄村今天下午发生了两桩离奇古怪的事，北山的竹林着火了……

　　啊？！荷花好像被人当胸打了一拳，心怦怦直跳，迫不及待地问：火势大吗？烧到哪儿了？

　　张大军握着她的手，安慰她说，火势一开始很猛，村里一发现，我娘他们就组织人上山扑火，很快就扑灭了。

　　婶子没伤着吧？荷花着急地问。

　　张大军摇摇头，没伤着人。在竹林里发现一头小猪被烧死了。

　　那怎么会呢？荷花感到惊讶，小猪怎么会离开母猪独自上北山呢？再说，就是小猪自己上了北山，那竹竿失火肯定是从上往下烧，它怎么就钻出来呢？

　　张大军点头表示赞同，又接着说，还有离奇事。黑蛋拉肚子，在自家的地塝沟里解手，突然一把铁锨从天而降拍在他后脑勺上，当场把他打昏了。"四指"叔看他半天没回来，以为他在躲滑，骂骂咧咧地跑到地塝沟一看，才发现他昏迷了。"四指"叔抱着他摇了好大会儿，他才喘过气来！

　　荷花敏锐地意识到了什么，问张大军：大军哥，那小猪是谁家的？

　　张大军：我家的！

　　啊？！荷花惊叫：这不是离奇，是有人故意。两件事一件冲着你家，一件冲着"四指"大爷，那片竹林又挨着赵瘸子家的桃园，这不明摆着对党员干部来的！荷花越说越生气：什么人干的呢？村里最值得怀疑的是马猴子。不过，柳儿说他去济南进货了。

张大军说：他去济南只是柳儿的一面之词。

难道柳儿骗我？荷花皱着眉头。

张大军摇摇头说，那倒不会。马猴子娶柳儿，主要是看上柳儿的姿色，心里并不喜欢她，也没把她当亲人。

他是不想柳儿知道他做坏事！荷花说，那我就明白了。我现在就回去，带民兵把马猴子抓起来。

张大军说：花，这事不能冲动。一是证据不充足，二是现在抓他还不是时候。

荷花又急了：他已经搞破坏了，还不是时候啊？再说只要把他摁在赵家庄村的家里，他去济南进货就是假的，这就是证据。

张大军说：他说哄媳妇玩的，咋办？还有，你想想两件事发生在同一个下午，能是一个人干的？

荷花不好意思地低下头，喃喃自语：我，我没想那么多那么深。然后抬起头，含情脉脉地看着张大军，大军哥，你以后多教教人家。

张大军系上腰带，佩带上手枪，拍拍她的肩膀说，花，走吧，我送你。

六

区委给赵家庄村党组织的策略是"以静制动"。

其实，任丽娟也是这样想的。她给几个党员把话说得亮亮堂堂：要知道谁干的咱不就好办了吗？派几个民兵带几条枪往他跟前一站，他还不得吓尿裤子？问题是咱不知道谁干的。咱在明处，他在暗处。咱只能等他再蹦跶出来，露头好打。

"四指"开始不甘心，一连几天腰里别了把磨得锋利的斧头，见了谁不顺心就狠狠地瞪一眼。接到区委的指示，他摇头叹气：那就认倒霉呗。好在我这个独苗脑袋壳比铁还硬，不然我家可就要断后喽！

赵瘸子这一次破天荒地支持"四指"。他建议把村里的地主富农和日伪时期国民党时期当过差的全都抓起来。张坡头、荷花都支持任丽娟的意见，他也只好反过来安慰"四指"，咱听上级的，上级让咱咋做咱就咋做。

任丽娟还安排荷花加紧准备和张大军的婚事，她告诉荷花：闺女，这事咱得闹个红红火火，动静越大越好！

荷花心领神会地说，您就放心吧。他们对咱和平的日子眼红，俺就让他眼睛滴血……

任丽娟和荷花娘有一个共同心愿：解放了，翻身了，新生活了，得给孩子套几床新被子，做几件新棉衣，让两个孩子暖暖和和地在一起。郝运来对闺女出嫁的事很上心，可张大军的父亲不在了，任丽娟虽说被人称为"铁娘儿们"，可毕竟还是女人，是当娘的，他觉得自己一个大老爷们儿，拉不下脸和一个老娘儿们扯这些儿女之间的事，所以就推给了荷花娘。那一阵子，任丽娟、荷花、荷花娘三天两头凑在一起，有时到集镇上买点东西，有时在家里做针线活，有时半夜三更了还在织布，给村里人的感觉是任丽娟老太太着急把荷花娶回家，早点抱上孙子。有一次开党员会，赵瘸子当面给任丽娟提意见：任主任，您家养的老母猪是打算给大军办婚事时用的，是不是怕有人背地里捅刀子，像宰那小猪一样给宰了？

荷花说：大爷您这话啥意思？是不是说我婶子胆小了，怕事了？

赵瘸子说：我就是把群众的意见反映一下。我没啥意思。反正我本人吧，从早到晚眼睛睁得小灯笼似的，一点没麻痹大意。

"四指"嘲讽地说，你咋不说你眼睛睁得比牛蛋还大？

任丽娟笑着说，咱都是当爹娘的，都知道孩子娶媳妇是家里的头等大事。我这家里不是……她的眼圈红了，没有再往下说。

散会后，荷花气愤地说，赵瘸子太不像话，竟敢当众批评您！

任丽娟扑哧一声笑了，咋就不能批评我？都是党员，人家有权批评我。我倒觉得他今天给咱报了个信。

荷花点点头说，我听我妹说，村里人也有说我的，说我民兵排的事管得少了，识字班的事也不放心上了。

任丽娟抚摸了一下荷花的头，感叹地说，让我闺女受委屈了！

荷花不好意思地笑了，突然问了一句：婶，您说马猴子会信咱吗？

任丽娟的表情严肃起来，皱着眉头想了想，回答道：信不信不由咱，但是他只要敢动，咱就有办法对付他，那就不由他了。

两人又商量了一会儿明天赶集的事，荷花就告辞了。临出门，她又对任丽娟说，我回家去磨坊看看，好久没用，不知磨眼是不是给堵了。

郝运来和"四指"过去给赵大财主家当过石匠，专门做磨面用的石磨。可是他们自己家却用不起石磨，也用不上石磨。土改时，郝运来分了块石磨拉回家里，平时基本用不上，因为石磨要用驴拉，牛马骡子都用不上，郝运来家没分到驴，他又不愿花钱借别人家的驴用，而用人力推要两个人，所以平时就闲置在牛屋里。任丽娟和荷花娘早就商量过，现在新社会了，日子比过去好多了，张大军和荷花结婚办喜事时，要蒸几锅白面馒头招待亲戚朋友和乡里乡亲。两位老人都上心，分别积攒了些小麦。蒸馒头得先磨面粉，这石磨就派上了用场。荷花想去打扫打扫。她一进院子，看见水花正借着明晃晃的月光，用树枝在地上乱画。她乍一看，水花画得像只小狗，再细看，小狗怎么只有两条腿呢？她忍不住笑了：这画的啥呀？

水花说：两个人。

荷花说：两个人应当是四条腿，你怎么就画两条腿，还又细又长？

水花说：这不是腿，是他两人嘴里叼的棒棒。

嘴里叼的棒棒？荷花一时弄不懂水花表达的是什么意思。

水花拉着她的手朝牛屋里拖。牛屋里没有灯，像做饭的锅底漆黑一团，一股腥臭味通过鼻孔直往肺腑里钻。水花干脆麻利地从门后边捡起什么东西塞到荷花手里。荷花借着月亮光一看，是两支卷烟。她惊奇地问水花：你从哪儿捡来的？这可不能吃！

水花踮起脚，趴在荷花耳边低声说，是那个给我糖果吃的马叔，还有一个大麻子……

马猴子？荷花一愣。

水花眼睛瞟着堂屋，声音放得更低：爹不让我告诉你和娘，马叔和大麻子在咱家牛屋住过……她接着告诉荷花，前几天马猴子和一个大麻子在她家牛屋住过。傍黑，她看到扔在门口的一截烟头，以为是糖果一类好吃的东西，就捡起来往嘴里放，一嚼又苦又涩，赶忙朝外吐。"呸呸呸"几声，惊动了牛屋里的人，大麻子首先冲出来，伸手卡住她的脖子，把她从地上提了起来。马猴子接着出来了。大麻子说这熊妮子发现了咱的秘密，得弄死她！马猴子说你弄死她只需两手一用劲。可弄死她咋办？大麻子说挖个坑埋了。她爹娘也不知是咱干的。马猴子说你放屁！她爹精得跟猴似的，啥想不到？你放手，我和丫头说话。大麻子放下水花钻进了牛屋。水花想哭，马猴子用手捂住她的嘴，哄她说，水花，叔知道你喜欢吃糖对吗？他说着从口袋里掏出两块糖果，一块塞到她手里，又把另一块剥去包装纸的糖果塞到她嘴里，水花，只要听叔的，以后叔天天给你最甜最甜的糖果。然后吓唬她：你要不听话，那个麻子用两根手指就能把你掐死……水花说晚上马猴子和大麻子出门后，她就把烟盒里剩下的两支烟给藏在了门后。

　　牛屋有扇后门，荷花打开一看，两行脚印出现在眼前。她犹如当头挨了重重一击，感到天旋地转，两眼迸射金星，喘息的声音也呼哧呼哧加快了。水花紧握着她的手摇晃：大姐你别生我的气。我以后不吃马叔的糖果了！

　　荷花说：水花，姐不生你的气。你先回屋吧！

　　荷花娘在屋里用老式的脚踏织布机织布，那织机像上了年纪的老人不停地咳嗽，一声比一声沉重，荷花和水花说话她没听见。荷花进屋，她起身把织机让给荷花，自己到锅屋做饭去了。荷花一边织布一边想：看起来爹是让马猴子给灌了迷魂汤，一时半会儿醒不过来了。现在和他明说，等于暴露了组织上的意图……

　　第二天，她把想法向任丽娟说了。不过说到郝运来时，她难过地流了泪，没想到我爹这么糊涂。任丽娟安慰她：花，马猴子不会对你爹说得太多，也不会让你爹掺和他的那些坏事。他就是利用你爹贪小便宜的心理，施点小恩小惠，让你爹别像过去那样积极带头。你爹心里明白着呢，他不会跟马猴子跑！

　　荷花点点头。她见任丽娟两手上都扎着布条，马上明白了怎么回事，心疼地说，婶子，我想拉点棉花到镇上换布，省得您和我娘天天织布忙到半夜。

我娘还好说，特别是您，村子里的工作就够累的，还要下地干活，只有晚上抽出点时间……说着，她的眼圈红了，两颗豆粒大的泪珠也忍不住想挤出眼眶。

任丽娟：快了，再用十来天，两床被褥用的布就出来了。我还打算用今年的新棉，给你和大军小军每人再做一套棉衣过冬穿。

荷花感动得泪水夺眶而出，扑在任丽娟怀里亲昵地叫了一声：娘！

任丽娟摸了摸荷花细嫩的脸颊，拍了拍她的肩膀，突然想起了什么，对她说，花，回去给你爹说一声，明天借你家的牛用，让小军把柳儿家的地耕了。

荷花没想到，话刚说一半，郝运来把筷子往案板上一扔，端起"窑里黑"，低着头咕咚咕咚喝个底朝天，抹了抹嘴唇。

荷花娘嗔怪地说，你饮牛呢？！

郝运来指着荷花毫不客气地说，这事没、没、没得商量！又指着荷花娘：看你生的这丫头片、片子，胳膊肘、肘儿往外拐。我家的牛我、我、我家养，别人没喂一棵草吃，没灌一口水喝，凭、凭啥给别人家出力流汗？

荷花：咱们这不是互助吗？您还是小组长呢！

郝运来刚点燃一锅旱烟，气愤地朝地上一磕，又心疼地用手指捏到烟锅里。烟里已经夹了少许浮土，他吧嗒吧嗒抽了几口，连烟也不冒，更是气急败坏，冲荷花吼道：你以后少在我、我面前提、提互助，提柳儿，提你、你那个婆婆！要、要不多、多久他们没好日子过！

荷花大吃一惊：爹您这话很反动！

郝运来发现自己说漏了嘴，跺了下脚，倒背着手，气哼哼地走出了门。到了门口，又转过身，指着蔚蓝的天空，对荷花娘大吼道：你要还、还想多蹦跶几年，少和他们掺、掺和！

荷花娘莫名其妙地仰头看了看天空，像是自言自语，又像是在对荷花说话，这天也不像要下雨的样子？

荷花一腔愤怒跑到任丽娟家，看见张大军回来了，就没把郝运来的态度和说的话学给任丽娟。她见任丽娟怒目圆睁，火气十足，便小心地问张大军：娘生气了？张大军把一张报纸递给她看。上边报道美国飞机又轰炸我国边境，造成当地人员伤亡。

任丽娟说：这不是欺负到咱头上了吗？看咱中国人好惹，瞎了他的狗眼！

荷花问张大军：大军哥，上级让咱做点啥？

张大军沉思了片刻回答道：这一阶段还是宣传发动，揭露美帝国主义侵略者的险恶面目，同时提高警惕严防阶级敌人搞破坏！

任丽娟吩咐荷花回家去取她娘织好的布，其实她是想和儿子单独聊聊。荷花一出门，她迫不及待地问：军，上边说抗美援朝，是不是要派军队到朝鲜去和美国人打仗？

张大军点点头。

任丽娟说：是该给他们点厉害看看。

接下来，母子俩都沉默了。过了一会儿，任丽娟先开了口，军，你调县委的事定了吗？

张大军说：命令下来了，让后天到县委去报到。

任丽娟：儿子，千万别骄傲！担子重了，更得谨慎做事。

张大军说：嗯，娘放心。

任丽娟说：咱中国是不是要派兵……话没说完，荷花气喘吁吁地回来了。张大军起身要走，荷花把一摞布朝床上一放，不好意思地看着任丽娟。任丽娟懂得她的心思，笑了笑，军，让花送送你。

阴云密布的天空，像一块漆黑的幕布，被风一吹又仿佛摇摇欲坠，让人有点透不过气来。出门不远，张大军说了句：要下大暴雨了！然后紧紧拉着荷花的手。两人凭着对村路的熟悉，深一脚浅一脚地往前走。荷花背上的枪托碰了一下张大军的腰，他问了一句：你们民兵有多久没打靶了？荷花想了想回答：得有怪长一段时间了。说完叹息一声，有人认为没仗打了，民兵可有可无了，有几个女的土改后忙着出嫁了，有些老爷们儿也忙着打理自家的土地……她很敏感，没等张大军说话马上又问：大军哥，是不是真要打仗了？张大军：打仗不打仗，这训练也不能断呀！荷花有些激动，激动中透着兴奋：再打仗我得报名参军上战场。大军哥你支持我吧？张大军"嗯"了一声，转移了话题：花，我到县委工作，离家远了，小军和山花要去县城读中学，我娘这边你多操点心……

荷花送走张大军回到家，把爹的话和张大军的话联系一起，越琢磨心情越沉重。就在这个节骨眼上，咔嚓咔嚓咔嚓……一串巨大的响雷声从山那边由远及近滚动而来，阴沉了两天两夜的天空也突然亮起几道闪电，紧接着大雨铺天而降。水花被雷声吓得钻到被窝里，双手捂着耳朵，只露出两只惊恐的眼睛。荷花娘站在门口，伸手接了一捧雨滴，好像要掂一下雨的重量，感叹地说，这老天看样子要下一场大暴雨，地里刚出土的苗儿要遭罪了！

七

暴雨一连下了两天两夜，毫不留情地把赵家庄村变了个模样。村里一些人家房倒屋塌，地里的玉米一排一排倒伏地上，红薯秧子凄惨地漂在水面上……赵瘸子当着众人的面号啕大哭：老天爷，你要毁了俺赵家庄村啊？！

下暴雨这两天，任丽娟山上山下、家里地里、水里泥里不停地跑来跑去，组织村民挖沟排水，重新给红薯培沟，把受了伤倒下的玉米一棵棵扶起，安置那些房屋受损的群众……饿了，就从口袋里掏出硬得像石头块一样的窝头，掰一块塞到嘴里，慢慢嚼碎了再往肚里咽；渴了，就掬一捧沟里的水，在喉咙里咕嘟咕嘟润一润嗓子。她脚上的鞋一直没干过，在水里泡的时间太久，脚浮肿得像发面卷，每走一步都疼得钻心。由于劳累过度，有几次正干着活，身子晃了几下一屁股坐在泥水里。荷花娘交代荷花，你婆婆不能再那样拼命了，再拼连老本都拼上了。丫头，你得好好劝劝她。荷花眼泪唰唰地往下掉，泣不成声地说，我咋能不劝她。可她不听我的。荷花娘说，大军小军都不在她身边，你多往她那跑跑。荷花扶着门框哭出了声，她这两天哪沾过家呀！

就在任丽娟带领乡亲全力抗洪救灾的节骨眼上，一股流言在赵家庄村和附近的村子里传开了。任丽娟、荷花等人听到的版本各不相同。一种版本说，美国这回是十八国联军，比大清朝时打进北京的八国联军多得老了去了！收拾完朝鲜就来收拾中国；一种版本说，共产党执政的日子是兔子尾巴——长不了。这场大暴雨够姓任的娘儿们喝一壶的……而不早不晚，村里又接连发生几件莫名其妙的事，引发了一场轩然大波。

夜半，先是"四指"邻居家刚垒好墙、打算第二天封顶的房子莫名其妙地轰然倒塌；凌晨，竹林里又传出一个女人尖厉的哭声，全村人家养的狗不约而同地跟着狂吠，被惊醒的孩子们吓得号啕大哭，抗洪救灾累得十分疲惫的孩子的母亲被折腾得苦不堪言……天亮以后，几户平时和任丽娟来往多的人家门上被贴了白纸。这在当地乡下是一种恶毒的诅咒方式，是告示家里死了人。几件事凑到一起，"四指"和赵瘸子坚定不移地相信是马猴子干的，主张现在就把他给关起来。任丽娟沉思了一会儿，摇摇头说，再等等看。

这天，山花突然回来了。荷花觉得惊奇，问她：学校放假了？山花点点头。荷花见她好像有心思，情绪也低沉，又问：小军呢？山花甩了下辫子，哼，他的事我咋知道。荷花急了，小军没跟你一起回来呀？山花不说话。荷花又问了一遍，她才不满地说，跑柳儿家救灾去了！荷花清楚地看见，山花眼睛里泪光闪烁。她扑哧笑了，小军有责任心，没忘了柳儿是他互助对象。

县中学放假让学生回乡抗洪救灾。张小军经过家门口，见大门上了锁，就知道母亲去抗洪一线了。于是，他马不停蹄地跑到柳儿家。柳儿正在床上躺着，见张小军进来，扑腾从床上跳下来，像久别的亲人一样，亲切地拥抱着张小军。小军兄弟你终于回来了，想死我了！张小军蒙了，两手不知往哪里放，也不知说什么好。他见柳儿光着脚丫板，才劝她：柳儿，你把鞋穿上，别受凉。接着他四下看了一眼，见案板上摆着七八只空碗，马上就明白柳儿还没吃饭，主动地说，我去给你做点吃的吧！柳儿没有阻拦，他一头钻进了厨房。

柳儿家的锅墙也是石头垒的，平时也烧柴火。不过，她家的风箱比起张小军家的大出一倍。这引起了张小军的注意。他低着头瞅了一会儿，用手轻轻敲击了几下，发现风箱下半部与上半部的响声不一样，上边是空的，手指轻轻一敲发出咚咚的响声，而下半部是实的，手指敲上去几乎没有声响。他家的风箱不用多大力气就能搬动，而柳儿家的风箱费了很大的劲才挪开一条缝儿。他顺着那条缝往下一看，立刻大惊失色，原来风箱的下半部藏着一部电台。他跟着任丽娟支前时在解放军那里见过电台。他想起听马猴子不止一次当众骂过柳儿：你个小婊子肩不能挑手不能提，连饭也不会做，老子从没让你进过锅屋摸过锅碗拉过风箱……

马猴子是特务！张小军心中的怒火腾地升了起来，拳头也攥紧了。刚要去问柳儿，想想又忍住了。他把风箱放到原处，尽力让自己平静下来，装作什么也没发现，继续烧饭。当他镇定自若地端着饭回到正屋时，吃惊得瞪大了眼睛。面前的柳儿仿佛脱胎换骨变成另一个人。她上身穿着一件紧身的红毛衣，下身穿一条黑裤子，苗条的身材像亭亭玉立的柳条儿，身体该凸的部位格外引人注目。她的脸上也化了妆，白里透红，神采飞扬，配上甜蜜的微笑、含情的眼神，让张小军心跳加快。柳儿接他递给她的碗时，有意摸了下他的手，他的脸瞬间红了，像被烙铁烙了一下滚烫，赶忙把碗放在案板上。

小军弟弟！柳儿看着神情慌张的张小军，直言不讳地说，姓马的早腻歪我了，很长时间不和我同床……

张小军紧张地退到门口，一脚门里一脚门外，不知道是不是应该离开。柳儿以为张小军嫌弃她，抹着眼泪诉起苦来。她说，姓马的有媳妇和两个儿子，都住在济南……别看他整天骑着一辆破车，穿着带补丁的衣服，其实他最不缺的就是钱。猴精猴精，他比猴子还精。

张小军想问柳儿知不知道她家藏有电台，话到嘴边又咽了回去，对柳儿说：你家没什么大事，我先回去了。明天再到你家地里看看。说完转身就跑。柳儿追到门口，看着他匆忙离去的背影一脸惆怅。

张小军把在柳儿家所见所闻告诉了任丽娟和荷花。任丽娟和荷花商量了一会儿，觉得要把马猴子藏着电台的事向上级汇报。村里没电话，只有派人去。几个党员里只有荷花是合适人选。荷花问任丽娟村里现在缺粮的情况要不要向上级反映一下。任丽娟叹了口气，现在不是咱赵家庄村一个村缺粮，就别给上级添麻烦了！

荷花天刚蒙蒙亮就上了路，赶到区里正是吃早饭的时间。区委书记和区长一人给了她一个菜团，听她边吃边汇报。等她汇报完，区委书记当即表态：

区里正要向各村派救灾和生产组，去赵家庄村的组里安排个公安所的便衣。区长说最好是打过仗有经验的老同志。区长见荷花吞吞吐吐，羞羞答答，笑着问：荷花，有话呀？是不是想要救济粮？荷花摇摇头，眼睛一直盯着桌上的电话机。区委书记嘿嘿一笑，问：是不是想和大军同志通个电话？荷花低着头抿着嘴光笑不答。区委书记叹了口气，大军同志现在不在县委，要通了也接不上你的电话。荷花一惊，大军他去哪了？啥时回来？区委书记没有回答。区长还有半块菜团没吃完，一边往外走一边说，你们谈，我先去会场了。荷花急了，央求地说，书记，您告诉我大军哥是不是……

区委书记犹豫片刻，严肃地说，荷花，大军同志参加中国人民志愿军赴朝参战了！

啊！荷花惊讶地张大了嘴巴，扑通一声坐在凳子上。她的心里如同翻江倒海，脑海里也如同刮起风暴。好大会儿一句话也没说。

区委书记安慰她说，荷花同志，目前抗洪救灾、社会安全、反特斗争等各项工作繁重，大军同志怕影响他母亲和你的工作，加上走得匆忙，没有回去向你们告别。请你理解。

荷花没吭声。

区委书记把一个信封和一只包裹递给她，对她说，荷花同志，这是大军同志让我捎给他母亲和你的。他对我说，他的母亲和未婚妻对党忠诚，勇敢坚强，都支持他、理解他……

荷花猛地站起身，抓住区委书记的手，真切地说，书记，我也要报名参加抗美援朝。我十六岁就加入抗日游击队，跟着大军哥打游击，解放战争中我带着民兵排上前线，参加过济南战役、淮海战役。我要到了朝鲜前线，保证不会给咱沂蒙山人丢脸！

区委书记点点头说，我坚信这一点。不过，现在眼下的工作岗位也需要你。你想一想，如果国内形势不稳定，如果生产搞不好后勤没保障，如果老百姓的生活有困难对抗美援朝不积极，就会直接影响抗美援朝战争。荷花啊，抗美援朝面对的是拥有现代化武器的美军，困难一定不会少。咱们这些人的责任也不轻啊！

荷花认真地听区委书记讲完，想了想，临走时又说了一遍：我报名参加抗美援朝，请组织上考虑。

出了区委大门，荷花迫不及待地打开张大军留给她的包裹。首先映入她眼帘的是一封信，信的下边一个笔记本和一支钢笔，再往下是一条崭新的红围巾。她抚摸着这些物品，眼泪禁不住唰唰地往下流，在心里一遍遍默默地喊着大军哥，大军哥……

任丽娟对儿子张大军参加志愿军赴朝作战一点也不感到意外，只是没想到他会走得这么快。张大军上次回家来提到志愿军，她就猜到了儿子的心思。她原本计划让大军和荷花完了婚再送他参加志愿军。大军在给她的信中对此做了解释。他说：娘，儿子爱荷花，恨不得早一天把她娶回家。县委董书记和几个同志也建议我先回家完婚。可是，我反复想了，抗美援朝战争面对的是以美国为首的现代化军队，战斗可能会比打孟良崮和淮海战役还残酷惨烈。万一（我是说万一）我在战斗中牺牲，荷花往后的日子怎么过？……信是荷花读的。她读到这里已经泣不成声，读不下去，哭着跑出门。任丽娟开始一直强忍着不让感情爆发，荷花跑出去后，她的眼泪才夺眶而出，身子一软倒在地上。

郝运来是三天后得知张大军赴朝的消息，恼羞成怒，一大早就跑到任丽娟家里大吵大闹。张大军这个王八羔子无、无情无、无义。他就是当大、英雄回、回来，我也不把、把闺女嫁给他！

任丽娟无论郝运来骂得多难听，吵得多么凶，一直低头纺线不吭声。她理解郝运来，闺女出嫁的日子定好了，嫁妆也准备了，就等男方娶过门，而男方却不辞而别……这在当地农村是一件大事，换谁心里都不舒服。这个时候给他讲再多的道理都用处不大。院子四周围了很多人，可能都找不到劝说郝运来的理由，所以没人上前相劝。恰好张小军从外边回来了，见郝运来对母亲凶狠的样子，顿时怒不可遏，顺手抄起镢头指着郝运来吼道：郝半仙你有种有胆别在赵家庄村啰唆，去朝鲜和美国鬼子真刀真枪地干。终天和当过日本鬼子国民党狗腿子的人混在一起，你不是郝半仙，是孬半仙！郝半仙被张小军迎头一顿痛骂，火气更旺了，话也无遮拦，你个小、小屁孩跟、跟在狗、狗腿子睡过的女、女人屁股后边闻、闻骚味，我早上还、还看你、你俩在地里说、说笑、笑，你不孬？！

郝运来的话音一落，院里院外一片静寂。谁都听得出来他说的是张小军和柳儿。张小军恼羞成怒，举起镢头就向郝云来砸过去。郝运来一边躲闪一边对任丽娟嚷嚷：看看你养的儿子，一个无情无义，两个还是无情无义。任丽娟还没来得及说话，"四指"走了进来，一把抓住郝运来的腰带往上一提，郝运来的腰带被他攥在手里，裤子却滑落地上。郝运来赶忙双手提着裤子，朝"四指"瞪大眼。"四指"骂他：看你个熊样，老的欺少的也欺，仗谁的势？小军没说错，有种去朝鲜和美国鬼子真刀真枪地干。

郝运来说：你、你咋不去？

"四指"说：我要年轻十岁一点也不含糊。

郝运来说：那你儿子黑、黑蛋年轻，你、你咋不让他、他报名当志愿军？

"四指"一时答不上来。

任丽娟觉得到了说话的时候。她走到门外，对围观的乡亲说：大军参加志愿军上朝鲜前线，我为有这样的儿子自豪！他说得对，动员别人上前线，自己不带头，觉得嘴秃，脸红，心慌。咱沂蒙山人是枪林弹雨闯过来的，知道子弹不长眼睛，打到谁身上就是一个血窟窿。大军他爸是躺在我怀里闭上眼的。我眼睁睁看着他身上子弹打的血窟窿在流血……她停顿一下，让自己的情绪稍稍平静，但声音哽咽了。大军他爸临"走"前说，大军的娘，给儿子说，沂蒙山人的骨头比石头硬，就是粉身碎骨也要跟着共产党，只有共产党才是真心真意为咱穷苦百姓的。打日本、打老蒋，咱沂蒙山人没含糊，抗美援朝、保家卫国，怎么能少了咱……

人群中啜泣声响成一片。

郝运来有点不好意思了，辩解道：今儿是咱、咱两家定、定好的，给、给孩子办、办喜事的日子，突然来、来了这一出。我、我的老、老脸往哪搁？

我嫁过来了，您不要愁老脸往哪搁了！荷花突然走到郝运来面前。她头上扎了朵鲜艳的红花，脖子上围着张大军留给她的红围巾，身上穿着大红衣服，脚上是一双红布鞋，地地道道新娘子装扮。山花和水花跟在她身后，一个抱着床新棉被，一个提着只用红布裹着的竹篮子。郝运来惊讶地张大嘴巴，你、你……荷花理直气壮地回答：今天是你为闺女选定的好日子，是闺女一生最重要的日子，我今天就嫁过来了！

郝运来目瞪口呆。任丽娟十分意外。在场的人也都感到惊奇。

花，这……任丽娟的眼圈红了。

荷花说：娘！大军给我的信上说了，今天他在朝鲜战场上，我在家里，我俩的婚礼照常举行！娘，我和大军给您磕头了！说着，她扑通一声跪在地上，咚咚咚给任丽娟磕了三个响头。她站起来，转身又要给郝运来跪下，爸，我和您女婿大军也给您磕头了！郝运来气急败坏地转身就走，边走边骂：好你个丫头片、片子，以后别、别想进我的门。

任丽娟把荷花紧紧地抱在怀里，感动得一句话也没说出来。她心里明白，大军不会在信中对荷花交代。

当天晚上，任丽娟和荷花母子俩一夜未眠。

八

张小军和山花用石灰水沿着村街墙壁刷写大标语：

"抗美援朝，保家卫国！"

"宁在门外打狼，不在门里打狗！"

"为了不受二茬罪，打败美国野心狼！"

"沂蒙好男儿，报名去参军！"

柳儿手提着装石灰水的小桶跟在张小军后边，不时和张小军说笑。山花看了心里很烦，不时用眼睛瞪张小军和柳儿。张小军和她说话时，她也爱搭不理。区里派来的宣传员组织排练节目，安排她和张小军扮演一对夫妻，内容是妻子支持丈夫参军。她板着脸噘着嘴唇，不高兴地说，让柳儿演他媳妇吧！宣传干事反映给荷花，荷花听后笑了。她知道山花的心事，所以和山花谈话时单刀直入。你别疑神疑鬼和小军闹别扭，那样会影响小军的工作。山花哼了一声，他一个革命烈士后代革命军人家庭的，和一个整天涂脂抹粉的革命对象的女人那么亲热，你还说他是工作。荷花问：你是说马猴子吧？你怎么知道他是革命对象？山花说，他贼眉鼠眼，装腔作势，当面一套、背后一套，和咱不一心。荷花拍着她的肩膀，哟，出口成章，以后可以当作家！说完，又严肃地说，你这是印象。可你能看出他背后一套或者说背后做什么吗？山花摇摇头。荷花在她额头上轻轻点了一下，小军比你聪明。好好想想吧。山花想了一会儿，不好意思地笑了。

县委为了鼓励赵家庄村青年踊跃参军，同时宣传赵家庄村这个先进典型，派文工团今晚到赵家庄村演出。荷花和山花早上在地里忙碌一阵，回家的路上，荷花让山花去找小军，说你就对小军说，你们那几个节目今晚和文工团一起演出！

她俩快走到村口时，迎面碰见马猴子。马猴子好像刚从地里回来，头发被风吹得蓬乱，上边还有几根没拨拉掉的叶子，裤管和鞋子都沾着稀泥。他冲着荷花笑眯眯地问：你爹没再骂你吧？荷花点点头说，嗯！马猴子说，我反反复复做你爹的工作，给你爹讲大道理。你爹他是怕"变天"。到时候你家的地也没了，牛也没了，人也跟着受罪！他把"变天"两个字说得很重。

马猴子走后，山花见荷花眉头紧皱，愤愤地说，大姐，他话里有话。好像借咱爹的话敲打咱呢。荷花说，你看见他头发上的竹叶了吗？山花想了想，点点头。荷花说，你去找小军，一起去找柳儿，就说排戏。她附在山花耳边说了几句，山花边听边点头。荷花说，我这就去找我娘汇报。山花明白，荷花要是说咱娘，是指她们的母亲；要是说娘，指的就是任丽娟。

任丽娟此刻正在"四指"的地里。这几天赵家庄村又有几个青年报名参加志愿军。"四指"的儿子黑蛋却迟迟没报名。荷花给任丽娟汇报说，我和区委派来的同志在报名现场，黑蛋表都填了，"四指"叔突然赶到把黑蛋拉走了。任丽娟心里咯噔一下，心想：这个"四指"，怎么在这个关键时候掉链子？所以，她专程到地里找"四指"谈心。"四指"说得很干脆：黑蛋他娘在打孟良崮支前时被炮弹炸飞了，我被炸断一根手指。他两个姐一个嫁出去了，一个南下了，我身边就黑蛋一个孩子。我，我全指望他给我们家留个根。说着，他用手捂着脸，眼泪从手指缝里像小溪一样流了出来。任丽娟的心也隐隐作痛。她想了想，挨着"四指"在田埂上坐下，转了个话题说，我估摸着你这十几亩地收它个六千斤粮食没问题。"四指"说：嗯。这多亏您老大姐领咱村抗洪搞得好。任丽娟又说，话不能那么说。人心齐，泰山移。咱赵家庄村父老乡亲抱团。再加上咱这儿地势高，排水快。"四指"说，等打下粮食，留够我俩的口粮，再留点明年的种子，剩下的我打算全都捐献给国家，算我们俩为抗美援朝做贡献！他装了一锅烟，点燃了火，噗噗噗狠狠地抽了几口，任丽娟坐在下风口，连续咳嗽几声，站起了身。山风像脱了缰的马群，从山上呼啸着奔驰而来，吹乱了她的头发，吹得她瘦弱的身板儿摇摇晃晃。"四指"清晰地看见她的两鬓花白，额头上的皱纹也深了，禁不住一阵心酸，感叹地说，大军娘，咱都老了，往后……任丽娟没等他往下说就开了口，是啊，咱老了，就是美国鬼子真的打过来，咱想出力也使不上劲了。咱的孩子们可要吃二遍苦受二茬罪！说完，她若有所思地望着山顶。山顶上，被风吹散的白云像一群失散的绵羊慌张地四处奔跑，然后被风无情地撕成碎片……

"四指"低着头抽烟，一声不吭。

这时，荷花匆匆赶到了。她故意当着"四指"的面高声说，娘，有情况！

"四指"扑腾一下从地上跳起来，迫切地问：啥情况？

任丽娟点点头，示意荷花说下去。荷花把遇见马猴子的事简单说了一遍，最后说，我按照您的安排加强了山上巡查。为了不让咱这儿人认出来，就请邻村民兵排帮忙，派了几个便衣。他们果然发现了情况。

任丽娟：噢，发现了啥？

荷花说，竹林里有一片新土，用铁锹铲去一层，露出一片香烟的烟头。

"四指"惊讶地问：一片？

荷花肯定地回答：是一片，数了一下，有四十多根。怎么说也得是四五个人丢下的。

任丽娟边听边想，接上说，怕被发现就用土盖起来。没想到这一盖反而露出马脚。花，哪个村的民兵？到时给区里汇报一下，好好表扬表扬！

"四指"不解地问：这些人肯定不是老百姓，老百姓抽不起洋烟；也不是本地人，本地人用不着偷偷摸摸。那到底是什么人，想干什么？

荷花说，今晚县委董书记亲自带县文工团来咱村演出，给参加志愿军的送行。周边几个村的乡亲都要来看。

任丽娟沉着冷静，不慌不忙地问：花，你是怀疑他们今晚动手？

荷花还没回答，"四指"就抢着说，一个共产党的县委书记，十几个当志愿军的青年……奶奶的，他们想得太美了！荷花，你去集合民兵，老子今晚亲自上阵！

荷花说：我娘早有安排。

任丽娟对"四指"说，你今晚早点去占地，装作啥也不知道。这就是你的任务。

"四指"开始不乐意，想了想，点了点头。

回到家里，荷花迫不及待地对任丽娟说，娘，我得去柳儿家。她家锅屋风箱里和桃树下的东西得控制起来。任丽娟思考了一会儿，低声说，让识字班里的民兵去。荷花郑重其事地说，明白。娘您就放心吧！

赵瘸子嗓门大，行动却不便，通知村民看演出的任务自然落在他身上。他左手拄着拐杖，右手举着铁皮卷成的喇叭，在村里一遍遍地吆喝：吃罢饭都上场屋看戏喽！县委书记带的县文工团演出，还有咱村自编自演的节目……县委书记和文工团姑娘要给参加志愿军的孩子们戴大红花，能动弹的都去送送孩子们……大军的兄弟小军和荷花的妹妹山花今晚要拜堂成亲，老少爷们儿去喝喜酒啊！

郝运来听见了，连蹦带跳从院子里出来，指着赵瘸子骂道：那是演戏，你别胡说八道！

赵瘸子嘿嘿一笑，他俩在戏里演大军和荷花，荷花送大军赴朝参战，错了吗？

郝运来气得跺跺脚，转身回了家，砰的一声把门关上。这在这时，他看见牛屋门前站着一个麻子，左手抱着水花，右手握着一把闪着寒光的匕首。他"啊"一声就要冲上去，麻子往后退了两步，厉声说，站住，不站住我就一刀把你闺女脑袋割下来。郝运来呆呆地站在原地，几乎哭出声，你放了我闺女吧。我这阵子没干过得罪你们的事！只要你放了我闺女，你让我干啥都行。麻子冷笑着说，我让你去把你家大闺女找回家来。郝运来摆着手说，我不知道她在哪儿。再说，她差不多和我一刀两断，我的话对她来说等于放屁！麻子皱着眉头想了想又说，那你去把你们赵家庄村的"铁娘子"给我找来。郝运来的头摇得像拨浪鼓，这更不成。我要找她，她马上就会想到你们在捣乱。她一声令下，你们一个也跑不了！麻子急了，你他妈的这也不行那也不行，我送你闺女上西天行不行？他说着，用匕首在水花脖子上轻轻划了一下，水花脖子上立刻现出一道血痕。水花的嘴被麻子用毛巾堵上了，疼得浑身发抖，眼泪唰唰往下掉。郝运来看了，心像刀割般疼痛，扑通跪在地上，边给麻子磕头边说，求求你放了我闺女。你把刀架我脖子上，你要到哪我跟你去。麻子还没说话，马猴子手里攥着根棍子从牛屋里钻出来，骂了一句：你他妈的跟他废什么话！郝运来正要张口求他，他一棍子打在郝运来头上。郝运来惨叫一声倒在地上，昏了过去。马猴子把他拖到牛屋里，用绳子把他捆上扔在牛草堆里。麻子把水花扔在他身边。他俩嘀咕了几句，从后门钻了出去。

　　荷花这时带着几个识字班的妇女去找柳儿。她对柳儿说，前些天下雨，识字班停了，这几个怕时间久忘了字，让我带她们来请教老师。

　　一个妇女说，荷花说得对。几天不上识字班，认得的那些字不是缺了条胳膊就是少了条腿。我写沂蒙山的沂左边少了一个点，我闺女笑得肚子疼。

　　另一个妇女乐呵呵地接上说，你煎饼卷大葱吃到肚子里，又变成稀的拉出来了吧？

　　荷花一开始任她们说说笑笑，转移柳儿的注意力，借机向桃树下看了一眼，见树下的土没有人动过，心里稍微轻松了一些。她见柳儿心神不定，左顾右盼，直截了当地问：柳儿，你今晚没节目吗？柳儿耷拉着头，不悦地说，马先生说这几天不太平，让我今晚别出门。接着不满地说，我才不管他呢！

今晚有我和小军兄弟的节目，我不去他一个人演不成。再说，他也会生气！

我来了！张小军推门进来。他的身后跟着二叔的孙子皮蛋等十几个孩子。荷花一愣，小军，要演孩子王啊？张小军爽快地回答：是啊，儿童团长！说完，哈哈大笑。柳儿嗔怪地说，小军，荷花姐和你说正经事呢！张小军拉着她的手，四下转了一圈，指着桃树说，柳儿，为了活跃气氛，今晚临时加了一个节目《老公公拔萝卜》。我演公公，你演婆婆。皮蛋这群孩子演咱俩的孩子……柳儿扑哧笑了，咱俩生这么多孩子啊！

荷花和那几个妇女在一旁热烈鼓掌。

柳儿见张小军去抱桃树，跑过去想劝阻。皮蛋和那群孩子在张小军招呼下一拥而上，有的抱着张小军的腰，有的搂着柳儿的腰。张小军带头唱起来：老公公拔萝卜，拔呀拔呀拔萝卜……一二三用力！

桃树本来根是虚的，没用多大力气就倒下了，露出一个洞。荷花和几个识字班的女民兵早有准备，一个人到门口吹了声口哨，很快从门外进来了十几个全副武装的民兵。他们从洞里掏出一挺机关枪，十几支步枪。荷花又从锅屋风箱底下把电台搬了出来。柳儿大惊失色，连滚带爬地爬到张小军面前，双手抱着他的腿，哭着说，小军兄弟，我早给你说过，我啥也不知道！

张小军双手拉起她，帮她擦去脸上的泪水，亲切地安慰她说，柳儿，你别怕。我可以证明你在这件事上的清白。

荷花也过来拍拍柳儿的肩膀，说：柳儿，我们一会儿把树给扶正了。你呢，在院子里该唱继续唱，唱得大声点，响亮点，让山上山下的人都能听见。

柳儿点点头。

张小军和两个男民兵把树扶正，又推了几下，确信风吹不倒，才笑了笑说，就让这棵消息树给我们的敌人报信吧！荷花安排两个识字班的女民兵留下陪柳儿，然后和张小军带着民兵、皮蛋那一群孩子离开了柳儿家。他们临出门时，柳儿叫了一声：小军兄弟，别不管我！张小军回过头深情地看了她一眼，郑重地点了点头。

九

演出在一阵紧密的锣鼓声中开始。

县委书记董凡牵着任丽娟的手走到台上。他的目光在台下黑压压的人群中扫视了一遍，慷慨激昂地说：赵家庄村的父老乡亲们，你们是好样的！大革命时期，咱全县第一个农村党支部就诞生在这里，抗日战争时期、解放战争时期，赵家庄村都是红色模范村。刚才我和任丽娟大姐算了一下，包括黑蛋娘等支前中牺牲的，先后有十一位烈士为革命献出了生命，加上这次参加志愿军的八位，先后有四十位优秀青年为人民求解放、为保卫祖国当兵扛起枪……赵家庄村的乡亲们，请接受我的崇高敬意！

台下沉寂了一会儿，响起一阵热烈的掌声。

任丽娟抬起胳膊，用袖子擦了擦眼泪。

董凡等掌声停下后，对着后台喊了一声：小伙子们，上台吧！

十位穿着志愿军服装的青年英姿勃勃地走到台上，山花和几个女孩捧着大红花跟着上了台，董凡和任丽娟将大红花分别给他们戴在胸前。台下又响起一阵热烈的掌声。就在他们准备鞠躬答谢时，台下有人叫了一句：等一下，数错了！

台上台下的人们都惊讶地张大了嘴巴。

黑蛋一个箭步跨到台上，拍拍胸脯说，加上我，是十一个！

任丽娟朝台下一看，"四指"站在人群中向她挥着手，大军娘，是十一个，十一个呀！她的眼睛瞬间被泪水模糊了。

荷花满面红光地走到任丽娟面前，在她耳边低声说了几句话。任丽娟眉开眼笑，精神抖擞地说，给父老乡亲报告一个好消息，咱赵家庄村民兵配合县区公安，一举捣毁了隐藏的特务团伙，没费一枪一弹抓获了四名暗藏的特务，缴获了一批枪支弹药……

她的话音还没落地，台下已经沸腾了。

尾　声

郝运来是在演出结束才和水花一起赶到现场。原来，马猴子把他用绳子捆着扔在了牛草堆里，牛在低头吃草时，把捆在他身上的绳子嚼断了，他才得以解脱。此后多年，他都说那头黄牛通人性，是来救他生命的。他从此把牛鞭扔了，耕地时不仅没打过牛一下，甚至口口声声称那头牛为"老伙计"。有一次，"四指"直言不讳地问他，当初你为啥和马猴子来往亲密？他红着脸说，马、马猴子个坏、坏种，许、许诺把他和柳儿分、分的地给，给我种，还说要、要送我一、一头毛驴拉磨用……

"四指"说：我呸！你傻呀！咱都黄土埋了半截身子的人，谁见过天上掉馅饼？！

是非人生

一

那天下着毛毛雨，是春天里常见的日子。小城里党政军学商务界人士一百多人都云集在火车站不长的站台上。客车再过五分钟就要进站了。他们交头接耳窃窃私语议论着即将到来的小城最高的行政长官——县长。

"听说那家伙学识渊博，读过大学还在东洋留过学。"

"他在江南做了三年县长，锐意革新，惩办贪官污吏深得民众拥护，据说他调离时老百姓和一些有识之士上书省府挽留他。"

"哼，不过是做做表面文章而已。我看他们读书人做官，除了夸夸其谈就会涂脂抹粉歌功颂德……"

"话可不能这么说，读书多毕竟是好事。夏县长是个赳赳武夫，可还没待三个月就丢了官。"

"咱这个县就是让老蒋来也治不好。没听说哪个县一年换了八任县长的。好了，咱就等着看这第八个怎么样，说不定他妈的也是个草包！"

"听说这家伙野心不小……"

火车进站了。

当该下车的乘客走散，列车又向前方运转后，站台上的人们迎来的是失望。于是有人骂娘，有人责怪，有人不满。

"这家伙新婚燕尔，说不定带着新娘子下苏杭观光度蜜月去了。"

"他妈的……"

这个被骂他妈的混蛋草包小野心家的就是我。那时候我已经混在一辆拉油的车里进城了。后来，当以后成为我密友的胡子明告诉我火车站站台上发生的事时，我也发火了。妈的我又没让他们去火车站接我，他们凭什么怪我！我可不是为了替国家省几个车票钱。你想想，从家中到火车站有一段路，到火车站等候开车又要一段时间。我新婚的妻子要陪我痛苦那一段路痛苦那一段时间，我心疼她也心疼我自己。

而约好一辆车，到了时间，赶到约定地点登车就走；免得看妻子的泪水，省去很多痛苦。因为一个人能承受一个人的痛苦，承担两个人的痛苦时就超负荷了。

我在小城的石子街旁看见了那帮从火车站带着各种心情和各种神情返回的人们。乖乖，想不到还有一辆漂亮的轿车呢！那家伙不可一世地在大街上从容不迫地"散着步"，不时发出几声尖厉的叫声。后来我才知道由于这座县城所处的交通和战略地位重要，经常有高官降临，国民政府批准专为县政府配了一辆轿车。可是也就是那个黑不溜秋的家伙在我的脑海中留下了小城的第一道阴影。那个黑家伙从我身边开过去，大约走了二百米远，突然从临街的一座大门里涌出来一群人，把它拦住了。我当时和坐在那轿车里的人一样大吃一惊。仔细一看，那是一群学生，而且不断有学生从大门涌出来，已把那黑家伙团团围住，街道都堵塞了。这边的人呼啦一下子都跑了过去，我也跟着跑了过去。整整四条大幅标语在学生群中挑起来了，接着一阵阵口号声震天动地。只见标语上分别写着："强烈要求释放爱国师生！""打倒汉奸校长！""爱国无罪！""打倒卖国投降分子夏聋子！"学生们呼喊的口号和标语上写的大致相同。我看了看大门上挂着县师范的牌子，知道这群学生是师范学校的。我暗吃一惊。我来之前一个朋友告诉我，这儿的县立师范赫赫有名。早在北伐时期，这个师范就有几个学生投笔从戎进了黄埔军校，其中有的在北伐时牺牲了，有的却分别在国民党和共产党军队中做了官。小城里多次学潮都是由这所县立师范发起的。我很快就猜到一定是这所学校又有师生被逮捕，师生们知道新县长今天上任，所以才有组织地拦截新县长的轿车。要是我真的此刻坐在那个黑家伙里，现在多么尴尬呀！对，我要看看那黑家伙里现在的人怎么脱身。

小轿车里的人很能沉得住气，好久没有动静。那些学生急了，吵吵嚷嚷着要砸汽车，接着一双双拳头如雨点般擂在汽车上。我在十多步开外都听得见"砰砰"的响声。忽然，在一群学生的吆喝声中，一个年轻女子被抬到了车顶上。她细高个瓜子脸大眼睛，长得楚楚动人。只见她从容地扫视了四周一眼，亮开嗓门说："同胞们，大家一定不会忘记前天是什么日子吧？是的，一个真正的有良心的中国人是不会忘记的！五年前的前天，日本侵略者炮击沈阳侵占我东北，五年来他们又占我热河侵犯上海染指华北虎视中原，我领土危在旦夕我民族危在旦夕我同胞父老兄弟姐妹危在旦夕，是中华好儿女怎能熟视无睹呢？我师范爱国师生于前日上街宣传抗日，却遭到国民党县党部和县政府的迫害，警察保安一齐出动抓我七名师生……同胞们同胞们……"

刚才，我已经发觉人群从外边开始骚动，现在却已大乱。回头一望，只见荷枪实弹的警察和保安人员已把我们团团包围。再回头看时，那个站在小轿车顶上演讲的女学生已被她的同学拉下车去，而爬到车上的却有七八个男学生。乖乖，要是把车给踏扁了可够车里人活的了。不知为什么，我却想看到那个女学生。她就是后来成了我抗战时期的夫人的沈小娟。

那些学生真够厉害，面对枪林的包围面不改色。一个穿学生服留分头的高个子喊道："同胞们看见了吧，这就是我们的政府对抗日的政策和立场。抗日有罪爱国有罪！我们要求新来的县长对话！"

"新县长站出来！新县长站出来！新县长站出来！……"学生们围着小轿车喊口号，还有很多老百姓也跟着喊叫，声浪一阵比一阵高涨。

警察有的挥着木棍有的挥着皮鞭有的挥着枪托挤进来了，不一会儿就和那些师范学校的学生厮打起来。几个学生已被绑起来，其中还有沈小娟。

"日他奶奶，新县长怎么不敢出来呀？"

"这些龟孙子王八蛋只会对学生娃娃逞能，要让他们去和日本鬼子真刀实枪地干说不定当兔子呢！"

我这个县长听着周围的人骂我。我在想着该怎么办。小轿车里坐的一定是县上的要人，为什么不下车给学生们解释一下呢？我现在出来不出来亮相呢？我的血终于沸腾了。我高喝一声："不准动手！"喊声刚落，几千双眼睛都向我转来。小娟后来告诉我，当时听你一喊以为来了救星，一看是个近视眼的文弱书生，又都失望了。谁知道你就是新来的县长呢？！

是的！我就是新来的县长。本人姓章，立早章名章静。现在我先宣布，警察和保安团向后转齐步回去。本县长愿留下同师生代表谈谈。那时我很明白要想让学生们安静下来避免一场不可估量的冲突和损失，必须这样做。

这时候，小轿车里才下来两个人。其中一个是我的同学，当然我并不知道他已换了名字在这儿任县党部常委。上学时他叫马永平，这会儿叫马青云，大有平步青云的勃勃雄心。老同学见面少不了几句寒暄，因为情况紧急，他立即开门见山劝告我不要慌着表示态度，弄不好怂恿了学生，还会上共产党的当，还会失去政府的威严和立场。他让我重新下令把已抓的几个学生带走以杀鸡儆猴。我这个县长当时真犹豫了。不管怎么说他是这个县的党内最高官，我还得尊敬他几分。如果不听他的劝告不要说别的就是对今后相处也无益处。但如果听他劝告就得把抓的学生带走，而更多的学生就会纠缠吵闹不休，说不定还会再发生流血的事。何况我亲临现场目睹事件发生，并不能怪罪学生，他们就是要求抗日，抗日是爱国的就不应该有罪。那些学生都在看着我，我这个县长在他们心目中是什么样的形象呢？不，不行，我不能听我这个老同学的劝告。可是常委老兄看出我在犹豫，立即挥了挥手，大声宣布说："章县长有令，把那几个聚众闹事拦截汽车的坏学生带走，另派出学生代表和县长谈判！"这鬼家伙钻了我的空子。是的，我刚才是下令保安和警察撤走却没说明把绑上的几个学生留下。现在怎么办？我能当众驳回他的话让他下不了台？刚见面就闹翻脸吗？他妈的我已经意识到我的这个老同学这个县常委城府极深且精明过人是只老狐狸。

他利用我的犹豫我的疏忽宣布命令之后，人群立即骚乱起来。学生们和警察保安因为带人和不让带人争吵在一起厮打在一起。我看见有的警察要动枪，我马上喝令不准任何人开枪。这只是我为刚才的疏忽做出的一点补充。

学生们毕竟赤手空拳又大都是文弱之躯，如何斗得过警察和保安？就在这时候，马青云把我拉扯进"老鳖盖"里。这是我刚听到四周的老百姓为那个黑家伙命的名。我虽然不情愿但也无可奈何。我和马青云在车上有一段对话至今仍记忆犹新。

"听说老兄在江南县长任上功绩卓著，曾受到省府奖励，这次你来治理小城，一定会使小城大放光彩。"

"马兄言过了。我哪有什么功绩，只是因为江南民众齐心协力加之各位同志相助又逢风调雨顺才稍事太平。民不聊生之况，未有多少转机，想来惭愧。"

"江南小县共匪作歹，老兄在对付共匪方面一定有不少创举吧？"

"土匪却有但不一定都是共党。身为一县之长保境安民乃头等大事，更不足挂齿了。"

"小城近年来灾荒不断学潮迭起人事变换瞬息，老兄此来任上……"

"马兄在小城多年，虽政事人事变换却稳坐交椅，想必有不少良策还望今后多予关照。天灾人祸本不可免但只要预防在先即可减少损失。至于学潮，却应视事而论亦不能统予否定或弹压。"

"据我所知小城学潮多为共产党分子操纵，与我党和国民政府对立甚至反对甚至暴乱，不可不压制。好了，今天先不谈这些。你刚来，县府备了几桌薄宴，一来为你接风洗尘，二来与小城各界长官认识认识。"马青云一脸笑容但话中带刺，给我心灵投下了重重阴影。来上任之前我曾走访过两年前在小城做过四十八天县长的张君。他告诉我县党部常委马青云上头有靠山，善玩权术，早想集党政大权于一身，各届县长多与其不和。张君劝我要防备此人，但我以为对老同学比较了解，并不完全相信张君的话。今日初见，我对老同学真有些不满。早听人们说党内有一大批吃"党饭"的党棍，但愿我的这个老同学老搭档不至于用棍子"别"我的腿。

马青云嘱咐司机把车开到为我准备好的别墅去。我已精疲力竭真想洗个澡痛痛快快睡一觉。妈的，一天的长途颠簸差点把肝肺都颠碎了。

小车在一条僻静的小街上减慢了速度，大约行驶两分钟就停了下来，一座小院出现在眼前。两扇朱红色的大门打开了，小车径直驶了进去。下车后，我立即被一阵沁人心肺的花香包围了。只见院子里一丛丛菊花争奇斗艳，尚未来得及仔细观察，一个年轻漂亮的女人和一高一矮两个男人已经毕恭毕敬地站在了我面前。

"我叫唐蓝，县府秘书。"年轻漂亮的女人大大方方地向我做了自我介绍，然后又把一高一矮两个男人分别给我做了介绍。高个子叫唐华，矮个子叫马在前，都是县府的公勤员。

"唐小姐，章县长今后的生活你要多多关心。章夫人没有来……"我清楚地看见马青云在给姓唐的女人暗示什么，心中又是一阵不快，但脸上仍装着笑容。人要活着就不能没有伪装。

这是一个优美而柔软的小院。三间青砖瓦的古式堂屋，左边带两间东厢房。可以看出屋后有一片小竹林。屋前的小院里花香草茂有点公园式的风格。屋子里摆设十分豪华，是我在江南小县县长任上没有享受过的。我是个直性子的人，开门见山地询问了一些有关问题后，说："我既没带家眷来乃独身一人，有一间小房栖身就行，这样宽敞豪华的院子太奢侈了，大可不必。况一县之长要有大量时间在乡下体察，闲置起来更是用场不大。我看……"

"我看县长老兄就不必推辞了。"马青云打断我的话，认真地说，"小城不同于江南那等小县，往来的宾客都要县长接待，太寒酸了有失小城体面。"

我想了想，终于还是没有给我的这位老同学难堪。

唐蓝甚是精明，早已备好了洗澡水。马青云和我约好了晚上赴宴的时间即告辞了。

我进了洗澡间，脱光衣服躺在浴盆里，一种快感很快驱走了浑身沉重的疲惫。突然，一阵吵闹声在门外响起。我仔细听了一阵，原来是师范学校的学生们闹到我门上来了。我哪还有心思洗澡，匆匆擦了遍身子换了衣服。刚拉开门，我又愣住了，唐蓝就站在门前。这个女人那么年轻怎么不知道回避呢？她到底是个什么角色？

当然，我现在要关心的是学生们。

二

说真的直到今天想起来，我还觉得愧对沈小娟和她的同学们。我要出来接见学生，唐蓝劝阻，当然我没听她的劝阻。可是我没有防备她的另一手：打电话告诉马青云然后由马青云调动保安和警察。这也是以后才知道的。他们用的这一手是"逼"。逼我走上同他们命运相关的道路，逼我做他们的傀儡。

我在学生们一片怒骂斥责声中打开了大门。我敢说他们都很惊讶也许谅我不敢和他们见面。一时间，嘈杂声沉寂了。

"你们找我是可以理解的。你们不找我我也会去找你们的。"我很激动，真的。是我没有把话讲清以致马常委钻了空子，使包括那位漂亮的女学生在内的几名学生进了监牢。学生们指责我谩骂我我都能接受，现在的问题是对那些学生如何处置。他们究竟是出于抗日还是受人指使反对政府？我如若不态度鲜明就会被误解被对立甚至被小城某些人唾弃。但是我也清楚地知道这是件棘手的事情，闹不好直接影响小城的安定和党政团结也直接影响我的前途。

沉寂了一阵后，学生们吵起来。看不出谁是带头的，大家都异口同声都怒气冲冲。

我竭力控制住自己的情绪，心平气和地请他们安静请他们有秩序地发言，光吵是不能解决问题的。我说我刚到小城，不知道前几天发生了什么事不知道同学们有什么要求。他们说你既然这不知道那不知道为什么又抓一批学生？还有的问你这不知道那不知道但应该知道"九一八"，知道那是我们的国耻而我们抗日有没有罪。我说抗日无罪爱国无罪但是但是……有几次我真想大声呼叫我没让抓人但又把话咽了回去。你想我那样说不就是操纵学生与县党部对立万一他们冲击县党部我岂不就成了罪魁？我恨死那个老同学那个马常委给我出了个难题，让我浑身是嘴也说不明白讲不清楚。现在倒好我在这儿被包围受冲击受委屈，你们却心安理得了？早知如此我何必站出来承认自己是县长明明是自找麻烦自找苦吃。他妈的我这个县长还未正式上任就束手无策了。

学生们不理解我的苦衷变本加厉地吵闹。有的学生极不文明地向我扔石块向我吐唾沫好像我是一个十足的坏蛋。恰巧那个唐蓝不识趣又出来劝我还动手动脚地拉扯我，学生中有人凭空捏造大做文章说我刚来到小城先找女人睡觉是个贪色之徒。我真是有苦难言有火难发气得浑身不住地颤抖。我的嗓子都哑了我还要拼命喊叫。我说请学生们先回去，这件事我要调查，三天内给你们答复。他们说你先释放被捕的学生。还有的说你贪了个漂亮的女人哪还有闲心过问几个学生的命运。

就是在这个时候，保安团和警察们都赶到了。我一看不禁大吃一惊。但是我很快就明白这是唐蓝所为。她很得意还在低声告诉我是她做的。我气得七窍生烟大骂混蛋恨不得狠狠揍她几巴掌。这个混蛋女人坏了我的大事简直是把我朝火海里推！学生们果真愤怒了。他们骂我政治流氓，骂我无耻，骂我卑鄙，骂我是伪君子，世界上最难听的语言全都骂了。那会儿好像全世界都停止了骂人，而把骂人的脏话气话全借给他们发泄愤怒用了。前边的学生怒不可遏向我扑来大有把我撕成八瓣之势。唐蓝拔出了手枪，凶相毕露。我打掉了她的手枪，喝令她退开。我知道此刻是千钧一发，马上有可能县长公寓门前血流成河，我将成为小城的罪人！我打开大门，闪过身来下令学生们进去。我又命令保安和警察不准动手，更不准开枪。可是他们是得了指令来的，且其中有别有用心分子，于是有人装作听不见继续殴打学生。西北角竟然还响了两声枪。他妈的这些混蛋一定疯了。我不顾一切冲到西北角，只见一个学生躺在血泊中。我大声训斥开枪的警察并下令立即缴了他的枪把他关押起来，这才制止了可能继续蔓延的事态。我又下令把受伤的学生送往医院并掏出自己的钱作为治疗费。为了避免再冲突，再流血，我一方面责令保安和警察撤退，一方面恳请学生们回校，我再三保证三天内给学校明确答复。若干年后，我在报纸上见到一个当年的小城师范学生还在文章中骂我是"反动县长用流氓手段哄骗学生"云云，这真是冤枉了我。

我本来已经旅途劳累加上前后不到两小时中间发生的两次折腾，更是精疲力竭，劳累不堪。我拖着沉重的身子回到屋里，见唐蓝坐在椅子上不满地望着我。我终于忍不住冲她发了火。我骂她不知天高地厚，不懂政策法令目无长官笑里藏刀笑里藏奸。她开始还满不在乎渐渐神色惊变，最后竟在我面前哭出了声。我又惊慌了，觉得自己不该这样痛骂一个年轻女子。我想给她道歉，可一想她给我造成的难堪，造成的不良后果还是忍住了。

"章县长，我，我是受命做的，本来以为是为你好……"她向我哭诉了她的委屈，我本来就知道她是受人指使，经她一说就原谅了她。她说她得到马常委指示：你首先是国民党员，其次才是政府秘书。党员要服从党的纪律。她还说她也不愿看到学生被镇压，因为她自己才脱学生装不久，在学校里她也曾积极宣传抗日，还上过街头烧日货。她说学生爱国有罪是欲加之罪。唐蓝小姐以后成了我亲密的伙伴之一并且爱上了我。可是再后来她因无法忍受党内、政府内各种派系的斗争以及政府在抗日问题上的软弱辞了职，没多久小城沦陷前她投河自尽了。

我正和唐蓝交谈，电话铃响了。电话是马青云打来的。他关心地询问我在我家门前发生的事件，再三强调是共党所为。我始终一言不发，任凭他怎样说直到他催我快去赴会。

唐蓝也是要赴会的。在汽车到了门口时，唐小姐突然恳求我两件事：一是要我不要把她的话说出去让马青云知道；二是让我在宴会结束后主动邀请她随我的车子一起回家。特别是说到第二条时，她的脸色泛红，目光紊乱，神情紧张。我隐约猜测到了一点奥妙，但没答应她。

本来我不想赴宴的，可是想到小城的军民学工商各界头头都来，一是见见面，二是我可以直率地在宴会上提出学潮问题。

我就是这样开始了我在小城县长任上的艰难跋涉，开始了我在小城的一段历史岁月。

三

　　万万没有想到，马青云主动向我提出解决这次学潮的方案：释放第二次被捕的学生，积极为受伤的学生治疗。因为第一次被捕的学生不在我任上所为，我也好向学生和校方解释。马青云说第一次被捕的人中还有一个教师，经查这些人中确有共党分子。我知道马青云已经给了我台阶，再争确实不易，不过我还是留了退路。由于这一事情解决得顺利，在酒宴上也就顺利，不过也出了不少洋相。

　　小城由于交通和战略地位重要，驻扎着中央一个军的部队。按职务讲，我这个县长与军队的团级差不多平起平坐，由此可说仅军队在小城的人物中高于我职务的就有十多个。在酒宴上，我们一相识，除军长王一强还略讲礼貌，对我这个地方长官较为客气外，他的部属大都目中无人，好像根本不把我这个七品县官放在眼里。我也只好忍让，更何况我也看不起那些自认为军权在握的赳赳武夫。

　　前任张君曾向我说，小城有三派势力即三个集团即党政军三方面。而三派集团内部又各分成若干小集团，甚至壁垒分明，相互倾轧。但我从张君话中分析无论多少派系只不过是权力与权力的争斗，地方势力与外来势力的争斗，新与旧、保守与开明的争斗。今天在酒宴上就可看出。以马青云为代表的"党派"聚集一堆窃窃私语。军方要人则端坐首桌，一个个神态傲慢旁若无人。县府的民政、财政、建设和秘书、教育、警察、田赋与九个区长则好像被冷落在一边。宴会尚未开始，就因为座席的事弄得差点红了脸。

　　北方的宴席上多用"八仙桌"。这种桌子四四方方，每一边坐两个人一桌共八人。据说"八仙桌"是有"眼"的，什么人坐哪边都很讲究。首先是桌子摆放的位置就有首席、次席、陪席等名次之分，也即上下高低之分，每一桌上也有上下高低之分。我不懂此地规矩，见主事人这儿说说那边劝劝却无人入席，好生奇怪。主事人向我诉苦，说大伙都在为座席闹别扭，因为这地方十分考究，在席面上即可分出身份来。军方要人已占了首席，马常委十分不高兴，因无论怎样说他马常委是小城党的最高代表，应该和军长王一强同桌。我听了甚觉好笑。大家在一间客厅里一同用餐，只要吃喝不分还有什么呢？我过去劝慰了马常委一番。他愤愤不平，说是不能纵容这些武夫，否则他们认为你好欺，还会得寸进尺。我说他们已坐好，把谁拉下也不好。再说大家还是相互敬重好，且也算给我个面子。好说歹说马常委终于"忍辱负重"在次席入了座。接下来"河东派""河西派""燕楼派"及政府成员之间为了座席又出了洋相。就说九个区长吧，你让谁坐下席谁都不乐意。最后我只好依他们年龄区分上下。但是七区长与八区长只有几岁之差，年长的七区长倒比年轻点的八区长还显得年少一些，亏着八区长主动配合让七区长坐了上席才少了一点麻烦。

宴席开始，马常委和王军长的部下政治部马主任同时站起来，都争着第一个致辞。马主任事先有准备，拿出一份讲稿，振振有词地念起来。马常委只好败下阵但明显看出不服气。果真不出所料，马常委讲话时，含沙射影地攻击军方，气得王军长和他的部属一个个怒目圆睁。我心里暗暗叫苦：如此看来小城确系是非之地，我踏上这片土地无疑是掉进了陷阱。瞧吧，以后够我挣扎的。

轮到我讲话了。我先对他们各方进行了一番吹捧，无外乎是他们精诚团结，同心同德，为小城建设都做了各自的贡献，然后是谦逊一通，再然后是几点期望。我的讲话不偏不倚，特别是最后发自肺腑，但却得到的是几声稀落的掌声。后来我才知道他们各方对我都不满意，因为我没有旗帜鲜明地站在他或他的一边。

宴罢休息时，军方人员先走一步。政治部马主任临别时亲切地对我说："章县长，听说你是个人才，今后我们会合作愉快的。不过，你要小心提防马常委哟！"

我只得表示感谢军方的好心。

送走军方要人，只剩下党政及地方各界人士了。"党派"的那伙人拼命诅咒军方，大有势不两立之状。谁知这些老兄胃口太大，骂罢军方又骂政府要人，说政府人员长期与军方勾结，根本没把党派放在眼里，其实他们也是说给我这个县长听的。政府这边人员当然不能忍辱，你骂我也骂，互不相让。岂有此理！这哪像是这群有身份的人的所为。无论做党务还是做政务都是为国家效劳，何必搞到这种水火不相容的地步？又怎能做民众之楷模？江南小县虽然偏远，多山多灾荒，连年贫穷不堪，但由于县内党政同志多团结一心人心思政，包括和各界人士均能精诚合作。而初到小城没开始工作就被各派系所包围，四分五裂的党政如何治人治法如何训政建设呢？我又气又恼，不知如何平息这场争吵。这时，教育局长胡子明先生走到我身边，悄悄地说："章县长，屋里空气太辣了，咱们出去走走吧。"

我和胡子明先生走出屋子。胡先生叹息一声说："每次聚会都是这样吵呀骂呀的，什么时候筋疲力尽了方才罢休。"胡先生还告诉我一件事那是可笑可悲又可叹可恨的事，你甚至不敢相信是发生在县府之中。有一次聚会"河东派"和"河西派"两个首领吵得不可开交面红耳赤，一直吵到深夜一点钟还不肯罢休，双方谁也不愿少说一句话更没有谁敢先走一步那样就是输了。这个时候，"河西派"首领家中派人来送信，说是他家中失火了。那个首领挥了挥手，问："火烧到什么地方了？"送信人答："烧到西厢房了。"那个首领摆摆手训斥送信人："好了，别这么大惊小怪的，不就是烧了西厢房吗？我这儿可有重要事情！"送信人无可奈何地走了。那个首领又坐下来和"河西派"的首领继续吵。又过了一会儿，他家里打来电话，说是房子烧光了。他听了骂道："烧光了对我说有什么用？我这儿还有大事！"竟连屁股也没挪一下。这故事带有演绎，但足以说明问题。胡先生说："河东""河西"两派实在是发展到了不共戴天的地步。

我请胡先生详细地告诉我。这时候我已精疲力竭，为了不至于站不稳只得把身子倚在一棵树上，一支接一支地抽烟。

胡先生告诉我，"河东""河西"两派是历史形成的，以古运河为界，"河东""河西"的势力范围都很大。在县城里也阵线分明。"河东派"的活动中心在县城中的津浦中学，该校校长朱达是核心人物。"河西派"的活动中心在县城一区区公所，该区区长宋贤德是首领。本来这两派之间斗得就够乌烟瘴气了，中间又形成一个"燕楼派"。这个"燕楼派"开始是因为不满

"河东""河西"两派争权夺势而类聚的，后来也就不自觉地卷入了同两派争斗的旋涡。"燕楼派"因为开始是在古建筑"燕楼"开了一个会议，所以后来人称"燕楼派"。它的首领是商会会长蓝切志（人称烂茄子）。三派之间各有靠山各据山头。马常委对这三派是又拉又打又依靠，但实际上最偏于"河西派"。一来"河西派"首领是省党部常委的亲戚，二来"河西派"相对来说在县城里的势力大些。

"请问胡先生在哪一派或者拥护哪一派？"我是个直性子，说话都是开门见山。好在胡子明先生谅解我的莽撞，答曰哪一派也不在且也不拥护任何一派，只拥护三民主义拥护正义和道德。

胡子明先生讲的是党内各派之间的事，而我更多的则是关心政府中的事。问及，胡先生巧妙地答曰："眼下从政的多为贵党党员，既然党内分为几个派系，政府内阵线岂不亦分明了？"我连连点头称是心中则更是叫苦不迭。

正要再进一步深谈，马常委亲自出门来叫我进屋。进去后只见各方争吵业已平息，大家纷纷争先恐后表示今后与我配合，令我莫名其妙。后来才得知，唐蓝小姐见我束手无策，为我找了个台阶。她对那些人说，你们别吵了，县长正生气说要回省报告并退职。他们信以为真，怕我真的这样做直接损害他们各自的利益，故才平息下来。

由于旅途劳累没有很好休息加上苦闷忧虑生气，我病倒了。我这个县长就这样开始了旋涡中的苦苦挣扎。

四

我一觉醒来，屋子里已挤满了夜色。头还有点沉，身上也酸麻无力。可是我强撑着地坐起来，招呼马在前把药和水送来。进来的却是唐蓝。

"我不是已吩咐你去县府工作，为什么又跑到这儿来了？"我有点不悦。

她开亮灯，不慌不忙地说："我已照县长的指令做了。只是有几个学生代表要找您，我把他们带来了。"

"在什么地方，来多久了？他们找我有什么事？"我穿着裤衩忽地跳下床，忘记站在面前的是个年轻的姑娘。她好像不在乎，只是眼睛看着高处。我穿好衣服，跟着她走到客厅里。

客厅里坐着两男一女三个学生。他们脸上都带着愠怒，看见我进来连身也没起，惹得我不太高兴。这几个学生简直不懂礼貌且目无长官。我坐下来后，冷冷地问道："你们找我有什么事吗？"

其中一个戴眼镜的高个子说："县长大人，为了避免再发生上次那样的流血事件，我们愿做学生代表来见你，如果抓就抓我们三个人吧！"

这是什么话？就算你们对上次的事耿耿于怀，也不该用嘲讽对待我。那几个被抓的学生不是已经放了吗？为什么还要抓你们？我生气了想训斥说：亏着你还代表师范学生，说话不近情理且不知礼貌。可转念一想，我又何苦让他们与我之间加深隔阂呢？上次的事还没讲清，不能再增加他们对我的误解和不满了。于是，我又转怒为笑，边吩咐给几位学生代表倒茶，边关切地询问被捕的几个学生回校后是否安定，受伤的学生是否已转安。

高个子学生冷笑一声，忽地站起来，义正词严地说："县长大人，请不要再演戏再欺骗我们了！我们想问一问，你究竟什么时候释放我们的同学？"

我愣怔了。我不敢相信我的耳朵。难道上次被抓的几个学生还没有放？不，不会的，前天警察局长来看望我的病情，我还专门问及此事，他答应说回去就放人，怎么会拖到今天……今天可是我前天说的第二天的晚上了。他妈的我这个县长说话不算话吗？我气得浑身发抖，拿起了话筒要通警察局。接电话的回答局长不在，也不知到哪儿去了。我火冒三丈，厉声说："我是县长，立即找到局长让他亲自带上次被捕的几个学生到我这儿来。一个小时内不到，我就免了他的职！"放下话筒，我觉得脸上发烧，无颜面对三位学生代表。我可以想象得出小城师范的师生会怎样骂我背信弃义欺骗他们。

唐蓝在我身边低语道："章县长，你还是心平气和地给马常委打个电话吧！"

我明白唐蓝的用意。这两天来看我的人络绎不绝，各派人物都有。他们虽名义上是来看我，其实是来攻击对方。从他们相互攻击中我知道了一些人和事。就说警察局长张程，他是各派都讨好各派都敲诈。他是马青云的心腹是马青云的打手。也就是因为马青云控制了这个警察局长，得以借此势力控制其他各派。一次"河东派"中的一个小学校长因为开除教师的事和马青云发生了口角，马青云立即指使张程找了个借口把那个小学校长抓到警察局关了一夜挨饿受冻遭打骂。唐蓝建议我找马青云无怪乎是说马青云的话中用。我听了气得七窍生烟。我身为一县之长难道有令不能行还要求告别人？他马青云算他妈的什么东西，故意来给我出难题想驾驭我？不行，我不能任人摆弄。我要行使我的权力！

唐蓝见我不采纳她的意见，哼了一声走了出去。我真想冲她大骂一场。

高个子学生代表已经看出几分奥妙，抱歉地冲我友好地笑了笑，说："章县长，我刚才不该对你发火。"妈的，他倒是变得挺快！可我也只好笑着说没关系。

"章县长！"高个子学生朝外望了一眼，神色严峻起来，认真地说，"你初到任上应该提高警惕，小心上了别有用心的人的当！在小城任职就同走刀山过火海一般艰难，就看你有没有勇气有没有信心。"这家伙倒教训起我来了。我对这个学生充满了厌恶，甚至想把他赶出门去。

半个小时过去了，警察局方面连个电话也没来过。三个学生沉不住气了。我心里又急又气又乱。有几次我都伸出手，想去摸电话但后来却摸了香烟。我想照唐蓝的建议给马青云打个电话，但是又不愿甘拜下风，心里真是矛盾极了。你要是不求马青云，一个小时过去后，学生不放出来，你他妈的这个县长威风扫地，还会受到学生更深刻的误解。那个漂亮的女学生这两天不知被折磨成什么样了？你要是求了马青云，有第一次就有第二次，往后岂不成了他手中的傀儡？不，我这回就要堂堂正正做个县长，一小时后警察局不带人来，我立即去警察局亲自领人并立即宣布撤这个警察局长的职。大不了我离开小城。他妈的我这个县长正不想再在这儿待呢！我主意已定，竭力保持着镇定。

四十分钟的时候，电话铃响了。我一时不敢去抓电话，等待我的是喜是气还是什么呢？

电话是马青云打来的。

"我是章静！"

"章县长哟，我是马青云。你的病好些了吗？我正要去看你呢！你嫂子念叨几次请你到家里来吃饭。噢对了，那几个学生放了吧？"

我真想大骂一声"无耻"，但还是忍住了。当我告诉他"真情"时，他故作惊讶，也在电话中发了一通火，并且表示立即给警察局长打电话。我心里明白他和警察局长都接到了我的命令，不过是玩弄手腕罢了。

七时过一分，警察局长大汗淋漓匆匆忙忙带着几个被释放的学生赶来了。

"张局长，你迟到一分钟。"我终于胜利了，从心里感到高兴，但表面上我仍然装着十分气恼，对张程说，"念你初犯不再追究，今后再发生抗命的事，一定惩处！"

张程连连点头往日那种不可一世的威风见不到了，解释说："我刚才去马……马市转转，没能直接受命，故迟到一步。"

几个学生都笑出了声。我好生惊奇。后来才听沈小娟说，警察局长明明是去了马常委处，可是为掩饰他和其主子中间有勾当却把马常委处说成"马市"，马常委岂不是牲畜了。后来师范学校学生一度用"马市"指县党部。

打发走警察局长后，我和几个学生代表一起攀谈起来。高个子同学告诉我他叫郭明亮。这个郭明亮后来成为小城地下抗日武装的负责人之一。我还曾经掩护过他，是他介绍我认识了共产党人。但是他未等到共产党在中国夺取全国胜利就永远长眠在长江里了。正因为他的早逝，我也失去了一个我的历史证明人。

我刚刚和几个学生谈起来，唐蓝就进来了，而且大模大样地坐下后不再起身。学生们都知道唐蓝的身份也不由得停住了话头。当着几个学生的面，我不好赶唐蓝走，怕让她下不了台。我这个人最知道疼爱人的自尊。又过了一会儿，马青云来了，郭明亮便招呼学生走了。

"章县长，希望您早日把那几个还关在监狱的同学释放！"沈小娟一直到走时才说了这么一句话，让我十分感动。她自己这几天还留着伤痕，但心里却惦念着还未出狱的同学，可见她的心地多么美好啊！在后来我们的相处中，我之所以很快就爱上她是和这一次留下的深刻印象分不开的。

马常委开口就骂警察局长不听命，好像和他完全不相干。我也只好应酬地对他的支持表示感谢。

"明天我想下乡去。听说西北几个区干旱日重，小麦都不能及时播种。"我说，"我想把县府的新局长们都带上一起去。"

马青云沉吟一会儿，点点头说："好好！章兄真是体察民情忠于职守。不过你明天下午一定要赶回来，后天我们打算开党员会。"

我答应了。

马青云走时招呼唐蓝一起走，唐蓝犹豫了一阵，见我没有任何表示，不情愿地跟他走了。我看见马在前向唐蓝投去轻蔑的一瞥。我心中有点酸溜溜的味儿。这么漂亮的姑娘真不该和马青云那种人搅在一起。人世间的事情太复杂了，美和丑有时竟是莫名其妙地紧密。

因为我妻子没有来，县府秘书室和民政科为我安排马在前作为我的炊事员兼管家。别看这家伙个小却是个"小人精"，不仅饭菜做得好且通情达理。据说他读过几年书，又多年习武。张君就推荐过他是很合适的管家。

我吩咐马在前准备一下我下乡的干粮和行装。马在前一愣，惊奇地说："县长大人下乡哪用得着带干粮，鸡鱼肉蛋能撑破肚皮。"

我笑了笑。我怎么向他解释呢？如果解释是为了炫耀和抬高自己那又何必呢？那只能让人觉得虚假或造作。我不需要这些。

五

西北乡的秋天像一个失去了子女的"老妇人"，苍老，疲惫，忧伤，凄凉。我们乘坐的是一辆卡车，出了城，这个"老妇人"就站在眼前了。极目望去，山一片光秃秃，地一片空荡荡，偶尔看见一点黄色。真没想到，我坐的是一个贫穷的县长位子。经过的村庄都十分贫穷，房屋低矮简陋，有的房子摇摇欲坠，一场大风吹来就会倒塌。那些出现在我们视线中的男女老幼大多面黄肌瘦，疲惫不堪。严重的旱情正威胁着等待秋种的农民们。沿途可以看见大河小河都底朝着天，干裂的土地张开一条条嘴。一阵微风吹过就卷起一团团尘土飞扬，遮天蔽日，还有一个村庄的井台前排了一溜儿长长的队伍，看样子是等待打水的。我的心分外沉重。当然天灾人祸并不是专门与我作对的，但是我的那些前任在任上究竟做了多少防旱防涝防灾的业绩呢？我在车上打开县境地图，招呼同车来的行政官员聚拢。胡子明先生指着一片湖泊愤愤地说："前两届县长在任时，我都建议过兴修水利以防旱灾，他们就是不采纳。你看这独山湖足有我们县境一个半大，且因源通长江，一年四季从不干涸，有史记载以来就没干涸过。如果开挖几条河流，引水入境足盈灌溉……"

胡先生的话未说完，就被建设科长粗暴地打断了。建设科长嘲讽胡先生坐井观天只知其一不知其二，说小城境内有史以来涝灾多于旱灾，独山湖是一大祸害，如若开挖河流必然给独山湖创造行凶作恶的条件云云。我对建设科长这种态度甚为不满，照你这种说法人根本就不要降生于世因为降生于世就会遇到灾害。问题关键在于我们这些执掌小城行政大权的采取什么态度。如果态度积极，一切从便民防灾出发，自然能够找到既可防旱又能防涝的办法来。建设科长根本不把我的话朝心里放，相反一句一句地反驳我，大有驳得我体无完肤之势。我知道这家伙是"河西派"的主干将又是马青云的"红人"，一向天马行空独来独往不把"河东派"及马青云之下的人放在眼里。君子不理小人。我也犯不着为他伤神何况目前还没有抓住他有什么犯法违纪之事。我早已考虑好，不管是"河东派"还是"河西派""燕楼派"，我一视同仁，一碗水端平。随从我的也有"河东派"人物，见"河西派"的建设科长说话，纷纷攻之。一时车上也乱了。好在他们都含笑相讥，我一时也无法找到理由制止，再说我也没有心思在这种时候去调解他们历史形成的不和。

突然，汽车喇叭一声接一声紧急叫喊不停，那些原在车上站着的人也议论纷纷。我们都赶忙站起来。原来汽车又驶到一个村庄前，不知何故村庄前挤满了人，连公路也堵塞了。只听得人群里有敲锣的声音。

"这些穷鬼真会混日子，大旱天不想法抗旱在这儿听戏，饿死也没人疼！"建设科长愤愤不平地说。

我听了勃然大怒："你堂堂县府建设科长怎能说出这种话来。这些农民都是你的子民，你不但对他们没有感情还诅咒他们，你的良心何在？"

建设科长脸红了，争辩说："我说得不错，你看他们确实是在穷开心嘛！"

"不，这不像唱戏的。据我分析有可能在搞求雨的迷信活动。"胡子明先生很有把握地说。

我们一行七个人全下了车。农民们见我们是从一辆大卡车上下来的且穿戴整齐，都从打扮上认出我们是官府的人。于是有人高喊着官府来人啦！那喊叫声就像喊捉贼似的。有人给我们闪开一条路。我们走到了人群里，不由得一个个目瞪口呆。

一个四方的高台上（后来才知这一带乡下的水井都有这种高台），放着两张对在一起的八仙桌，桌子上摆着猪头羊头牛头糕点水果花生等多种"贡品"。一个年岁不大的女人赤身裸体，光洁的皮肤上涂染着一片片鲜血，那鲜血好像就是从她身上流出来的。她围着放"贡品"的八仙桌一圈圈地跑着跑着。我甚至怀疑这是梦幻。这是在戏弄人侮辱人践踏人！年轻的女人啊，你的丈夫呢？你的父母呢？难道他们也在观看的人群中？岂有此理。我刚要大声呼喊停下来，一个鬓发斑白的老者走了过来，向我们这些人作了个揖，说："官府来的大人们，这是民间求生存的一种方式，请不要在意。"目光里却充满了敌视。

善于察言观色的唐蓝见我对这种迷信活动投的是不悦的目光，抢先发言，对老者厉声说："谁让你们搞这种迷信活动的，还不赶快停止，新来的县长在此！"

老者不满地瞪了唐蓝一眼，突然转过身，高声叫道："锣鼓再紧密些！"果然锣鼓更紧了，那个赤身裸体的女人随着锣鼓声的紧密也加快了脚步。可是明显看得出她已筋疲力尽。老者慢慢回过头来，望着我们这一行人，理直气壮地说："这位官小姐问我谁让我们这样搞的？我可以告诉你是老祖宗让这样搞的。我们不这样搞行吗？你们倒好，一天三顿酒足饭饱后，老婆孩子热炕头，不用愁还债不用愁纳粮不用愁缴税不用愁吃喝玩乐，我们行吗？今年已经歉收，秋庄稼再种不上明年还不饿死？你这个官小姐脸上有红有白，一定营养不错。你撒泡尿也比老汉我身上的血多！"

唐蓝的脸红到脖子根。她气恼地要张口骂老者，被我用严厉的目光制止了。我知道这个时候对农民不能用高压和严厉，否则他们敢抗拒敢骂娘甚至敢把你官府来人撕成八瓣。我微笑着说："老人家，您的心情确是很好的。民以食为天！碰上这些该死的灾荒，谁心里不急呀？"

老者点了点头，也朝我友好地笑了笑。

"老人家一定是德高望重之士。凭您这把年纪，亲自操持民间这种重大活动，实在令人感动！"我又是一通奉承。眼见老者脸上出现了悦色，我想继续朝下说理，突然井台上有人叫起来，锣声也停止了。只见那个在井台上跑圈圈的女人身子晃了晃倒下了。唐蓝惊叫一声跑了过去。

人群混乱了。

一个女孩尖叫着"娘"，向倒下的那个女人扑去。

老者见状，丢下我，急匆匆跳到高台上，挥着双手说："父老们不要慌不要乱，这才是第二天，咱们还有五天的工夫呢！功夫不到心不诚，龙王爷是不会开恩的。今个李寡妇未成，明个由刘家二媳妇再来！"

我心中一惊。他明天还要这样搞，还要再换一个女人来受此侮辱。我知道要让他们停止这样做既不能靠命令又不是三两句劝阻话就能达到目的。看起来这个村庄是个中心，刚才的群众可能是附近几个村庄的。这地方的旱情又确实严重。我想了想，决定留在这个村里过夜。我命建设科长去区公所把区长叫来，又命秘书主任和民政科长尽快借民房安顿下来。胡先生自告奋勇说这村里有他一个学生，那个学生家是个富户。他的学生虽然在外地做事，但学生父亲和他也相识。我又让他带民政科长去借房。

刚才那个跑圈的女人昏倒后已经醒来，但由于劳累过度不能起身。几个村妇为她擦去了身上涂染的鸡血，给她穿好了衣服，我们一行才走了过去。奇怪的是，村民们没有过来安慰她的，几个村妇为她穿好衣服后也匆匆去了。只有唐蓝还守在她身边。由于没有经验，她不住责备那个女人，那个女人则不住地流泪。后来才听说求雨不成的女人在乡邻的眼中是没有地位的。无论叫哪个女人去求雨都不可能成功，但是恰恰因为没有轮到她们，她们也对求雨未成的女人冷眼相待。可悲呀可悲！

老者听说我们不走，马上神情冷峻，丢下我们走了。

我在井台上站了很久很久，直到唐蓝拉了我一把。

六

我和马青云及"河西派"的关系骤然紧张起来。原因是我一次就撤掉了"河西派"两个参政人员，而这两个又都是马青云的得力助手——建设科长和三区区长。

昨天我们在大湖村尚未住下，我就让建设科长去区公所请区长来。可是中午饭过后三点多钟，仍不见区长到来，建设科长也未回来。那个时候我和几个随员都下田察看旱情去了。乡民们在村长的带领下，前呼后拥地跟着我们诉苦。说着说着就议论起区长来。那个村长叫胡二愣，三十出头，膀大腰圆，长得也确实愣头愣脑。但是人却精明，脑子灵活好用。听口气他很讨厌区长。后来才听说这胡二愣的爹原来就是村长，因为为人刚直不阿，不奉迎权势，不欺压百姓，多次遭区长刁难，最后因病因气死掉了。村民们一致推选胡二愣接替他爹当村长。他任村长不到半年，已经因和区长顶撞受过多次责难，还曾因没给区长送节礼被区长找个借口关了一夜。大湖村是个大庄，光胡姓就有一百多户且喜舞枪弄棒，区长也恐于众怒不敢把他怎样。胡二愣告诉我三区区长是小县城挂得上号的贪官，他依仗权势横行乡里鱼肉百姓。县里要的各种税，他都要加码向老百姓摊派，结果哪个村庄有违，他就再加倍征收。前任张县长曾打算撤换他，由于障碍重重而未成。他自恃上有靠山更加肆无忌惮。他不仅在区镇上盖了两进八间房的大院，在县城也有一座公寓。两年前他还霸占了一个年轻女子。一听谈区长的事，老百姓都争相发言，把个三区区长骂得连条狗都不如。胡子明先生在我的耳旁轻声嘀咕，说老百姓的话全是真的。

　　我看了看表，已是三点五十分，心里不禁生气。建设科长去了五个多小时，往返十多里路早该回来了。难道他们没有把我这个县长放在眼里？可是我还不愿把他们想得那么坏，又想也许区长也下乡领导农民抗旱去了。谁知又过了一小时，还不见建设科长和区长的影子，我真的又急又气了。

　　"胡先生，你和唐小姐再去一趟，给我请请这个大驾难临的区长大人！"我下了令，胡先生和唐小姐借了他学生家的一辆驴车去了。

　　旱情察看完了，我和胡二愣及百姓一起商量抗旱的事。胡二愣愤愤不平地说："现在有什么办法？老天爷又不下雨。俺们这儿的大湖河通着独山湖，只要扒开湖堤就能把独山湖水引过来……"

　　"那你们为什么不引水呢？"我很奇怪。

　　胡二愣更是气上加气，说："区长不让，我们有什么办法。"

　　我问区长为什么不让引水。

　　一个年轻人抢着回答说："区长说要请示县里，还向我们要开坝钱和水钱。"

　　"开坝要一千个大洋，放一天水要两千大洋，我们到哪儿去搞这么多钱呢？"胡二愣叹息说，"这不，老太爷就搬出了求龙王的老皇历。谁也劝不住他也没有理由劝他。"

　　我听了甚为气愤，天下还有这等勒索百姓的事？独山湖又不是你的私有财产，作为一个地方行政长官应该考虑百姓的生死，这大旱之日你不仅不积极组织抗旱救灾相反借机剥削百姓，天理良心何在？我敢说那个三区长如果此刻站在我的面前，我一定会骂他个狗血喷头。这时候我又想起那个在井台上赤身裸体求雨的女人。她现在一定处在痛苦的沉重压力下吧？听唐蓝对我说她是个寡妇，带着两个女儿艰难度日。开始她也不答应做求雨那件事，但经不住村里旧势力的压迫，加之还有两斗粮食的诱惑。然而求雨不成两斗粮食也是泡影。假若这个女人是我的妻子或者是我的姐妹，我又当有何感想呢？

　　"二愣，我现在交给你一个任务。"我郑重其事地说，"一定要劝阻住乡民，不准再搞求雨那种事体了，伤风败俗且又破坏社会安定。"

胡二愣面露难色，说："县长，这事我可做不得。你知道吗，我如果出面劝阻会被乡亲们捆起扔进独山湖喂王八的！"

我又有点不悦，正想发脾气，可转念一想，你凭什么发脾气？你又没帮他们解决水的问题，有什么理由阻止他们向老天求情？是的，我不能不决断了。我对胡二愣说你一定要劝阻住乡亲们，另外组织一批年轻力壮的劳力，准备好开坝的工具和必需品如炸药等，还要请有经验的师傅以免造成伤亡或开口过大，大堤冲决造成更大损失。

"县长，你让我们开坝放水？"胡二愣惊喜异常，眼睛放出光彩浑身顿添了干劲，一溜小跑向村里去了。

又过了半小时，胡子明先生和唐蓝小姐都回来了。他们说建设科长和三区长酒足饭饱后大摇大摆离开区镇，不知到哪儿去了。我一听就火了："他们搞什么鬼？到现在也不见影子，简直目无长官胡作非为。"就在这时村里来了人，说胡二愣被三区长吊在树上了。

原来，建设科长到了区公所后向区长说了我带人在大湖村住下，叫区长速去，区长老大地不高兴说我就是爱出风头做表面文章，这年头当官有这么当的吗？他们商量一阵，以为大湖村连个地方吃饭都没有，堂堂县长反正不会屈尊去和乡民们一起钻锅屋吃山芋窝窝，一定还会回区公所用餐，于是区长又是杀鸡又是宰狗忙活了半天准备了一顿丰盛的午餐。三区长还说在欢迎我上任的宴会上见我能喝几两酒，足可证明我也贪吃贪酒。谁知过了午还不见我们到，他俩这才着急。不过这两个人长期以来自恃有靠山，对我还没放在眼里，认为我初来乍到又不是本地人又不熟悉情况，不会惹他们势力大势力强的"河西派"。二人悠闲地喝了一顿酒。说真格的心里也七上八下的怕我见怒。酒足饭饱后二人直奔大湖村，以为我一定还在酒后酣睡中。进村后听得二愣正在动员乡民准备上独山湖开坝，三区长大怒。他一是疑胡二愣给了我不少好处，否则我怎么许诺让他们开坝？二是疑胡二愣在我面前告了他的黑状，因为胡二愣素来对他不恭顺。他竟不顾一切让区丁把二愣吊了起来严刑拷问。

我带着一行人赶到现场时，二愣已被打得哭爹叫娘。他浑身衣服被剥得精光，头朝下双脚吊在一棵古槐树树杈上，两个区丁轮流用牛皮带狠命抽打他，还专门朝头上脸上打。三区长和建设科长带着醉意恶狠狠地命令区丁再下劲。

以井台前指挥求雨的老者为首，几十个年轻力壮的后生持刀携棍与我们同时赶到现场。看他们一个个怒气冲冲的架势，我猜是来讨胡二愣的。如果我晚来一步，可能就会发生一场流血斗殴。

三区长一见我马上迎了过来，满脸堆笑，未曾开口先打了个饱嗝，一股酒气直扑我的心肺。我厌恶地皱了皱眉头。

"你为什么要吊打他？"我先发制人，严峻地问道，"他犯了什么罪违了什么法？谁给你权力这样做？"

听见我斥问三区长，以老者为首的那些人都站住了。

胡二愣趁机高声喊道："县长大人救救我。他说我们给你送了礼才得以破坏独山湖大堤还说你这个县长是兔子尾巴长不了让我不要听信你的还说……娘呀……"

建设科长朝胡二愣头上狠狠踢了一脚，二愣惨叫一声昏了过去。村民们火了，老者一挥手，一群年轻后生呼啦拉开了架势。只见老者从一后生手中要过一把鬼头大刀，手向前一扔，吊着二愣的绳索断了。老者在扔刀的同时已箭步冲了过去，把二愣接在手上，又抱在怀中。区丁见状，也都把枪端起来。

"不准胡来！"我大喝一声，快步走到建设科长面前。混蛋，他妈的混蛋！你想杀人灭口吗？在我面前施展这些手段岂不是目中无我侮辱我？我真想狠狠打他一拳。可是我还是松开了拳头。我沉重地走到老者面前，俯下身子看了看二愣。好在建设科长一脚没踢到致命处，可是二愣的头脸都已肿起了一个个高包。过了一会儿，二愣醒来了但眼睛肿得只能睁开一条线的缝。他看见了我，拼足力气喊道："县长大人，你要主持公道呀！"

几百双眼睛盯着我。

那一阵子我的心情十分复杂。一方面我对三区长和建设科长的行为感到痛心和气愤，一方面我也不能不考虑这两个"河西派"的后台和实力，万一得罪了他俩不要紧而他们后边还有"河西派"还有马青云，我今后的路将会有更多障碍。可是，我是县长是小城百姓的"父母官"呀！眼看着部属欺凌百姓而熟视无睹，还他妈的有脸站在百姓面前吗？也许看出我在犹豫，唐蓝走到我身边，悄悄地说："章县长，我看当众责备三区长他们二人几句，让他们向百姓做了检讨就算了。这两个人可是……"

我勃然大怒。这不是对我的侮辱吗？我，堂堂一县之长竟要受制于个别派系，如此下去我如何训政又如何推动县内一切行政，岂不深负民众有辱职守？后来唐蓝小姐对我说她因见我犹豫不决故用了"激将法"。因为她也早对"河西""河东"和其他几派你争我斗不务政事感到不平。她这一"激将法"果然奏效，我义正词严当众训斥了三区长和建设科长并下令撤他俩的职。

他们当时就愤愤不服，并扬言要报复。果然于当天就回县城煽风点火。"河西派"顿时怒声鼎沸，立即召集会议商量对付我的办法。

我已于当晚亲率民工五十人上独山湖大坝破堤放水去了。正当坝上灯火通明，号子连天破堤进行之际，忽来人告我说县党部马常委已到大湖村并让我速回大湖村议事。

"他来得真快呀！"胡子明先生意味深长地说，"看来你这一关要闯过去不容易。"

我也明白马青云连夜赶来一定是为三区长和建设科长被撤职之事。我当然是有理不怕进衙门，理直气壮地表示天王老子说情也不行。胡先生劝我冷静，这世道有理进了衙门也不一定赢官司。此时的唐蓝小姐已被我的凛然正气所感动，对我的为人极佩服，也主动为我献计献策。她提出让我边应付马青云边着人速回县城找"河东派""燕楼派"和军方讲明情况，以求他们支持。

我不解她的好意，反而更怒："你想让我投靠某一派系而求得支持吗？我不会朝泥坑里跳的。"

胡先生说我误会了唐蓝小姐之意并说她的建议有一定道理。讲明情况不等于投靠。现在就要利用他们派系之间的矛盾，云云。我本来是不善玩政治手腕的，就从那天起学会了。我即命胡子明先生速回县城但我不愿立即回大湖村见马青云。

经过几个小时的酣战，破堤工程已告尾声，只待炸药运到装上药引爆，湖水就会直扑干旱的农田。大家伙都坐下喝茶休息，当然也说了不少感激我的话。趁这个机会，我回了大湖村。

马青云是个既刁滑又阴险的家伙。他也知道我已明白他的来意，于是开门见山批评我不该过于急躁，要撤他们的职也应先做好各方的工作当然包括同他商量。他还说明天的党员会上可能有很多党员会质询此事，我的县党部委员也可能落选。我遵照胡先生行前的告诫，面带微笑只是倾听马青云谈话。马青云最后提出让我收回对三区长和建设科长撤职之令，调三区长到他区，建设科长改任其他科长。到此时已正是火候，我不能再不表态了。我挺了挺胸脯使自己站得更直些更坚定些，用坚定而认真的口气回答马青云马常委两个字："不行！"

马青云脸上的笑容凝固了。

我当时也觉得不该让他下不了台。于是，我历数三区长和建设科长之过失，说明我撤他们的职是理所当然的。

马青云毫不留情近乎摊牌说："你不要忘了自己是党员从政！也别忘了我们是以党治国。"

我这个人生来不吃威胁和恐吓，当即把他顶了回去。我俩你一言我一语唇枪舌剑地对立起来。

就在此刻，胡二愣派人来急报说邻省近县的保安团已赶来了，正在坝上抓人。

马青云脸上露出一丝奸笑。

七

原来这独山湖地处三省交界处。许多年以来，三省民众为争水不知发生了大大小小多少次械斗。上游是 A 省，中游是 B 省，我省正在下游。A 省主席是一个军阀出身的武将极端蛮横连中央都让他几分。如遇大水泛滥，他们则上告中央说我地不开坝放水，如遇干旱他们又则不允开坝放水。这样深受其害的还是我地，小城则首当其冲。我不知其中理由，县里来的随员及大湖村百姓也没向我解释（他们因求水心切故意隐去怕我担心影响双边关系而不令放水）。"河西派"则故意拆我的台，给 A 省有关方面发了电。

我在半路上遇到撤下来的几个农民，告诉我说对方来了全副武装的保安团，但由于来得仓促且人少，已被大湖村会舞枪弄棒懂拳脚的给缴了械。大湖村有一个年轻人被子弹打伤。为了报过去多年来争水被辱之仇，胡二愣已下令把对方来人全部放在大坝上在炸药爆炸时炸死。我一听慌了，赶快加快了脚步。

坝上所有的灯光都在争斗时熄灭了。只能看见一条条一团团人影和听得见一阵阵高一声低一声的吵骂和叫喊。就在我登上大坝的同时，对面方向有几点灯火闪耀，凭直觉我知道是汽车的"眼睛"。会不会是对方派来的增兵呢？如果真是对方的增兵，势必激化矛盾引起一场严重流血事件而后果不堪设想。当务之急是先平息现在坝上的骚乱，等待对方的援兵到来后再想办法。我方现在无准备且无武器，万一双方纠纷起来吃亏者势必是我方，更何况唇齿相邻的友邦如果结下怨仇并无益处。于是，我第一句话就是命令胡二愣放人。

"县长，不能放了这些龟孙。咱们放了他们，他们还以为咱好欺会得寸进尺的。这一年年一代代咱受尽了欺，光近十年间俺大湖村就被他们打死了十几个人。这仇今天也报定了！"

众百姓也跟着胡二愣起哄。

对方第一批来了九个人，是乘水上快艇来的。为首的是一个小队长。他听别人喊我县长，也冲我高声喊起来："县长，赶快放了我们，否则我的弟兄们来到不会饶恕你们！"他还未说完就被身旁一个农民用拳头砸得叫起爹娘来。我赶忙走过去，制止了那个农民并亲自给小队长松了绑，又给他点了一支香烟。他很激动。我又命二愣把另外八个保安团员也放了。二愣不同意，硬要报仇雪恨。我恼了，令人把二愣绑起来。这时，对方的汽车越来越近了。那八个被绑的保安团员叫骂开了，说是等他们的人来到一定抽我们的筋扒我们的皮。

胡二愣也不示弱，令农民们做好准备，只要对方来人不客气，先把这八个家伙杀掉。我又气又急，实在想不出好的办法，于是命我的随从把我绑起来。

"县长，这怎么行？"

"是我不知内情没同兄弟县协商就私自下令炸开大坝放水，罪责当然在我，我愿服罪！"

对面来的汽车在十多步外停住了。他们已看见第一批的来人被绑，于是有人一声令下，车上稀里哗啦响起拉枪栓的声音。

"不要开枪，这边有你们九个弟兄！"我因两臂被绑，跑了几步脚下被绊了一下跌倒了。胡二愣跑过来抱起我，挥起拳头对汽车骂道："日你祖宗！你们只要敢开枪，我先杀了你们的九个弟兄。"

对方也骂开了。

"湖鬼子，日你奶奶，快把我们的弟兄放了，要不荡平你大湖村！"

"你要动我们弟兄一根汗毛，我把你奶奶的 × 给挖了去！"

双方越骂越凶，再不制止就会发生流血伤亡。我不顾胡二愣的劝阻走到对面的汽车前，诚恳地说："弟兄们，都是喝独山湖水长大的也算是一家人吧，何必大动干戈呢？"

"你他妈是什么东西？"车上有人骂我。

那个被我亲手松绑的小队长走上前来说："这位是小城县的章县长。"

汽车上一下子寂静了。我觉得他们都瞪大了惊异的眼睛望着我。是的，他们也许不会理解有谁敢捆绑一个堂堂的县长。我趁机恳切地说："弟兄们，我知道你们是奉上峰的命令来执行任务的。如果你们觉着为了交差，可以把我带回去，千万不能开枪呀！如果开枪就先把我打死吧！"

汽车上没有回答。不一会儿从车上跳下一个人来，他把那个小队长叫过去嘀咕了一阵，才向我走来。我看见他是个大胡子，后来这个大胡子在独山湖上拉起一支抗日游击队，还到小城找我搞过药品。他手里拎着驳壳枪走到我面前，仔细端详了我一阵，问道："年轻人，你真的是县长？"

我点了点头。

大胡子："说说看，你打算怎么办？"

我坦率地做了回答。我说大家都是父母所生都是土地所养又都共同生长在独山湖边，没有理由也不应该为了水而拼得你死我活。水是充足的。眼下天气大旱，滴水贵如油。别说作为一县之长就是一个普通百姓也该为此焦虑。如果秋庄稼种不上，明年无收饿死人，谁的良心会安呢？不管是哪个省哪个县的百姓都是炎黄子孙都是同胞兄弟。

大胡子点了点头，想了一会儿，又问我："我们回去怎么交差？"

我说我可以跟你们回去。

"不必了！"大胡子说，"就冲县长大人这么义气这么爱民，我大胡子如果给你为难就不是人。这样吧，水你可以放，但不能用炸药炸坝，我回去自有交代。"说着，他还亲自给我松了绑。

一场流血事件就这样结束了。

胡二愣说什么也不同意让大胡子和弟兄们这么回去，硬把他们拉到村里，杀猪宰羊大吃大喝到天明，临走时还给他们每人备了一份薄礼。与此同时，大坝上的工没停，到天明时，一条深沟挖成了。清清的湖水滚滚滔滔涌出独山湖，向干旱的土地扑去。

我实在太困了，就躺下来休息了。刚刚睡了半小时，唐蓝进来把我叫醒，说是百姓们来看我了。我出门一看，上千名百姓聚在门外挤得水泄不通。为首的是胡二愣和昨天指挥求雨的老者。他们称我为"青天"，说我一来救了灾二来除了害。后来才知道周围十几个村都派人来了。

我激动得热泪盈眶。我说父老乡亲们这是我应该做的你们不必感谢我。现在有了水，你们赶快抢种吧，误了农时可坑害了自己。

乡亲们走后，我也睡不着了。我既感到满足又感到沾沾自喜。都说小城难混其实不然，我才来几天就得到了民众的称颂，看来本人果真是个人才！得民众者得天下嘛！他"河西派""河东派""燕楼派"、他马青云马常委又奈何得我吗？如果上峰知道了一定会嘉奖于我。我旗开得胜，将来一定也是风调雨顺岁岁平安。

我昏昏然飘飘然了。

八

　　一周后，我回到了县城。

　　在这之前，我已收到了胡子明先生的信。信中说在党员会上增补我为县党部委员一事虽有"河西派"拼命反对，但"河东派"和"燕楼派"予我竭力支持亦顺利通过。军方对于我的行为也表示支持。我阅信后更是扬扬得意。曾想象回城时一定是彩旗招展锣鼓喧天官民夹道欢迎。岂料完全相反，我的汽车竟在城门外被一辆军车挡住，司机把喇叭都叫哑了声，那军车动也不动。从车上跳下一个军官，竟蛮横地张口就骂，还要揪打我的司机。

　　"这是县长的车！"司机理直气壮地说。

　　那个军官破口大骂："他妈的什么县长，县长算他妈的什么东西？你再敢让喇叭喧吵，我把你这车放气！"

　　岂有此理！我生气了。下了车准备训斥那个蛮横的军官几句，谁知刚开口脸上就挨了他沉重的一记耳光。我更加怒火冲天。你一个驻军小军官竟敢侮辱我堂堂县长，我也毫不客气地打了他一拳将他击倒在地上。那军官一声吆喝，竟然从车上跳下七八个士兵一拥而上把我推上他们那辆车，加大油门开进城里。后来我才得知，"河西派"那伙家伙拿出几千大洋给王一强祝寿，姓王的指使部下闹了一场侮辱我的丑剧。

　　我被带到县城东郊一个小土院里，关在一间马棚中，那些士兵轮番过来侮辱我，甚至朝我脸上吐唾沫，朝我脚下撒尿。可悲可叹堂堂一县之长竟然在自己管辖的土地上受此耻辱，我一生一世也忘不了。

　　到了晚上，那些士兵甚至不给我一张席不给我一条被，让我和马一起过夜。秋天的夜晚已经很冷，蚊虫又争相侵袭，折磨得我苦不堪言。我终于明白这是有人串通作践我糟蹋我，心都碎了。这就是我的民国！不亡还待何时呀……

　　直到第二天上午，王一强和马青云胡子明唐蓝一区长才一起来接我。那时的我十分狼狈。王一强再三向我赔礼道歉并保证严惩惹事者。马青云也不住地检讨，我还能说什么呢？只有碰碎门牙朝肚里咽。回到家里，胡子明先生方告诉我，从我被抓走开始他和一些人士就四下做工作，并坐在军部催办。王一强以驻防分散、须细查询为名故意拖到今天。他还把今日出的《小城早报》拿给我看，在一版头条显著位置上登着我这个县长被几个大兵耍弄的消息，报道者津津有味地谈到我在马厩里过夜但未料到这恰恰是一破绽，让我更加明白这里有人作祟，否则军部都不知我下落，撰稿人为何知道得那么清楚。卑鄙无耻！我震怒了，当即就要写信向省府和中央控告，胡子明先生制止了我，并取出一份电文交予我。电是省府来的，除训斥我做了鲁莽工作外，还谴责我破坏团结，如若执迷不悟将严厉处分。天大的笑话！我惊呆了。我气疯了。

胡子明先生流着泪叹息说："先总理孙中山先生如在九泉下得知民国堕落到此等地步也会抱恨的！"

那天晚上，我喝了很多酒酩酊大醉，昏昏沉沉中我把前来照顾我的唐蓝小姐压在身下干了那种我永远愧对她的罪恶之事。我一直到第二天中午才醒酒。只见屋子里坐着一个和我年龄相仿的军官。他告诉我他叫唐平是唐蓝的一个近亲哥哥。我想起夜里欺负唐蓝小姐那一幕不由得魂飞魄散，以为是唐蓝找他来给我算账的。不一刻，唐蓝也来了，她说要为我出口怨气，特让她哥哥来和我密谋报复计划。唐平是王一强手下的主力师长，我初来小城那天的宴会他因事没参加，故不相识。但听说王一强军长插手操纵这件事，唐平犹豫了一阵便劝我忍耐最好是装不知王一强操纵的事，照样和王一强为友。接着便匆匆告辞了。

唐蓝对她这个哥哥表示不满。我听见她送他出门时还和他争吵。这个唐蓝小姐说不定已经喜欢上我了。

唐蓝小姐再进来时，脸上果真泛着红晕。但她对我十分亲切，又帮我掖被又帮我擦脸，我也发现她是个很温柔很可爱的姑娘。

"唐小姐，我是个有妻室的人了。"

"我不问那些。我只是喜欢你，并没要一定要嫁给你。"

"可是，可是……"我恨死了自己。

唐蓝："章县长，你真准备走吗？"

"走，去哪儿？"我愣了。

唐蓝："有传说你在小城待不下去，要回省府另行求职。如果你真的走，可一定带上我呀！"

我一切都明白了。我对她说请她放心，我不会在这种情况下离开小城。我要和这些丑恶的势力斗一斗哪怕头破血流。我相信会有人支持我的。

"说得对！"胡子明先生走了进来。唐蓝当时就坐在我的身边，胡先生突然闯进来搞得我俩很窘。胡先生告诉我小城今天愤怒了。以小城师范带头全县学生联名发出抗议，对"河西派"勾结军方制造的这一丑事进行抨击。除"河西派"控制的《小城早报》外，晚报和小城其他几家报纸都发表文章揭露和抨击"河西派"和军界。今天拂晓，原建设科长只穿着件裤衩被人从家中拉到街上，还被画了花脸剃了阴阳头。军方人员今日在街上买东西竟然遭到好多拒绝，有一个驻县城的团长大人中午只喝了点白菜汤。

我和唐蓝听了都乐得开怀大笑。

胡先生又说在今天的"总理纪念周"上，马青云马常委也迫于舆论不得不大骂了一通党内搞派的人，当然可以听得出有些话是针对我这个县长的。

"我看趁这个机会来个大发动，驱走王一强的驻军和马青云！"唐蓝建议说，"再给'河西派'一点颜色看看。"

胡子明先生连连摇头。唐蓝出去后胡先生对我说，如今的中华民国政治腐败道德堕落就是换了驻军和党部常委也会是换汤不换药。我虽对胡先生的话不能赞同，但对于他不接受唐小姐建议的主张还是接受的。试想我刚到小城立足不稳有什么能力将王、马二人驱逐出境呢？

我现在必须考虑如何掌握小城的局势。不论是军方还是党方还是政方还是其他派别，无论怎么折腾对我这个县长来说都是不利的，因为我肩上担的是小城的行政。想到这里我就躺不住了。胡先生和唐蓝听了我的话，都觉得既佩服又怜悯。他们说佩服我有才有德关心自治训政但怜悯我的天真幼稚。我当时还有些不悦，以后事实证明他们对我的怜悯是对的。

我决定不计前嫌不计荣辱从头开始，只要于小城建设及民众有益我在所不辞。

我是一副红火的心肠。

九

我第二次挫折还是来自"河西派"，但同时把"河东派""燕楼派"也得罪了。

自从撤了三区长和建设科长，"河西派"对我十分不满，不仅勾结军方侮辱了我，此后多次在各种集会和公开场所对我进行攻击和诽谤。但由于"河东派"和"燕楼派"对我支持，加之"河西派"内部也不十分团结，我的日子还不算十分难过。不知是谁暗中帮助我，把军方与"河西派"勾结侮辱我的事捅到了中央，王一强受到上峰训斥，又亲自登门赔情并表示今后与我携手（当然他不承认知道内幕）。我原以为只要自己以诚相见，各方团结，便可施展抱负励精图治了。

秋种结束以后，乡间的事暂可告一段落，我即转过注意力到县城想把大本营建设好。按理说我懂得治人重于治法，拟从县府着手大刀阔斧改革把优秀同志组织起来委以重任，以加强领导动力。但是这一步困难重重阻碍道道根本插不了手。首先是县党部坚持以党治国，重要职务应由党内同志担任对我施加阻拦。其次各派系在政府内力量原都均衡，谁也不乐于破坏这一均衡，甚至一卒都不让。我的这一计划只得告流产。我正在苦恼之中，胡子明先生和"河东派"首领津浦中学校长朱达来找我，邀我视察教育。我欣然应允。谁知"河西派"又从中作梗演出一场闹剧。

那天我们一行来到津浦中学，教职员工和学生都穿戴整齐列队欢迎。应当说给我的第一印象是极好的。该校不愧为小城第一流学校，就是在全省也是挂上号的。校舍整齐，环境优美，师生均纪律严明。朱达虽是一派系首领，但毕竟是从教多年治学有方，我情不自禁赞扬了他一番。在全校师生大会上我情绪高昂做了报告鼓励学生读书报国。就在这时，台下忽地站起一个学生，该学生肥头大耳一副福相，振臂高呼："坚决要求罢免朱达校长！"

紧接着又站起两名学生，呼出的竟是和胖学生同样的口号。

会场一下子像马蜂窝被捅，乱哄哄的了。

朱达万万不会想到在他苦心经营多年的学校里在他"河东派"的大本营里发生这种事。他的神情由惊愕到恐慌到震怒，竟气急败坏地瘫倒在地上。

"那几位学生吵嚷什么？"胡子明先生喝问。"河东派"的教师和学生很快清醒过来并马上组织反扑，一群人一拥而上把那几个学生全都抓住了且一阵毒打。会场上的秩序更乱了，我在台上不得不呵斥双方住手，让几个吵嚷的学生把话说完。那个胖学生看来早有准备且一定受了指使，竟出口成章滔滔不绝列举了朱达的"十大罪状"：一是结党营私，培植亲信。二是因循守旧，排斥进步。三是打击压迫不同意见的师生。四是体罚虐待学生包括一些老师。五是张扬封建，打击文明。六是贪污经费，中饱私囊。七是弄虚作假，好大喜功。八是一意孤行，不要民主。九是贪色贪财，乱搞破鞋甚至搞一些女学生。十是不务正业，野心勃勃。我听了都感到震惊。

"章县长，这家伙是我校处分过的，被人收买了的。"一个教师说。

朱达却称病让人把他抬走并传话叫我散会。我面对着台下几百双眼睛，怎能如此草草收场呢？我问胡子明先生怎么办？胡先生沉吟了一会儿也劝我散会，把几个扰乱会场的学生找去单独谈谈再作别论。可我正在兴头上，一心想在学生中树起个好县长的形象，竟觉得胡先生的劝告没有道理不予采纳。我索性大大方方地坐下来，像在法庭上的法官问案一样询问起来。

我："你叫什么名字？"

胖学生："回县长问，学生姓刘名太山。"

我："刘太山，你身为一普通学生，何以证明朱校长十大罪状之事实。"

刘太山："县长，朱达罪证确凿，有的罪证，学生即刻就可带你参观。有的罪证，学生也可提供证人。"

听到这里，我悟出来一点奥妙了。这个刘太山不仅早有准备且准备定很充足，完全不像一个学生的心计。是否有人插手回答可以是肯定的。这个时候我想到了小城党内派系斗争便想到了退却，但已经迟了。刘太山不仅让朱达下不了台也迫使我骑虎难下。

"县长，你一定要为津浦中学做主，不能偏袒朱达！"刘太山高声叫着。

既然如此，我也豁出去了。我令学生们散会回去上课，由刘太山带我参观朱达的罪证。这边早有人报给了朱达。朱达本来只是又急又气一时头晕并无大病，得报后即刻赶来，挡住了我。

"章县长，我有几句话想说。"朱达先发制人，一副神圣不可侵犯的神气，说，"本校长自受命于津浦中学校长以来已十多年，奉公守法忠于职守，小城有口皆碑。今日一坏学生受人指使攻击余，县长不仅不给老夫撑腰相反为虎作伥，岂不让老夫心寒且有辱老夫人格吗？"

我知道他的话中带着威胁，可我偏偏又不买这个账，于是含笑劝慰道："朱校长尽可放心，我没有轻视您之意。既然刘太山当众提出要求，我如拒绝岂不招惹出众师生口实？反正您心中坦荡，我也权当一饱眼福。如若姓刘的学生造谣诽谤，自然严加惩处！"

朱达又以学生已经上课为由，说如若查他的问题可以改日否则影响教学。我说我自然会注意决不惊动学生。朱达黔驴技穷，愤愤地拂袖而去。胡子明先生也劝我适可而止，不料朱达的一个心腹的一句话也惹恼了胡先生。那家伙指责胡先生身为教育科长不爱护干部如若查出问题也应负有责任。胡先生说甘愿负责任也一定查一查以便知道我应负多大责任。

刘太山径直把我们带到学生宿舍，有几个被朱达派来的人正匆匆忙忙做掩盖罪证的徒劳，因为冰冻三尺非一日之寒，临时掩盖是来不及的。只见学生宿舍有三排，前一排较为规整，而后两排则明显不同，墙壁有几处开裂，门窗多无玻璃有的窗户全部用泥堵起来的，门也只留能钻进人的洞口用一块石头挡着，房顶却几处可见天空，简直不像是人住的地方。刘太山告诉我们前排宿舍是为朱达亲近的学生所住，二是应付上级参观。接着又到了学生食堂，但见大铁锅里正炒着芹菜并能看见一些肉丁。刘太山说这是因为今天县长来校参观故意做给县长看的，平时别说肉丁就是菜汤里用筷子钻几个"猛子"都难见一丁点菜叶。问及厨房师傅开始吞吞吐吐不敢回答，经我和胡子明先生再三鼓励才点头称刘太山所言是真。又说"河东派"常在津浦中学聚会，每回都是大吃痛饮一顿饭的开销要赶上全校学生两天的伙食费用。趁我和食堂工人谈话之机，刘太山悄悄溜出去，不一会儿又回来却神情沮丧，恐慌地说是朱达已毁证把一个有身孕的女生送到校外躲起来了。胡先生说这好办，知道那个女生在哪个班叫什么名字就好办。

离开食堂后我们来到校长室。朱达已恢复了镇静，盛气凌人地咄咄逼问我们查出了什么罪证。他说他专心致学疏忽了学生生活，责任应承担一部分但主要在于管总务的人。当着他的面我们不好问及女生的事，谁知刘太山毕竟单纯且不是件件事都有人周密指使，他见那个有身孕的女生已被另一个女生冒名顶替大为不满，跑到校长室吵出了这件事，要我和胡子明先生当机立断处理朱达。朱达让人喊来一女生，有问必答，那女生反过来说刘太山污蔑她要死要活。朱达拍案而起当即宣布开除刘太山学籍赶出校门并让我交司法处置，我自知再纠缠下去更不好收拾，顺水推舟带着刘太山离开了津浦中学。

刚回到办公室，几个记者已早我一步赶到了。很明显这是"河西派"别有用心的安排。他们的目的也很清楚就是借用我手杀"河东派"并给我与"河东派"制造障碍。可是，事已至此，我如若不查个水落石出，他们也会攻击我袒护朱达。我决心排除一切干扰把这件事做到底哪怕丢掉头顶的乌纱。

十

对朱达问题的调查进行了两天，就查到了很多证据。我真愤怒了，作为一个民国校长意识丑恶道德败坏令人发指。

那个被朱达侮辱有了身孕的女生已经离开学校。她的名字叫沈小岑，听到这个名字我马上想到了沈小娟。果然不出所料沈小岑就是沈小娟的亲妹妹。沈小岑已被朱达送到一个秘密地方藏起来了。她家里人大概出于面子不愿帮助我们。我想到了沈小娟，决定请她帮忙。

我亲自到了小城师范让校长把沈小娟请来。师范校长是胡子明先生的知己好友，他虽然知道我在调查朱达问题，却不愿帮忙。因为他和朱达同吃教育饭，怕别人说他同行是冤家借机整人抬高自己。当然，他知道"河东派"

在教育系统势力强大因而产生余悸。我是理解他的，所以也把胡子明先生请来了。胡先生不愧为一身正气。他不怕"河东派""河西派"的报复，立场坚定地支持我。经胡先生再三劝导晓以利害，师范校长才答应通知沈小娟去找我。我想这样也好，一来沈小娟不一定知道她妹妹被辱这件事，突如其来地打击可能经受不住。二来县长亲自到学校找一个学生难免带来一些影响。

沈小娟是晚上到我那儿去的。她知道我的住处。可是她又带了一个同学。

我得寻找机会。

沈小娟先是愤愤不平地责备县政府工作不力，至今没把上次被捕的学生释放，接着又谴责政府抗日不力只顾打内战，搞得我很难插言。

马在前进来送了一张当天的《小城晚报》，这是"河西派"的报。报纸头版显著位置上登着关于查处朱达的报道，吁请政府对朱达严加惩处。我看机会到了，愤然地把报丢在一旁说："岂有此理，问题尚未查清怎能这样推波助澜呢？"

果然，沈小娟捡起报纸认真地阅读起来，她俊秀的脸庞罩上了一层怒气。美人的怒容也很迷人，我竟忘乎所以地贪婪地望着沈小娟，一时把叫她来的目的忘得干干净净。

沈小娟看完报，见我盯着她，不好意思地把脸扭到一边，开门见山地问道："章县长，你打算如何处理朱达这种败类？"

"我打算退却！"我说。

"什么？"沈小娟惊奇地瞪大了眼睛，"这是为什么？你怕他的势力怕他报复？你就不怕得罪津浦中学师生和正义，不怕得罪小城人民群众和真理？"

我无可奈何地摇头叹息。

沈小娟更为不满，嘲讽地说："这也难怪，谁愿碰得头破血流呢？如今这社会到处是黑暗猖獗光明悲咽，刀山火海道路坎坷，难啊！"

我油然生起一股敬意。在一个国民政府委任的县长面前斥责政府统治下的社会，没有正义和勇气是不可能的。我故意撇开正题，问沈小娟说："依你之见，社会既已到这种地步应该怎样改变呢？"

沈小娟的同学不住地向她暗示，她却好像没有看见，认真而又坚定地说：

"要改变国家日趋没落的局面，首先要打倒独裁，实现孙总理遗训推行三民主义，实现联俄联共扶助工农的三大政策……"

"哟，想不到县长家里出现了共产党的演说家！"唐蓝不知何时已站在门口了。她自从那天我昏沉中干了那件事后，经常不请自来，有时坐下来就不愿走。说真的，我并不十分喜欢她，可是自我知道她的身世和处境后，对她充满了同情。她是一个不幸的女人，自幼失去父母，跟着伯父伯母长大。还在学校读书时，就被一个军阀团长夺去了贞操。后来，她因为参与一次反政府示威游行被拘，在警察局里接受了一个"自由"条件，既做中统义务特工又做马青云的姘妇。

"我真不知当时为什么那样做事。其实，为了生存，有的人宁愿做狗。我一个弱女子有什么办法抗争？伯父伯母怕我牵连他们，在我被捕时就公开宣布与我断绝关系，再出狱也没有亲人了。我怎么生存？"她给我讲这些时痛苦地泣不成声。她说她后来看破红尘把耻辱当作光荣。这个世道无好人。什么正义什么道德什么追求什么理想不过都是梦幻罢了。真正对得起自己的是一个字：活。为了活，你让我变成狗我也就权当狗，反正你也不是人。他让我变成水我就权当是水，反正他也不是血。她说她堕落了，不光服侍马青云让他的兽欲得到满足，而且同一些党政军人员鬼混，甚至还和一个流氓鬼混过几个晚上。得过且过在丑恶中度日。她说见到我，被我坚定的信念顽强的工作凛然的正气不屈的斗志征服了。她还说她从来没有爱过但对我是真爱。马青云曾指使她监督我但她在我面前不敢存有恶意。的确，她能把这一切告诉我就是对我的信任。每当她躺在我的怀里入睡以后，我总是这样问自己：我这样对她是不是罪恶呢？我和马青云之流有什么两样呢？我真的堕落了吗？我是真的爱她吗？我不承认我堕落但又不承认爱她。其实这恰恰就是虚伪。直到日本兵攻陷小城，我在女中一片血泊中发现她残破的尸体，我才真切感到我是爱她的。之所以过去不承认爱她是因为她身上有着政治色彩，我是不主张女人参政更何况做特工呢。我也不爱我留在江南家乡的妻子，但是她又确实是我理想的妻子。她是一个极普通的小学教员。没想到恰恰是我这个理想的妻子，后来竟成了江南小县第一个拿起枪和日本兵作战的女人，第一个被日本兵残酷杀害的女军人。

唐蓝一句话说得沈小娟十分不满。县府里女人本来就寥寥无几，唐蓝又年轻漂亮穿戴打扮出众惹人注目，小城没有不知道她的。像沈小娟这种疾恶如仇的进步学生对唐蓝当然不屑一顾，她反诘道："唐秘书脚步轻盈来去无踪不愧是马常委亲自培养出来的好苗子。不过我们可只是在章县长这儿随便聊聊，我想不至于让我和县长大人一起入牢吧？"

唐蓝的脸红得像火。女人之间的感情最狭隘，她一旦喜欢上哪个男人就不容别的女人再和他接近特别是比她还漂亮的。作为县府秘书参与调查朱达问题的调查人之一的唐蓝是知道沈小岑受辱这件事的，现在竟成了她反击沈小娟的最有力武器。她一针见血地把这事捅了出去："我们这儿当然不会有人大牢的，不过那个勾结朱达怀了孕为了掩盖罪行匿藏起来的沈小岑是应该入监牢去尝尝滋味的！"

已经来不及了。尽管我气愤至极打了唐蓝一记耳光。是的，她太残忍了，这一击把沈小娟击垮了。沈小娟瞪大了眼睛，脸色苍白，泪珠夺眶而出，半天也没说出一句话。

唐蓝当然不理解我为什么当着另一个女的面打她。她还继续犯错误，边哭边骂朱达是个禽兽骂沈小岑执迷不悟给调查设置障碍。我无法劝阻她只好转过来安慰沈小娟。我说小岑的事不怪她而是朱达没有人性，朱达为了掩盖他的恶迹才把小岑藏匿起来，如果为了毁灭罪证他也许会杀人灭口，我们急于找到沈小岑并不是为了惩处她而是为了保护她。

沈小娟呆呆地听着，面部毫无表情就像一尊泥塑。我想这女人倒是挺重感情又很懂分寸。最后她一句话未说就走了。

我把唐蓝训斥了一顿。唐蓝告诉我说马青云已经插手这件事，他不仅亲自找了"河西派"帮朱达还向省府写了信。

现在"河西派"鉴于马青云出面干涉和朱达求援，已答应这件事不了了之。

我气死了，但是我的决心毫不动摇。

"章县长，你是斗不过他们的。我看就别这么认真了。其实马青云他们对朱达的过去是十分了解的，历任县长不是同流合污就是敢怒不敢言。你又何苦呢？"唐蓝很真诚地劝我放弃调查。

这个时候，电话响了。唐蓝接过电话递给我，里边传来一个陌生女人的声音："朱达现在准备逃跑，已经去火车站了。他有可能去上面通融还会回来，也有可能不再回来，你身为县长应该当机立断。"

"你是谁？"

"不必问了。我只想告诉你，作为一个正直的县长，百姓会拥护你的，你也不会孤独的！"那个女人的声音很坚定。直到 1939 年春天我才知道她是一个共产党员。

电话早断了，但我抓着话筒仍不肯放。她在这个时刻给予了我无穷的力量。我真想说一句谢谢她。我也知道现在应该怎么做。我要通了警察局，以从来未有过的严峻而坚定的口吻下令："立即拘捕朱达！"

十一

县政府门前已被围得水泄不通。一阵阵口号声此起彼伏夹杂着叫骂和诅咒。有些人还不住地向县府的两层小楼扔石块。

我怎么也不会想到，"河东派"竟然调动了数百名学生前来声讨我。"河东派"中在县府任职的已集体辞呈，向我表示抗议。他们还同"河西派""燕楼派"串通一气，对我施加种种压力。现在我身边只有胡子明先生和唐蓝小姐。

"我早就劝你知难而退看看闹到这个地步怎么收场！"唐蓝虽然责备我，但内心是同情我支持我的。她还急得几次流了泪。

我当然不甘愿认输。让我向丑恶势力低头让步，无疑是让我丢掉我信奉的主义不懈的追求。我不干！

马青云这几天一直称病既不来见我也让我找不到他。是的，我这个老同学不仅仅是在骑着墙头看马咬且想驱我进而取而代之。我真不明白先总理中山先生创造的国家怎么走到这样的地步！我感到痛心。

胡子明先生很气愤。但是他也同唐蓝一样对我一意孤行不听劝告不正视现实非常遗憾。他建议我现在还是让步："你要实现你的追求，首先要保存自己，真的丢了乌纱帽，你去做一个普通百姓就什么也甭想实现了。"

我心里又乱又烦，什么也听不进去。

唐蓝又建议我调动保安警察对付，我也拒绝了。我知道真正和我作对并且扰乱社会的是少数别有用心的人，而大多数学生是不明真相或被人指使利用。我如果动用武装对付这些手无寸铁的学生必然会遭到更多民众的反对。我不承认唐蓝小姐别有用心，但是我亦不能采纳她的建议。为了防止上一次的流血事件再次发生，我令唐蓝不得离开我一步连电话也不许她去接。

胡子明先生建议我出去和学生们对话，向他们申明朱达的罪恶事实，以求谅解。我认为这个办法倒很妥当，于是照办了。可是，我刚出现在窗口前，让学生们冷静下来，讲了几条朱达的罪恶，下边就有人叫喊指责我造谣甚至骂我是共产党。又不知从哪个方向飞来一块石头，不偏不倚打在我的额头上，砸了个洞汩汩冒血。唐蓝把我拉了回来，关紧了窗户。就在她给我包扎伤口的时候，电话铃响了。胡子明先生接起电话，告知我是王一强的政治部马主任打来的。我接过了话筒。

"章县长吗？您那边形势紧张吧？"马主任用关切的口气说，"军座对县长很关心，特命我给您打个电话询问一下。"

是何用心？他们怎么又插手了？我急速地思忖着。是真的表示对我关心还是另有企图？我真不敢相信这些拥兵自重的军人了。

马主任："是不是需要我们出面呢？军座在等待着章县长的回答。"

我回答："不必了，这是地方上的事，我能处理好。"

马主任："是吗？章县长胆识过人才气超众，我相信会有办法的。只是需要我们效力的时候，千万不必客气。"

对方把电话挂上了。

"哎呀，你也太任性了。既然他们愿意帮忙你就答应呗！这派那派的都让他们几分呢。"唐蓝埋怨我。听了她的话，我甚至真的后悔了。可是我的坚强性格又战胜了后悔。我为什么要乞求军力帮助。是的，我是小城行政长官，在我的管辖土地上出现这种动乱，我应该靠着自己的努力去平息。更何况他们的帮助背后，还不知要我付出什么代价呢。

已经四个钟头过去了。我们连午饭也没吃，开水也喝光了，示威者还没有离去的迹象。这样下去怎么行呢？我急了，正要冲破唐蓝和胡子明的劝阻亲自下楼开门到人群中去理论，忽听楼下的喧闹声有点异样，仔细一听好像有人在争吵。胡子明先生也觉察到了，凑近窗户又认真听了一会儿，高兴地对我说："有人在给他们讲理呢！"

"是谁？"我很惊讶。在小城有谁肯帮助我？有谁胆大包天敢和他们那些丑恶势力抗衡？我想起昨天接到的那个莫名其妙的电话，那个女人说的"你也不会孤独"的那句话。难道是他们？他们又是谁属于哪种势力呢？我走到窗前朝下一看，不由惊喜得双眼明亮了。我看见了几条熟悉的身影：沈小娟和她那个高个子男同学。不过，我很快又失望了，因为沈小娟他们毕竟只有十几个人且已被包围。不行，她和她的同学随时都有被侮辱被殴打的危险。想到这里，我毅然推开窗户，高声喊道："同学们，你们不要争吵了！现在我请指使学生蒙蔽学生的人站出来！"

果然，楼下的人群安静了。

我趁机又说："同学们津浦中学的同学们！你们人人心里都清楚朱达在津浦学中的所作所为。本人为严明法纪维护津浦中学师生的利益保护教育才采取严惩朱达之措施。可是朱达的死党喽啰操纵你们，使你们轻易上当。我问你们真心欢迎朱达再回津浦中学吗？"

"别听他一派胡言！"果然有人跳出来打断了我的话。他个子不高嗓音却很明亮。他说我是为了迎合某一派系的欢心才捏造了事实陷害朱达的。这家伙最后竟然当众提出只要朱达校长回津浦中学，每个学生都可以享受什么什么待遇公开贿赂学生。岂不知这样做弄巧成拙，许多学生愤怒了，反戈一击要求严惩朱达。这家伙恼羞成怒，露出了凶残的流氓相，指使一伙混在学生中间身份不明的人向学生们施加压力。我亲眼看见这家伙用胳膊肘捣着一个学生的肋骨逼迫那个学生呼口号。

时机到了。我令唐蓝给警察局打电话让派人来抓这些捣乱分子。电话还未要通，机要送来了急电。

"……朱达先生忠诚党国，多年来致力教学，是党内和教育界难得人才……不可道听途说受派系左右做出荒唐之举……即刻释放朱先生，赔礼道歉，并以身作则，挽回朱先生影响损失……"

这份越过行政督察专员公署直接发给我收的电文是省府发来的并有省主席署名。阅罢，我像当头挨了一棒，浑身酸弱无力。难道我真的搞错了？可是朱达的罪行铁证如山，除沈小岑这个活证人没有找到其他证据均已查实。我明白了，我想哭想笑想喊想骂想发疯，民国啊民国我的民国，你是多么可怜多么可悲多么丑恶多么黑暗啊！有一瞬间，我甚至想到跳楼自杀。

胡子明先生早已从我的神情中猜到了电文内容，安慰我说："章老弟，不必难过了。有道是留得青山在不怕没柴烧……"

"不，你让我如何向津浦中学师生交代如何向小城父老交代如何向真理交代？"我火了，冲胡子明先生吵起来。我扬着手中的电文，骂道："他妈的什么省主席，地地道道的流氓！我不服从。我一定要公开审判朱达严加惩处！我不做这个县长了。我当老百姓去！"

胡子明先生哈哈大笑，把我笑愣了。胡先生也火了，针锋相对地批评我说："你以为就你是英雄吗？不！你鼠目寸光只顾眼前说到底还是为了一点廉价的声誉。你就不想一想严惩了一个朱达就能解决小城民众对世道的怨恨？就能割去民国身上的毒瘤？你错了！"

我又错了？错在何处？

胡先生镇静了一会儿，又说："你如果真的有远大抱负，不要说救国救民，就是救一个小城也不那么容易！你有权力就可以推行你的主张你的政策，尽管艰难重重。可是冰冻三尺非一日之寒，像你这样心急性直恨不得一口吃一个大馒头到头来会话话噎死的！"

"胡局长言之有理！"唐蓝接上说，"你刚刚开始触动朱达就引来上下阻力，如果硬是坚持不但不能惩治他相反你自己会头破血流。"

"你在小城立足未稳还没有基础，怎么斗得赢这些苦心经营了多年的恶势力代表人物？一切都得慢慢地来，后笑的不一定比先笑的难看，相反后笑才是胜利者。"

　　经胡子明先生和唐蓝的劝导，我才冷静下来，可是一腔血不是那么容易冷却的。想到释放朱达并要向他赔礼道歉，想到津浦中学师生和小城百姓的怒容，想到朱达以及"河东""河西""燕楼"派人物得意忘形的笑脸，我的心都碎了。但是，残酷的现实就摆在你的面前了。你不屈服就得抗争，抗争就会头破血流。你说得容易，回家做老百姓，如何对得起养育多年指望你光宗耀祖的父母兄长？如何去见你的娇妻？让你当一个农民你真能心安理得吗？你能挑得起世态炎凉生活窘迫屈人膝下的担子吗？再说，你手中无权了，"河东""河西"派想整治你不是轻而易举吗？人不为己天诛地灭，还是放聪明些吧！

　　楼下传来沈小娟等人的呼救声，我也无力去帮助他们了。我瘫坐在椅子上，身心都麻木了。

　　唐蓝还在要电话。

十 二

　　更令我无地自容的事情发生了。

　　先是一家颇有影响的报纸连篇累牍地发表了十余篇攻击我的文章，指责我盛气凌人破坏与邻省团结打击教育压制人才，不问地方行政沉溺于女色……报纸是我岳父大人寄来的，并附了一封长信。老夫子在信中把我痛骂了一顿，并说不久将送我的妻子到小城来安居。他在信中最能触动我令我愤怒令我羞恼令我惭愧的一段是提及我的一些同学好友看了报纸，对我不禁失望有的嘲讽有的叫骂有的断言我本来就不是从政的料子。他妈的气死我了！

　　寒凉的夜晚。

　　风在大街上撒野，不断卷起团团尘土向我扑来，有时打得我眼睛都睁不开。天空阴沉沉的好像一口大黑锅正在向我压下来。偏偏又停了电，仿佛整个世界都落进了黑暗的深渊中。大街上凹凸不平，脚步时深时浅时高时低，而我所走的路前边正是下坡，真有沿着阶梯走向地狱之感。真的，我真的完了吗？我真的不是从政的料子吗？那么就是说我的选择错了？

　　我出生于一个医生家庭。祖父、父亲、哥哥、姐姐都是医生。在我们家乡那一带，祖父和父亲凭着精湛的医术赢得了四方乡亲的爱戴和敬仰。我从小就对祖父和父亲从事的职业十分羡慕和向往。他们给病人诊病时我在一旁细心地瞧细心地记。到我八岁那年，有时竟能帮着父亲为病人拿中药了。我读大学时还一再坚持学医。当然这不仅仅是对这个职业的爱慕，还因这个职业能有饭吃受人们的尊重也为人造福。可是就在我读大学一年级时，家里发生了一件重要的事一个重要的变化影响了我的选择。无恶不作的镇长看上了我漂亮的姐姐，为了达到长期霸占她的目的竟然施用种种卑鄙下流的手段甚至不惜诬陷父亲害死人命让我家倾家荡产。我匆匆赶回乡为祖父和父亲治丧，听了哥哥姐姐的介绍怒不可遏跑去县里告状。谁知那个县长和镇长是"把兄弟"又是"干亲家"，竟把我关了半个月。姐姐为了救我出狱委身于镇长县长，这两个卑鄙的家伙无耻透顶甚至做出了在我姐姐肚皮上喝酒的事。哥哥对我说做医生只能给病人治病而民国的病谁能医治呢？从那天起我就下决心从政。我不顾亲朋好友的劝说放弃了继承父业终于混进了政界。这也有我现在的岳父的功劳。他既做了我的入党介绍人又做了我跻身于政界的引荐人。他是国父中山先生的忠实信徒告诫我做官要为民做主不可得意忘形不可强奸民意不可贪财好色不可卑鄙无耻……他妈的我这个县长辜负了九泉之下的亲人辜负了我的岳父辜负了小城的百姓！你们一定恨我吧？你们恨吧恨吧恨吧！我是个蠢材我是混蛋我本来就不该端这碗饭。但是，你们知道真情吗？你们了解真相吗？下边阻力重重，障碍重重，上边压力重重困难重重，我到底怎么办呢？不，我不能这样不清不白蒙受冤枉。我要向那家攻击我的报纸抗议，让他们调查了解真相，为我恢复名誉。我还要向上级陈述真相，重新处理朱达为正义伸张！我还要……不，我什么都不能做，因为我不会做成。朱达已经被释放再捕他用何理由？让我释放朱达的是省主席，我难道越过他向中央告状连省主席一起告吗？中央难道会听我的而不听省主席的？即使处置了一个朱达小城的社会就会安定吗？民国就能前进吗？在当今民国的土地上有多少个朱达？就是那个欺辱了我姐姐的坏镇长不是现在已当了专员吗？我真的丢了县长不做去做一个平民百姓甚至去做一个囚犯吗？那样声誉就好了谁都会原谅我也可以心安理得了吗？不！唐蓝说得好，做民国的官别想一身清白，要么睁一只眼闭一只眼假装糊涂；要么奋不顾身头破血流；要么装猫做狗……正义甚至都要靠卑鄙的非正义的手段去伸张。是的，我不能鸡蛋硬去碰石头。

前边有哭声。我不由得停住了脚步，仔细一听，是一个老妇人在哭女儿。

"我的娇呀我的儿呀你好狠心呀撇了老娘一个人走了呀那该死的人呀为什么不死呀老天爷呀你不长眼呀你为什么不打雷轰死那些黑心狼呀你死得惨呀你死得屈呀你死得冤呀你好命苦啊呀……"

难道又是一起冤屈？我的心在哆嗦。不知为什么，我不敢再迈动脚步了。虽然我知道这是在黑夜里但是却怕人看见我认出我向我喊冤诉屈。我仓皇转过身，拐进一条我不熟悉的小巷。不料刚进巷，就和一个人碰了个满怀，听对方的"哎哟"声音是个女的。我忙说对不起对不起，天太黑了看不见人。

"我却看见你了！"

"你是谁？"

"我是冤死鬼的姐姐。你堂堂县长慌张什么？"

我听出是沈小娟。如果不是天黑，我羞愧得真会撞死在她面前。小娟小娟，我对不起你也对不起你已死去的妹妹对不起你悲痛欲绝的母亲。我觉得站在我面前的不是沈小娟而是一座大山正向我压过来。我转过身就往回跑，跑出小巷又觉得不该这么狼狈。无论如何我还是县长，尽管我不能去安慰她的母亲不能去安慰她妹妹的冤魂；可是在她面前，我应该有所表示哪怕是一句话。我又向她走过去。看不清她的身影，只能听见她啜泣的声音。我对着那声音庄重地说："放心吧，我会为你妹妹报仇的！"

大话是说出口了，说起来容易做起来难。我怎么为她妹妹报仇呢？他妈的我这个县长！

回到家时已经很晚了，马在前告诉我有个乡下的客人在客房等我。我很惊异，走进客房，灯下站起一个身材魁梧的汉子，原来是胡二愣。

"章县长，多亏你开恩帮俺秋庄稼才种上了。乡亲们让我来向你表示感谢！"

听了二愣的话，我心里酸溜溜的，鼻子里像爬了小虫，眼泪竟无声地滚落下来。二愣呀乡亲们呀，你们不该感谢我！我这个县长当得不好。可转念一想心里又高兴起来。百姓亲自上门感谢我，说明我这个县长还是为百姓办了好事的。一高兴竟得意忘形，吩咐即刻准备酒菜款待二愣。

不知怎么搞的，酒杯里落进了一滴酱油。酒变了色，在暗弱的灯光映照下看上去仿佛是血。我的手战抖了，我想起了沈小岑。

"章县长，你遇到什么难事了吗？我能为你效力吗？"二愣豪爽地说，"别的咱没有，力气却用不尽。"

我望着二愣滚圆的臂膀粗壮的身躯，忽然萌发了一个念头。是的，人的很多念头往往是在一刻间产生的。

我问："二愣，你想当保安兵吗？"

胡二愣跳起来："不干，不干！龟孙保安兵是一群活孬种。保安兵不保安，百姓死活他不管。钱是爹来酒是娘，有爹有娘儿心满……"

我说："我让你当一个保百姓的兵，专治那些欺压百姓的家伙。你手头有了枪胆也更壮了。"

胡二愣想了一阵。我又怂恿一阵。他终于答应了，并说带几个弟兄来一起干。他说："章县长，俺保证听你的，只要你不让俺昧着良心干啥事。"

我关上门，低声但很坚定地下达了一个命令：把朱达给狠狠地揍一顿让我看看。

我只有这样干了，你说我该怎么办？

十三

人，最容易变化的是感情。我满腔热情来到小城，雄心勃勃准备大干一番，谁知遭受一次又一次打击，差点被击倒。我现在必须冷静地思考下一步该怎么办了。是的，锋芒太露必遭挫析，俗语说的"枪打出头鸟"就是这个道理。

朱达被揍了。他住院期间，我多次去看望他向他表示慰问向他道歉。尽管我恨不得一刀结束了这个流氓恶棍，脸上却还装出笑容。

"河西派"对于我在朱达问题上的让步很理解，其实"河东""河西"两派之间已做了一笔可耻交易。据胡子明先生说，朱达送给"河西派"的主要人物两千大洋并且表示今后处处事事都让着"河西派"。至于马青云当然也是得了不少好处。但是，小城各界正义之士和广大百姓却被激怒了，一连几天大街上没断过游行示威的工人和学生。他妈的我这个县长威信扫地，狼狈得连门也不敢出。如果不是西安爆发了震惊中国和世界的"双十二事变"，我也许从此就跌倒在小城爬不起来了。

这天，胡子明先生带着一个称他为表叔的女子来见我。那个女子叫冯南，是小城师范的女教师。她开门见山地提出要我释放"九一八"那天被捕的学生。她说蒋委员长已接受张学良杨虎城和共产党提出的一些条件，历史也证明抗日是无罪的。如果我释放那几个学生，不仅会得到小城百姓的欢迎和理解且在全国也是一个表率。听她的口音，我总觉着有点熟悉，却又想不出在哪儿听她讲过话，因为我和她是第一次见面。直到她走以后，我才想起就是她曾给我打过电话，她的声音曾给过我力量。

我答应认真考虑她的建议。

我先找马青云征求意见。

马青云目瞪口呆地望了我半天，摇摇头说："这怕不合适吧？政府现在还没有做出释放政治犯的决策，我们怎能草率行动呢？"

我说这不是草率行动。一是形势所迫。因为全国要求抗日的呼声越来越高，政府不能违背民心。蒋委员长这次在西安蒙难，也是因为他一意孤行造成的；二是民众要求。我们已经把那几个学生关押了这么长时间，没有任何把柄给他们定罪。根据现在的形势发展，可以断定政府会下决心抗日的。我们不能等待上级发文件，应该主动释放那几个学生。

"你老兄一定是想独树一帜，猎取民众的欢心了？"

"猎取民众欢心有什么错？难道我们这些民国的官员不是为民众服务

的？"我当然不服马青云的观点同他争论起来。他最后急了，说："你是县长，你说了办吧！我不管，出了任何问题也不需我承担。"

我倒是又束手无策了。

按道理讲，我作为一县之长有权决定我在小城要做的事，不必征得马青云的同意，但是，我毕竟是一个国民党党员，从政不能不理睬县党部否则他们又要批评谴责你不服从党。我已经在"总理纪念周"上多次受到马青云等人的批判了。我如果强行释放那几个学生，势必造成政府和党部的对立，刚刚有点好转的融合局面又要陷入僵局。如果不释放他们，等待着上峰的文件，不仅会激起民众更大的愤慨也必将使我陷入民众的包围之中。根据当前的形势估断，国共合作的局面不久就会出现，释放政治犯也势在必行，到那时不就被动了吗？冯南昨天对我说过，锐意革新的行政长官才是好官。她还给我讲了很多我不曾接触过的道理如发动民众准备持久抗日等。我在大学时看过一些共产党人写的书。我承认他们的道理、主义等都是进步的，但同时也认为那些道理啦主义啦很难实现。后来我加入了国民党。作为一个从政的国民党党员，我不能不投入反对共产党的各种活动，在江南时我还亲率保安团逮捕过共产党员并同共产党的游击队打过仗。但这毕竟是由于命令和组织的决定需要，平心而论我对共产党没有多少好感也没有多少恶感。然而最近两年，随着日本对我国的侵略，面对着山河破碎国人受辱政府腐败，我对共产党团结抗战救国的一系列政策和号召深表同情，内心里敬佩他们。前些日子西安发生的拘押蒋委员长的事件，开始听说是共产党所为，我对共产党的印象一下子坏透了。后来却又听说纯是张学良杨虎城将军出于为民族和国家着想，为逼蒋委员长抗日做出的正义之举。共产党人不但不主张伤害蒋委员长相反加以疏通，放了蒋委员长并拥护他带头抗日。我对共产党人更是敬佩了。是的，作为一个真正的中国人，在此民族和国家危难的关头都不能熟视无睹，抗日又有何罪呢？我不能让那些被关押在监狱里的抗日学生再受摧残了。在我堂堂中华民国监狱里不应该有爱国的犯人。

我庄重地做出了释放那几个被关押学生的决定并亲自到监狱把他们接了出来。

小城师范举行了热烈而隆重的欢迎大会，迎欢那几个被关押了一百多天的学生。冯南派沈小娟来给我送"请柬"，让我出席大会。

"我们不是单纯让您向师范学校师生表个态度，而是希望您能向小城全县几十万民众表示抗日决心。"沈小娟态度认真，言谈冷静但句句言词却都坚决而富有鼓动性。我怎么能拒绝她呢？但是，我也清楚地知道我这样做会带来什么样的麻烦。因此，我在大会上只讲了两分钟的话且基本上没有游离政府现在的原则。不管怎么说，我是小城最高行政长官，由我出面释放几个因宣传抗日被捕的学生并且在大会上公开发表支持抗日的演讲，在小城轰动颇大。尤其是我最后几句话不仅在小城师范受到了师生们热烈而持久的掌声拥护，还被几家报纸在显著位置发表引起了小城百姓的称赞。我是这样说的："只要我在小城任上一天，小城民众就不会因抗日而受灾难。万一战争扩大，日本兵侵犯中原兵临城下，我愿与小城民众一起战斗到生命结束！"

我们中国的老百姓对统治阶级太宽宏太轻信太温良了，哪怕统治阶级只有一点为老百姓办事的表现，即使是一句话也会得到老百姓的报答。小城又是个南不南北不北的地方，这里的百姓既有南方人的细腻又具北方人的粗犷，重义气而轻信。我在师范学校的集会上发表的两分钟的讲话经报纸宣传街传巷谈很快就为广大百姓所了解。我在百姓中的威信一下子提高了许多。我知道马青云不会放过我，在胡子明先生的指点下，我写了一封信交由唐蓝送去省政府，并带上了一笔厚礼。果然，省政府并没有怪罪我们。当然主要原因还是因为形势变化国共趋于合作已渐明朗。

十四

春天来到了。小城的春天有小城的特色：冷。虽然小城四面是山，但大都光秃秃的，没有一点绿色。据说清朝一位皇帝曾诅咒小城是"穷山恶水"，这话一点不假。也不知什么原因，小城的气温非常冷，好像冷风都聚集到这儿来了。

　　我在乡下接到县府的信，说是有一位中央要员要到小城来，让我去车站迎接。我和唐蓝乘一辆毛驴车回县城去。这种毛驴车是这一带的"土特产"，两个轮子的平板车用一头毛驴拉着。平板车上又用几根竹竿柳条弯成脊梁上边搭上条席子，像小桥孔又像船舱。讲究一点的还在席上铺一条被单或红黄布。一般地说迎婚接新娘时才用红布，而送一些有身份的人则用黄布。拉死人的则在上边蒙一块白布。这种毛驴车不仅在乡间就是在县城里也很常见，是这一带特殊的交通工具。赶驴车的生意人有男有女有老有少，都是跟在毛驴的屁股后边长跑不息。据说他们一是爱惜毛驴怕给毛驴增加负荷；二是他们自认为比坐车的人身份低，如果坐在车前把屁股丢给客人不体面。当然第一个原因是主要的。我们坐的这辆毛驴车车主是一个三十多岁的女人。看上去这女人很精明，一身短打扮，腰间还扎着一条自己染成的红带子，显得精神抖擞。她把毛驴也打扮得颇有风采，宽阔的额头上扎了一朵红花，脖子间系了一圈铜铃，跑起来颇有节奏，悦耳动听。那女人穿得很单薄，但跑起来却大汗淋漓，两个肥肥的奶子在衣服下蹦蹦跳跳活像两只小兔子。而坐在车上的我们却冷得发抖。唐蓝紧紧地依偎着我，两颊冻得通红，为她那张漂亮的脸蛋又添了几分娇艳。

　　"章县长，你说日本人会打过来吗？"唐蓝问我。

　　"很难说。这要看政府的抗战决心和军队的作战意志及全民的抵抗力量。"我认真地回答。说真的，我对于这个问题也把握不准。

　　唐蓝说："依我看日本人一定会打过来的。他们不会甘心只霸占中国的一省一地。他们要吞下的是全中国甚至全亚洲全世界。"

　　"是日本天皇告诉你的吧？"我开了句玩笑。我们笑着拥抱成一团。唐蓝不顾一切地吻我。她就是这么个脾气，只要她高兴甚至敢在大庭广众之下拥抱我吻我，有几次弄得我下不了台。对她发脾气吧，她又不理会甚至会让你更难以下台。劝她吧，她却毫不在乎地说："我讨厌虚伪。要爱就大胆地爱，何必偷偷摸摸。"

　　"可也要注意影响呀！"

　　"什么影响不影响的，我不在乎。他们都知道你喜欢我，也没撤你的职罢你的官。老百姓也没因为你身边有我这个情人秘书就不称你县长！"有时我真怀疑她是不是脑子有问题了，但又不能不承认她说的有一定的道理。有一回，晚报发了一篇杂文提到风流县长和风流女秘书，唐蓝说是影射我和她的，竟闯进报社对杂文专栏编辑大发了一通脾气。不过，胡子明先生对我说过自从她到了我身边，好像长大了。我猜测胡先生的意思是说唐蓝过去依仗着马青云的势力在小城横行无忌，像个不懂事的孩子只要马青云用一块糖都能打发她去找人骂娘。好男不同女斗，大家都让她几分。现在她懂道理也能分辨是非曲直甚至对国事也热心起来。说真的，有唐蓝在我身边，我的心里没有荒凉和孤独。但是，我知道我这样做是不对的也可以说是不道德的，因为她还年轻还要嫁人做人妻子做人母亲，我劝过她，她不接受。她说她只要爱而不需要丈夫，等到有朝一日爱没有了，她也就结束生存。我也知道她接近我的另一个原因是讨厌和害怕马青云的纠缠。

毛驴车在乡间的泥土路上奔跑着。对面一团火苗飞过来。唐蓝眼尖，惊叫道："章县长，好像是二愣的马！"

果然来者是胡二愣。

"章县长，城里出事了！"二愣和马都气喘吁吁，身上直冒热气。

我的心吊了起来。

胡二愣说："今天午饭后，军队有一团人紧急出动，包围了警察局缴了警察枪，有两个警察还击当场被打死。"

"这是为什么？"我气急败坏，在地上跳起来。

胡二愣摇着头说不知为什么只知道让他来送信，他让我骑他的马走。唐蓝要和我一起走，我气得骂了唐蓝几句，翻身上了马。我来小城上任不到半年，接二连三地发生了一起起一件件伤脑筋丢面子的事，无怪乎这个县的县长都坐不住位子。这他妈的哪儿像民国的天下！今日明明有中央要员光临，日他娘又闹出这么个丑剧，不是故意让我丢脸吗？

像这样钩心斗角尔虞我诈刀枪往来，别说抗日救国，就是自己也把安定破坏了。你王一强拥兵自重也不应该胆大妄为，用武力欺压地方，你有什么理由？……对，想起来了。在我下乡的前一天，警察局长曾向我报告说在车站接连破获几起贩毒案。其实我早已知道这一点。贩毒案大都牵涉到沪宁一带闻人且多为军方要员。过去警察局是不闻不问的因为他们怕得罪军方要员何况历任县长也闭目不见熟视无睹。警察局长向我报告无非是马青云之流给我出的又一难题，想挑起我和军方之间的重新争端以达到报复整治我之目的。我因对他们的狼子野心已有察觉，故推辞说我要下乡。是的，一定是马青云从中捣了鬼。这家伙看来是下决心拆我的台把我从小城赶走。想到这里，我让胡二愣拨转马回去接唐蓝。因为我现在需要唐蓝去办这件事。

唐蓝也许气糊涂了。她也在车下毛驴的屁股后边跑着，手里举着一条柳枝不断催促毛驴加快脚步。她是想自己不坐在车上了，毛驴驮得轻了就可以跑快了，真是聪明一世糊涂一时。我来不及向她解释拉她上了马，让她坐在二愣和我的中间。一匹马驮着三个人实属罕见，可也是没有办法的办法了。在马上，我简单地向唐蓝说了我的猜想，令她回城后径去军部找王一强和她的哥哥。

"这么说你也不管贩毒的事了？"唐蓝问。不等我回答，她竟高兴地捏着我的胳膊说，"你到底也变得聪明了。"

"不，是糊涂！"我很沉痛。

"就是聪明嘛！"唐蓝不容否定地说，"装得越糊涂才越是聪明。"她想到我这次用计让军队搞马青云，得意地说："这个坏蛋早该好好教训教训了。这回我就要让他栽在姑奶奶我的手里。"

十五

果然不出我所料，事情的起因正是因为查禁毒品。

我们在城外约定，二愣先不要进城。我和唐蓝进城后即分手，她去军部，我回县府，都装作没见到二愣不知发生了什么事。我先到家，谁知狡猾的马青云也神机妙算，已经在家里等候我了。寒暄几句之后，他单刀直入向我讲述了军队包围警察局的经过。他讲得绘声绘色，惊险处让人甚至心惊肉跳。

"章兄，这不是一件简单的小事。从这件事上可以看出王一强拥兵自重根本不把我们地方上的行政放在眼里甚至目无国法。你一定不能饶了他！"

"依马兄高见应如何办呢？"我也开门见山地问。

马青云站了起来，故意把脚步走得沉重些愤愤地说："今天中央来人，你可以告他一状。"

"告他什么？"

"这还用我说吗？他长期以军力压制地方打击地方进步力量，单就贩卖毒品一事足可以让他受惩处。"

"马兄的意思是让我连自己一起告着。"

"这话怎讲？"

"很明显，既然王一强长期贩运毒品，作为小城行政长官是耳聋还是眼瞎了，为什么早不查禁早不向上峰反映？我这个县长岂不是早已失职了吗？"

我一针见血地挑破，弄得马青云十分尴尬。他说他没想到这一层，他只是觉得难咽下这口气。你凭什么依仗枪杆子欺压地方骑在地方长官的脖子上拉屎撒尿？如果我们今天吞气忍声他王一强以后将得寸进尺真的骑到脖子上来耍威风。一县之长也是民国的主将不是后娘生养的孩子。他越说越气愤，其目的也是想激起我的怒火。

就在这时候，那些被缴了枪的警察在事先安排好的计划指使下，都涌到了我家里，有的哭有的叫有的吵有的骂有的还要让县长带着去找军队拼命。他们这分明是在逼我。我看了看表，再有二十分钟火车就要到小城了，现在去车站还来得及。可是屋里屋外都站满了警察，我难以走开。即使我走开了，这些警察都没了枪械如何去车站加强治安？我暗暗着急了。

马青云看出我在着急，故意看了看表说："章兄，我们该去火车站了吧？"

他妈的，我真想揍他这个流氓嘴脸。我不但忍住了，也装出一副平静的样子，笑着说："马兄，按理说我们该去火车站了，可是我现在脱不开身，只有请马兄一人代劳了。"

"这怎么行呢？一县之长不去，万一怪罪下来……"马青云故意严峻地说。

我只好请求他为我美言几句，他这才心满意足地走了。时机到了，我把预先约好的电话要通了，里边传来唐蓝焦急的声音："哎呀，你怎么搞的？急死人了。我一切都准备好了，就等你的电话呢。"

"你怎么谈的？"我怀疑唐蓝这么顺利且迅速地办好了我交代的事是否信口开河许诺什么条件了。果然，唐蓝对我说她答应王一强说今后不再找他们任何麻烦（毒品尽管贩运），还答应其他一些附加条件如同意军队在县境内几个水库随意捕鱼等。我真让这个女人给气坏了。你有什么权力答应这些条件呢？还未等我骂她，她已把话筒交给了王一强。当送话器里响起王一强得意狰狞的笑声时，我的心真好比扎了一把匕首。他说唐蓝代表我讲了一些条件他很满意，说我够朋友重义气比马青云那小子好处，还说他一定饶不了姓马的今天就给他点颜色看看，又说中央来的要员是他的老朋友他一定在中央要员面前为我美言几句。要是在以往，我决不会用牺牲原则人格和志气做这些肮脏卑鄙交易的，可是今天，我气得两眼冒火拳头紧握最终也没说一个不字。

他妈的这是我吗？

王一强派车送回了警察的枪支。我简单做了几句动员无非是这次是误会，有事情以后再处理，军部已经言和我们再争执没好处我身为县长一定会对得起大家等。然后我亲带一批警察赶到火车站。火车正徐徐进站。我轻松地舒了口气。

唐蓝跑了过来，我没有理她。我看见了王一强和几个部下，却没看见我们的马常委。

列车停稳了。从专车上下来一个年轻军人，对我们说那个中央要员改乘飞机赴北平了。

他妈的白白一天地忙碌。

王一强向我走来，热情地握着我的手，说："章县长，咱们去医院看望马常委去吧！"

望着他那张卑鄙无耻的面孔，我心头的怒火越烧越旺。但是我不能发作，竭力保持镇静。唐蓝走过来挽着我的胳膊让我走，王一强伸开手拦住了。

"章县长，我可是够朋友的，你也不能食言啊？哈哈，哈哈……"

我狼狈地钻进轿车里。

后来才知道，马青云乘坐的轿车快到火车站时和一辆军用卡车相撞，马青云负伤当时昏了过去。此后他就留下了脑震荡后遗症。我感到震惊：王一强太狠毒了！我原来只是让唐蓝告诉王一强这次查禁毒品的事我不知道不要与我为难，没想到他竟对马青云施了如此狠毒的暗算。我也心有余悸。你说这家伙不也是分明在警告我不要和他过不去吗？将来我如何履行县长之责呢？你军队自恃武力可以为非作歹，地方的秩序如何稳定？秩序既不能稳定又谈何建设发展？我的前途看来风险重重凶多吉少。

唐蓝见我很苦闷就劝我想开点，做民国的官也容易也不容易。容易是糊涂官糊涂做，不容易明白官明白做。相比起来糊涂官好做也能做长久，明白官不好做生命也短。我问她马青云是什么官。她犹豫了一会儿说他是明白官。因为他野心明白手段明白因此才落得这样的下场。

我叹息说将来我的下场恐怕不如马青云。

唐蓝对这一点深表理解。她说她已经看透民国这个庞然大物。民国推翻了清王朝封建统治，但有些地方有些事是清王朝也比不上的。民国已经不可救药了。她还说不久的将来也许共产党会在全中国胜利，建立他们的新国家。我问她何以见得。她只说了一条就是共产党做事得民心，得民心者得天下。可以看出，她只是肤浅地认识，并没有和共产党人接触过更不了解共产党人的理论和实践，在这点上她还不如我。但是这话我却不能说，而且我对民国也没有彻底失望。眼下又实现国共合作，恢复了孙总理倡导的国策，只要这种局面有好的发展，民国振兴还是大有可为的。至于我个人的前途倒是次要的。一想到将来的前途和马青云的遭遇，我的心就无法平静。人不为己天诛地灭这是千年古训，难道我能超脱现实之外吗？不，我不能。前些日子岳父携我妻子曾来小城短住，岳父并同我促膝交谈，他积官场多年经验告诉我大凡不属自己职权范围之内事理所当然不问，属自己职权范围之内事可问不可问一定不问，如果一定要问的事也需三思而后行并竭力多人承担责任。他说的第一点我还同意但后二点却不敢苟同。我想属我这个县长职权范围之内的事可问可不问不可不问一定要问的少问或三思而后行，那还要我这个县长干什么呢？岳父说他起初也是鼓励我大胆创新一意为民的，可是事实证明行不通才这样劝我的。我的妻子也再三劝我不要锋芒毕露不要与人作对。他们是既怕我丢了官又怕我做好官得罪人。

　　谁能给我指一条阳关大道呢？这条阳关道我后来终于找到了。

十六

　　经多方努力奔走呼号求助，小城私立女子师范终于今天诞生了。我任女子师范董事长，胡子明先生兼任校长。实际负责是教务长唐蓝。冯南、沈小娟等一批较为优秀的教师也都应聘。

　　成立这所女子师范学校是唐蓝的主意，应该说这是办了一件好事。小城的教育本来就很落后，女子教育比起男子教育更是落后数倍，小城师范中女生的比例仅只占百分之二。开办女子师范既是一项建设又弥补了本县教育的一些偏失。

　　许多年后，有人还在报刊撰文攻击我开办女子师范是另有他意，实在是委屈我辈。

　　记得那天很暖和是春天里少有的日子，我带县府一行人员视察小城名胜。小城为古城，经历多年战乱，虽说破坏较大但留下的古迹却也众多。我已接受胡子明先生的建议远远避开人事和事件纠纷，着力放在小城建设上，所以有意对名胜古迹加以修葺整理，因为这是很能看得见的事情亦可称作"表面文章"。当然我也有过远大抱负，想把小城的镇容加以认真装饰美化，但苦于经费不足。而修整古迹却有一些阔佬们愿意赞助，因为可以刻下他们的名字以流芳千古。不料唐蓝小姐胡子明先生及一些好友对此大为不满。当我们一行登上南郊大龙山时，唐蓝小姐果然不悦地当面向我表示意见。

"章县长，您热衷于为古人涂脂抹粉，却不重视当代人的教育治理，实在令人费解。"

"此话怎讲？"

"您修缮古迹不过是供一些有钱人和当官的以及闲来无聊的人游览，能起多少作用呢？眼下不是游览的年代。我以为不如把这些经费用来办教育为国家培养人才。"

"你有何见解？"

"我想倡议办一所女子师范学校。民国以来女子虽然比清朝解放了一些但是还未有彻底解放。女子教育还远远落后。我想如果办一所女子师范一定会受到社会各界关注和广大女子欢迎的。"

我连连点头。说真的我既喜又气，喜的是唐蓝出了一个好主意气的是我自己为什么没想到这个主意。他妈的功劳要归属唐蓝了。不行，我一定要争这个功。想到这里，我故意沉思起来，不急于回答唐蓝。

唐蓝也急了，一再催促我表态。

我说："这确实是件好事我早已想过，只是苦于没有时机提出来。"

"太好了！原来你也想过。我一定向妇女界的同胞们介绍你为我们花费的心思。"唐蓝高兴时活像个天真烂漫的孩子。

我说："这要征求各界的意见。你也知道教育界是河东派的势力，万一他们从中作梗可就困难了。"

"这件事包在我身上了！"唐蓝胸有成竹地说，"我谅他们不敢反对。否则我能组织全县妇女代表把他们的老窝砸个稀巴烂。"

在筹建女师的过程中，我也施了几次手段，先是制造阻力或障碍，然后由我自己再出面疏通和排除。这样，唐蓝和其他一些女子对我支持办女子教育更加感激了。女师的开办使我在小城的地位又提高了。

女师校址选在东郊一所旧粮库里，离县府足有四五里地。为了保护女师学生安全读书，我派胡二愣率一个小队住在学校附近。第一天晚上果然就出事了。

这天晚上，我在唐蓝的宿舍里过夜。我们如胶似漆甜甜蜜蜜，唐蓝痛苦地告诉我，她已下决心割断和我的关系全心投入女子师范教育。当然我表示竭力支持她。大约在夜间十点钟的时候，校园里响起一阵吆喝声脚步声厮打声拉枪栓声。唐蓝草草地穿上衣服出去了。我虽然也穿了衣服但却不敢出门去。你想堂堂县长在女师一个女教师宿舍里过夜，传出去不仅我的面子没处搁，唐蓝也难以在女师中待下去。我真恨自己误了大事。我趴在门缝里向外看，只见厮打声已停止，一群人吵嚷着向办公室走去，我这才松了口气。可是后来唐蓝有很长一段时间没理我，她责备我没有一个男子汉的气概。既然你就在我的房子里为什么不敢出来？如果流氓来的多我们束手无策等待受辱，你难道问心无愧吗？

原来是朱达收买了几个流氓夜间闯入女学生宿舍想要流氓以此败坏女师的名誉阻碍那些把声名看得重的家庭不让女儿入学。谁知他们情况不熟摸到女教师宿舍里。冯南和沈小娟都是了不起的女性，她们赤手空拳同流氓们厮打起来。有一个女教师跑出去喊人，胡二愣即刻带着弟兄们赶来，一枪未放把几个流氓抓获了。冯南很有心计，猜出几个流氓作案动机，提出以不张扬为好得到了唐蓝等人的赞同。她们把几个流氓教训了一顿然后把他们放了。为了放那几个流氓，胡二愣和唐蓝之间产生了分歧，最后胡二愣还是服从了唐蓝。胡二愣对唐蓝的印象非常好，当然也愿意听她的。

唐蓝估断朱达不会死心还可能继续捣乱于是建议在女师给朱达安排一个名誉校长的职位，对这一点不光女师很多人想不通，社会上很多人想不通，我也想不通。果然多年以后有人攻击女师系国民党右派办的学校把女师所起的作用完全抹杀了。

那个时期的唐蓝其实是倾向进步的。她采纳了冯南等一些进步老师的建议，别出心裁地在女师办起了什么"游击游练"。她把唐平请作军事总教官，由唐平派了几个军官在女师教授军事。后来才知道唐平和冯南不仅是一对恋人且在那时都已先后加入了共产党。他们训练的学生后来有不少参加了共产党领导的抗日队伍。

十七

唐蓝有很多天没来找我了。

男人的生活中离开了女人真烦躁寂寞。过去，我出于名誉的考虑加上并不十分喜欢唐蓝那种盛气凌人的性情对唐蓝很冷淡甚至讨厌她天天来。现在却焦急地盼望着她的出现。这大概就是爱情吧，我不承认。说什么我也不可能爱上唐蓝那样一个女人。既然你不爱她为什么又占有她呢？你是出于性欲的需要？那你为什么不去嫖娼？你是县长堂堂民国县长，你要声誉又要利益而且还要女人。你道貌岸然你虚伪你欺骗女人的感情？不，这不像你你不应该有这样一副嘴脸。

你是爱唐蓝的。没有爱就没有思念就没有追求。你思念唐蓝追求唐蓝就是对她深深地爱着。

我实在忍受不了曾去女师找过她。一次是她正在上课，看了我一眼仅仅是看了我一眼。一次是她正在开会是女师全体师生员工会，我被邀到主席台上就座。散会后，她以找一个学生家访为由走了，看得出是在躲避我。我不解我愤怒甚至想到她过去接近我是有目的，今天目的达到了所以就不再和我接近了。我也想过报复她但是又不忍心也不敢我怕遭到更多的麻烦。

这一时期抗日的呼声越来越高。为了躲避开各种抗日集会的邀请，我离开县城到了乡下。一天，我正在大湖庄和百姓谈话，有人来报县城来人找我。

万万没有想到来者是唐蓝。我喜出望外，激动地把她抱了起来。那时正是傍晚如血的晚霞把她妩媚的脸蛋涂染得格外动人。

她对我说女师准备举行一次军训演习，邀请小城党政军各界人士观看，让我回去。

"是真枪实弹吗？"我问。

她理直气壮地回答说："当然。"

"这样做合适吗？"我很担心，"如果出了事怎么办？"

她激动地说："我们一切准备就绪。我觉得不会出什么事。我哥哥派兵保护我们，谅没人敢捣乱。"

我说我不是指的这一点。我是说都是些女学生真枪实弹地搞，万一出事会对各方特别是对学生家长不好交代。学生应以学习为主，摆弄刀枪是军人的事。我说到这里被她打断了。她很气愤地责备我唱的是陈词滥调，现在日本人对我大好河山虎视眈眈，说不定哪一天战火就会席卷全国。女人手无寸铁难道等着受辱吗？她说她们训练的学生完全可以投入战场。我被她的一席话说得心血沸腾激情澎湃，禁不住又拥抱了她。她要推开我可是没有我的力气大。我发了疯似的吻她。我说我想你都快想疯了你为什么要躲避我，你那样做是折磨我。我实在控制不住自己的感情了，我把她抱到床上，根本就等不得她自己去脱衣服就三下五除二把她的衣服扒下来。她虽然不反抗但看得出不高兴。

"你为什么躲避我？是不是不喜欢我了是不是又有新欢了？"

她说她仍然喜欢我只是不能像过去那样。她说她长大了明白了许多道理，特别是和冯南在一起更学到了不少东西。她说她要做一个好的楷模，不能让女生们指着脊梁骨说坏活，更不能挺着大肚子上讲台。我理解了她。我却恨死了我自己。

我们乘着月色又坐着毛驴车回县城。一路上唐蓝高兴地向我讲述她的宏伟计划。她说她有决心有信心把女师建成全国第一流的女子教育典范，她还说希望我支持她，帮助她，理解她。但是一谈到形势，她的热情马上又减退了。她说她的宏伟计划不一定能实现，因为战争可能进一步扩大。她还说如果日本人打过来，她将同女师共存亡。她流着泪说，请我以后在女师的校址里为她筑一座坟茔。

"对了，你还不知道吧，朱常委已到任了。"我早已知道马青云脑震荡不能工作县党部要换新常委，朱达做了不少小动作但没想到会这么快就到任了。唐蓝还对我说朱达在一区党员会上含沙射影地把我骂了一顿。

"还有两件事我不想告诉你，怕你听了生气又沉不住气。"唐蓝说，"我想还是现在告诉你，一来你有思想准备；二来有气现在就出不要等回到县城闹出什么不快来。这两件事既与你有关又无关，为长远着想你最好还是忍耐。"

"到底发生了什么事？"我迫不及待地问。

唐蓝笑了笑，轻松地说："第一是我被开除了党籍，第二件事是胡子明先生被指控贪污了教育经费……"

我目瞪口呆。

唐蓝还是满脸微笑，但看得出那笑很苦。她劝慰我说："我刚才已经说过了，你一定要忍耐，因为今后的路还很长。"

我一切都明白了。怒气怨气叹气一起在心头翻卷，我仰天长叹：民国我的民国呀！

黑白之间

一

民国二十五年旧历正月的一天。

独山湖东岸的大韩庄壁垒森严。从湖边的码头到紧挨着津浦铁路的公路上，身穿黑警服的警察三步一岗五步一哨，犹如烧焦了的树干又如被烟火熏黑的烟囱。长长的湖堤上站满了从附近村庄赶来的男女老幼，还有从县城来的商人学生和其他各类人物。几个新闻记者一边摆弄照相机一边窃窃私语。大韩庄所有的制高点上都挤满了人。一棵老槐树被十多个人压得佝偻了身躯。

天上飘起了雪花，那雪花片大得出奇。湖边的风跟着凑热闹，也愈来愈猛烈、凶狂，站在大堤上和码头上的人都感到了脚跟站不稳。那棵老槐树摇摆起来，有一个七八岁的男孩子竟被甩了下来，如果不是落在堆在老槐树四周的玉米秸团上，不头破血流才怪呢。

于是，人们的话语也热烈起来。

"这又是风又是雪，八成是老天爷为那伙湖匪送葬的吧。说不定他们等不到政府招安就喂王八了。"一个小商人模样的半百老头儿说。

　　站在他旁边的一个膀大腰圆的年轻汉子白了他一眼，针锋相对地说："才不哩，我看是老天爷为他们助威或者老天爷也劝他们不要投降。本来嘛，他们就不该和那些祸国殃民的狗官合作。八太太一定是糊涂了。"

　　"你，你怎么能这么说？"半百老头儿气得眼睛鼻子都挪了位置，向码头上的警察望了一眼说，"我要是告诉警察他们会把你抓起来送大牢里的。"

　　年轻汉子不屑一顾地笑了笑，扬了扬拳头说："你要是喊出声，我会先把你揍进湖里喂王八的！"

　　半百老头儿昂起脑袋，挺直了胸脯，毫不怯让地说："你小子敢把老子怎么样？我看你小子通匪！"

　　"去你娘的！"年轻汉子只用胳膊肘轻轻一捣，半百老头儿身子摇摇晃晃"扑通"掉进了湖水里。年轻汉子转身钻进人群中去了。半百老头儿在水里挣扎着还不住叫骂："我日你娘，你小子有种甭走。"

　　人群中爆发出一阵笑声。

　　从码头那边跑过来一个年轻警察，吆喝着人们把半百老头儿从湖里拉上来，关切地说："舅您赶快找个地方换衣服吧。这么冷的天又下了雪，您别在这儿等着看了。"

　　半百老头儿白了外甥一眼，浑身冻得不住颤抖，两片嘴唇哆嗦着连字也咬不清了："不行！老子我今天就要看看那个八太太到底长了三头六臂还是头上多了几个窟窿！老子的五十袋盐还没找那个骚女人要钱呢。"

　　半百老头儿话刚落音，周围又有几个商人和店主地主吵嚷开了。

　　"奶奶的，那个浪八太太还带人抢过我的布庄呢。"

　　"熊八太太那娘儿们杀人不眨眼，去年秋上就是她亲手开枪打瞎了我兄弟的一只眼。"

　　"县长这回一定不能轻饶了那个熊娘儿们。"

　　"说不定县长还娶她做小娘呢。你没听说那八太太二十郎当岁，长得如天仙玉美人，狗见不咬驴见不踢人见不走鸟见不飞。要不然湖八爷也不会娶她做太太更不会把几十条船几百个弟兄姐妹交给她管。"

　　突然，岸上所有的人们都闭上了嘴巴，陷入了一片静寂。成千双眼睛都张大了，望着遥远的湖面。在水天相接的地方出现了一串省略号似的黑点。

黑胖子警察分局长匆匆忙忙向公路上跑去。那儿有一座临时搭起的草棚，草棚上插着一面青天白日的旗子。警察局长也许怕湖匪靠岸时突然发动枪战所以才把自己的位置放在这儿的。

"报告局长，来了，来了……"黑胖子分局长也许因为激动也许因为寒冷，说话声音都颤抖着，"湖匪过来了。"

"混蛋！"警察局长骂道，"他们来了几条船多少人，带了多少武器？你看清楚了吗？告诉你要做好准备，万一他们动家伙不要措手不及。"

黑胖子分局长连连应诺并报告局长说一切都准备好了。正刮着西北风，从湖面自西朝东开来的船队一路顺风，船行很快。渐渐地可以看清船队是"人"字形，有三十多条船。顶头的船上挂着一面表示归降的白旗。那面白旗做得很大看上去像一面帆。再近一些可以看清白旗下站立着一个瘦高个穿长袍的男人。岸上的人们骚动了。咦，怎么不见八太太呢？不是说八太太今天来降的吗？也许八太太改变主意不愿归降官兵了。

警察分局长的脸上也出现疑惑和不解。

二

八太太独自坐在尾船的船舱里，面前的小方桌上放着两只盛了酒的大黑碗和两支驳壳枪。

八太太是个美人儿。鹅蛋形的脸蛋白白净净，不像是风吹雨打过的渔家女人的样子，倒有几分像城里阔奶奶抹过粉的姿色。柳叶眉下忽闪着两只黑白分明的大眼睛。虽然嘴大了一些但长得很有分寸倒添了几分美。她穿着一身合体的紫光蓝衣服，长长的秀发在脑后挽了个"疙瘩"，不认识她的人见了面怎么也不会相信她就是独山湖上大名鼎鼎的湖匪女王。不知是因为喝了酒还是湖风吹的缘故，她的两颊绯红犹如涂了胭脂。

"太太，快到岸了，张先生问是否靠岸？"一个面孔黑黑的姑娘探进脑袋问了一句。

八太太不耐烦地挥了挥手说："急什么又不是小孩子想吃奶，等一会儿靠岸。"说完，她用手将帘子挑开一条缝向岸上望去，然而目光像触了电似的马上收了回来。她重重地叹了口气。唉，真没想到来了这么多人。张小毛不是和警察局长谈好让我们秘密上岸的吗？他们故意走漏风声招来这么多人是想看我八太太的好戏吧？瞧这个八太太多无能，湖八爷死了，她就带不了兵向官府投降了。女人到底无能！你八太太不是在湖八爷的葬礼上发誓要永远统治独山湖吗？你不是说和官府有血海深仇永远不向官府低头吗？看看你现在熊包了吧！狗养的警察局长在拿老娘耍弄着玩吧？哼，瞎了你左眼瞎右眼，老娘可不是泥捏的。对了，张小毛还跟我说过，狗局长答应在岸上用喇叭锣鼓和鞭炮迎接我和兄弟们，怎么也听不到一点动静？这些个狗日的狗养的没把老娘当人看。老娘不能服这个软也不能丢这个威。

"水妮子！"八太太拍了下桌子，怒气冲冲地嚷道，"给张先生说，就说我说的，不靠岸，掉头！"

哼，你们把老娘当穿开裆裤的毛妮子吗？那你可就错了。老娘十三岁来到独山湖上满打满已八年了。这八年老娘什么风浪没遇到过什么样的人没见到过。别忘了你前任那个麻局长说过一句话：独山湖上的八太太人小鬼大有非凡的本领。麻局长和我打了三年交道最后当了老娘的枪下鬼。难道你比麻局长多长个蛋？多长个蛋扛在肩膀上的？你以为老娘是输给你们了才归降的吗？那你就完全错了。我是过腻了东抢西夺南杀北拼的湖匪生活，我是不想再做这种传奇式的女魔王。我是想恢复我一个女人平静的生活，做一个好妻子生儿养女做一个好母亲。我是想让我的这些在湖上当了多年光棍想女人都快想疯了的弟兄那些想当母亲的姐妹都改变生活安静下来。我还为了我的张小毛他答应娶我做妻我们从此以后安居乐业。就是这样丢下我手中的我心爱的曾给过我吃给过我穿给过我威严给过我生命的枪，宁愿去摸锄头种地的。可是你这个狗养的却存心让我下不了台，原来谈判好的事你一件不做，还招来这么多父老乡亲看我的笑话。我如果就这样靠岸下船，我的脸往哪儿搁？

湖八爷水下有灵也不会容忍我的！

"太太！"站在船头穿长袍的瘦高个钻了进来，毕恭毕敬地对正在生气的八太太说，"船快到岸边了，我已看见他们在等咱们了。您这是又为何……"

"你干的好事！"八太太瞪了他一眼，厉声问道，"张小毛，你老实告诉我那个狗养的局长是不是照你们原来说的办的？他是不是想故意给我难堪他眼里有没有我这个'独山王'？"

张小毛面露惊恐，没敢立即回答。他知道面前这个年轻女人的厉害。一句话不对她的口味，她会翻脸无情哪怕是她再亲近的人。相反只要适合她的胃口，就是与她相隔甚远，她也会满面春风为助她而对其亲近。

张小毛是湖八爷的第十三个义子也理所当然是八太太的义子。三年前，他还是独山湖西边的一个渔村的教书匠。乡长霸占了他美丽的妻子。他忍无可忍杀了乡长，后来逃到独山岛上。湖八爷那天正庆贺五十大寿，本来该把他作为"丧门星"处置掉的，可听说他杀了乡长，又是个识文写字的教书匠，便转怒为喜收下他做了义子。但是由于他没有湖八爷其他那些义子的勇敢和大胆，湖八爷渐渐地对他轻蔑继而厌烦了。亏着有八太太的维护他才免被八爷赶走。湖八爷又讲义气重面子，既然收他为义子当然也给他一些宽容。湖八爷就有了一个被称为"半个脑袋"的憨义子。八太太对张小毛很好，这一点他是十分清楚的。因此他也处处事事讨八太太欢心。八太太没上过学，尊重读书人也喜欢识字，他于是就教八太太认字。八太太聪明又很勤奋，到现在已经认识很多很多字自己能看大部头的《三国演义》了。仅这一点八太太就很感激他，直到今天还称他为"先生"。俗话说："山中无老虎，猴子称大王。"在独山湖湖八爷的营中，他张小毛学问最高，久而久之，八太太竟对他这个落难秀才产生了感情。

那是夏日的一天晚上。八太太想湖八爷了这老家伙怎么一去四五天不回来呢？她搞了条小船喊上他一起到湖上去。那天晚上月光淡淡的，百里湖面上犹如起了大雾月光和水影融合在一起了。小船驶进荷花丛中，这儿已看不见水了，大片大片的荷叶在水上漂浮犹如墨绿色的绒毯。八太太丢掉手中的竹篙，任小船轻轻荡漾。她仰面躺在船上，含情脉脉地望着天空，如像陷入了无限的遐思。张小毛呆呆地站在一旁不敢声张。他的心里却忐忑不安：八太太带我到这儿来干什么呢？如果被人发现告诉了八爷，八爷能不吃醋能不怪罪我吗？妈的，这个美人儿怎么会落到八爷的怀抱了呢？要是老子摊上这个媳妇就是做她的奴隶也心甘情愿。不，不能胡思乱想。

"太太，咱们回去吧！"他小心翼翼地说。

太太没理他，却脱起衣服来。上身的短衫解开了，袒露出一片洁白。她又在脱裤子。张小毛的心跳加速了，浑身如同着了火。他真想一跃扑在她身上，但嘴唇抖着问了一句：

"太太，你，你这是干什么？"

八太太哈哈笑了，说："我太闷太热想洗个澡。你把脸转过去。"

他乖乖地转过脸去了。接着他听到了八太太下水的声音又听到了八太太游动划水的声音。他的身子在剧烈颤抖。还有比眼看着一块肥肉却不能吃甚至不敢张口更令馋猫焦急难受吗？他恨不得跳下水去把八太太搂住就干那种事。但是他不敢。

"喂，你小子在想什么？"八太太的甜美声音撩得他心烦意乱。

"过来！"八太太又丢过来两个字。他不敢相信自己的耳朵。那个骚女人是在招呼我吗？太好了，老子早就等着你招呼了。俗话说："母狗不撅腚，公狗不上前。"你这可是先找的老子，就是湖八爷知道了……不行，湖八爷心狠手辣，他如果知道我和太太干那种事会把我们两个人都杀了的。不行，为了干那种事去死太不值得。再说我也不能存心让太太死，她那么年轻那么美丽不应当凋谢。他竭力控制着自己的情欲，劝说道："太太，我们还是回去吧。"

"妈的，你小子以为我找不到男人吗？"八太太恼了，用枪口抵着他的屁股眼骂道，"你小子以为自己能说清楚吗？告诉你，我一枪毙了你，你连条臭鱼都不如。"

"太太，太太，我……"张小毛猛地转过身扑到八太太的身上。小船晃了几晃，渐渐地向前荡去……

果然不出所料，湖八爷回来不久就知道了张小毛和八太太到湖上去的事。八爷派人把他叫了去。

"小杂种，老子对你怎样？"八爷躺在太师椅上，双脚放在面前的方桌上，慢条斯理地问道。

张小毛早已吓得魂不附体，听八爷问话连头也没敢抬，嘴唇哆嗦着说："爹对我恩重如山，儿子铭心刻骨。"

湖八爷突然从腰中拔出枪来，厉声喝道："说，你想死还是想活。"

张小毛双膝一软，跪倒在地上，早已泪流满面泣不成声了："爹让儿子去死，儿立刻就去死。"

"前天晚上你同太太到湖上干什么去了？老老实实一句不许丢地告诉我，否则老子敲碎你的脑袋壳！"湖八爷双手握着枪瞄准了张小毛。

张小毛后悔莫及只恨一时冲动和八太太干了那种事。现在必死无疑了。他闭上眼睛，等待着八爷的枪响。然而过了一会儿耳际却响起了一阵狂笑。

湖八爷笑罢，丢下他跪在那儿，独自走了。就在那一个月以后的一天，湖八爷出湖回来突然患了重病猝死。他张小毛是第一个被招到八爷身旁的。八太太神色严峻地对他说："八爷临咽气前让你来写遗嘱。"他大惑不解，一看旁边放好了纸墨。八太太说，"八爷的第一句话是独山湖交给太太了。"他这才恍然大悟，忙匆匆写了一份遗嘱，当然用的都是湖八爷的口气。然而他对八爷之死是有疑惑的。

八太太是个了不起的女人。她继位一年多的时间里，不仅内平了隐患且外扬了大名，还吞并了湖八爷都没能吞掉的另一股湖匪。当然她和张小毛的关系也更加亲密只差没有公开化。

初冬时节，独山湖四周三个县联合出兵对湖匪大清剿。八太太一下子损兵百余，还丢了独山岛，在湖上漂泊了二十天。后来因三县之间发生矛盾，其中两县撤兵，八太太才回到独山岛。但是，她的思想却有了很大变化。她对张小毛说已经厌恶了在水上为匪的生活，想改良为民做一个普通女人。张小毛本来就不习惯湖匪生活只是因环境所迫才与湖匪为伍。他又有野心想出人头地，也不愿一辈子做一个女匪王的姘夫。只是害怕八太太才没敢劝她。八太太这一说正中张小毛的下怀。于是他乘机向八太太灌输土地生活的欢愉并描绘出一幅绚丽蓝图。他说他愿重回陆地做他的先生并盼望和八太太结为百年伉俪生儿育女美满生活……八太太动心了派他秘密去县城同官府谈判。警察局长接见了张小毛后又把他引荐给县长。第一次就谈定只要八太太率部归降县府，保证委她一官职并由她自己挑选，委张小毛为教育科督学或一校长之职，八太太的旧部也将视其志愿和能力安排职务。第二次又谈定如八太太不愿任职就赐她一座私宅，县府对其生活和将来各项要求一定照办。其他条件同第一次。张小毛第三次到县城不仅谈妥了安置事宜甚至定下了归降上岸日期和具体事项。

说起容易办起又难了。八太太要归降政府在独山湖上引起了轩然大波。最后八太太不得不决定，愿随她归降的上岸，不愿归降的去留自由但以后不得以湖八爷和八太太的名义作乱。张小毛怕夜长梦多再起变化，与警察局长拍板今日归降上岸。眼看就要靠岸了，八太太突然改变了主意，张小毛怎能不着急呢。他心里恨不得把这个女人像老鹰抓小鸡一样抓上岸去，但表面却仍然笑容可掬，说："太太，大概是他们见变了天，以为我们今天不会上岸，所以才没准备好的吧！"

"哼，我八太太从来口中无戏言。"八太太把酒碗重重地朝桌上一摔说，"既然他们对我不敬，我也就对他们无义了。传我的话，回独山岛！"

"太太，太太？"张小毛慌了，他拉着八太太的手说，"太太息怒，这样万万不行。一来警察局方面一定有了准备，二来我们再回独山岛兄弟们会怎样看咱以为是官府不要咱，不是自找难堪吗？这样吧，我先上岸去问一下情况，让警察局按原定的计划办。"

八太太余怒未息，坚定地说："不行，我已说过返回，你还是听命吧。"

张小毛"扑通"一声跪在船舱板上，亲亲热热可可怜怜地喊了一声："丑丫我的丑丫，你千万不能回独山岛。要知道你已怀了我们的孩子，他们不会让你生下这孩子的，难道你想回去等我们和孩子一起被处死吗？"

八太太的身子晃了晃，瘫倒在船舱板上。其实，她已怀三个月的身孕了。这是她下决心上岸归顺官府的重要原因。湖八爷虽然死了，但他还留下九个义子，称为"独山九龙"。她当初在湖八爷的灵前发誓永不再嫁，加上张小毛伪造的八爷遗嘱才继承了湖八爷的地位。如果她在独山湖上生孩子，别说孩子保不住连她自己也难幸免于难。张小毛唤着她的奶名说的这些话重重地打在她的心上，她彻底崩溃了。张小毛趁机拥抱着她，苦苦哀求她不要改变上岸的主意："你屈尊就屈尊这一次吧，好歹看在我们要做夫妻要做孩子父母的分上，也算是救救我和孩子的命。"他见八太太流泪了，自己也挤出了几滴眼泪。

八太太无力地说了两个字："靠岸！"

三

这是一座古老的小城。

一条古老的河从城中心流过犹如一把利剑把小城劈为东西两壁。小城的人们习惯地把河东河西两块地方分称为"东城""西城"。小城四周多山，城内也有山坐落在"西城"南部点将山上，传说西楚霸王曾在这山上点过将。小城有句顺口溜说："东城穷西城富，点将山上住大户。"西城商贾云集是小城经济中心也自然而然成为小城的政治中心。从秦国开始这儿就是县。西汉时期还曾一度为楚国国都。西城先后设过各种各样的官府，辛亥革命后一直是县府所在地。县政府划给八太太的私宅紧挨着警察局。

据说这座古建筑已有上百年的历史。小院独门，坐北朝南，计有堂屋三间东屋两间。院子不大倒干净利落。八太太对这一住处十分满意用她的话说与湖上生活甚至有天壤之别。但是八太太不满意的地方也不少。

她现在正在堂屋生闷气。

昨天刚上岸，警察局长就宣布了两条她几乎不能容忍的决定。一是凡归降上岸的湖匪，每人发给路费回家。二是所有武器全部缴出包括她八太太的武器，八太太当时就火了。她骂警察局长是骗子是黑狗子是说人话拉狗屎的家伙。她的弟兄们也亮出了武器同警察针锋相对要决一雌雄。又是张小毛从中周旋。最后警察局长说是上峰的指示他不好不服从，可以允许八太太带荷花、水妮、大牙三个人进城也可暂不缴武器，至于其他人非遣散不可。八太太为了张小毛为了腹里的孩子答应了警察局长。她把自己带的准备留作日后生活用的银圆取出一半分给了那些被遣散的弟兄含泪和他们告别了。昨天晚上，她拒绝出席警察局长设的私人宴会，蒙着被子哭了一夜。我的好兄弟好姐妹们就这样被遣散了，他们怎么能不埋怨我恨我呢？千不该万不该我不该爱上姓张的小子又跟他怀了孩子，要不是为了爱我八太太怎么能这样无情无义呢！张小毛你这坏小子坑了我骗了我害了我呀！……唉，完了！我八太太的名望地位权力都完了，从今后老老实实做一个良家妇女吧。这不正是我八太太的愿望吗？等几天我同张先生拜天地，再过几个月生下个白白胖胖的小子，我就好好地做一个母亲一个妻子吧。只是我的那些兄弟姐妹以后的岁月不知会不会顺利，如果他们中有一个不幸的，我的良心也不会安宁。

荷花、水妮再三劝她吃饭，她连理也没理。

张小毛参加警察局长的宴会回来叫门，她不让荷花和水妮给他开门。

今天早上，张小毛在她面前发了一通牢骚，更激起了她的不满和愤恨。

"他妈的姓熊的小子变了主意。"张小毛破口大骂警察局的熊局长，"他原来答应让我做督学或校长，昨天却对我说县府经再三考虑，决定安排我到一个重要岗位上去。"

"什么岗位？"八太太迫不及待地问。

"……"张小毛欲言又止。他是怕在荷花、水妮面前说出来有失体面。

八太太挥手让荷花和水妮退下，又再追问，张小毛才有气无力地回答说："他们安排我做宗教干事。"

"宗教干事是干什么的，这个官有多大？"

张小毛哭笑不得，说："简单给你说吧这宗教干事和老和尚尼姑教堂打交道，要说官有多大比芝麻粒还小。"

八太太勃然大怒。这些龟孙得寸进尺真是看姑奶奶好欺负了。你去告诉姓熊那王八羔子把眼睛睁大点，姑奶奶可不是为了讨口饭吃才降的。原来怎么定的就怎么干，不然姑奶奶把县城也给他端了。姑奶奶在独山湖上还有三百精兵良将呢！也不怪，谁让你……她想责备张小毛几句，话到嘴边又咽了回去。能怪他吗？没有我点头他敢进城和议归降的事吗？唉，怪我对不起他，再说眼下他心里已经够难过的，我不能再刺伤他了。

"张先生，你不要难过了。我今天去找姓熊的那个王八蛋让他给你换个职吧！"八太太带着几分愧疚说，"我也以为他们说话算话的，谁知他们也会骗人。不管怎么说，你不能当这个宗教干事。"

"我不当宗教干事当什么？"张小毛愤愤不平地说，"我当县长够资格吗？不要忘了我和你一样都是湖匪，给碗饭吃就不错了，还没让你我去坐牢呢！看看这可好了，当了几年湖匪这辈子也甭想洗干净，就是生了孩子也是个匪羔子！"

"你，你说什么？"八太太睁大了眼睛，目光像两道火焰喷向张小毛，"你敢骂我们？"

张小毛先是一惊。他看出八太太生气了。就连荷花、水妮和大牙也面露不满。他的身子颤抖了。秃子怕说光，湖匪最忌讳骂他们是匪。张小毛是知道这一点的。有一回，湖八爷带人在湖上抢了一条商船，按他们的规矩，货要留，人得放。本来那个商人可以乖乖地离开，可是他骂了一句"活匪！"惹怒了八爷，一枪把他的脑袋壳都击碎了。张小毛上岸同官府商谈归降事，八太太再三嘱咐他告诉官府不许称他们为匪。可是，他今天话已出口难以收回，八太太责怪也好，杀了他也好，倒不如痛痛快快地把心里话说出来。他忽地站起来，挺直了胸脯，拿出一副男子汉大丈夫的气度理直气壮地说："是的，我骂我们骂我自己就是湖匪。你不承认这个事实吗？你不是匪是什么？是官是民是军是警？猪八戒再打扮还是丑八怪，我不知你会不会后悔，反正我后悔。"

荷花、水妮惊奇地睁大了眼睛。她们跟着八太太这些年还没见过有谁敢大声同八太太说话更何况当面辱骂她。她们都把手伸到了衣袋里摸着了枪柄。大牙也气愤地掏出手枪站到张小毛身后，只待八太太一个暗示就能结果张小毛的小命。不料八太太沉重地坐在椅子上，向他们都挥了挥手说："你们走吧！"

　　大牙和张小毛走到院子里。大牙低声说："你这小子命大，要是八太太犯了在湖上的脾气，今天非杀了你不可。"张小毛虽然表面很镇静但心里却像揣了只兔子跳个不停，额头上也冒出一层密密的汗珠。他擦着汗，匆匆走了出去。

　　八太太心里觉得苦。张小毛的一通话震撼了她的心灵。是的，这些年来还没有人在她面前辱骂过她是湖匪。可是这句话却从她心爱的人的口里骂出来，更使她羞愧和愤恨。怪谁呢？怪张先生吗？他又怪谁呢？怪那个可恶可恨已做了冤鬼的湖老八吗？

四

　　她刚从母亲胚胎中出来时丑得连父母亲都感觉恶心，于是给她起了个名字叫丑丫。

　　丑丫姐妹七个，她排行老四。父母亲都是种田人。摆弄田地之余，父亲喜欢上独山湖打鱼，所以丑丫从小就常常跟父亲上湖。六岁那年她就学会了使船。八岁那年冬天，父亲在湖里病了。她一个人破冰驶船把父亲送出了险境。人说姑娘大了十八变，可丑丫七八岁时就变得俊俏起来。十三岁那年，她竟出落得亭亭玉立在姐妹中成了佼佼者。别看是庄户人家，却也懂得爱美。父母亲疼爱她，姐姐妹妹崇尚她。几个姐姐甚至多次请求父母送她上学，哪怕她们几个再苦一点再累一点。

　　丑丫虽然没能上学读书，但她聪明好学，知情达理，不仅水上功夫有一套且种田也是好把式，又精通家务，在家里撑起半边天。沿湖一带有订娃娃亲招童养媳的风俗，不少人家都向丑丫的父母亲提亲其中不乏几家大户。大湖匪湖八爷就是在这年秋天偶然看见她向她家提亲的。

　　对于湖八爷的名字，丑丫同沿湖的许许多多同龄人一样，还在吃奶时就知道了。那时候只要一哭闹，母亲就爱搬出湖八爷吓唬孩子："再哭让湖八爷听见，把你抓上湖去喂鱼。"乡亲们对湖八爷这个人的评价是褒贬参半。原因是他是独山湖上的大匪，人多枪多船多势大。他吃独山湖的肉喝独山湖的血，上到官府下到贫民，大到黄金小到针线他都抢。人们把他视为魔鬼。然而另一方面，他抱定"兔子不吃窝边草"的宗旨，对沿湖一带的百姓不但不惊不扰还倍加亲近。他严令部下只要是沿湖村上的百姓下湖打鱼，不准干涉不准敲诈不准侮辱女人。有一年，沿湖一带的百姓受水灾，缴不起官府的税，官府派兵来抓人，湖八爷闻讯后带着百多个弟兄上岸把官府的兵赶走了。为此，官府曾派重兵清剿湖八爷，八爷损了一些兵。沿湖的百姓在他危难时也帮过他甚至救过他的命。沿湖一带的百姓子弟在生活无路情况下，就上独山湖跟湖八爷混饭吃。所以也有人把湖八爷视为"救星"。

丑丫十三岁那年秋收过罢，官府派人来催征粮食。湖八爷这个时候上岸了。他很有心术，不抢百姓的粮食，偏等官府征好粮时在湖上抢官府的粮船，这样老百姓就不会恨他。岂不知官府还要再征二遍粮，苦的还是老百姓。这一次八爷带来四十条船，抢下的官粮多，运不完，于是就把余下的返给老百姓。这一来，百姓对他感恩，摆酒宴答谢他，地点设在丑丫的庄上。酒过三巡之后，湖八爷醉意蒙眬，提出想听听"拉魂腔"。在这个庄上，人们当然推出了丑丫。

丑丫有一副好嗓子，唱歌优美动听。这一带流行的曲子叫"拉魂腔"，能唱得人魂魄荡漾，而从丑丫口里唱出来，更叫人魂魄如游云天之中飘飘扬扬。

丑丫被喊来了。

她和湖八爷有三尺之隔，中间仅有一张八仙桌子。湖八爷第一眼瞧见她，目光都直了。在独山湖闯荡大半生，还没见过这么漂亮的妮儿，老混蛋浑身都像爬满了蛆似的痒痒。他拍着桌子说："好好，这妮儿不唱就凭俊模样就把老子的魂儿拉走了。"

大伙儿一阵笑声，没人会想到年逾半百的湖八爷会打十三岁的丑丫的坏主意。

丑丫一个"亮相"，唱道："起南飞来一群雁，有的是成双有的是孤单。成双雁飞来飞去多好看，孤单雁泪珠儿汪汪好凄凉，喜的是成双怕的是孤单……"

　　一曲唱罢，湖八爷还未过瘾，于是又叫丑丫再唱，一直唱了七八首。湖八爷开始还摇头晃脑地跟着瞎哼，后来两眼贪婪地望着丑丫，竟忘记了喝酒吃菜。

　　丑丫唱累了，向湖八爷行了个礼准备走，湖八爷喊住了她。

　　"你叫什么名字？"

　　"丑丫。"

　　"多大了？"

　　"十三。"

　　"你刚才第一首唱的什么喜的成双怕的是孤单？"

　　"是八爷，那叫《南调》。"

　　"我湖八爷在湖上闯荡这么些年，现在落得就是孤孤单单一个人，想叫你和我配成双，你愿意吗？"

　　"啊！"丑丫大吃一惊。屋子里所有的人都目瞪口呆。

　　丑丫连连摇着头向后退。身后早有两个彪形大汉拦住了她。她拼尽全力向外挤，叫喊着："我不答应我不愿意让我出去。"

　　湖八爷凶相毕露，一脚踹倒八仙桌，气焰逼人地朝屋中间一站，狠狠地说："湖八爷我喜欢的东西还没有得不到的。来人，把这妮子的爹娘给我叫来。"

　　丑丫的父母被喊来了，一看这阵势就吓得颤抖不已。

　　湖八爷又让把庄上的人都赶了来，当众指出两条路。一条是让丑丫做他的八太太。他既然做了这个庄的女婿就有保护这个庄的责任，今后这个庄不管天灾人祸，他都保证百姓太平；一条是如果不答应这门亲事，就是瞧不起他湖八爷。湖八爷闯荡独山湖大半生，最怕也最恨有人瞧不起他。他就要和这个庄的人较量较量比个高低。把全庄所有的劳力都用上来，他只需十个弟兄十支枪就能杀绝。

　　老人们跪下了。

　　丑丫明白她现在的地位和作用。实际上湖八爷指出的两条路是在让她选择。她从心里恨死湖八爷，真想吃他的肉喝他的血嚼碎他的骨头。但是，望着生命随时都有危险的乡亲和亲人，她倔强的心屈服了。只要我的父母我的姐妹我的乡亲能够免于一死并能今后太平，我就是死也愿意。这个尚未成熟的女孩子善良的心却好像早已成熟了。

丑丫就这样当上了湖八爷的八太太。

湖八爷是一条饥饿的虎，贪婪而又凶猛。他一连十几个夜晚都没让十三岁的小太太安稳地睡一觉。丑丫被他粗鲁疯狂地折磨搞得欲生不得欲死不能。然而十几天过去后，湖八爷也许是疲惫了也许是厌恶了，把小太太搁置在一边，有时两三月才一次。不过他对丑丫确实十分宠爱。他责令他的义子不管年岁多大的一律称丑丫为八太太，要像孝敬亲生母亲那样孝敬她。他知道自己一生娶了八个太太，但由于自己有病不生儿养女，所以把八太太作为自己的继承人加以培植。他教她练枪练拳练船和水上功夫。他教她如何保持威严治理部下。自八太太上湖，他就把"内政"交给八太太并派几个心腹辅佐她。八太太十六岁那年父亲病故，他在岸上为岳父举行了隆重的葬礼让沿湖一些大户人家都刮目相看。八太太毕竟是湖岸上长大的，生活习惯不容易改变加之亲人都在岸上，湖八爷专门拨给八太太十条小船二十个弟兄配备好武器，八太太愿在岸上住就上岸，爱上湖就上湖住。

八太太什么时候开始满足于湖匪生活的，连她自己也说不清楚。人的一切都是在潜移默化中转变的更何况生活习俗呢。她从十三岁开始上湖，在湖上过的是饭来张口衣来伸手的人上人生活。她笑很多人跟着她笑，她哭很多人跟着她哭，她悲则很多人心惊肉跳。有时她也怀疑自己是不是在做梦？这不是老年人讲的和古装戏里演的太上皇生活吗？我怎么会过这种太上皇的生活呢？这些年里，她渐渐地习惯成自然了。权力这东西具有强大的魅力，她得到了。而真正地得到权力使用权力是她十八岁以后。那时候，她不仅了解独山湖上还有大小许多股湖匪在同湖八爷争地盘，就是湖八爷自己的内部也充满了权力的争逐角斗。有一回，她吩咐湖八爷的第四个义子上岸接她姐姐来住几天，那家伙竟在船上对她姐姐动手动脚的。她听姐姐说后勃然大怒，传令把那家伙捆起斩了。湖八爷的几个义子都来求情，她不允。湖八爷的大义子外号叫"泰山"的家伙竟当面说她："别这么威风。大家都是看八爷的面子才抬举你，等八爷不在了，走着瞧吧！"她懂得"泰山"话中的含义。她困惑了。是的，大伙现在是怕的湖八爷而不是八太太。如果八爷真的死了，八太太也跟着死去吗？既然八太太不能跟着死去，就得有办法活着。她那时还没想好八爷死了她就上岸为民。那么，八百里独山湖上如何有八太太一席之地？再给哪个爷当太太吗？不行。八太太要自己活着而且仍然要立于人之上。她还应当是独山湖上的女王。这时候张小毛已经上了湖，为她出了不少好计谋。她先是暗中抓人权，当然不是当时就同八爷对抗。她借着八太太的有利身份和条件，又拉又打团结了一批少壮力量。到湖八爷死时，她已经完全有能力统治独山湖了。

丑丫从小没出过门，不知道世界到底有多大。在她的眼里和心里，独山湖就是一个世界。那些年，到处是军阀混战。老军阀被打败了，新军阀又迭起，军队都派用在你争我打上，地方政府又没有多少兵力，轻易不敢上独山湖清剿，所以独山湖上的湖匪的日子很太平。后来，张小毛给八太太讲了中国讲了世界，讲了长江讲了黄河讲了太平洋。她这才大开眼界，原来独山湖在中国的版图上都没有一席之地。她失望了。终日耀武扬威的独山女王，不过是苍茫大海中的一滴水而已。

张小毛不断地给她灌输新鲜知识。她开始重新认自己认识独山湖了。人一旦发现自己由伟大而变得渺小时，就会产生一种自卑和愧疚，当然也会产生更远大的抱负。八太太属于前一种。她知道独山湖比不上太平洋，小木船比不上大轮船，比不上火车、飞机，湖上飘摇的为匪生活不如岸上为民的生活安居乐业。她向往在湖岸的城市了。她想去坐火车坐轮船坐飞机。她想去看看黄河、长江、大海。她想生儿育女做一个善良的可亲的母亲。在湖上做太太这么些年，虽然湖八爷对她时热时冷时亲时疏，但是她保持着八太太的尊严和一个女人的贞节，从没和哪个男人有过暧昧关系。可是后来，她爱上了张小毛并把身心给了他。她要和张小毛做一对白头到老的好夫妻做儿女成双的母亲。自从爱上张小毛，她才更加感到独山湖的天地那么小，连他们的爱情都容不下。所以，她下决心离开独山湖。

湖八爷在世时，她很少出马东夺西抢。后来为了争得权力，她才常常要求率队出征。湖八爷为了培植她，也给了她不少机会。她不仅在湖上劫船，而且多次上岸抢布庄，抢粮店，有一回还带人摸进了县城把一个钱庄抢了。她从来不抢老百姓，相反还对穷苦百姓施舍点恩惠。湖八爷死后，几百人的吃穿用都得过问了，她更是不断出征，在独山湖上的名气也越来越大。

湖八爷死后，有一股湖匪曾想吞下湖八爷的人和地盘。八太太当机立断，以令众匪惊异的果敢和胆略，亲率一部分弟兄闯入那股湖匪的寨子，大义凛然，以她的计谋治服了那股湖匪的轻举妄动。不久，又心狠手辣地一举吞并了那股湖匪。其他大小股湖匪闻讯大惊，说她比湖八爷还厉害几倍。那年她才二十岁。二十岁正是最幻想和狂妄的年龄。她忽然觉得自己了不起了，在独山湖上可以称王称霸没有敌手了。于是，她又昏昏然了。奶奶的，天大地大有我独山湖大吗？天大姓天地大姓地，只有独山湖才是我八太太的姓。她又放弃了上岸为民的想法。

这一时期的张小毛可着急了。他厌恶湖匪生活，更不愿终身屈尊做一个女人的情夫。他知道在独山湖上，他不但永远不能有翻身的机会而且永远不能名副其实地做八太太的丈夫。不能做八太太的丈夫就意味着不能生儿养女不能续张家祖宗的烟火。如果他一个逃出独山湖，一来难上难，二来即使逃出去，八太太也会把他抓回来而且处死他。所以，他再三劝说八太太上岸。八太太怀了孩子以后，也对未来的命运忧心忡忡了。张小毛在这时的进言，八太太都认真考虑，最后答应了张小毛。

"你要明白一点，我们在独山湖上是为了生活，绝不是匪，不能说不想当湖匪才上岸的。"八太太再三告诫张小毛。张小毛当然顺从八太太的说法，就连警方也保证不发表任何言论称他们为匪。

五

八太太恨起来了。她恨湖八爷。如果不是湖八爷硬把她抢到独山湖上做八太太，她能落个终身为匪的骂名吗？能像张小毛说的生下的孩子也要被人骂匪羔子吗？可是，她不上独山湖又怎么会认识张小毛张先生呢？怪谁？谁都不怪，这就是命。命中注定你这一辈子就得有这一段历史。好在你现在也认识到"匪"不光彩了。你不是上岸为民了吗？那你从现在开始就老老实实做一个民吧。你已怀了孩子，这孩子生下来就不是匪了。至于别人骂他匪羔子，那也没有办法。不是有的孩子被人骂为狗羔子羊羔子么？你的孩子长大了不会怪你。他要怪你，你也有话骂他，没有我做匪那日子会认识你爹吗会有你吗？还有，你只要为民后忠诚老实，服从官府，和善待人，你过去的为匪日子会慢慢被忘记的。小时候你父母亲不就告诉过你行善积德吗？你以后多行善事多积德，谁还会计较你的过去呢？张先生是心里憋了气才当面辱骂你几句的。你不必放在心里。他喜欢你。要不他怎么会劝你上岸同他做老夫妻呢？你不能再摆过去八太太的架子。你很快就要成他名正言顺的媳妇了。做媳妇的还能不挨丈夫的骂？做媳妇的要温柔，要懂得服从丈夫体贴丈夫。你过去做八太太的威风和脾气都该扔独山湖里了。你要对张先生诚心诚意，他可是对你一心一意的。你现在在城里为民了，当民也要有当民的心意，首先要顺从。官府给张先生的差使不满意，你就跳就蹦就要干，还是当湖匪八太太的脾气，能行吗？你既然要为民就得处处事事以民为本。既然要做媳妇就得是个媳妇的样子。

八太太正在胡思乱想，大牙走进来。

"八太太……"

"不要这样叫我！"八太太打断了大牙的话，认真地说，"八太太死在独山湖里了，以后就叫我，叫我……"她自己也不知怎么说了。叫你张太太，你现在还不是张小毛名正言顺的媳妇。叫你丑丫，这名字多难听多别扭。叫你李小姐，你不是小姐。

大牙愣怔了一会儿，见八太太说不出下文，便说："外边来了个姑娘，说是报社的记者，要采访你。"

八太太莫名其妙："什么记者什么采访？她找我有什么事？记者是干什么的是多大的官？"

大牙摇了摇头。

八太太想了一会儿。这"记者"或许是官府的官儿吧？也或许是来人的名字吧？可是她来找我干什么呢？她又怎么知道我住在这儿呢？不管怎么说，人家既然来到我的门前，我就该见一见。她吩咐大牙把来人请进来。她过去在船舱里坐惯了，仍然是过去那副坐相，腰板直挺着，眼睛平视，脚上没穿鞋子，两腿盘在椅子上。

来人进了院子。八太太的眼睛一亮。这是一个和她年龄相仿、身材相当的年轻漂亮姑娘，可是穿戴打扮却完全与她不同。来人留短发，穿一件苹果绿色的长旗袍，显得精神抖擞，落落大方。她的左胳膊腋下夹着一只皮包，看上去像个很得意的大学生。八太太对她的第一印象就是喜欢。

八太太在生人面前又摆出了做独山湖上八太太时的威严，既不笑也不语，等来人走到面前，报过姓名，她才点点头示意来人坐下。来人好像不在意她的仪态，只是看到她赤着的双脚，眉心才微微动了动。

"我叫陈静，《小城民报》的记者。"

"噢，你又叫陈静又叫记者，怎么这么多名字，不如让给我一个。"八太太笑了。陈静笑得比她还疯。

陈静解释说："陈静是我的名字，记者是我的职业。记者就是写文章，登报纸的。"说着，她从皮包里拿出一份《小城民报》送给八太太。

八太太没伸手去接，而是按惯例示意站在一旁的荷花接过去，然后才从荷花手中接过。陈静看了微微一笑。可是她瞬间笑容就消失了代之是惊讶。因为八太太的白皙面颊变得青紫继而又涨红了。

八太太清楚看见报纸的头版头条上登着她在上岸时的全身照片，文章大字标题这样写着："湖匪妇昨日在大韩庄码头登岸向政府投降。"她勃然大怒，一把扯碎了报纸，愤愤地骂道："狗日的熊局长不是答应不登报纸吗？这是怎么回事？他还让报纸称姑奶奶为匪……"

"你不知道，他们还开了庆功大会呢！"陈静说，"从县长警察局长到警察分局长都立了功受了省府嘉奖。县长马上还要提升。"

"这些狗日的捉弄姑奶奶！"八太太忽地跳下来，掀开衣服拔出了枪，怒气冲冲地说，"狗日的欺人太甚。这不是骑到我脖子上拉屎吗？我吞不下这口气。"

陈静也站了起来，劝慰说："八太太，你现在是在县城而不是独山湖，你现在是单枪匹马不是有众多的弟兄。你如果有一点举动，官府正盼着。他就可以给你安上个假投降真闹事的罪名把你关进大牢甚至结束你的生命。"

"姑奶奶和他们拼了！"八太太一点也不示弱。

陈静说："我相信你敢杀敢拼，但是这样做又有什么意义呢？如果为了拼杀你不会上岸了。我觉得你现在应该做的是把自己上独山湖当湖匪的经历，当湖匪的辛酸以及你上岸为民的真情向社会讲清楚，驳斥一些对你不利的谣传。"

"我到哪儿去讲，谁听我讲？"八太太很沮丧。

"我可以给你记录下来，登在报纸上发表。"陈静十分诚恳地说，"既然你也识文写字，也可以自己写出来嘛！"

八太太惊异地望着陈静。

陈静笑了笑，示意八太太息怒，坐下后，说："其实我对你的身份有所了解。你幼年和少年时代是很天真、勤劳、善良的女孩子，是被迫上的独山湖。在独山湖这些年，你作为一个湖匪的女王，命运和生活都很艰难。你之所以上岸，不是官府警方所说走投无路被警方的威力压倒，而是另有原因。你可以以你一个女人的感受感情把真实披露出来。这样，你一定会得到社会和百姓的广泛同情。以后你的生活和命运也许就会安定些了。当然，你在县城过一段时间后，也许会失望，也许会重新考虑以后的生活……"

八太太愣怔住了。她觉得和陈静之间的敌意消除了，距离缩短了，吩咐荷花端酒来。她在湖上这些年招待亲朋好友和来客都是用的水酒，所以这次还是按规矩办的，谁知陈静连连摆手拒绝。八太太这才想起岸上招待女客人是用茶水女人且没有饮酒的习惯。她想了想，说："陈小姐，我觉得你是我上岸以来遇到的第一个知心人，所以请你饮酒，表示咱们姐妹今后相好。如果你不嫌弃，我愿同你结为姐妹。"

陈静没有料想到八太太会突然提出这个要求，她丝毫没有思想准备。但是她知道如果自己拒绝了一定会令八太太恼怒，于是接过话爽快地说："好，八太太不愧为爽快女侠！"

两人报了生辰。陈静比八太太还大一岁。八太太扑通跪倒便拜见姐姐。陈静却不知如何称八太太。当然是要称妹妹，可是这个妹妹叫什么名字？八太太说她没有名字，乳名叫丑丫。陈静沉吟了一会儿，说："妹妹，我想你以后既然为民，就应该有一个名字。这个名字还要美丽还要响亮。我看就叫李新吧。你以后的生活是崭新的。"

八太太又叩头表示感谢。然后，她吩咐荷花、水仙和大牙备一桌丰盛的酒菜以示庆贺。就在这时，张小毛回来了。他一身泥水，满脸青紫，额头上还肿起一个小山包，走路一瘸一拐的。八太太见了赶忙迎上去，当着陈静和几个老部下的面就把张小毛拉到怀里，亲昵地为他拍打身上的泥土，关切地询问他发生了什么事情。

张小毛叹了口气，说："我去上班，心想先到各处走一走，我先去了基督教堂。没想到他妈的洋教士不讲理，见了面没容我开口说话就大骂我是土匪赶我出去。我和他争辩几句，他就动手打人。"

"什么，他们打了你？"八太太怒不可遏，对大牙说："去把那个叫洋教士的家伙给我抓来，让姑奶奶好好教训教训他。"

"使不得使不得。"张小毛忙劝阻说，"洋教士是外国人。"

"什么外国人，反正不是狗！"八太太说，"我不信他们真能骑在咱的脖子上拉屎拉尿。大牙，他如果不服，你当场就教训教训他。"

陈静不能不说话了。她冷静地劝慰八太太说："新妹，你不要太冲动了。这些洋教士平时横行霸道，我们的老百姓轻易不敢惹他们。因为官府向着他们。当今中华民国的头面人中，有人甘愿做洋人的儿子。再说我看今天洋教士打骂张先生也不是偶然。他们怎么知道新上任的小小宗教干事是湖匪，又怎么无故打骂他。这里边一定有文章。"

八太太听了陈静的话，余怒未息。她不明白为什么在这儿还有什么外国人洋教士而且随意打骂人。洋教士的势力有多大兵马有多强？她望着张小毛，不禁泪水盈眶，一下子拥抱着他，泣不成声地说："都怪我不好。早知这样我该多带几个弟兄来了。"

大牙马上接上说："八太太，我回独山湖搬兵去吧。"

"胡闹！"张小毛朝大牙瞪大了眼睛，"这是县城不是独山湖。别说'泰山'不会派兵就是来个百儿八十的也是肉包子打狗——有来无回。再说，八太太和我们都已成良民了，再动刀动枪的像什么样子。今后不许再提独山湖！"

大牙不满地白了张小毛一眼，不乐地走了出去。水仙见大牙生气走了，也跟着追上去。

八太太不平地喘着粗气，胸脯像波浪般起伏着。

张小毛这才和陈静相互介绍。他听说陈静是报社记者，又和八太太结拜为姐妹，不太相信，堂堂一个报社记者怎么会跟湖匪女王结拜姐妹呢？可这毕竟又是现实。于是他又乐得两眼放光。因为他和八太太在县城里是陌生人是睁眼瞎，有这样一个女记者做朋友无疑是添了双翼。

酒宴开始了。八太太让荷花、水仙和大牙单独吃饭，她和陈静、张小毛边饮边谈。她兴奋地告诉张小毛陈静给她取了新名字，说："姐姐说了，我取名李新，我今后的生活也崭新。"

"好！好！这个名字好！"张小毛连声称赞。

八太太是个直性子人。她见张小毛不理解她话中的含义，于是又开门见山地问道："张先生，你看咱们什么时候举行婚礼？反正姐姐也不是外人了，说了也让她帮助咱们参谋参谋。"

张小毛愣怔了一下，支吾着说："咱们刚来，还没安定，还是等一些日子吧。"

陈静似乎看出了点什么，但是装作什么也没看见，举起酒碗说："来，祝你们早日成为伉俪，白头到老！"

张小毛端着酒碗的手却颤抖了。

六

小城的冬天冷得出奇，就是出太阳的日子里风都像刀子一样，从人的脸上掠过犹如揭去一层皮般疼。屋檐下的冰柱结得又粗又长如同丝瓜。大街小巷里的行人少了，就连市场上也冷冷清清。

八太太和荷花在城里转了大半天，冻得鼻孔直流清水鼻涕，好不容易才找到辫子巷十八号。这是一个不大的院落，却住了七八户人家。她们进去时，院子里有一个小姑娘正在洗衣服，两只小手冻得像刚出土的红萝卜。

"你们找谁呀？"小姑娘问。

荷花反问："陈静小姐住这儿吗？"

小姑娘忽闪着两只大眼睛打量了她俩一阵，兴奋地说："你们谁是李新姐姐呀？"

八太太激动地说："我就是我就是。"

小姑娘把她俩引进了西面的一间小屋里。

八太太简直不敢相信这就是陈静的住处。房子约有十个平方米，放了一张单人床和一只小木桌，床头上、桌子上全都堆满了书。陈设简单得近乎贫寒。不过房子打扫得却干干净净让人感到舒服。在左边的墙上挂着一个镜框，里边放着一张老少几个人的合影，其中一个少女很像陈静。

陈静不在家。小姑娘告诉她们陈静去医院了，她是一大早就出去的。

"怎么这时候了还未回来呢？"八太太有点不放心。小姑娘好像十分熟悉陈静的为人，说："陈大姐一定是又抢新闻去了。你们坐一会儿，她可能很快就会回来的。"八太太在床沿上坐下。她漫不经心地翻起陈静床头上的书来。忽然从一本封面画着大胡子人头像的书中掉下一封信和一张报纸。她看了看信封收信人是陈静，下边的地址是北京一所名牌大学。她把信夹在书里，看那张报纸，只见许多地方画了红杠杠。她正要认真看，荷花惊喜地叫她道："李姐姐，快来看你的相片。"八太太放下手中的书和报纸，走过去一看，桌子上的一沓格子纸上果然放着一张她的照片。

"看这张照片，别人准会以为你是一个女学生。"荷花赞赏地说。

这是那天陈静访问八太太时，亲自给她拍的一张照片。她根据陈静的劝说，剪去了留了多年的长发，留了和陈静一样的短发式。她穿的也是一件棕色旗袍，确实打扮得像个学生。当时陈静对她说："等这张照片在报纸上一登出来，保准全城百姓对你有个新的认识。我早就说过，独山湖上的湖匪女王八太太不是传说中的妖怪，而是一个普普通通的女人。我再把你的身世你的经历和你现在的想法你对未来的追求向读者们细细做一介绍，你今后在小城就更好生活了。"

八太太从来没想过自己会有这种模样。这个年轻美丽、文静典雅的女人就是独山湖的湖匪女王吗？鬼才相信呢！她应是青面獠牙一脸横肉满嘴鲜血的女魔……是的，我现在是一个普普通通的女人了。其实正如陈静姐姐说的一样，我过去也是个普普通通的女人，只是生活得和其他女人不一样罢了。人在这个社会上真像个玩物。谁又会想到很短的时间里我会变成另外一个人。

她在桌子前的椅子上坐下，细看起陈静写的关于她的故事。看着看着，她的眼睛潮湿了，接着泪水夺眶而出，最后泣不成声地扑倒在桌子上。

"谁在我的屋里哭的？"随着话音，陈静走了进来。她的身后还跟着一个三十出头的高个子男人。那男人戴着一副眼镜。

"新妹妹！"陈静很快就明白发生了什么事情。她扶起八太太，用手绢为她擦去泪水，沉重地说："新妹妹，姐也希望你大哭一场同昨天告别。"

八太太站起来，哽咽着不知说什么。

陈静指着身后的男人说："这位是郭伟雄郭先生，在女子师范教书。"她刚要把八太太向郭先生做介绍，郭先生摆摆手，说："不必了，我猜得出这位是李新小姐。"

八太太听着这种称呼，比称"八太太"亲切多了舒服多了，不由得向郭先生投去感激的目光。

郭伟雄坐下后，严肃地对八太太说："李新小姐，你不必难过。其实，你当湖匪那段岁月也是生活所迫。在这个世道里，因生活所迫做各种事的人都有。男人苦，女人更苦。你那样做固然有对不住穷苦百姓的地方，但另一方面你也是对这个黑暗社会的一种抗争，是一种英雄气概。"

八太太从未听人这么高评价她，她甚至怀疑自己的耳朵出了毛病。

郭伟雄沉吟了片刻，又用低沉而痛苦的声调说："上个月我收到兄长一封来信。他在信中把我姑家一个表妹骂得狗血喷头。说我表妹做了娼妓……"

八太太大吃一惊。

陈静却很冷静。

郭伟雄继续说："我回信责备我的兄长不该对我的表妹不公。她作为一个姑娘难道不懂得什么珍贵吗？难道不想贞洁吗？可是我姑夫去世了姑妈又病重，表妹在家里是老大下边还有两个弟弟一个妹妹。五口人的嘴扛在肩膀上要向她要饭吃。姑妈病重也要钱治病。他们要活下去啊！要活下去啊！……"他激动得说不下去了，摘下眼镜用手绢擦着泪水。

八太太目瞪口呆。这个世界上还有比她更苦更惨的女人，为什么？

陈静也用悲痛的声调说："今日的中国，灾难横生，民不聊生，许多许多人为了生活不得不做牛做马当狗当猪。东北千万同胞现在甚至连猪狗的生活都不如，连猪狗的自由和权利也没有。"

八太太忍不住问道："政府不是天天嚷着为民众吗？为什么还有这么多受苦受难的人呢？"

陈静回答："他们为民众是假，为私利是真。一方面他们反对进步枪杀光明压制民主迫害民众，一方面争权夺利营私舞弊中饱私囊引狼入室……"

"引狼入室？"

"是呀！东北丢了，华北危在旦夕，照国民政府政策攘外必先安内，中华民族都难保全。日本帝国主义现在虎视眈眈，野心极大，恨不得吞下中国和世界。"

"日本人为什么这么凶？难道我们打不过他们？"八太太不理解。是的，她知道的东西太少太少了，在陈静这个姐姐面前她真正是一个不懂事的小妹妹。中国为什么有那么多苦难的民众？日本为什么能占领中国的土地把中国人当猪当狗不当人？为什么中国那么多兵不抵挡日本的进攻反而自己人打自己人？在独山湖为匪的时候，她只知道自己家乡一带很穷，许多入伙为匪的人都是因为生活贫困所迫。她只知道独山湖外的世界很大。张小毛向她介绍过独山湖外的世界，说大城市多美多美，比她想象中的海市蜃楼还要美许多倍……在独山湖上，她是个井里蛤蟆，到了岸上接触了陈静，她的视野宽阔了，知道的东西多了，但有很多很多事情一时还不能弄明白。有一点她感触很深。这个大世界是一个痛苦的悲惨的世界。她为自己未来的命运感到困惑。

郭伟雄说有事先走了。

陈静送郭伟雄回来，对八太太和荷花说："我们在一起谈的事情，你们现在多想想，不要在外边多说话。"

刚才在外边洗衣服的小姑娘进来了。她让陈静帮她改文章，可是她的脸色却阴沉沉，好像受了莫大的委屈。

"小茹，你怎么了？"陈静关心地问，"是不是弟弟又惹你生气了？"

小茹摇了摇头，两眼挤满了晶莹的泪珠。

陈静把小茹拉到怀里，温柔地用一双手握着小茹的手，说："瞧，手都像冰块一样凉，小心得病。"

小茹哭了，说："陈静姐姐，我，我不能上学了。"

"是爸爸病又重了吧？"陈静抚摸着小茹凌乱的头发，两眼也湿润了。

八太太似乎听出了原因，问道："你爸爸得了什么病？"

陈静代替小茹回答："她爸爸多年哮喘病，春秋夏天还轻一点，能凑合着干点活挣钱养家。可是一到冬天病情就加重，连门都不能出还怎么干活挣钱，所以只好让小茹辍学糊洋火盒子挣点钱养家度日。"

"这怎么行呢？她还在上学嘛！"八太太想起自己苦难身世，对眼前这个小姑娘充满了同情和怜悯。她从衣袋里掏出钱袋子，说，"小茹妹妹，姑……"她刚要说出习惯了的口语，"姑奶奶"立即意识到错了，抱歉地忙改口说："姐姐我这儿有点钱你先给你爹用着。等我回去再让人送点钱来。不管怎么说，你也要上学。"

小茹不愿接钱。

荷花在一旁说："接着吧！八太太赐的钱你不收会惹她生气的。"

八太太责备荷花说："我给你讲了多少遍，你怎么还是八太太长八太太短的。我叫李新，和小茹是姐妹。姐妹们在一起不要客气。今天我有你就花，明天你有我再花不都是一样嘛。"她硬把钱袋朝小茹手中塞。

陈静见八太太出于真心诚意，就对小茹说："好了好了，李姐的深情厚谊你就领了吧，回去给爸妈说明白。"

小茹转过身，扑通一声跪倒在八太太面前。

八太太在独山湖这些年，在她面前下跪的人不止一个而且大都是些五大三粗的男子汉。可是今天跪倒在她面前的是个穷苦的小姑娘。她从来没有像今天这样心潮激荡。她一下子把小茹拉在怀里，哭着说："我的好妹妹，别这样，姐心里难过，不安呀……"

小茹走后，八太太又坐了一会儿就起身告辞了。陈静把她和荷花送到巷子外。

"姐姐，你要抓紧治病，可别耽误了。"八太太这才想起今天来是看陈静病好了吗，她带的钱也是准备留给陈静，却给了小茹。她面露难色，抱歉地说："姐姐，你要用钱尽管到我那儿去取。"

陈静苦苦一笑说："别说你的钱也不多，就是你是百万富翁，又很善良，能解救帮助一个小茹两个小茹，能解救苦难深重的中国吗？一个人的病可以医治，但一个民族的病医治就很难呀！"

八太太莫名其妙地问："姐姐，你说怎么办吧。只要你说一句话，我上刀山下火海也敢。"

陈静拍着她的肩膀，笑着说："这不是你我两个人的事。这是我们中国的事，中华民族的事。你以后慢慢就会明白了。当然中国和中华民族的事就是我们每一个人的事。如果我们每一个人都能尽职尽责报效祖国，那么祖国就有希望了。对了，张先生现在工作怎么样？"

八太太听陈静提起张小毛，不由得愁云罩上脸颊，沉吟了一会儿说："他现在很忙，有时两三天也不到我这儿来。"

陈静若有所思地点了点头。

八太太和陈静分手后，同荷花一起沿着来的路向回走。刚走过一条马路，她突然站住了，对荷花说："你先回去吧，我再走一走！"其实，她想去找张小毛。他已经又是两天没到她那儿去了。

刚来的那几天，张小毛和八太太同住在一个院子里的。说是同一个院子，张小毛根本不进他自己的卧室，一回来就钻到八太太的卧室里。这一切，荷花、水妮、大牙都知道得很清楚，只是装作看不见。可是几天过后，张小毛说是政府给他安排了住处，公职人员一律要在宿舍住，要搬走。八太太虽然对他恋恋不舍，可是又怕耽误他的前途，便同意让他搬了出去。他出去住以后，很少回来，八太太想找他又找不到。他倒好，又是两天未进门，八太太怎么能不想念不焦虑不担心呢？你心里就有那个不值钱的芝麻粒官儿，不把我放在心上。可是你不要忘了我的肚子里怀着你的孩子呢。他现在已经五个月了，还有五个月就要出世。你也不操持赶快把婚事办了，等到生下了孩子再办吗？到那时候，你我怎么见人？你这个混蛋，要是玩了我，我可不会饶了你！当然我知道你不会那样做，你不是没有良心的人。咱俩虽然没办婚事，可是恩恩爱爱的夫妻生活也过一年多了。你知道我的心，我也知道你的意。也不知你咋想的，为啥要去做这个狗官儿。我从湖上带来的钱足够咱用半辈子了。咱该先享几年福，湖上闯荡的日子确实把咱都累苦了。过几年孩子大了，咱们找个事做，能吃饱穿暖平平安安行了。你看你当这个狗官儿值是不值，刚上任第一天就让洋人揍了个鼻青脸肿，还得装哑巴。这官儿是人做的吗？

八太太边走边想，来到了霸王山坡上。她听张小毛露过一句说他在霸王山的霸王寺的一座大殿里办公。她径直走进寺里。

这是一座古老的寺院。由于年久失修的原因，寺院的门庭、院墙都倒塌了一片片的。一株株古老的银杏、刺槐，也显得老态龙钟。进入寺院向上走，穿过一个月牙形的门，登上一百八十级台阶，就是大雄宝殿。八太太从来没见过这样的建筑，本应细细观瞻，可是她一心想找张小毛，根本无心观瞻。她在月牙门里站了站，正好有一个年轻的女人匆匆从台阶上下来，像是被什么人追赶着，脚步都不踏实，好几次踩了空，倒下又爬起来。大约还有二十余台阶时，她又一脚踩了个空，滚了下来。八太太忙扶起她，问道："这位太太，管宗教的官儿在什么地方办公？"

她的话音刚落，头上就响起一阵淫荡的笑声，接着一个公鸡嗓门的男人高声说："娘儿们找宗教的官儿吗？老子就是，快进来吧，我早在此恭候多时了。"八太太抬头一看，不由愣怔住了，在公鸡嗓子男人旁边站着的正是张小毛。

"张先生！"八太太惊喜地叫了一声，就要向上去。旁边那个女人拉住了她，低声说："这位太太，你赶快走吧，他们会欺负你的。"说完，那个女人匆匆走了，八太太很纳闷，她怎么慌慌张张从上边下来？谁欺负她？"公鸡嗓子"是干什么的，张先生为什么和他在一起？

"公鸡嗓子"沿着石阶向下走来，猪肝似的脸上漾着淫笑。张小毛却十分着急地向八太太一个劲挥手，示意她赶快离开。八太太如坠云雾之中不知如何是好了。她又误以为张小毛摆手是让她上去，所以顿时增添了力量，向石阶上走去。

"公鸡嗓子"见八太太满面春风，又迎着他而上，不禁大吃一惊。因为他还从来没有见过对他这种男人不仅不回避不恼恨而且热情主动的太太。他站住了，一颗心七上八下地跳着。最后他看清了这个女人的笑容热情和期待都是给予张小毛的。他也明白了来者的身份。恰巧八太太已到了他面前，他伸手拦住了八太太的去路，嘲弄地说："怪不得离几里路我就闻到了鱼腥味，果然是条美人鱼。你就是独山湖上大名鼎鼎的八太太吧？"

八太太一愣，但友善地笑了笑说："我现在叫李新。"

"立新！哈哈……""公鸡嗓子"笑了，"你立什么新？归降国民政府就是立新吗？八太太，听说湖八爷死了，你还没找到主吧？正好我也缺一位太太，咱们挺般配的。"

八太太没想到和张小毛在一起的这家伙是个下流坏子。她的脸由白变红，怒火直从心里向外蹿。哪有敢在她面前轻佻无礼的男人包括她喜欢的张小毛在内。她的"太上皇"脾气又上来了，一把抓住"公鸡嗓子"的衣领，"啪啪啪"连打了他几个重重的耳光，狠狠地骂道："小狗日的瞎了眼睛，敢在姑奶奶面前耍下流，不想要你这条小命了吗？"

"公鸡嗓子"被八太太几记巴掌打得眼冒金星，嘴角流了血，也发了怒：

"妈的你这个熊娘儿们不识抬举，老子是看得起你才这样。"边骂边伸出手去抓八太太的头发。八太太一扭头偏过了"公鸡嗓子"的手，一个"顺手牵羊"把"公鸡嗓子"摔到石阶上，像皮球一样滚下去。这时，张小毛早已惶惶地跑过来，拉住了八太太的手说："太太，你怎么敢打我的上司呢？"他又跑下去把躺在地上叫唤疼的"公鸡嗓子"扶起来，一个劲儿鞠躬赔礼。

八太太气得眼睛都快要滴血了。

七

张小毛人刚进门就叫喊起来："闯祸了。这回可是闯大祸了。"他手里还拿着一张《小城民报》。

"你叫喊什么，太太屋里有客人！"大牙推了张小毛一把，瞪圆了眼睛。

张小毛不理会大牙，向太太的客房闯去。他一踏进门里，惊异地睁大了眼张大了嘴。

坐在八太太客房里的客人是独山湖来的。其中一个是湖八爷的九义子外号"水上飞"的白湖升。白湖升是湖八爷最信任最宠爱的义子。到湖八爷死前，他的部下有两股势力，一股是大义子"泰山"为首，另一股就是白湖升为首。白湖升对八太太很崇敬，八太太对他也很喜欢。连张小毛都承认，如果白湖升在八太太身边的时间多一些，再有张小毛一半的学问，八太太就会把身心许给白湖升而不是他张小毛。八太太上岸前曾多次劝说白湖升跟她上岸，但白湖升以守义父终身为由拒绝了。按实际年龄白湖升比张小毛小，但他比张小毛上湖早又排在湖八爷的义子中老九，故称张小毛为弟。他见了张小毛，忙起身招呼说："原来是张小弟来了。我刚才已经向太太问起了你！"

张小毛不还礼也不答礼，把脸扭向门外。

白湖升转喜为怒，正要发火，见八太太向他示意就忍住了，重又坐下大模大样地抽起烟。

八太太把张小毛叫到卧室，责备他说："你今天怎么了，见了九哥也不见礼。"

张小毛说："我现在是政府官员，怎么还能同湖匪套近乎。你也要小心啊！上岸时你是向官府保证过的老实为民，不再同湖匪串通。为什么你今天又把他们请来？"

八太太想发火，但想了想又忍住了，辩解说："不是我请他们，是他们自己来的。不管怎么说，他们是我的好兄弟。"

"什么好兄弟？你是想小白脸水上飞了。"张小毛不无嫉妒和委屈地说，"他也想你了，所以才来看你。"

"你这个狗日的！"八太太恼了，扬起了拳头。但是她的拳头在空中停住了。她忽然觉得张小毛那双喷着炉火的眼睛比往日美丽明亮了也比往日真诚了。她的拳头松开后，用手抱住了张小毛，深情地说："人家想你都快发疯了，你却诬陷我，我既然把一切给你了，怎么还能同别人再勾搭？那样我还是人吗？"

张小毛见八太太宽容他，得寸进尺，说："你向我保证过老实为民的。如果官府知道你又和湖匪勾搭，不光怪罪于你，也会连累我们。"

八太太神情渐渐严峻起来。她瞪着张小毛，理直气壮地说："我这个人的脾性你是知道的，决不做对不起朋友和弟兄的事。姓白的这几个人都是我的好兄弟，我不能让他们骂我无情无义。只要我不和他们一起做什么坏事，官府又能奈何我？他县长警察局长就没有亲戚朋友了吗？白湖升也是你的兄弟。当初咱上岸时没有他的支持不可能。你说你连你的兄弟都不认了吗？"

张小毛低着头听八太太说完，一句话也没说，扭头就向外走。他拉开了门，突然又想起了什么，把手中的报纸朝八太太一扔，说："瞧，你不断地惹祸招灾。你打了我的上司也就算了，为什么又要叫姓陈的女人在报上发表文章？是炫耀你的威风还是败坏我的上司。你知道这样的后果吗？告诉过你，那家伙不是好惹的。他是西城有名的一霸。你们惹了他，别说你，就是姓陈的女人也不会有好下场。"说完，他气哼哼地走了。

八太太愣了神，直到听见张小毛的脚步声已到大门口时，她才追了出去，冲张小毛喊道："你告诉那个狗日的，要讨债来找我，如果他敢动我姐姐一根毫毛我就抽了他的筋扒了他的皮。"她望着张小毛的身影消失了，颓丧地靠在门框上。唉，做一个人怎么这么难呢？别人不理解还倒无所谓，连自己心爱的人都不理解，不能同心同德，往后又怎能白头到老？是不是怪我错了？不，我没有错。白湖升的确是我的好兄弟。他虽然是八爷的义子，可待我却像亲妹妹。那年下大雪，八爷出湖去了，我突然患了病，是他把我送到岸上找了一个老中医给看的，老中医说再晚一会儿，我的性命都保不住。人要凭良心做事。他是在独山湖上听到谣言，说我进城后被关进大牢还要割头示众，才带几个弟兄来看我的。你说我能赶人家走吗？我要是赶他走，不就是把自己不当人了吗？你听听你说的那话什么他是想我了我也想他了。我要是真爱他还会跟你上岸来吗？亏着你还识文断字当过先生，连狗的肚量都没有。狗肚里还能盛下二两香油呢！过去就没见你这么小气这么不中用。反正我跟你上岸了也快成你的媳妇了，有些事你以后就会知道也会明白我为什么这样做。

八太太走回客厅，白湖升带来的几个弟兄正在骂张小毛。有的骂他不凭良心忘恩负义；有的骂他小人得志看不起人；有的骂他是条狼吃人都不吐骨头。白湖升见八太太进来，忙制止了几个弟兄。

八太太没有理由责备这几个弟兄。张小毛也确实太过分了。她吩咐荷花上菜上酒，准备痛痛快快喝一场，一来向白湖升和几个弟兄道歉二来也解解自己心头的愁闷。

白湖升端着酒杯站了起来，诚恳地说："太太，今天见到你很高兴。我原以为你真的被官府杀了，如果是那样，我们就把独山湖的弟兄拉出来，血洗县城。没想到你还在而且活得挺舒服，我在此借花献佛代表独山湖的弟兄敬你一杯！"

八太太激动地接过酒杯一饮而尽。

又喝了几盅酒后，白湖升带来的一个弟兄突然问了一句："八太太，你清明还回独山湖给八爷扫墓吗？"

白湖升想制止他却已经晚了。

八太太的神情一下子僵固了。她的心在颤抖手也在颤抖。这是个多么棘手的问题。她如何也想不到会有人提这个问题。怎么回答？说不去吧，他们会追问为什么甚至埋怨会怪罪。说去吧到时一定去不成。一是官府不会同意她去，这一点倒可以不理；二是张小毛也不会同意。到那时她说不定已和张小毛办过婚事了，肚子也大了，回去怎么交代？再说这第三条她也不愿去祭悼那个她恨之入骨的死鬼。

白湖升为她解了围，说："这要到时候再看了。如果天时、地利各种原因不允许，太太就不一定去了。我们几个弟兄会代你向八爷问候的。"

八太太顺水推舟说："那就要多劳你们兄弟几个了。"谈到留在独山湖的兄弟，白湖升难过地告诉八太太现在人心乱了，老大"泰山"太霸道，前几天因为一点微不足道的小事，他一气杀了三个弟兄。大伙对他谈虎色变。他俨然以独山湖的老大自居，排挤自己的弟兄，扩大个人的势力。他还上岸抢来十几个姑娘媳妇，搞了个女营。什么女营纯粹是娼营。白湖升也因为这件事和他反目为仇，两个甚至差点动了家伙。要不是还有几位弟兄在中间圆场，白湖升早和"泰山"分道扬镳了。

"我有时真想赌气上岸当农民去，凭着这一身气力还能饿着肚子吗？可转回来一想，现在唯一能和'泰山'抗衡的就是我白湖升，我要是一走，这八爷留下的独山湖还不败坏在他手里。为了弟兄们，我也得干！"白湖升说着激动起来，加上喝了几杯酒助兴，把胸脯拍得砰砰响，说，"我白湖升在八爷还在时就下过誓，不做伤天害理的缺德事，不靠在独山湖上发财，只要弟兄们不饿肚子，没人欺负就行了。"八太太赞赏地说："好，我就喜欢你这么股子气。独山湖有你在，我也安心了。"

他们从中午一直喝到傍晚，一个个醉意蒙眬。八太太自上岸以来没有这么痛快过，她已经喝醉了，却还要继续喝。荷花向白湖升使了眼色，白湖升才劝阻住八太太，起身告辞。他们刚要出门，陈静匆匆走进来。

"你们是独山湖上来的吧？"陈静问。

白湖升一愣，望着这位年轻漂亮的陌生小姐，不解地反诘道："你怎么知道我们是湖上来的。"

陈静急切地说："现在来不及多说，你们赶快出城，再晚一会儿就要被捕了。"

"你说什么？"白湖升的酒意一下子烟消云散，从腰里抽出了枪。

陈静说："你们就这几个人不能蛮干。再说现在出城还来得及。张小毛醉酒后把你们进城的事说出来了。"

白湖升一下子变了脸，怒气冲冲地说："这个龟孙王八蛋，敢出卖老子，我一定把他脑壳敲碎。"

八太太已经被荷花扶到卧室休息去了。白湖升嚷着要找八太太，说只要八太太点头，他就去找张小毛算账。

陈静劝道："你们不要这样了，留得青山在不怕没柴烧。再说张小毛也不是故意的。现在和张小毛一起喝酒的那个人也醉了，还未到警察局去。我是见他俩醉在街头，听见他俩说这些话的。和张小毛一起的胡大炮很坏，他一会儿就可能去警察局汇报。"

白湖升冷静下来，他问陈静："你为什么要告诉我们？"

陈静认真地回答说："这一点我无法回答你。不过有一点我想给你说明白，你们有人有枪有力量，不应当再像过去那样在湖里湖外抢抢打打。大敌当前，日本人已经占领了东北又在染指华北，有可能发动全面侵华战争。你们应当积蓄力量，积极练兵，等待着报效国家。如果是这样，我今天这样做就做对了！"

白湖升和他的几个弟兄恭敬地听完陈静的话，都很感动。白湖升向陈静保证今后不再做对不起百姓的事。有朝一日国家需要的时候决不后退当孬种。临走时，他和几个弟兄向陈静毕恭毕敬地行了礼。

陈静听说八太太已睡了，嘱咐荷花他们赶快清扫房间，然后也告辞了。但是她也没有忘记叮咛他们不要对八太太讲起张小毛酒后泄露白湖升等人行踪的事。

八

八太太柔软的手轻轻抚摩着张小毛像发面一样肿起的屁股，心疼地不住流泪，哽咽着说："张先生，你要恨我就咬我一口吧。你不知道你的肉疼我的心疼呀！你千不该万不该向警察局告密。你也知道要是按独山湖的规矩得挖了你的眼割了你的舌头的，要是白老九这回真在咱家里遇了事，湖上的弟兄们能饶了咱吗？"

张小毛是身子朝下趴着睡的。他不敢让屁股在下边。他知道大牙恨他所以才借题发挥用劲打他，二指厚的竹扁担都打断了。亏着打的屁股，要打头脸还不早叫他打断气了。这个小狗日的，对爷爷这么狠心。骑驴看唱本——走着瞧吧，早晚有一天我会让你知道爷爷我的厉害的。八太太这熊女人也无情无义，我又不是故意向警察局告的密。你知道我是不高兴走的，何以解愁只有找"杜康"老兄了。我开始是一个人独斟独饮，后来胡大炮来了，我们又一起喝，他醉了我也醉了。他说你八太太长得如花似玉，真想不到独山湖果真有出水荷花。我一听就气了，我不敢骂他于是就骂你来出气，我说你和湖上来的小白脸在一起。他问小白脸是不是"水上飞"，我就点了点头。天快黑时他丢下我一个人走了。我在酒馆门前的马路上睡着了，大牙那小子抓着我的头发朝墙上撞把我撞醒了。我向你喊屈，你不相信。你这样动不动发八太太的脾气，我以后还敢跟你做夫妻吗？张小毛对八太太又怨又恨。

八太太问张小毛："你不是说上了岸出了正月咱俩就办婚事吗？现在已经过了几个月，你还没一点准备，到底要拖到什么时候？"

张小毛没回答。他心里有自己的打算。

"你说话呀？"八太太娇嗔地拧了张小毛一下。

"我一定得想办法教训教训胡大炮。"张小毛岔开了话题。果然，八太太中计了。她忙改口问张小毛有什么计划，能不能对付了胡大炮？她怕张小毛吃亏，说把这件事交给大牙去办。张小毛不同意还生气地责备八太太只相信别人不相信他。我张小毛并非等闲之辈，要不是因为上湖晚，排在十三义子上，我干得保准比"泰山""水上飞"都强。他们算什么，草莽英雄。真正的英雄应该智勇双全。八太太也不否定张小毛的话，但心里明白他是自吹自擂。情人眼里出西施，她把张小毛的缺点也看成是他完整的美的一面。她甚至不敢相信假若张小毛身上没有很多不足她会不会满意。她还是忘不了婚事，于是又再一次问起。张小毛不能再躲闪了，推说要回家乡一趟请父母大人给择个黄道吉日。八太太心中犹如吹过一阵爽风吹散了心头的悲忧，她主动地紧紧拥抱了张小毛，接连给了他十几个热吻。

"不过，你要听我的一句话，我们今后才能平安无事，白头到老。"张小毛说，"从现在开始，你不能同与政府不和的人来往，不管是城里的湖里的。咱们现在是政府的民，就应当拥护政府。"

八太太开始不愿接受张小毛的观点，但是仔细一想他的话也有道理。加上张小毛刚受过处罚身上还留着伤痛，她也不想再让他不愉快，于是爽快地答应了。

张小毛又说："我听说你认的那个陈姐姐是个危险分子。"

"她不是《小城民报》的记者吗？"八太太不解。

张小毛想了想，说："不过她既然和你是姐妹，你就应该和她亲近。如果你要发现她有反对政府的言行一定得告诉我。"

八太太一惊。你这个狗日的小子是什么意图？你还想坑害陈静姐姐吗？是的，现在的政府对反对他们的人民很残酷，反政府的人都没有好结果。你让我注意陈静姐姐反政府的言行是为你告密争官当资本吗？我还以为你挨了一顿罚会改了呢？没想到你连陈静姐姐的主意都打，你还算个人吗？狗日的！

张小毛光着身子，没有地方可抓，八太太扯着他的耳朵把他拽了起来。她也是裸着身子，可忘记了天气的寒冷。张小毛"哎哟哎哟"叫唤着求饶："丑丫，你不要误会，我也是为陈静姐姐着想。她有什么反政府言行，要是别人知道报告警察局她就受不了，我要是知道了可以为她掩护嘛。"

八太太当然相信了张小毛。她抱着张小毛倒下，拉过被子盖住身子，说：

"你怎么不早说清楚呢？"

"你根本没让我说完……"

八太太突然掀开被，双膝跪在床上，流着泪对张小毛说："张先生，我对不住你。我不该这样待你。你要打就打要骂就骂吧。今后我再也不敢对你野蛮了。我听你的话，做一个好百姓。来，你打我吧！"她拉着张小毛的手朝自己的脸上打。

张小毛在心里笑了。他忘记了皮肉疼痛，把八太太压到了身下……

九

时间过得真快，转眼间到了清明。残冬被阳光驱散了，严寒被春风吹走了。可是八太太心中仍然被酷寒笼罩着犹如冰层越结越厚。张小毛老是借故忙不能回家，至今拖着不办婚事，而八太太的肚子像西瓜一样越来越鼓圆了。她别说不敢出门，就是见了荷花、水妮和大牙都脸红。她偷偷做了一件肥胖的棉袍，但穿在身上仍然掩不住肚子大的秘密。她不得不在见人时略微向前探着上身，不管是那动作还是姿势都显得很难受。她每次见到张小毛都要催问，有时声泪俱下地恳求，有时义正词严地斥责，有时甚至用上了恐吓和威胁，但是张小毛总是回答得很好，就是不办实事。上次张小毛做出一副回家乡的样子，连毛驴和要带的东西都让八太太办好了。八太太还亲自上街买了许多"礼品"让张小毛带给未来的公公婆婆。但张小毛临行前叫人捎信来，说是要出公差，不能回家了。八太太气得把"礼品"都一把火烧成灰烬。再后来，张小毛躲着不来见她。她打发荷花和大牙去找也见不到他的踪影。她又急又气甚至悔恨不该上岸。如果是在独山湖上，他就像如来佛手心的孙猴子本事再大也跳不出去，我叫他怎么着他就得怎么着。可是在这个小城里，他却如鱼得水而我却坐等着跟他捉迷藏。做男人真他娘没有好东西，孩子不是他怀的，不是他身上的肉，他一点也不关心。你是存心想让我丢人现眼吗？

陈静昨天又来了。八太太很感激陈静，她给了她理解。人与人之间最珍贵的感情就是理解。陈静对她说，小茹一家人都很感激八太太，说没想到八太太还是一个女菩萨呢！陈静早已看出八太太心中和身上的秘密，只是不愿先点破。昨天，她实在忍不住了，当房里只剩下她俩的时候，她还是终于先问了。八太太又羞又恼，当着陈静的面哭诉了她的爱她的愁和她的羞辱。陈静很同情她，生气地责备张小毛是个没有责任感的男人。她说在中国社会，女人的苦难比男人深重。在女人的肩上压着一副沉重的担子，一头是传统一头是希望，而传统那边太沉太沉太多太多，而希望一边则太轻太轻太少太少。女人的人生就是灾难和痛苦。中国女人要解放自己，必须先加入推翻旧势力旧传统旧权力的斗争。因为只有整个社会解放，女人才能彻底解放。

八太太进城的几个月来，经常同陈静和郭伟雄接触，由浅入深地学会了不少道理知道了不少事情。她觉得陈静和郭伟雄这些人太了不起，他们有学问有思想有见解，对人热情亲近且又不庸俗。他们看问题一针见血说到实处，他们关心国事关心民众境界高。但是，她也有不理解的地方，比如说他们这么大学问为什么做不了官而且穷困缠身？他们为什么关心国事关心他人胜过关心自己？前些日子霸王山逢庙会，八太太也到庙里烧香。陈静正好在庙会采访。二人见面后谈了一阵。陈静不无遗憾地感叹说中国的百姓既可爱又可悲可怜。他们只知道向神求愿却不知道人才是真正的神，她还给八太太讲了很多。八太太明白了在中国为什么有人富裕有人贫穷，有人高高在上有人做牛做马。但是，她还不愿意把民国政府想象得太坏，她还铭记着张小毛不要反对政府的话。她甚至还信心百倍地期待着张小毛能当上政府的重要官员，她也能名正言顺地成为官太太而光宗耀祖。她把自己的喜怒哀乐都和张小毛联系在一起，张小毛指鹿为马她不把鹿说成鹿也说成是骏马。她对于国事还不是那么关心，正如张小毛说的国事是政府的事。好在她还没有那么多心思和精力用来解决自己复杂的认识矛盾。她现在最关心的是她怎样名正言顺地做张太太生下孩子做一个好母亲。

陈静理解八太太的心情，暗示她说："当初湖八爷是怎么娶的你，你就不能想办法让张小毛娶你吗？"

八太太苦苦想了一夜，终于下了决心。今天一早，她就吩咐大牙和荷花、水妮三个人分头做准备。

她要大牙负责把张小毛找来，但不准动他一根汗毛。

她要水妮多做几个菜，要像办宴会那样周到。

她要荷花把房子布置一下，贴上红双"囍"对子、窗花，然后再去请陈静姐姐。她在城里没有亲人，唯一亲近的就是这位结拜的姐姐了。她想求陈静姐姐做她的证婚人。

"太太，咱们要干什么呀？"大牙不解地问。荷花、水妮明白八太太的用心，所以只默默照她的吩咐去做而不敢多问。

八太太觉得该把这层布挑开了。于是，她泣诉着说了她的秘密。她求大牙、荷花、水妮理解她原谅她。我是一个女人而且是一个年轻的女人，现在已经为民了。既然八爷已经死了，我就得嫁人，也算是有个依靠。做女人的没有男人的依靠还怎么生活？张先生喜欢我，我也喜欢张先生，我就存心嫁给了张先生，你们也不会反对我欢欢乐乐地成家立业，以后生几个孩子，有一个美满幸福的家庭吧。你们也得走这条路。无论怎么说，我也不能让你们一辈子守着我，等你大牙娶媳妇，荷花、水妮出嫁的时候，我也为你们高兴为你们祝福……

荷花、水妮都陪着她掉泪，同情她支持她，唯独大牙一听就火了。他说八太太为民已经受独山湖大多数弟兄反对了，如果再嫁人特别是嫁给八爷的义子张小毛，独山湖的弟兄知道了，会把你祖宗八代都骂几遍的。你以后怎么有脸再见独山湖的弟兄们？做人要讲忠义，这是古来之训，也是湖八爷常要求弟兄做的。你在八爷死后，身为独山湖众弟兄首领，抛开八爷打下的地盘和一些弟兄上岸归降官府，已属不义之举。自古忠义难两全，弟兄们原谅了你。前些日子"水上飞"九哥还带人来看你。可是你现在又要改嫁，连忠也丢了。你既然不忠不义……

大牙气得浑身哆嗦。

八太太觉得自己理亏，没敢向大牙发火，恳切地说："大牙兄弟，你不是个女人，你不懂的……"

"我懂。"大牙打断八太太的话说，"我还未生下来爹就死了，我娘带着我们弟兄几个过得多难呀！可是我娘就没想过男人。"

八太太语塞了。

荷花走过去扯了一把大牙，说："大牙哥，太太也确实不好过。"她指了指八太太隆起的肚子向大牙做了暗示，又说，"你还是听太太的吩咐去做吧！"

大牙望着八太太隆起的肚子，两眼迸射出愤怒的火星。这个粗心的男人，过去一直受着欺骗。他也从来没敢怀疑过八太太会真的跟张小毛有不正当关系。他只是以为八太太听信了张小毛，对他过于宠爱而且逢场作戏和他玩玩罢了。现在，他什么都明白了，气愤地抽出了手枪，对准八太太的肚子，骂道："我，我打死这个小孽种！"

八太太惊得魂飞魄散。

水妮赶忙用身子护住了八太太。

大牙举起了枪，但是手却不住地颤抖，两行泪珠夺眶而出。

荷花一用劲，把大牙推出门，然后关上大门，用身子死死顶住了。

门外传来大牙悲痛欲绝的哭声。

八太太好长时间才醒过神来。她一点也不恨大牙，反而觉得大牙是个难得的心腹。她急忙让荷花打开门，却不见大牙的影子了。她失望地回到屋里，忍不住又哭了。

荷花说："太太，我去找张先生吧！"

八太太摇了摇头。是的，她突然感到十分恐惧。直到今天，湖八爷好像还阴魂未散，她真的嫁给张小毛，说不定她不等孩子生下来就没命了而且张小毛也不会活得愉快。她不明白这是为什么？难道一个女人真的就得从一而终吗？如果不能嫁给张小毛，不能有做媳妇做母亲的权利，活着又有多大的意思呢？不如死了好。陈静姐姐的话多么有道理啊！女人的人生就是灾难和痛苦。一个女人想孤单地解放自己显得多么单薄和乏力呀！

大门响了一下，张小毛匆匆走了进来。

"大牙说你找我回来，有什么事吗？"张小毛开门见山地问。他气喘吁吁，额头上滚着汗珠，脸上带着不悦，"你那个狗日的大牙拿着枪威胁我，说他喊到一百我要不进你这门，他就崩了我。他跟在我后边硬是逼着我跑，像狗赶鸭子似的。他还说我进门如果没有你的令就不能出去，只要出去就……对了，他还说不准任何人出去，只要出去就开枪打死。到底是他娘的谁犯了病？"

八太太的心怦然一动，热泪又涌了出来。她要出去找大牙，被张小毛拉住了："你想我死。这个狗日的在门外呢！"

八太太甩开张小毛，走到门外四下看了一眼，来来往往的人群中不见大牙的身影，她叫了一声"大牙"声音就哽咽了。

十

"啪！"张小毛狠狠打了八太太一记耳光，厉声骂道："贱女人，难道还要老子反过来伺候你吗？"他今天又是一天未归，到了晚饭后才酩酊大醉回来，硬是逼着八太太为他洗脚。八太太挺着大肚子，弯腰不方便，动作慢了一些，他就打了八太太。但八太太却不仅不火且还对他赔着笑脸。站在一旁的荷花都咽不下这口气，愤愤地说："张先生，太太实在是……我来替你洗脚吧。"

"你是我老婆吗？"张小毛吼了一句，"你这个熊女人不要不识抬举，再敢对我不恭我就把你赶出去，这是老子我的家！"

荷花气得眼泪都掉下来了。

八太太还批评荷花，说："这儿没你们的事，你们出去吧！"

荷花出了屋，走到自己的房间，哭出了声。水妮在一旁不满地说："想不到太太变成这个样子了。等着吧，她这样一忍再忍，以后叫姓张的卖了都不知从哪儿上的船。"

自八太太和张小毛成婚以后，她的地位从主迅速转为仆，成了张小毛的奴役和玩物。特别是近日来，张小毛在公差上不顺心，回到家里更是大发脾气，对八太太动不动就是骂就是打，八太太从不反抗。以往，荷花、水妮在八太太身边没人敢欺负，而张小毛却对她俩百般挑剔，也是动不动就骂就打，甚至骂出一些不堪入耳的脏话。而八太太不但不袒护荷花水妮，相反还处处为张小毛辩护。张小毛见八太太俯首帖耳，更加得寸进尺，俨然是太上皇自居，有时的要求和做法都令人发指。比如前天他喝醉了酒后，提出要洗个澡。他自己脱了个精光也逼着八太太一丝不挂。他不仅叫八太太为他搓背洗身子，还要八太太为他唱歌。兴致来了，他不顾八太太已临近产期，把她按在浴盆里就干了那种事。而八太太还很高兴很满意。

成婚以后，张小毛还一手控制了八太太的所有钱财。没有他批准同意，她花一个铜子儿也不行。八太太看天气热了，荷花水妮还都穿着湖上带来的粗布衣服。她就让荷花水妮每人做一身绸衣，张小毛得知后大发雷霆，不仅骂了八太太也骂了荷花和水妮，还当着她们三人的面，把衣服给撕成了布条子。以后八太太安慰荷花水妮，还说张先生是为这个家着想，怕是坐吃山空到以后饿肚子。荷花和水妮几次商量一起离开这儿，但又舍不得丢下对她俩恩重如山的八太太，所以也跟着八太太默默忍受。人生的痛苦多种多样，对丑恶势力的忍受也是一种痛苦而且绝不亚于其他各种痛苦。一天两天还可以，三天五天也可以，但长了忍受也会变成反抗的动力。一旦爆发将比任何力量都要强大。

八太太挨了打骂，仍然是笑容可掬地为张小毛洗了脚，把他服侍到上了床，累得气喘吁吁，汗水如注。张小毛倒下不久就发出了粗重的鼾声。八太太不仅不感到苦，相反还甜蜜地笑了。她坐在床沿上，看看熟睡的张小毛，又看看自己滚圆的肚子，心里感到充实和满足。是的，终于如愿以偿了。从和张先生完婚那天起，不，应该说从上岸那天起，我就不是那个作恶多端的湖匪湖八爷的八太太了。我是一个良家妇女，即将成为母亲的媳妇。等到我们的孩子生下来，我一定尽全力把他喂养得肥肥胖胖像只小老虎。谁敢说他是湖匪的儿子。他不是。我要让他好好上学读书，长大以后当县太爷。当然，我也会把我年少时的不幸都讲给他，让他做一个好官，不像现在国民政府里的那些贪官坏官……

八太太正在想入非非，荷花进来告诉她陈静来了。八太太犹豫一阵。自从张小毛提出反对她和陈静交往以后，她和陈静的交往的确减少了，从不去找陈静，陈静来找她时她也不像以往那么热情。她相信张小毛的话，陈静这些人的思想激进，同政府有抵触，随时都有生命危险。再者，她也认为陈静讲的许多道理太无边际甚至是空想，她现在要维护和全身心从事的是家庭的美满。陈静晚上来访，她也不好推辞不见，于是就迎了出来。

刚刚坐下，陈静就开门见山地问："李新妹，张先生回来给你讲了吧！"

"什么事？"八太太丈二和尚摸不着头脑。

陈静说："我听到一个消息，说是张先生已答应向洋教堂捐赠两千大洋。"

"什么，两千大洋？"八太太差点跳了起来。她不理解洋教堂为什么还要别人捐赠钱，更不明白张小毛为什么要捐两千大洋。她临上岸时，为长远打算，把湖八爷和自己的财产一半留给独山湖上的弟兄，一半带到岸上来了。上岸后，因为随她上岸的百十个弟兄被遣散，她又每人给了他们十块大洋。进城半年了，各种开销又花去了不少，再拿出两千大洋，等于把她现有的钱分出一半。张先生呀张先生，你怎么这么糊涂呢？我们今后的生活岁月还很漫长，要吃要穿要用，等生下孩子开销就更大。你既不同我商量，也不看看我们的实际，一下子拿出那么多钱，我们以后喝西北风不成？她站起身，想到屋里叫醒张小毛问个清楚，但刚刚挪步又站住了。张先生刚刚睡下，这时候把他吵醒说不定他又要发火。再说他没对我说就说明还未来得及对我说而且还会对我说。到他对我说时我再和他说理也不晚。还是先问清陈静姐姐他捐款给洋教堂是干什么用的。

陈静未等八太太询问，就主动告诉她洋教士是帝国主义国家的，他们来中国传教有的是为民众办了好事的但是我们这儿的洋教士却是狗仗人势，欺骗和欺压百姓。他们打着传教的旗号，装着慈善的面孔，行的却是侵略行径，只是这种侵略不是用枪炮罢了。特别是现在民族面临生死存亡之际，他们要扩盖教堂也就是要扩大侵略。他们传授的东西是用来瓦解我们人民的士气，让我们的民族甘心做奴役。全城人民对扩盖教堂都强烈反对，而张小毛不但不反对还捐款，理所当然也要受到全城人民的反对了。

"张先生为什么要这么做呢？"八太太感到莫名其妙。

陈静一针见血地说："很显然张先生是有用心的。他知道如今国民政府从上至下都有一种媚外症，特别是对西方如美国更是奴颜婢膝。只要取得美国传教士的欢心，也等于拍了县政府的马屁。美国是什么国家？他们不仅同日本人眉来眼去，还出售武器给日本人来打我们。"

八太太有点坐不住了。

"张先生这种行为是不是太卑鄙了？"八太太想，但是她未说出口，而是陈静说了出来。陈静激动地说："如果他还有中国人的良心就应该悬崖勒马！"

八太太的脸红了。如同屁股上挨了针扎，她一下子站了起来。她不能接受也无法忍受陈静所说的事实。她恨不得把张小毛抓起来问一问。是的，即使你不对我讲把两千大洋拿去办正经事办好事，我也能原谅你。谁让你现在是我的男人是一家之主呢？可是你拿我的这些钱去干什么呀？你也好意思吗？

八太太刚要进屋里去，突然肚子一阵剧疼。她咬着牙捂着肚子坐下来，汗水却沿着额头向下滚。

"荷花、水妮！"陈静看出八太太即将生产，立即喊来荷花和水妮匆匆收拾了一些必需品，叫了一辆三轮车，把八太太送往医院。一路上，八太太忍不住地低声叫疼。刚进医院的产房，就生下一个女儿。

十一

八太太很懊恼，为什么生下个女儿而不是儿子呢？她一直是做着生儿子的梦的。儿子又白又胖像只小老虎，儿子又高又壮顶天立地，儿子传宗接代，儿子……她恨自己的肚子不争气，又觉得对不住张先生，一气之下两天没喝没吃，无论谁劝也不行。而张小毛这两天果真没去医院看望她和孩子，她以为张小毛对她生女孩子不满，心里更不安和痛苦了。

出院回到家里，陈静来看望她。

"我的命太苦了。"八太太哭了。

陈静说："不是命苦而是社会黑暗。生女孩子有什么错？没有女人能有人类吗？"

八太太说："可是女人不中用，不能……"

陈静说："女人什么都能做到。关键是女人首先就应该理直气壮地做人，参与国事家事，不能自己瞧不起自己，你自己最有亲身经历。你是一个女人，可是你带过兵打过仗称过王，是你自己把自己的命运拴在张先生的腰带上，唯命是从。"

八太太低下了头。她承认陈静说的事实。过去张小毛敢在她面前放个屁吗？不就是她自己把自己的权利交给张小毛任他摆布的吗？可是不这样做又怎么办？他是男人是丈夫是一家之主啊！

陈静看透了她的心思，又给她讲了一些道理，鼓动她自己主宰自己的命运。八太太心里服气，但不能接受。

陈静走后不久，张小毛回来了。出乎八太太的意料，张小毛对八太太格外热情和殷勤，对她生了个女儿表示满意和高兴。他还亲自动手杀了一只老母鸡为八太太煮汤喝，八太太感激得热泪盈眶。

"瞧这孩子长得多像你又白又俊。"张小毛赞不绝口地说，"她长大后也一定像你这么聪明、漂亮，我看就叫她聪亮吧！又聪明又漂亮。"

八太太心中涌起一股幸福的暖流。她好像第一次尝到了做一个媳妇和母亲的幸福。是的，我还有什么企求呢？丈夫对我这么好，孩子又平平安安，我应该满足了。陈静姐姐说什么女人应该这样那样，其实她没有尝到做一个媳妇和母亲的甜蜜。国事家事不是女人能操心得了的。一个女人能老老实实做一个好媳妇，能认认真真抚养好孩子，就是一生的荣耀了。我做过独山湖的女王，那种生活又算什么呢？现在回想一下，那都是男人们做的事。今后，只要张先生不嫌弃我，我也就心安理得了。再过二年，我再为他生个儿子，不，我还要多为他生几个孩子，俗话说："五男二女七亲家。"到那时儿孙满堂，我这一生也算有个交代了。

一连三天，张小毛都是晚出早归，只要一进家就团团围在八太太床前转来转去，满脸笑容。他专挑让八太太高兴满意的话说，无时不让八太太心花怒放。连荷花和水妮私下里议论都说张小毛变成另外一个人了。只要他一直能这样好好地待八太太，她俩苦点累点也没有怨言。

这天，张小毛一进门就嚷道："荷花水妮赶快做饭做菜，今晚有客人来。"

"哪儿来的客人？"八太太不解。

张小毛眉飞色舞，说："我的几个朋友来。他们听说你生了孩子，都要来表示祝贺。"

八太太心里也很高兴，说了一句："那就把陈静姐姐也请来吧！"

"好啊！"张小毛满口答应，说，"我也正想征求你的意见，把陈静姐姐接来呢！咱们在这儿无亲无故，你有这个姐姐也就当娘家的亲戚招待吧。"

八太太立即喊来荷花。她给陈静写了一封短信，让陈静务必前来做客。荷花走后，她又下了床，亲自动手做了几个菜。

"太太，你真是我的好太太！"张小毛抱着八太太就亲。

八太太又激动地流了泪。

张小毛说是去请客人出去了。

荷花却垂头丧气地回来了。

八太太一愣，问道："怎么了，是不是陈静姐姐不在家？"'

荷花点了点头。

"那你把我写的条子贴在她门上了吗？"

荷花又点了点头。

八太太笑了，嗔怪地说："这不就行了吗？陈静姐姐回来看了我的条子一定会赶来的。你呀，怎么这么实心眼，这也值得难过吗？"

荷花忽然扭过脸，"呜呜"哭开了。

八太太大吃一惊，丢下手中的菜刀从厨房里跑出来，迫不及待地问荷花："怎么了，是不是陈静姐姐出了什么事？"

荷花泣不成声地说："我刚进小巷就听见刺心穿肺的哭声。我的心跳都加快了，脚步却放慢了。我还未到门前，就见从里边抬出一卷苇席包裹的尸体……"

"是谁？"八太太的眼珠子都似乎要掉下来了。她双手抓着荷花的肩膀使劲地摇晃着，迫不及待地问，"陈静姐姐怎么了？"

"不是陈姑娘，是小茹……"荷花失声痛哭。

"小茹，小茹死了？"八太太不敢相信。十三四岁活蹦乱跳的小姑娘，怎么会突然一下子死了呢？

荷花对八太太说，她听周围的邻居说，小茹是被教堂里的洋教士害死的。原来小茹的父亲是个教徒。他前天去教堂做礼拜，因为洋教士听说他没为扩盖教堂捐款，就骂他对上帝不忠，把他打伤了，还把他关了两天。小茹去教堂找她父亲，洋教士硬要侮辱她，她不从，就跳到了教堂边的水井里活活淹死了。陈静姑娘趴在小茹尸体上哭得死去活来。

"她现在在哪儿？"八太太追问。

荷花说："我见陈静姑娘门上了锁，就追着出来，走到街上，见有七八百人把大街挤得水泄不通，抬着小茹尸体的人在前边走着，其中就有陈静姑娘。听说他们是去县政府和教堂的。"

八太太想了想，说："走，咱们看看去！"

"张先生不是要请客吗！"水仙问。

八太太边换衣服边说："让他改个日子吧。小茹的事我不能不问。"说着，她的眼泪已经掉下来了。

"太太，你的身子……"荷花想劝阻她。她没有理会，嘱咐水妮在家看着孩子和等着张先生，然后和荷花一起向外走。刚到门口，张小毛迎面走过来，他的身后跟着韩大炮还有几个陌生人，其中一个是高个子长卷发的外国传教士。他们一个个神情慌张犹如丧家犬，边走还不住向后边张望。

"你要去哪儿？客人都来了。"张小毛慌慌张张地说，"快、快把客人请到家里，把门关上。"

八太太好像看出了什么，拦在门前，厉声问张小毛说："害死小茹姑娘的那个洋鬼子也来了吗？"

张小毛瞪了八太太一眼，说："你知道个屁，快让客人进来。"说着，他推开八太太，让胡大炮一行进了院子。八太太想拦也来不及，转念一想也没有拦阻的道理。你怎么能认定这个来的外国人就是害死小茹的洋鬼子呢？她见张小毛带着那一行客人已进了屋，就和荷花一起向大街上走去。这时已可听见大街上的愤怒呼号声了。

十二

八太太无地自容。她从教堂前后拥挤的人们愤怒的呼号悲戚的控诉声中得到启示：那个作恶多端的洋教士就是张小毛带进她家的那个外国人。张小毛是把那个外国坏种藏匿在家里以免小城百姓向他讨还血债。张先生为什么要护着危害中国百姓的外国教士呢？

那天她生孩子出院后回到家，张小毛对她大献殷勤。她被张小毛的热情感动了，心想张先生毕竟是我的丈夫了，我应该服从他而不是别扭他。她主动问起他向教堂捐款的事。张小毛愕然一惊，破口大骂有人造他的谣。我张小毛堂堂中华民国官员，怎么会把钱奉献给外国洋人，难道中国的老百姓不需要钱？我有钱捐献给中国的老百姓也不会捐给洋人盖教堂。八太太相信了他的话。是的，不管张先生有什么过失，他还不至于对我说谎吧？既然张小毛不是说谎，想必陈静姐姐就是误会，误会是必须解开的。所以，她今天让荷花去请陈静到家里做客也是为了解开这个误会。

八太太终于挤到人群前的教堂门口终于看到小茹的尸体了。她见过死人，而且是不止一次见到过死人，可是今天看到小茹的尸体却同往常见到死人的感情不大一样。她还是个孩子，是个天真活泼的孩子，她有什么罪该在这个时候死去呢？不，她不该死呀！外国洋教士我操你祖宗，你为什么要欺负一个手无寸铁尚未成年的女孩子呢？你家里没有孩子吗？你的孩子要是被人欺辱死了，你会怎么样呢？

"同胞们，同胞们……"是陈静在讲话了。她满脸怒气，两眼红肿，但身子却站得顶天立地："同胞们，看一看吧，看一看吧！躺在我们面前这个小姑娘才十三岁。几天前，她还和我们所有父母亲的孩子一样生活在父母亲和同学们之间，而现在，她却永远地离开了这个可恶的可悲的黑暗世界了。我们都是从孩子长大的人。我们中间的父母有孩子，哥哥姐姐有弟妹，假若躺在这儿的就是你的亲人，你的亲人被外国人欺辱而死，你会怎样，你会愤怒，你愤怒，会的，一定会的……"八太太清楚看见陈静的眼里有泪水在转，但是她强忍着没让泪水掉下来。八太太的鼻子一酸，泪水落在脸颊上。这时，她听见很多人在哭。

"同胞们！我们应该觉醒了应该反抗了。今天被欺辱而死的是小茹姑娘，明天可能就是我的妹妹或者是你们的孩子你们的姐妹。日本侵略者占领了我国东北，现在又在华北磨刀霍霍，而我们的国民政府不但不积极抗日，相反却调兵遣将进攻陕甘宁地区的红军，把枪口对着自己的同胞兄弟。他们心中哪儿有国民的安危。今日的东北，哪一天不战火纷飞，哪一天不倒下一批批中国同胞，哪一寸土地有安宁，哪一寸土地没有鲜血和白骨……"

"停止内战，一致抗日！"

"打倒日本帝国主义！"

"打倒不抗日的汉奸卖国贼！"

八太太也跟着高呼起口号。不，是她发自内心地呼号。

"现在，我们强烈要求政府捉拿欺辱死小茹姑娘的凶手归案，严厉惩处！"陈静说。于是就有七八个人争着把小茹的尸体抬起来。前边的很多人一拥而上去推去敲去砸去踢教堂的大门。

八太太的心在颤抖。洋教士现在躲在我的家里。怎么办？是带大伙去抓他还是佯装不知。如果带人去抓他，不仅会惹怒张先生，说不定愤怒的人们会把张先生一起处罚，连家都会给砸个七零八落。往后怎么办？如果佯装不知，以后陈静姐姐和大伙知道了一定会骂我不仁不义，没有良心。八太太在犹豫。

"我知道洋坏蛋在哪里。我带你们去抓!"荷花一挥手,大伙呼啦一声全都跟着她转了身去。

八太太万万想不到荷花会做出这一举动。她了解荷花。这是个很忠诚她的心腹。

那一年,渔村按照传统的习俗要举行湖祭,以求鲤鱼公公保佑渔村太平和丰收。湖祭是在独山湖上举行的。每个村每年都要举行一次。湖祭的贡品不仅要活猪活羊活鸡活鸭,还要有一个活人。冬日湖祭用的活人是童男,春日湖祭用的是童女。荷花那个村正是选的春湖祭,所以挑上荷花做祭品。荷花不想死。在湖祭前的一天晚上跑了,八太太收留了她。从此以后,八太太一直把她当作亲妹妹。八太太教她船上水下功夫,教她练枪习武,她成了八太太最亲近最信任的人。有一回,八太太和张小毛在船上偷欢,湖八爷差人来叫八太太,荷花为了掩护八太太和张小毛,竟在初冬的寒冷中脱光衣服说是在船上洗澡,不让来人靠近。直到八太太穿好衣服下了船,她才穿上衣服,那次她还冻病了。

在八太太面前,荷花从来都是唯唯诺诺,不敢违她一字之令。她曾向八太太多次表示,愿终身侍奉八太太,永远不离开她永远不嫁人永远不违叛她。可是,她今天没经八太太同意竟然首先站出来披露八太太家隐藏洋教士的事,这无疑给八太太一个打击。陈静姐姐和大伙会怎么看待我呢?我、我在他们眼里还是个人吗?

陈静走到八太太面前了,咄咄逼人的目光在她脸上扫视着好像要看穿她的心。八太太慌忙解释说:"陈静姐姐,我不知道那个洋人就是欺辱小茹姑娘的坏蛋。走,我们一起去!我要当着你们的面把他活活撕成八块!"

陈静信任地点了点头,说:"李新妹妹,我终于看见你理直气壮地做人了!"

八太太真想哭。

愤怒的人流在八太太和荷花的带领下,向八太太的家涌去。一路上,人们不断高呼着口号,不断有人加入这支浩浩荡荡的队伍。很快,就来到了八太太家门前。突然，八太太和荷花站住了，人流也停滞了。他们看见，八太太的家门前，站满了荷枪实弹的警察。

"回去，这儿是私人住宅，任何人不准冲击，否则就要不客气了！"熊局长一脸的横肉在跳，说出话像洪钟一样响亮。愤怒的人群暂时平静下来。

陈静走上前去。她的神情十分镇静，脚步分外从容。她走到熊局长面前站住了，义正词严地说："我们是要找欺辱死小茹姑娘的凶手的。"

熊局长冷冷一笑，讥讽地说："陈小姐，你是个报社记者，捕拿凶手是我们警察的事，你不觉得手伸得太长了吗？"

陈静反诘说："局长大人，你说错了。作为一个中国人一个中国报社记者，采访和报道在中国土地上横行霸道、欺辱幼女的洋人凶手是义不容辞的职责。再说，就是一个普通的中国人也有捕拿凶手交于政府法办的责任和权利。"

熊局长沉吟了一会儿，又说："请问陈小姐如何知道凶手在什么地方呢？"

"凶手就躲在这个院子里！"陈静回答。

熊局长一愣，问："何以见得？"

陈静响亮地回答："有证人！"

熊局长又问："谁？"

八太太和荷花异口同声回答："我！"

熊局长又愣怔了一下，板起面孔，说："八太太，这可是你自己的家呀！政府宪法规定不得侵犯民宅，我们是为了保护你和你家庭的利益。你自己可要负责任呀！如果真的查出你家中藏有凶手，你和你丈夫要负法律责任！"

八太太犹如当头挨了一棒。她不懂政府的法律法令，但是，她知道独山湖的湖上有这样的规矩：如果有谁隐匿违反了湖规或者是湖上忌讳，谁就要受处罚。湖八爷的一个义子因为偷偷藏了湖八爷从岸上抓来的仇人，被湖八爷挖去了一只眼睛。天哪，我做了些什么事呢？张先生把那个洋人带到家里，我又带人来捉洋人，这，这不是窝藏坏人吗？如果真从我家里找出了洋人，张先生和我不也要去坐牢甚至赔命吗？我怎么这么蠢了呢？不，不！说什么也不能让他们把洋人从我家里找出来。

可是，八太太在犹豫之际，也分明看到陈静和随同而来的人们几百双眼睛都在看着她。是的，如果我否认洋人在我家里，如果我不让人们进我家去找，他们会怎样骂我？骂我没有心肝骂我不是个人。那样，我日后又怎么有脸再见他们？我的名声岂不更臭更坏？我为了保护自己和张先生不说实话，保护了洋人，而得罪全城百姓又犯得上吗？再说，小茹姑娘的仇未报恨未雪，死了也不会甘心，在地下也会诅咒我的。我就是以后有好日子过，良心也不会安宁的。

愤怒的人群已经等得不耐烦了。不知是谁带头喊了一声："冲进去抓住洋鬼子！"人们蜂拥着向前来。

熊局长倒退了几步，一挥大手，警察们端着枪也向前走。愤怒的人群向前走。警察的枪口向前走。有一孔黑洞洞的枪口已抵到陈静的胸膛了。八太太忽然惊叫一声倒在了地上。

十三

这座小城地理环境十分特殊，你说它是处于南方吧，它的冬天来得比南方早去得比南方迟；你说它是北方吧，它的夏天又比北方热且时间又长。北方人称它是南方，南方人又称它是北方，好像是个没有娘的孩子。现在北方人还穿着夹衣，这儿的人们却已单衣着身，而南方的孩子已经下河洗澡了。

八太太翻来覆去睡不着觉。她的眼前一会儿出现陈静那张可亲可敬的面孔，一会儿又出现荷花那双朴实忠诚的眼睛，一会儿又看见小茹披头散发乘云驾雾走来。好多日子了，她睡觉总是不踏实，有时接连几夜失眠，身体越来越虚弱，如果在板凳上坐一会儿，再站起来时就头脑发晕，两眼金花迸溅。她自我感觉得出身体从来没有这样坏过。

张小毛常常在外边过夜，甚至多少天连家门也不进。他现在已经升到教育局当督学去了。他对八太太说，督学这差事官不大事很多，白天黑夜都要在学校里转，督学督学就是要监督学校的老师和学生让他们好好教书读书。八太太不明白，难道学校夜里也上学吗？更让她感到费解甚至沮丧的是张小毛对她的身子越来越冷淡了。过去，张小毛只要上了床，就像饿虎见了猎物一样贪婪而凶猛，折腾得她精疲力竭。可是现在他对她却隐隐透出几分不满和几分厌恶。难道是我没好好侍奉他？难道女人生了孩子就没有了魅力？她怀疑张小毛对她不忠。

今年夏天的蚊子苍蝇都来得很早且多得吓人。白天，苍蝇横行无忌地在墙上桌上饭菜上人头上飞来飞去；晚上，蚊虫前仆后继地叮咬人的血肉，满屋蚊虫的嗡鸣声。八太太不敢离开女儿一步，好像怕这些小玩意儿把她的女儿生吃活吞了。其实，她真正害怕的是天地人对她的惩罚。

那天，她在关键的时候犹豫了。而她的犹豫不仅掩护了那个外国洋教士，并且导致了陈静、荷花等很多人的灾难。警方以私闯民宅扰乱治安的罪名当场打死一名工人打伤陈静等十几个游行的人。荷花虽然逃脱了，可从那以后没进八太太的家门，不知去向。八太太现在是人不人鬼不鬼。她不敢也不好意思去医院看望陈静，只叫水妮送过一次钱和两次礼物，均被陈静退了回来。她原以为张小毛会感谢她理解她夫妻会更亲密无间，却事与愿违，张小毛升了官与她的距离也远了。她现在愈来愈感到世态炎凉。大牙去了荷花去了，陈静姐姐也对她产生了怨恨。她原以为用牺牲这一切换来的感情也日益遥远。她内心充满了悲哀和凄凉。更让她失望的是进城以来，她耳闻目睹了政府的腐败和无能。做这样朝代的臣民还不如在独山湖上闯荡心安理得。她甚至悔恨自己不该上岸。奶奶的，这样活着也叫人生吗？可是她对张小毛还抱有希望，人是靠希望生活的。如果一个人的的确确感受到绝望的时候，哪怕生活再美满都会心灰意冷。

没出八太太所料，张小毛现在确实和一个女人鬼混上了，这个女人还不是个平常人物。

张小毛是在一家戏院里和这个女人相识的。

早已过了开戏时间，而舞台上的大幕迟迟没有拉开。台下有不少观众在骂娘了。

"妈的，唱的死了吗？"张小毛也骂了一句。

坐在张小毛旁边的"大炮"用胳膊肘捅了他一下："妈的个腿想找死呀！你没见这阵势，一定是在等人。你小子不想想停着戏不演等人能是一般人物？"

张小毛目瞪口呆。

又过了吸完两支烟的工夫，楼上一片骚动。张小毛也随着众人把目光投到楼上。只见一个年约三十开外的女人刚刚落座，那女人神情高傲，旁若无人，显出一副与众不同的高贵气派。

"这女人是谁？"张小毛问。

韩大炮答："你不认识她呀？她是咱县长的大太太！"

张小毛点点头表示明白了。县长太太没到这戏当然不能开演。他又想起了什么，问道："怎么县长没陪太太看戏？"

韩大炮四下望了一眼，低声说："县长早都不跟她一个床睡觉了，还会陪她看戏？你还没听说，这女人是县长的结发妻子。县长之所以当上县长还是她娘家花钱买的这个官位。可县长当上县长后就不喜欢她了，听说县长过去挺喜欢一个唱戏的女人，现在又讨了个女学生，终日里占着……"

"那，那县长为什么不把大太太休了，和那个女学生结婚呢？"

"这你又不懂了吧！现在的县长不同于往日的县太爷，这是民国。县长要当新生活的典、典……"

"典范！"

"对！所以，县长明里有这位太太，只有暗里占着那个女学生。"

"太太知道这些吗？"

"知道又怎么着，她还敢管县长的私事，县长给了她一处房子，用钱养着她，让她吃不愁喝不愁的，把她的口给封死了。奶奶的，我也想这女人年纪轻轻地守活寡，可她是县长的太太，谁又敢去掐这朵花，找罪受呢！"

就在这时，戏已开演。忽然，张小毛的脸上落下一片轻飘飘的东西，眼睛也被蒙住了。他取下一看，原来是一方花手绢。抬头一望，见县长太太的用人正向下边招手。

"是太太的手绢。"韩大炮说，"伙计，赶快给太太送去，要不然太太发了怒，会惹来祸星的。"

张小毛急忙向楼上跑。跑到太太跟前，笑容可掬地把手绢递了过去。

"瞧你，不要这么慌张嘛！"县长太太笑了，露出一排洁白的牙齿，"我还以为没有人孝敬我了呢！"

张小毛气喘吁吁，心里直冒火。瞧你那副骚样，别人扔掉的破鞋子，竟拿老子耍着玩。老子该孝敬你吗？他转身要走，被县长太太叫住了。

"这位先生，还没问你尊姓大名呢？"

张小毛腰也不敢直，赔着笑，答："回太太，我叫张小毛，在教育局做督学。"

"噢，张督学，难为你一片诚意。坐下吧，今天我请你听戏。"

县长太太周围空着十几个座位。张小毛见县长太太示意他坐下，不禁有点受宠若惊。他向楼下看了一眼，见韩大炮在给他招手示意，好像是叫他快下去。他想，妈妈的，你小子自己看吧，老子要陪县长太太了。是的，我早就听说过抛彩球牵姻缘的故事。说是富贵家中的小姐要嫁人，左一个不顺心右一个不满意，最后小姐出了个主意张榜招婿，彩球抛在谁身上谁就中标。奶奶的，县长太太的手绢咋不落你韩大炮和别人脸上，偏偏落到老子脸上，这不就是老子有福气吗？别说占县长太太的身子，就是，就是能接近县长太太，让她在县长面前美言几句，老子的张字都要写粗了。

张小毛挨着县长太太的座位落了座，他偷偷地望着县长太太。县长太太浑身散发着一股进口化妆品的香气，直往张小毛的心肺里溢，惹得他浑身不自在。奶奶的，我那个熊太太到现在还是一身鱼腥气，钻进鼻孔里都发酸臭味。再看县长太太这张瓜子脸儿有红有白，红白相间，我那个熊太太的脸却长得像张驴脸，还没有一点耐看的地方。再看县长太太这身肉虽然被衣服裹着也能看得出又肥又厚……张小毛忘乎所以了，仿佛进入了梦境了。他竟不顾一切地伸过手，在县长太太的大腿上捏了一把。

县长太太"咯咯"笑了，却没有转过脸来。让人觉得她是被戏中的情节感染笑的。而张小毛见县长太太并不怪他，更加想入非非了。他断定县长太太刚才那几声笑就是给他的一种暗示。正巧舞台上的戏进入了高潮，县长太太的用人已完全入了迷，张小毛肆无忌惮地做起戏来。他的手先是在县长太太的大腿上摩挲，慢慢地向上移动，他浑身的血都热了，真恨不得此刻就骑在县长太太身上。

"你真是个坏种！"县长太太娇嗔地说，"也不看在什么地方。要是让人看见了告诉我丈夫，你这个头也得挪到裤裆里！"

张小毛像当头挨了一棒，浑身都麻木了。直到散场，他也没敢再碰县长太太甚至没敢看她一眼。

"张小毛，张小毛！"韩大炮在下边喊。

张小毛假装没听见。他一直目送县长太太下了楼，才敢挪动步子。夹在人流中出了戏院，他没有去找韩大炮，而是尾随着县长太太。他不知道自己到底想干什么，也不知道会出现什么样的后果。

县长太太的住处离戏院不远，很快就走到了。张小毛见县长太太和用人进了院门，急忙走了过去。可是到了门前又站住了。这时候，他明白自己想干什么了。同时，他也明白会有什么样的后果在等待他。奶奶的，你小子吃了豹子胆，敢跟县长太太调情？万一县长撞见了，万一县长太太要弄你，你小子不死也得掉层皮。想着，他转过身。

"吱呀"一声，门开了。

"张先生，太太正在等你呢！"女用人低声说。

张小毛不敢相信这是真的。

"还愣着干什么呀？"

张小毛浑身像着了火。他一步跨进院门，直往里边闯。

女用人说："太太在堂屋的西间里。"

张小毛进了堂屋，见西厢房的门帘子垂着。他挑开窗帘，一下愣住了。县长太太手里拿着一把寒光逼人的匕首，一脸怒气，两眼恶狠狠地瞪着他。

"太太，太……"张小毛吓得魂飞魄散，慢慢向后退去。

"站住，再动弹一下，我要了你的小命！"县长太太厉声说，"你这个坏种，敢打老娘的主意。我问你，你知道我是谁吗？"

张小毛连连点头，结结巴巴地说："知道，知道。"

"那你为什么还这么大胆？"

"我，我……"张小毛恨死了自己。他看见县长太太虽然一脸怒气，但目光却含着几分温情。他的心怦然一动，想了想说，"我从没见过太太这么美貌的女子，所以，所以动了情。"

"是真情？"

"是！"

"你有老婆吗？"

"没有！"

"你是光棍一人？"

"是！"

县长太太手中的匕首低下了头，说："你过来！"

张小毛踌躇着，终于还是走了过去。

县长太太丢掉了匕首。

张小毛像一头饿虎，猛地扑了过去。

"瞧你那副馋相，像未见过……"

从那天开始，张小毛终日陷在县长太太那里厮混。

八太太做梦也不会想到这些。

八太太找遍了小城所有的学校，腿都累得发酸发麻走不动了，也没见张小毛的踪影。有的学校根本见不到人。有的学校有个传达什么的，根本不认识这个张小毛。只有一家女子中学的女教师宿舍里一个女教师告诉八太太，张督学还是半个月前来过一次。八太太失望，焦虑，怀疑，愤恨，最后还是无可奈何地回了家。

大门虚掩着，轻轻一推，开了。八太太很纳闷，水妮一个人在家为什么不闩门呢？难道是张先生回来了？她向堂屋匆匆走去，可是听见水妮的房子里有声音，她顾不及细听就去推水妮的门。

"你这个坏种，快滚，不然我就开枪啦！"水妮手举着枪对着韩大炮。

八太太愣了。

水妮看见八太太，忙跑到她身边，委屈地哭着诉说："这个坏种，要，要和我睡觉。"

八太太愤怒了。就是在独山湖，那么多弟兄也没有一个敢欺负她八太太身边的女人的。她从水妮手里夺过枪，对准了韩大炮："你这个坏种，欺负到你奶奶头上了。今天哪儿也不打，偏打断裤裆里那根坏棍棍！"

韩大炮笑了："太太，你回来得正好！咱今天把话明说了，这可是张小毛张先生让我来的。"

原来，韩大炮这些日子发现张小毛很难见到，心里就明白了几分。今晚上正是八太太四处找张小毛时，他在县长太太家门前堵住了张小毛。

"果然不出老子所料，你小子是卖油郎独占花魁了！"

张小毛吓得瘫成一团。

韩大炮威胁说："老兄，你说咱是官了还是私了吧？"

张小毛："韩爷，你说咋办咱咋办。"

"好，痛快！"韩大炮拍了一下张小毛的头，说，"官了，我现在和你一起去见县长，县长就是不杀你，也会让你掉层皮；私了，你小子占着县长太太，你家里的女人不寂寞？你得让老子尝尝独山湖的鱼腥味儿……"

张小毛连连点头答应。

八太太听了韩大炮的讲述气得七窍生烟。她不相信张小毛是那种人，以为是韩大炮用张小毛的名义来糟蹋她和水妮。她把枪又举了起来。

韩大炮这回害怕了。他扑通一声跪倒在地上，又作揖又叩头，说："八太太，你要是不相信，我可以带你去找张先生，让他作个证。你要是用枪打了我，你和张先生也会没命的。你要知道这儿不是独山湖。"

八太太当然想见到张小毛，就让韩大炮起来带路。

一路上，八太太的心都在翻腾。是姓韩的坏种有心作践我们？你也总该听说过我八太太的厉害吧？你作践人也得先看看找的谁？姑奶奶我还从来没有受人作践过呢！难道是张先生真的和县长太太鬼混上了？张小毛呀张小

毛，你那样做天不容地不容理不容我更不能容！无论你做什么，我都支持你
宽容你，唯独不能容你混女人。我舍了财舍了权舍了独山湖那块地盘，就是
为了和你终身在一起。你再和别的女人鬼混，能对得起谁？你和别的女人鬼
混，我眼不见为净，可是你竟能做出让别的男人来家作践我们的事，你，你
还是个人吗？这个熊女人太不要脸了，你有男人还是县长，你不该勾引别人
的男人！

县长太太的住处房门从里边闩上。韩大炮怕敲门惊动县长太太和张小毛，
就翻墙而入从里边开了门，把八太太放进去。然后拨开堂屋的门闩，在床上
捉住了两个光溜溜的人。

八太太气得浑身哆嗦，话都说不成句了："你，你还算……个东、
东、……西吗？"

张小毛跪在地上向八太太求饶。

县长太太却不屑一顾地扭过脸，"哼"了一声，说："你不要跑我家里耍
威风！这儿不是独山湖，老娘也没端你的碗，你有本事拴住你男人……"

八太太哪里咽得下这口气。她吼了一声扑上去，撕扯住县长太太的头发，
又叫又骂。县长太太不甘示弱，也出手还击，两个女人打成一团。

十四

天还未亮，一阵砸门声把八太太惊醒了。是水妮去开的门，闯进来一群
荷枪实弹的警察，说是查户口。八太太进城以来，没人找她上户口，她也不
知道要个什么户口。没有户口，警察们说不客气了，要把张小毛和八太太都
带去。

"我是有名有姓的，你们熊局长知道我们这家的来历。"八太太据理力争。

警察不理，接着又翻箱倒柜说是搜查。

小孩子哇哇直哭。

张小毛吓得连屁也不敢放。

八太太又气又恼，她不明白为什么突然出现这种情况。来了这么久也没人关心过户口问题也没有警察查户口，怎么偏偏今晚上又是捉住张小毛跟县长太太鬼混又出现警察查户口？真是祸不单行！不过，八太太心想我是你们警察局请来的，到了警察局总可以把话说明白吧？她提出把张小毛留在家里，自己跟警察们去。

"不行，上峰命令把你们二人都带去！"一个小头头吹胡子瞪眼活像个恶神。

八太太和张小毛被带到了城关警务所。她要见警察局熊局长非但未见到，连个小头目也见不着面。她和张小毛被推到一间低矮潮湿的房子里，刚进去时一股说不清的味儿直往心里钻，呛得连着咳嗽了一阵。屋子里已经关了七八个人，有男有女。八太太刚拣个地方坐下来，头上、脸上就落下一阵水，她抬头看看房顶并没有漏，再说明明没有下雨。屋里没有灯，但是她也很快清楚了，是一个男人正朝她撒尿。她又气又羞，狠狠地也是漫无目标地踢了一脚，不料这一脚踢在那个男人的肚子上，疼得那男人咆哮起来。

"狗日的娘儿们，你敢踢老子吗？"那男人又骂，"不懂规矩也不知礼，在这儿还没有敢对老子不敬的。"

"你是什么东西？"八太太也骂道。

那男人已经伸出拳头来打她，因为看不清拳头的来路，八太太脸上挨了一拳，眼冒火星，她就地一个扫堂腿，听到"扑通"一声那个男人倒在地上了。八太太说："你个狗日的也称二两棉花纺纺（访访）老娘是谁！"

这时有人劝架，张小毛也过来劝阻八太太。那男人大概觉出了八太太厉害，不敢再逞凶，坐到一边喘粗气去了。坐在八太太近旁的一个女人低声对八太太说："这人惹不得。他是小城有名的大盗外号叫麻脸大盗。按他罪恶早该砍头了，可是警察局有人袒护他。他名为坐牢实在是不受罪。那些警察老爷什么时候缺钱花了就把他放出去，让他偷盗几天再回来……"

"你是干什么的？"八太太问那个女人。

那个女人答："我嘛，说出来你不一定信，我把我男人杀了。他在外边搞女人，回家还打骂我。你呢？"

八太太没有回答。她已明白这是什么地方了。这个地方关押的都是些流氓、窃贼、杀人犯。她感到愤怒，凭什么把我和张先生关在这个地方？我们犯了哪家王法？她冲到门前，抓住门大喊大叫了一阵，连嗓子都喊哑了，也没有人理会。

张小毛一边不住地用手掌拍打着脸上身上的蚊子，后悔莫及地说："千不怪万不怪，怪我自己当初不该上独山湖。看看，这不又是翻老账了。"

"他们官府说话不算数！"八太太恼了，骂道，"当初他们是怎么保证的。只要我们上岸保证把过去的事情一笔勾销……"

八太太话未说完，刚才那个朝她头脸上撒尿的男人惊叫出声："哟，你就是独山湖的八太太呀？久闻大名久闻大名。"说着他擦了根火柴假装点烟，却是故意想看看八太太的模样。八太太也猜透他的心思，十分镇静。

那男人直到火柴燃到手指才扔掉，抱歉地说："八太太，刚才是我冒犯了你，还望多多包涵。"

八太太哼了一声算是作回答。她现在心里正烦闷。

麻脸大盗点燃了烟，抽了一口，说："八太太，不是小弟说你，你放着独山湖的福不享何苦上岸来找罪受呢？这儿，他妈的这儿还是人活的地方吗？官欺民，官坑官，哪儿有独山湖自由自在。小弟要不是家中上有老下有小早就上独山湖投靠你去了。听说你上岸为民了，我真为你可惜。就是做独山湖里一条鱼，也不愿在这儿为民。你说在这儿为民有什么好处，吃有人管穿有人管，连屙屎撒尿都有人管，但就是不管你死活。当官的关心的是权是钱还有女人，哪把你老百姓装在心里？要想活得自在，还是在独山湖……"

墙角里有异样的声音，一听就明白是在干男女间那种事。她在心里骂了一句：狗男女！

第二天没人来提八太太和张小毛。因为她总想着会有提她的时间，所以就在等着盼着，一直到屋里黑下来了，她才又跑到门前去吵去闹。

第三天还是同样没人来问他们。

八太太心里窝着火，又没处去发。她见张小毛老是唉声叹气，就安慰他不要难过，天大的事有她一人顶。

"唉，我的饭碗也砸了！"张小毛很沮丧。八太太说："不行咱就回乡下你家里去。剩下的钱还可以买几间房子二亩地。只要咱们安守本分，不懒不刁，还能饿着肚子？"

"你懂个屁？！"张小毛扭过脸不理八太太了。

八太太忍无可忍，反驳说："你懂你什么都懂。你今天给我说明白我是为什么坐牢的？"

张小毛哑口无言。

"麻脸大盗"今天出去了，可是天刚黑他又回来了。他挤在八太太和张小毛中间，关切地问："你们两口子知道怎么吃的官司吗？"

八太太和张小毛莫名其妙。

麻脸大盗对八太太说："这就怪你了。张先生同县长太太睡觉，你就是知道了也不该去县长家里闹事呀。县长太太为了面子，恶人先告状，说你们两口子夜闯她家偷盗，还有张先生的朋友韩大炮作证，你想你们能不吃官司吗？"

八太太听了气得暴跳如雷，破口大骂县长太太骚娘儿们不要脸不知耻心比毒蛇还狠。

张小毛已吓得惊慌失措，他悔恨交加。有钱难买"早知道"，早知道会有这一步何苦找那个女人鬼混呢？奶奶的，女人有几个好东西！当初八太太勾引我，让我成了她丈夫。县长太太勾引我，又让我坐了大牢。也不怪她们，怪我自己不是个好东西！

麻脸大盗边抽烟，边关切地说："你们要想出去，只有一条路，就是想法传信给独山湖的人，叫他们来救你们。"

"那怎么行！"张小毛连忙说，"那不是谋乱造反吗？再说，到时候我们怎么办？反正不能回独山湖当匪去。"

麻脸大盗冷笑了几声，嘲讽地说："怎么样，你还想继续当你的督学，继续跟县长太太睡觉吗？跟你说吧，眼下做匪比做民强。你们当初就不该上岸……"

"你小子不要煽动！"张小毛打断麻脸大盗的话，说，"我就是一日为民，也不愿终身做匪。"

"别说漂亮话了！"麻脸大盗毫不客气地反诘道，"你张小毛不是想为民而是想当官。你要是想为民当初就不必进城来找官做。你可以回你家去当老百姓种几亩坷垃头生活。你进城来就是为了当官。你跟县长太太睡觉也是为了博取县长太太欢心在县长面前说你几句好话提拔你。可是没有想到拍马屁却拍错了地方让马咬了……"

"你，这个狗日的！"张小毛骂着，一跃而起扑到麻脸大盗身上。他从来没敢和别人打过架，这回动真格的了。可是他根本不是麻脸大盗的对手，被麻脸大盗压在身下，身上脸上落下一记记拳头。

八太太却异常镇静，她既没有去劝架也没有帮张小毛说一句话。刚才麻脸大盗的一席话如重锤敲着她的心，迫使她不得不想想张小毛是怎样做人的。她好像今天才发现了张小毛不是一个好丈夫甚至不是一个好男子汉。

麻脸大盗狠狠教训了张小毛一顿。张小毛气喘吁吁，不住呻吟。八太太没去安慰他。

十五

"张小毛，出来！"一个大胡子警察在门口高声叫着，"喂，还有叫李新的吗？出来！"

张小毛忙不迭地踉踉跄跄出了门。

八太太犹豫了一下，也走了出去。

"走吧，你们被放了！"

"这是真的？"张小毛和八太太异口同声地问。

大胡子警察说："有人在门外接你们。不过，上边有指示，你们出去后不准乱说，不然的话，下次再进来就不易出去了。"

八太太和张小毛出了大门，见陈静和抱着孩子的水妮正在迎候他们。八太太明白了，感动地握着陈静的手，一句话未说泪水却落下来了。

张小毛也感激地向陈静点头作揖。

陈静告诉八太太是水妮去通知她的。她经过一番细致调查，写成一篇报稿交给县长，说如果县长不放了八太太和张小毛，就把报稿拿到报上发表。县长怕家丑外扬，也知道不好定八太太和张小毛的罪，便答应把八太太和张小毛放了。

"你有什么打算？"陈静问八太太。

八太太茫然。

刚回到家里坐定，就有客人来了。原来是"水上飞"听说八太太坐了牢，派人来探听消息的，见八太太已获释，来人非常高兴。可是他带来的另外一个消息却让八太太心情陷入了沉痛。原来独山湖上八爷的势力已经分成两股分庭抗礼。"水上飞"的一伙和另一伙子前几天发生火并，双方都损失了一些弟兄。

"为什么要这样呢？"八太太问。

"你不要管他们了！"张小毛劝阻八太太。

来人告诉八太太，双方都还在磨刀霍霍，准备再大干一场。现在能平息他们双方火并作乱的，只有八太太莫属了。

张小毛一听，火了，拍着桌子骂来人，说："你小子混蛋，是不是想勾引我老婆再上独山湖做匪去？"

八太太镇定地听完来人的要求，思忖了一会儿，毅然地说："好吧，我上湖一趟。"

张小毛目瞪口呆。

十六

　　三天后，八太太果然跟着来者上独山湖去了。她为了让张小毛放心，把孩子留在城里。

　　风云突变。八太太也不会想到她这一次上独山湖，竟然又在湖上度过了十个春秋。她在独山湖上留下了她的墓碑和一串永远不朽的故事。那串故事在独山湖新编地方史志的抗日卷中可以读到……